KB049436

인류보호회사

5

Humanity Protection Company

인류보호회사

5

짤짤이 지음

시공사 × 노벨피아

차례

사랑   7

외전: 멸망주의자 이연우   55

본사   71

인간   161

리메이크   245

엔딩   387

외전: 완결   465

사랑

멸망주의자의 어두운 은신처에서 음모가 무르익었다. 여자 하나가 향수병 하나를 든 채, 핸드폰을 보다가 고개를 들었다.

"이 사람한테 미인계를 쓰라고요?"

"맞아!"

전자 세계의 유령이 고개를 끄덕였다. 유령이 손을 휘젓자, 여자의 핸드폰에 온갖 자료가 다운로드되었다.

전부 이연우의 정보였다.

회사의 프로파일러가 분석한 성격을 비롯해, 그의 업무 기록, 인간관계.

여자는 입을 헤벌린 채 문서를 읽었다. 유령이 가만히 기다려줬기에 고요한 분위기가 은신처에 맴돌았다.

얼마나 시간이 지났을까? 여자는 자신감 있는 표정을 지었다.

"까짓거 한번 해보쇼."

솔직히 문서만 봐서는 실패할 확률이 높았다. 이연우는 미인계 같은 게 통할 사람이 아니었으니까.

사무실에서 먹고 자는 인간. 자기 생존에만 관심 있는 인간. 취미도 없고, 약점도 없는 인간.

하지만 그들에게는 향수가 있었다. 사랑의 묘약. 냄새를 맡은 자를 지독한 사랑에 빠뜨리는 이상異常 개체가.

전자 세계의 유령도, 여자도 자신감을 가졌다. 제아무리 생존주의자여도 사랑 앞에서는 눈이 멀 수밖에 없다. 그게 이상 개체로 만들어진 감정이어도 말이다.

전자 세계의 유령이 흐뭇하게 웃었다.

"이연우만 우리 편이 되면 안심이지."

시간이 지났다.

멸망주의자 중 스파이 역할을 하는 여자는 차를 타고 대기했다. 어느 아파트 주차장에서 노련하게 눈을 빛내며 사람이 나오기를 기다렸다.

'조사반 반장한테 먼저 접근하자.'

아무래도 이연우가 의뢰도 안 받고 사무실에만 틀어박혀 있다 보니, 반장을 징검다리 삼아 만날 생각이었다.

예를 들어, 반장과 교통사고를 일으키고 미안하다며 커피나 먹을 것을 싸 들고 반장의 사무실에 찾아간다거나.

무턱대고 찾아가면 이연우가 수상함을 느끼고 경계할 테니까, 그럴듯한 명분이 필요했다.

'이연우와 자연스럽게 만나는 순간, 향수를 뿌리면 끝이야.'

여자가 보석으로 만들어진 병을 확인할 때였다.

이른 아침, 반장이 출근을 위해 나왔다. 하품을 크게 하며, 어슬렁어슬렁.

"염병. 출근하기 귀찮네."

나왔다. 여자가 눈을 반짝였다. 이제 반장이 차를 빼는 순간, 적당히 들이박으면 된다.

여자는 자동차에 시동을 걸었고, 인도 근처에 주차했던 반장은 슬슬 후진하며 차를 뺐다. 그 차가 완전히 빠지기 전에 여자는 재빠르게 액셀을 밟았다. 휙휙, 운전대를 꺾으면서.

여자의 자동차가 헤드라이트를 밝게 빛내며 달려들었다.

"염병."

그리고 반장의 반응은 신속했다.

찰나, 몇 초도 안 되는 순간.

드르륵, 반장은 기어를 후진에서 주행으로 바꾸고 액셀을 꽉 밟았다. 여자가 차를 들이대는 것과 반장의 차가 인도를 향해 전진하는 것이 거의 동시에 이루어졌다.

그 결과는 단순했다.

꽝!

여자는 반장의 차가 아니라 그 옆의 차를 들이박았다. 애

꽂은 차가 찌그러졌다.

반대로 반장의 차는 인도에 앞바퀴를 올린 채, 멀쩡한 모습을 뽐냈다. 그 짧은 시간에 충돌을 피한 것이었다.

'이걸 피했다고?'

여자는 당황했지만, 일단 차에서 내리며 머리를 숙였다. 윤기 있는 머리카락이 스르륵 흘러내리고, 맑은 목소리가 다급하게 나왔다.

"죄송해요! 차가 갑자기 급발진해서! 어디 다치지 않으셨어요?"

"…"

반장은 창문을 내리고는 창문 너머로 고개를 내밀었다. 그러고는 퉁명스럽게 말했다.

"차 빼쇼. 출근해야 하니까."

"그래도 혹시 후유증이라도…"

"내 차는 긁히지도 않았구먼. 일단 당신 차부터 빼라니까."

조사원다운 신속한 반응 덕분에 반장의 차는 멀쩡했다. 또한, 반장은 이런 사고에 연연하며 시간을 끌 생각도 없었다.

'일반인 같은데. 다친 데도 없고 망가진 것도 없으니까 그냥 넘어가자고.'

반장이 창문 너머로 손을 휘저었다.

"나는 됐고, 그쪽이 박은 차나 신경 쓰쇼."

여자는 눈가를 파르르 떨었다. 계획이 시작부터 틀어졌다.

역시 조사반의 반장이라고 할까.

'반장을 통해 접근하는 방법은 포기. 괜히 여기서 더 들이댔다가는 망해.'

결국, 여자는 입을 꾹 다물고 차를 빼 반장의 차가 빠져나갈 공간을 내주었다.

반장은 대수롭지 않게 운전하며 아파트 주차장을 떠났다. 새벽녘의 주차장에 홀로 남은 여자는 자기가 들이박은 자동차를 보다가, 액셀을 밟으며 휙 떠났다.

미리 세워둔 계획이 빠르게 떠올랐다.

'유지유한테 접근할 수는 없어. 정보부의 유령이랑 고위 간부의 가족이잖아. 그 학생도 애매하고…'

결국, 여자는 향수병을 꽉 쥐었다. 정면 돌파가 최선이었다. 마침 이연우의 카드 사용 기록도 있지 않나.

며칠에 한 번씩은 햄버거를 사 먹으러 나가는 인간이니, 잠깐 외출하는 그 기회를 노려야 했다.

여자의 자동차가 조사반 사무실 근처로 달렸다. 이연우와 마주할 기회를 기다리기 위해.

시간이 지나는 동안 조사반 식구들은 감기에서 회복했다. 졸업을 앞둔 최재민은 고등학교 친구들끼리 어디로 놀러 갔고, 반장과 유지유는 사무실로 출근해 두런두런 잡담을 나누었다.

반장이 말했다.

"너희들도 차 사고 조심해라. 급발진하는 차가 가끔 있던데, 그런 차에 치이면 답이 없어."

"맞아요. 언니도 교통사고가 제일 위험하다고 하더라고요."

유지유는 정보부의 유령인 언니를 떠올리며 답했고, 이연우는 대충 고개를 끄덕였다.

'교통사고 정도는 뭐…'

이연우에게는 빗물이 강화한 회복력이 있었다. 고속도로에서 과속 트럭에 치이지 않는 이상 문제는 없었다. 그런 사고가 나도 주사위가 있었고.

'평범한 위험은 이제 어느 정도 괜찮지.'

물론 급소를 파괴당하는 사고는 위험했다. 고층 건물 아래를 지나가다가 떨어진 화분에 머리를 맞거나, 공사 현장 근처에서 건축 자재에 맞거나, 그런 것들.

'어휴, 위험해라.'

괜히 소름이 돋은 이연우가 몸을 부르르 떨었다.

유지유는 그런 이연우를 이상한 눈으로 보다가, 다크서클이 내려온 눈을 비볐다.

"쉬다가 일하니까 싫네요…"

"일은 개뿔. 그냥 사무실에서 시간만 보내고 있으면서."

"그건 그런데. 그래도 출근했잖아요. 그것 자체가 좀…"

그렇게 한창 대화하던 그들이 이연우를 보았다. 이연우는 출근과 퇴근이 의미 없는 회사원이었으니까. 아니, 사무실 바로 옆 방에서 숙식을 한다고?

좋은 점보다는 싫은 점이 더 많을 거 같은데?

"연우 씨, 괜찮아요? 아니, 다른 게 아니라… 살 만해요? 여기에서?"

"안 그래도 집 구하려고 합니다. 괜찮은 걸 얻었거든요."

이연우는 뿌듯한 표정을 지으며 문서 한 장을 꺼냈다. 클럽의 부동산 계약서였다.

순간, 반장이 몸을 일으켜서 계약서를 보기 위해 다가왔다.

"이걸 어디서 얻었냐. 클럽에서 밖으로 유포하지 않는 건데."

"의뢰금으로 받았습니다. 셸터 하나 구해서 계약서까지 쓰면 안전하지 않겠습니까?"

한편, 유지유는 눈을 깜빡였다. 저 계약서를 언젠가 본 거 같았다. 정보부의 유령이 자랑하듯 가져왔던 거 같은데.

그쯤에서 이연우는 계약서를 반장에게 넘겨주며 일어났다.

"반장님, 구경하십시오. 저는 점심 먹고 오겠습니다."

"구경은 무슨, 됐다. 그보다 점심은 같이 먹지, 왜?"

"저 햄버거 먹을 건데…"

반장이 손에 쥔 계약서를 팔랑이다가 이연우에게 돌려줬다. 햄버거는 좀…

"그래, 먹고 와라. 사고 조심하고."

"예."

그렇게 이연우는 조사반 건물을 떠나 사람이 돌아다니는 거리로 들어섰다.

점심시간이라 그런지 사람이 많았다. 이연우는 괜히 자동차나 하늘을 주의하며 걸었다.

그리고 여자를 보았다. 평범하게 생겼나? 흔한 외모 같긴 했다. 하지만 이연우는 시선을 떼지 못했다.

칙, 칙.

길을 걸으며 향수를 뿌린 여자. 바람이 불어오며 향이 이연우에게 다가왔다. 향은 이연우가 들이마시는 숨을 타고 그의 폐 깊이 파고들었고, 즉각 효과를 발휘했다.

사랑의 묘약이었다.

'아'.

이연우는 사랑에 빠졌다. 첫눈에 반했다.

심장이 쿵쾅거렸다. 손바닥에 땀이 맺혔다. 아드레날린이 쏟아졌다.

그 반응은 위기를 느꼈을 때의 그것과 같았고.

'망했다!'

이연우는 사랑을 위기로 느꼈다. 흔들다리 효과가 반대로 적용되었다. 위험 상황에서 흥분하면, 사랑과 비슷한 신체 반응이 일어나 흥분과 사랑을 분간하지 못한다고 했던가.

위험을 많이 겪은 이연우에게는 그게 이상하게 뒤틀렸다. 사랑의 신체 반응이 위험에 빠져 생존 본능이 발악하는 결과로 해석되었다.

이연우는 식은땀을 뻘뻘 흘리며 몸을 홱 돌렸다. 배고픔이나 햄버거도 잊고, 조사반 사무실로 내달렸다.

쿵쾅거리는 심장이 심상치 않았다.

'이 정도면 거의 이상기후급인데? 멸망 시나리오 진행되는 거잖아!'

한시라도 빨리 마크 정에게 연락해서 본사의 정보를 들어야 했다.

그렇게 이연우는 뒤도 돌아보지 않고 쌩 달렸고, 거리에 남은 여자는 멀어지는 이연우를 황당한 표정으로 보았다.

"도망친다고? 왜?"

사랑의 묘약이 고장 난 건 아니었다. 길거리를 걷던 사람들이 향을 맡고는 사랑에 빠져 넋이 나간 표정을 지으며 여자에게 다가왔으니까.

핸드폰을 꺼내며 번호를 요청하는 사람들을 뒤로하고 여자가 거칠게 걸어갔다.

'저항할 시간도 없었는데? 이유가 뭐지? 내가 수상해 보였나? 아닌데? 이대로 포기해야 하나? 아냐, 아직 방법은 남았어.'

여자는 후일을 기약하며 한발 물러섰다.

한편 이연우는 허겁지겁 사무실로 돌아와 바쁘게 움직였다. 한 손으로는 마크 정에게 전화를 걸고, 다른 손으로는 회사 인트라넷을 뒤지고.

반장과 유지유가 점심을 먹으러 떠나 텅 빈 사무실. 이연우가 통화하는 소리가 울렸다.

"예, 접니다! 혹시 멸망 시나리오 진행되고 있습니까? 아뇨, 그냥 갑자기 불안해서. 없다고요? 확실합니까? 아, 확실하군요. 아니, 아닙니다."

의아함이 섞인 마크 정의 목소리에 이연우는 조금 안도하며 의자에 등을 기댔다.

그는 천장을 보며 멍한 표정을 지었다. 느릿하게 손을 움직여 심장 근처에 얹었다. 아직도 쿵쾅거리는 심장박동이 선명하게 느껴졌다.

"그럼, 뭐지? 위험이 찾아오나?"

목숨이 위급한 상황에서나 느끼는 흥분. 이연우는 심각한 표정을 지으며 에코백을 점검했다.

아무래도 이연우 개인에게 미지의 위협이 다가온 모양이었다. 그 대비를 할 시간이었다.

거리에서 마주한 여자는 잔상조차 남지 않았다. 생존 욕구가 이연우의 머리를 가득 채웠다.

반장과 유지유는 점심 식사를 마치고 느긋하게 사무실로
돌아왔다. 손에는 카페에서 사 온 커피 몇 잔이 있었다. 반장 손
에 하나, 유지유 손에 둘.

유지유가 사무실로 들어오며 커피 한 잔을 들어 올렸다.

"연우 씨, 커피 마셔… 뭐 해요?"

유지유가 문가에서 우두커니 멈췄다. 반장도 어슬렁어슬
렁 따라 들어오다가 눈을 동그랗게 떴다.

사무실이 엉망이었다. 권총이나 시간을 사는 지폐는 물론
이고 온갖 공구가 어지럽게 널려 있었다. 심지어 휘발유 냄새
도 났다.

그 중심에는 이연우가 있었는데, 그는 심각한 표정을 지은
채 장비를 준비했다.

권총을 장전하고, 탄창을 확인하고, 시간을 사는 지폐를

휘발유로 적시고.

"식사 맛있게 하셨습니까?"

"어. 밥은 맛있게 먹었는데, 뭐 하냐?"

반장은 이연우의 장비를 쓱 훑어보았다. 그냥 평범한 공구들.

그쯤에서 이연우가 문서 한 장을 주섬주섬 주워 반장에게 건넸다.

"부동산 계약서입니다. 일단, 이 건물 명의는 반장님 앞으로 되어 있지 않습니까. 이걸로 강제력을 얻으십시오."

땅의 주인으로서 강제력을 행사하는 부동산 계약서. 클럽의 핵심 이상 개체를 받아 든 반장은 어리둥절한 표정을 지었다.

"이거 너한테 한 장밖에 없지 않나? 그걸 나한테 준다고?"

선물이라고 무턱대고 받기에는 지나치게 과분했다.

하지만 이연우는 진지하게 고개를 끄덕였다. 지금 뭘 아낄 상황이 아닌 것 같았으니까.

가슴 위로 손을 올리니, 아직도 심장이 쿵쿵 뛰었다. 조금 전 거리를 걸으며 느꼈던 위험이 계속해서 머리를 맴돌았다.

"뭔가 위험한 직감이 듭니다. 만반의 대비를 해야 합니다."

"켁, 콜록. 위… 위험하다고요?"

유지유는 빨대로 커피를 쭉 빨아 먹다가 사레가 들렸다. 몸을 웅크리고 기침하면서도, 떨리는 눈으로 이연우를 보았다.

이연우는 세상 심각한 표정을 지었다.

"예. 멸망 시나리오 같은 건 아닌 듯한데, 저한테 위험이 찾아올 느낌입니다. 그러면 이 건물도 공격받을 테니, 계약서는 차라리 지금 쓰는 편이 낫습니다."

반장과 유지유도 상황의 심각함을 깨달았다. 그들은 두말하지 않고 미지의 위험을 대비하기 시작했다.

이연우가 저렇게 반응할 정도면 보통 위험한 게 아니었다. 위험한 이상 개체나 멸망주의자 잔당이 전력으로 습격하는 수준이겠지.

반장은 상부와 연락하며 계약서를 작성했고, 유지유는 온갖 아이디어를 쏟았다. 위험을 다른 사람들과 함께 나눌 아이디어를.

"연우 씨, 특수 조사원이잖아요. 본사 쪽에 연락해서 경호대대? 그런 인력을 요청하는 건 어때요?"

"아, 연락해보겠습니다."

확실히 위험은 나누면 절반이었다.

어차피 자신을 공격하는 것들은 회사의 적이기도 할 테니, 회사는 도울 의무가 있었다.

거미줄같이 복잡한 케이블을 이리저리 만지면서 공구를 충전하던 이연우가 핸드폰을 꺼냈다.

그리고 유지유는 그걸 말렸다.

"잠깐, 말 좀 더 들어보세요. 인력만 요청할 게 아니라 장소까지 빌려요."

아예 전쟁을 준비하는 수준으로 대비할 수도 있었다. 특전대가 원거리 타격을 대기할 수도 있었고, 매복할 수도 있었고, 함정을 깔아둔 건물을 준비할 수도 있었다.

반장도 동의했다. 볼펜으로 뭔가를 끄적이다가 고개를 들었다.

"그게 맞다. 솔직하게 조사원 셋서서 뭘 하겠냐. 네 직감만 확실하다면, 정보부나 특전대랑 연계하는 게 나아."

아무리 부동산 계약서가 있어도, 회사가 전력으로 대비하는 것만 못했다.

"직감…"

이연우가 멈칫했다. 전문 병력을 요청할 근거로 충분할까? 단순하게 불길한 느낌이 들었다고 전투원을 보내줄까?

'…보내줘야지.'

자신은 평범한 회사원이 아닌데. 정 안 되면 아이가 떼쓰듯 배 째라고 구르면서 억지를 부리면 됐다.

그만큼 이연우는 위기감을 느꼈다. 그때 느낀 감각은 그만한 위험이었다.

심장이 전력으로 달음박질치고 아드레날린이 쏟아지던 감각. 시야가 좁아지고 손끝이 떨리던 그 감각.

이연우가 결연하게 핸드폰을 고쳐 잡았다.

"어떻게든 지원을 받아내겠…"

그때였다.

콰앙!

건물 바깥에서 폭발음이 들려왔다. 한 번이 아니었다. 곳곳에서 폭발이 일어났다.

조사원들이 일제히 창밖을 내다보았다. 거리 곳곳에서 굉음과 폭발이 일어났다. 거기에서 괴한들이 총을 들고 난사하다시피 총탄을 흩뿌리고 있었다.

비명을 지르며 도망치는 민간인.

공격이었다.

이연우도 위기감을 느꼈지만, 조직이 망하기 직전인 멸망주의자도 그 못지않게 위기감을 느꼈다.

시간을 천천히 끌며 작업하지 못할 정도로.

한발 물러선 여자는 곧장 전자 세계의 유령을 불렀다.

"개인적으로 접근하기는 힘들어요. 시간이 많이 필요할 거예요."

"기다릴 시간이 없는데…"

핸드폰 화면에서 튀어나온 전자 세계의 유령이 초조하게 중얼거리자, 여자는 머리끝을 비비 꼬았다.

지금, 이 순간에도 온갖 집단이 멸망주의자를 멸망시키기 위해 움직이고 있었다. 한시라도 빨리 이연우 같은 전력을 끌어들여야 했다.

여자도 상황을 알아서 슬쩍 전자 세계의 유령을 보았다. 전자 세계의 유령은 고민하는 표정을 짓고 있었다.

거기에 여자가 말했다.

"조금 작위적이지만, 이벤트를 진행해볼까요?"

"무슨 이벤트?"

여자가 품에서 총기를 꺼냈다. 그러고는 자기 머리를 겨누며 희미하게 웃었다.

"위험 속에서 사랑이 꽃피지 않겠어요? 남은 멸망주의자 써서 습격해주세요."

연출된 테러 속에서 이연우에게 자연스럽게 접근하는 게 목표였다.

이미 이연우의 성격은 분석되었고, 여자의 머릿속에는 시나리오 한 편이 그려졌다. 최대한 이연우의 호의를 산 후, 향수를 사용하는 시나리오.

"그 사람은 생존주의자잖아요. 같은 위기를 겪고, 그 위기에서 그를 돕고, 그의 생존에 짐이 되지 않는다는 인상을 심어주면 향수도 제대로 통할걸요?"

단순하게 향수를 뿌리는 것만으로는 부족하니, 향수의 힘을 극대화하기 위해 준비한 시나리오였다.

전자 세계의 유령은 잘 모르겠다는 표정을 지었다. 이런 쪽은 정말 잘 몰랐다.

"네가 그렇다면 그런 거겠지."

그러려니 하는 표정을 지으며 멸망주의자 수십 명에게 호출 신호를 보냈다. 그들은 이상 개체를 이용해 곧바로 이곳으로 넘어올 것이었다.

"지금까지 살아남은 정예 멸망주의자야. 잠깐 네 밑으로 보낼게."

본래라면 수평적인 관계로 따로따로 놀던 멸망주의자도 집단의 소멸을 앞에 두자 하나로 똘똘 뭉쳤다.

10분이 채 안 되는 시간.

우두머리급 멸망주의자인 전자 세계의 유령이 사람을 준비했고, 여자는 시나리오를 머릿속에서 재생했다.

여자는 속으로 시나리오에 작전명을 붙였다.

'이번 작전은 흔들다리라고 하자. 위험이 도화선이 될 거야. 향수는 불씨가 되고.'

도로에 난리가 났다.

복면을 뒤집어쓴 강도, 총기로 무장한 테러리스트, 연쇄살인범, 지명수배자 따위가 한 몸처럼 움직였다.

그들은 도로를 달리는 자동차를 연달아 망가뜨려 교통을 마비시켰다. 또한, EMP가 터져 일대의 통신망이 먹통이 되었다. 누군가는 건물이며 가스 배관에 불을 붙였다.

조직적인 공격이었다. 숙련된 멸망주의자의 집단 공격이었다.

"죽이지 마! 어차피 무장 없는 민간인이야! 부상만 입혀! 살려둬야 의료 체계에 부하를 걸고 공포를 퍼뜨린다고!"

"바이러스 없나? 정신 조작이나? 없어?"

"어린애들이 안 보이는데. 인질로 과시하기 딱 좋은 게 어린아이들인데."

작정하고 공격에 나선 멸망주의자가 지독한 공포를 퍼뜨렸다. 거창한 이상 개체는 필요 없었다. 기본 무장만으로도 충분했다.

평온했던 거리가 아수라장이 되었다. 비명, 화약 냄새, 신음, 피 냄새.

숨어만 살다가 오랜만에 나온 멸망주의자들이 눈을 희번덕거리며 중얼거렸다.

"이거지. 이게 우리지. 내일 죽더라도 오늘은 하나라도 더 죽여야지."

이게 멸망주의자였다. 이상 세계의 거의 모든 집단이 제거하려는 적. 세상의 멸망을 바라고, 인간의 몰살을 원하는 광인들. 선을 넘어 미친 짓을 일삼는 자들.

그쯤에서 어떤 멸망주의자가 외쳤다.

"목적은 잊지 않았지? 빨리 움직여!"

광기로 눈을 번뜩이는 자들이 천천히 움직였다. 사냥꾼이 사냥감을 몰듯, 어부의 그물이 물고기를 사로잡듯, 사람들을 어느 건물로 몰았다.

이상 조사반의 건물로.

조사반의 세 명은 창가에 나란히 서서 창밖을 보았다.

비명을 지르고, 피를 흘리고, 다리를 절뚝이는 자들이 공포에 질린 낯빛을 하고는 경황없이 달렸다.

"멸망주의자 새끼들."

반장이 주먹을 꽉 쥐었다. 누가 봐도 멸망주의자의 소행이었다. 한국에서 저런 조직적인 테러라니.

유지유는 어두운 안색을 하고는 침울하게 중얼거렸다.

"지렁이…"

지렁이 교단에서 보았던 피해자들. 지렁이의 환각에 속아 스스로 팔다리를 자른 자들의 형상이 겹쳤다.

이상 세계 앞에서 무고한 피해를 당하는 자들.

눈앞에서 펼쳐지는 전장은 유지유에게 상당한 스트레스를 줬다. 복잡한 감정과 강도 높은 압박감. 이런저런 생각이 둥실둥실 떠다녔다.

정보부의 유령인 언니가 여기 있었다면 좋을 텐데, 뭐라도 해야 하는데, 나도 위험한데.

결국, 유지유가 우울하게 읊조렸다.

"지렁이가 되고 싶네요. 그때는 이런 생각 따위는 안 했는데."

"그만. 쓸모없는 생각은 하지 마라. 다 저 새끼들 잘못인데, 우리가 죄책감 느낄 필요는 없어. 그보다는 사람 구할 생각부터 해."

반장이 이를 까득 악물었다.

조사원이기 전에 회사원이었다. 자신의 생존보다 중요한 가치가 있었다. 인류를 보호하라. 오직 그 가치 하나만을 위해 조사원으로 20년 넘게 살았다.

반장은 손이 닿는 한도 내에서 사람을 구하기로 했다. 냉정하게 판단했다.

"사람들을 우리 건물로 유도하자. 마침 계약서 있으니까, 멸망주의자는 충분히 막을 수 있어. 응급치료도 가능하고."

유지유가 퍼뜩 정신을 차리고는, 확성기를 찾았다. 반장이 대충 가져다 놓은 공구 더미 안에 있었다.

유지유가 창가 아래에서 확성기만 창문 쪽으로 내밀었다. 도망치는 사람을 이쪽으로 안내하기 위해서.

그쯤에서 반장이 이연우를 찾았다.

"연우야, 주사위든 지폐든 써서 시간 벌 수 있냐? 격멸대대 지금 호출할 건데, 걔네 올 시간만…"

조사반 반장으로서 격멸대대 호출 버튼을 가진 반장은 버튼을 찾다가, 문득 말을 멈췄다.

이연우의 상태가 이상했다. 총성과 폭발음이 난무하는 창밖을 멍하니 바라보고 있었다. 머리를 저격당할지도 모르는데 무방비하게.

심지어 눈도 탁하게 풀렸다. 잔뜩 확장된 눈동자가 창 너머의 도로를 보고 있었다.

반장이 힐긋 보니 웬 여자 하나가 허겁지겁 차도를 가로질러 달려오고 있었다.

'저번에 차 사고 냈던 여자인데? 연우가 왜 이러지?'

이연우가 입술을 떨며 중얼거렸다.

"사, 사, 사…"

예전에 중독됐던 사랑의 묘약이 여전히 효과를 발휘했다. 세상이 좁아졌다. 오직 그 여자만을 보았다. 심장이 가슴을 뚫고 나올 기세로 뛰었다. 아드레날린이 폭포가 되어 쏟아졌다.

이연우는 이제야 알았다. 저 여자였다. 저 여자가 이 감각의 원인이었다. 위험의 근원이었다. 그러니까…

"사살!"

죽인다.

찰나, 이연우가 악을 쓰며 고속으로 움직였다. 한 손에는 권총을 쥐었다. 다른 손으로는 라이터로 지폐에 불을 붙였다.

도화선에 불이 붙었다.

휘발유에 젖은, 시간을 사는 지폐 더미가 순식간에 타올랐다.

태운 지폐의 가치에 따라, 사람의 몸값에 따라 그만한 노동이 순식간에 이뤄지는 지폐. 한순간, 이연우의 주변으로 빈 탄창이 우르르 떨어졌다. 사살이란 노동이 이루어졌다.

360도 돌아버린 사고 회로가 정확한 판단을 내려, 음모자를 사살했다.

　조사반에 침묵이 내려앉았다. 반장과 유지유는 입을 헤벌리고 멍하니 이연우를 보았다. 창밖의 온갖 소음도 들리지 않는 듯했다. 오직 두루뭉술한 충격만이 머리를 채웠다.

　'저 여자 민간인 같은데, 민간인을 쏴 죽여?'

　반장과 유지유가 무심코 다시 창밖으로 고개를 돌렸다.

　여자가 피를 흥건히 흘리며 바닥에 누워 있었다. 저 멸망주의자조차 목적을 위해 민간인에게 상처만 입히고 있었는데, 저 여자는 벌집처럼 구멍이 숭숭 뚫린 채 죽었다.

　여자가 보물처럼 꼭 쥐고 있던 향수병이 데구르르 바닥을 구르는 모습이 안쓰러웠다.

　"어, 어…"

　"아."

　그쯤에서 정신을 조금 회복한 반장과 유지유가 뒷걸음질

을 쳤다.

이연우가 돌아버린 줄 알고. 멸망주의자가 괴상한 이상 개체로 정신을 조작한 줄 알고.

'멸망주의자보다 이놈이 더 무서운데.'

반장이 침을 꿀꺽 삼키며 부동산 계약서를 들었다. 그 손이 사정없이 떨려, 문서 또한 푸르르 흔들렸다.

유지유는 형광 조끼 보관함으로 슬금슬금 움직이며 이연우를 주의 깊게 살폈다. 기이한 긴장이 은근하게 내려앉은 사무실.

이연우는 숨을 몰아쉬며 눈을 깜빡였다.

'아, 돌아왔다.'

심장을 뛰게 만든 여자가 죽었다. 머리를 채우던 강렬한 감정이 증발했다. 마치 귀신에 씐 것 같았던 정신과 몸이 멀쩡하게 회복했다.

지독하게 격동적이었던 감정, 그 비이성적인 감정이 밀려나며 차가운 정신이 감정을 대신했다.

이연우가 안도의 한숨을 내쉬며 권총을 고쳐 잡았다. 그러고는 아리송한 표정을 지었다. 뭔가 이상했다.

'…저 사람이 위험이라고?'

이만한 위기감을 안겨준 위험치고는 너무 쉽게 처리된 거 같은데?

이연우의 표정이 다시 굳었다. 그는 여자의 시체를 내려다보며 총을 겨눴다. 혹시 살아날 수도 있으니까. 그동안의 경험에 따르면 안심할 수 없었다.

'주사위를 써야 할지도 몰라.'

그쯤에서 반장이 입을 열었다.

"어… 연우야, 그 총 내려놓고 나 좀 봐라."

"예?"

이연우가 고개를 돌렸다. 반장은 이연우의 눈을 유심히 관찰하며 말했다.

"그… 민간인은 왜 죽였냐?"

"민간인 아닙니다. 위기감을 느끼게 만든 인간입니다. 아마 멸망주의자 같습니다. 점심에도 저한테 접근했었거든요."

어쨌든 위기 상황이라 생존 본능이 깨어난 상태였고, 이연우의 머리는 쌩쌩 돌아갔다.

위기감을 불러일으킨 여자와 때마침 일어난 멸망주의자의 테러. 당연히 연관이 있지 않을까? 어쩌면 저 여자는 우두머리급 멸망주의자일지도 몰랐다.

반장은 우물거리다가 고개를 끄덕였다.

"그래?"

여차하면 이연우를 내쫓기 위해 부동산 계약서를 꽉 쥐고 있던 손에서 힘이 풀렸다.

솔직하게 말하자면 미심쩍었지만, 저 여자도 수상했다. 교통사고를 내지 않나, 이연우한테 접근하지 않나. 거기에 저 아수라장 속에서 조사반 건물을 향해 일직선으로 다가왔다.

"행동거지가 의심스럽긴 했지."

반장이 긴장을 놓자, 유지유는 눈치를 살피다가 다시 확성기를 들었다.

"민간인들 대피시킬까요?"

"어, 빨리하자."

어쨌든 이연우가 멀쩡하면 됐다. 저런 멸망주의자 무리보다 더 큰 사고를 일으킬 능력이 있는 놈이 돌아버리지만 않으면 괜찮았다.

유지유는 확성기를 켰지만, EMP 탓인지 관리를 안 한 탓인지 확성기는 잠잠했다. 결국, 유지유는 도구 없이 빽액 소리를 질렀다.

"이 건물로 대피하세요!"

또한, 반장은 격멸대대 호출 버튼을 꾹 눌렀다. 특별 사양으로 만들어진 호출 버튼은 EMP 앞에서도 멀쩡했다.

"됐다. 이제 버티면 된다."

"…"

한편 이연우는 창가에서 멀리 도망친 후, 턱을 매만졌다.

'저건 그렇게 위험한 느낌이 아닌데…'

바깥에서 멸망주의자들이 난장판을 만들고 있었지만, 반장은 부동산 계약서를 가졌고, 자신은 시간을 사는 지폐를 잔뜩 지니고 있었다. 격멸대대가 올 시간은 충분히 벌 수 있었다.

하나 마음에 걸리는 게 있다면…

'문제는 저 여자야. 정말 죽었나?'

찝찝했다. 그가 느꼈던 위기의 강도와 해결의 난이도가 어울리지 않았다. 아무리 생각해도 이게 맞나 싶었다.

이상한 위화감. 진지하게 고민하던 이연우가 결국 지폐 다발을 쥐었다.

"안전이 제일이지."

이연우는 작게 중얼거리며 시간을 사는 지폐에 불을 붙였다.

반장과 유지유는 예민하게 반응했다. 고개를 홱 돌려 이연우를 보았다.

하지만 지폐가 전부 타도 딱히 변한 것은 없었다. 사무실은 물론이고, 이연우조차 이전과 같았다.

의심스러운 눈초리들 앞에서 이연우가 개운하게 웃었다.

"돕겠습니다."

찝찝한 문제를 해결했다. 이연우는 반장처럼 손이 닿는 한도 내에서 사람들을 돕기로 했다. 안전이 확보된 상황에서, 위험하지 않은 수준에서.

반장이 눈을 대굴대굴 굴렸다. 확실히 이 사무실에는 변한 게 없었다.

"그 지폐로 뭐 했어?"

"그 여자 시체 멀리 옮겨서 묻어줬습니다. 아무래도 우두머리급 멸망주의자 같은데, 근처에 두면 위험하지 않겠습니까."

시체가 부활할 수도 있고, 어쩌면 애초에 시체가 아닐 수도 있고. 그 몸이 폭탄처럼 터질 수도 있고, 무슨 괴물이 위장을 찢고 나올 수도 있고.

정보가 없으니 이연우는 상상의 나래를 활짝 펼쳤다. 이상한 세상에서는 뭐든 가능했으니까.

반장 또한 그 의견에 동의했다.

"잘했다. 그보다 어떻게 도울 거냐? 바깥에 나가는 건 지나치게 위험해. 건물에서 농성하면서 민간인들 대피하는 거 받는 게 가장 낫다."

반장은 사람을 더 살릴 수 있는 판단을 내렸다.

나가서 멸망주의자와 대적하는 것보다는 이게 더 많은 목숨을 구할 수 있었다. 응급처치만 제때 해도 좋았다.

하지만 이연우는 웃을 뿐이었다.

"제가 사람들 납치해 오겠습니다."

"어?"

"사람들이 이곳까지 찾아오기를 기다릴 필요는 없지 않습니까. 멱살 잡고 끌고 오죠."

이연우가 시간을 사는 지폐를 들었다. 납치라는 노동에 쓰일 시간을 산다. 그야말로 안전하고 신속하게 사람을 구할 방법이었다.

물론, 그랬다가는 가진 지폐를 다 쓸지도 몰랐지만, 이연우는 개의치 않았다.

'클럽에서 또 받으면 되지. 나랑 친분 쌓겠다는 클럽인데, 거절하겠어?'

반장은 멍하니 있다가, 속으로 중얼거렸다.

'맞네? 맞긴 한데…'

반장이 작게 중얼거렸다.

"그건 납치가 아니라 구조 아니냐. 왜 말을…"

단어 선택이 아무리 생각해도 이상한데? 아닌가? 갑자기 끌려오는 거니까 납치인가?

반장이 혼란에 빠진 그쯤에 유지유가 눈을 빛냈다. 목 아프게 외칠 필요 없다면 다른 일을 하면 됐다. 보다 직접적으로 사람을 구하는 일.

"저는 구급 키트랑 기억 소거제 준비할게요."

"제 에코백에 붕대랑 거즈랑 상처 소독제 넉넉하게 있으니까, 그것도 쓰십시오. 반장님은 부동산 계약서로 방어할 준비를 해주십시오."

"오냐."

그렇게 세 명은 한 몸처럼 사람을 구하기 위해 움직였다.

멸망주의자들은 슬금슬금 조사반 건물 근처로 모여들었다. 그들도 작전을 알았다. 스파이를 그 건물로 자연스럽게 침투시키기 위해 사람들을 내몰 것.

어떤 멸망주의자가 손목시계를 확인했다.

"시간 충분히 준 거 같은데? 이제 돌아갈 준비 하자고."

"몇 놈 안 보여."

"눈 돌아가서 딴짓하고 있겠지. 버려."

멸망주의자로서 오래 살아남으려면 시간은 칼같이 지켜야 하는 법.

그들은 분주히 후퇴를 준비했다. 포털이 열릴 시간을 기다리며, 괜히 근처 약국으로 들어가 의약품을 빼앗거나 상처를 입고 쓰러진 사람에게 칼을 빼 들고 다가가거나.

멸망주의자가 킥킥 웃으며 마체테를 질질 끌었다. 녹슨 마체테가 아스팔트 도로를 긁으며 쓰러진 사람에게 점점 가까워졌다.

허벅지에 총상을 입고 쓰러진 사람이 입을 뻐끔거렸다. 엄청난 공포에 말이 나오지 않았다.

"죽을 시간이야."

"으, 아…"

쐐액.

마체테가 허공을 갈랐다.

"응?"

말 그대로 허공을 지나쳤다. 분명히 사람을 향해 내리쳤는데, 사람이 휙 사라졌다. 순간 이동처럼.

근처에 모인 멸망주의자들의 얼굴이 굳었다.

"벌써 왔다고?"

"회사야? 클럽이야? 예술가야? 악마야? 마법사야? 누구야?"

적이 하도 많으니까, 그 정체를 짐작하기 힘들었다. 정상급 집단이라면 공간 정도는 다룰 수 있어서 더…

무엇보다 한가하게 추리할 시간이 없었다.

다음 순간, 그들 중 하나가 사라졌다. 공간 이동에 당해 끌려간 것이었다.

멸망주의자들이 나지막이 욕설을 내뱉었다.

"이놈들이 이렇게 빨리 반응할 리가 없는데. 일단 빨리 흩어져!"

"도망…"

그리고 잠시 후.

마체테를 든 멸망주의자가 공간 이동에 당했다. 정확히는 이연우에게 납치되었다.

순식간에 바뀐 공간.

마체테를 고쳐 잡으며 멸망주의자가 눈을 크게 떴다. 시야를 넓게 두며 환경부터 파악하려는 것이었다. 곧, 그는 눈을 깜빡였다.

'여긴… 멸망주의자 소굴인가? 다른 멸망주의자가 우리의 도주를 도운 건가?'

사람들의 시체가 잔뜩 널려 있었다. 아무렇게나 벽에 기대어 눕히고, 땅바닥에 대충 던져둔 시체들. 그 수많은 시체에서는 피 냄새가 잔뜩 풍겼고, 흐릿한 신음 또한 들려왔다.

"시체가 아니잖아?"

멸망주의자가 퍼뜩 정신을 차렸다.

다 환자들이었다. 왜 다 같이 자고 있는지는 모르겠지만, 응급치료의 흔적이 보이는 게 멸망주의자의 소행은 아니었다.

그때였다. 뒤에서 투덜거리는 목소리가 들려왔다.

"아니, 연우야. 민간인 데려와야지, 이딴 놈들을 계속 끌고 오면 어쩌냐."

"그게, 지폐가 단순노동은 잘하는데, 조금 복잡한 요구는 잘 안 듣네요."

멸망주의자가 튀어 오르며 몸을 획 돌렸다. 그는 그제야 세 명의 사람을 보았다.

중년 남자, 젊은 남자, 젊은 여자. 그들의 분위기는…

"너희는 뭐냐?"

중년 남자에게선 회사원 같은 사명감이 느껴졌고, 젊은 여자는 성격 나쁜 악마한테 시달린 악마 숭배자처럼 우울한 기색이었고.

젊은 남자는 예술가나 악마나 멸망주의자처럼 정신이 이상한 느낌이었다.

'이게 무슨 조합이야. 아니, 잠깐만. 이 남자…'

얼굴이 익숙했다. 누가 보여준 것 같았다. 열심히 기억을 떠올리던 멸망주의자의 동공이 문득 확장되었다. 입이 쩍 벌어지며 절규 같은 소리가 터졌다.

"이연우! 도대체 우리가 너한테 뭘 잘못했다고 이렇게 괴롭히는 거냐!"

"…예?"

"지우개 든 대장이 널 공격했다고 이러나? 그 대장은 네가 죽였으니까 원한은 거기서 끝내야지! 왜 우리 전부한테…!"

고함이 고막을 강하게 때렸다. 이연우는 황당한 표정을 지었고, 반장과 유지유는 이연우를 슬쩍 살폈다.

반장이 어렵게 말했다.

"연우가, 음… 명성이 있네."

"연우 씨랑 만나는 멸망주의자마다 다 저러네."

"아니, 아니."

이미 앞서 실수로 데려온 멸망주의자를 상대하면서 똑같이 들었던 소리였다.

이연우는 어처구니가 없었지만 변명하듯 반장과 유지유에게 말했다.

"아니, 전 딱히 뭐 안 했습니다. 진짜 살려고 발버둥 친 게 끝인데. 다 사고였는데."

"개, 개, 개…!"

말도 제대로 안 나왔다. 멸망주의자는 억울해서 눈물까지 글썽거렸다. 이념이 어떻든, 조직 하나를 박살 낸 놈이 저런 소리를 해?

이연우는 자신이 가해자가 된 느낌에 불편한 표정을 짓다가, 새삼 상황을 깨달았다. 눈앞에 있는 것은 멸망주의자였다. 그는 무심코 중얼거렸다.

"멸망주의자는 멸망하는 게 맞는데?"

지구를 파괴하고 사람을 죽이려는 집단은 없는 게 좋은데?

그 당연한 진리를 내뱉자, 순간 멸망주의자의 이마에 핏대가 솟는가 싶더니 그대로 눈을 까뒤집으며 뒤로 쓰러졌다. 기절한 것이었다.

"부동산 계약서는 안 써도 되겠구먼."

반장이 발끝으로 멸망주의자를 툭툭 밀었다. 한 명, 한 명 따로 끌려와 각개 격파당한 멸망주의자 몇이 구석에 모였다. 하나같이 얼굴색이 이상하거나 게거품 같은 것이 묻어 있었다.

유지유가 중얼거렸다.

"멸망주의자는 머리가 이상한 사람들인가 봐요. 자기들은 그렇게 살고 싶어 하면서, 남들을 죽이고. 이해할 수가 없네."

"그건 다 똑같다. 예술가는 예술을 하겠다고, 클럽은 돈 벌겠다고, 회사는 보호하겠다고. 됐다. 연우야, 건물에 자리 많다. 사람 더 구하자."

이연우는 말없이 다시 한번 지폐를 태워 사람을 끌고 왔다.

이번에는 민간인이 잡혀 왔다. 피를 많이 흘려 창백한 얼굴을 한 민간인은 몽롱한 표정을 지었다.

"꿈인가?"

"잠자고 일어나면 다 끝났을 거요. 그러니까 푹 자라고."

건물주의 강제력이 민간인을 잠에 빠뜨렸다.

유지유가 재빠르게 움직였다. 탈취제 통에 담은 기억 소거제를 민간인의 입 안에 칙칙 두 번 뿌리고, 가위로 옷을 잘라 상처를 드러내 붕대나 거즈 따위를 쓰고.

서서히 테러의 끝이 다가오고 있었다.

꽉 막힌 도로와 EMP에 망가진 전자 기기. 거기에 곳곳에서 일어난 화재와 인도에 쓰러져 있는 부상자들.

경찰차와 소방차와 구급차가 신속하게 진입하기에는 그것들 전부가 장애물이었다.

그렇기에 멸망주의자는 기동타격대나 군부대 혹은 이상 집단의 대응이 도착할 시간을 계산했고, 그 시간이 되기 전에 도망쳤다.

우웅.

푸른 문이 열렸다.

"됐다! 빨리 도망쳐!"

공포에 질린 표정을 지은 멸망주의자들이 곳곳에서 튀어나왔다. 그 수가 몇 안 됐다.

전부 납치됐다. 한 명씩 공간 이동 같은 것에 당해 끌려갔다. 누구도 돌아오지 못했고, 납치는 멈추지 않았다.

성체를 알 수 없는, 적의 정체를 알 수 없는 공격. 방어도 반격도 어려웠다.

후다닥 달려가는 멸망주의자들의 얼굴에 포털의 푸른빛이 드리워졌다. 동공에 맺힌 푸른빛이 희망의 빛처럼 번쩍였다.

"됐…"

그리고 사라졌다. 포털을 넘어가기 직전, 이연우에게 납치됐다.

남은 멸망주의자가 안도했다.

"저놈 끌려갔으니까 우리는 무사히 도망칠 수 있겠네."

"그럼 뭐 하냐고. 지금 우리 셋밖에 안 남았는데."

복면을 쓴 강도가 짜증스럽게 말했다. 하나하나 끌려가다 보니까 어느새 셋만 남았다. 손해가 훨씬 컸다.

결국, 남은 멸망주의자가 작게 중얼거리면서 포털을 넘어갔다.

"작전이라도 성공하길 바라야지."

저기가 무슨 건물인지는 몰라도, 이렇게까지 스파이를 침투시키려는 것을 보면 상황을 뒤바꿀 무언가가 있지 않을까.

예를 들어, 지구 폭발 버튼 같은 거.

그렇게 세 명의 멸망주의자는 포털을 넘어갔고, 정신없이 서성이던 전자 세계의 유령을 보았다.

"EMP 때문에 현장 상황이 어떻게 돌아가는지 알 수가…"

전자 세계의 유령이 퍼뜩 고개를 돌렸다.

"왔어? …뭐야? 왜 너희만 돌아와?"

화약 냄새를 두른 멸망주의자들은 패잔병 같은 기색으로 퉁명스럽게 말했다.

"누군지 모르겠는 놈이 공격해서…"

"출동한 놈들 없는데?"

전자 세계의 유령은 무슨 말을 하냐며 고개를 기울였다. 여러 집단의 통신망을 전부 해킹해서 그들이 움직이는 것을 감시하고 있었다.

테러를 확인하고 분주히 움직이긴 했지만, 현장에 도착한 전력은 없었다.

잠깐 고민하던 전자 세계의 유령은 결국 실패를 직감했다.

"이연우… 스파이가 실패했구나."

조사반 사무실 근처에서 그딴 짓을 저지를 사람은 이연우밖에 없었다. 그리고 그건 사랑에 빠지지 않았다는 뜻이었고.

한편, 멸망주의자들은 대충 흙바닥에 주저앉아 천천히 긴장을 풀었다. 흥분과 공포가 서서히 가라앉았다. 그러다가 문득 고개를 들었다.

흘려듣지 못할 말이 들렸으니까.

"이연우? 거기 이연우가 있었어?"

"어… 이연우가 사는 건물이었는데. 말 안 했나?"

"아니, 미친…"

순간 가라앉던 흥분이 폭발했다. 그들은 일제히 총기를 꺼내 들며 버럭 소리를 질렀다.

"뭐 하는 건데! 대장도 죽인 놈한테 우리를 왜 보내! 숙청이냐?"

"아니, 포섭하려고 작전한 건데? 그리고 너희를 왜 숙청해? 안 그래도 사람 없는데."

"돌았어? 말이 되는 작전을 해야지!"

진짜 말이 안 됐다. 걸어 다니는 멸망을 포섭해?

그나마 머리가 잘 돌아가는 멸망주의자가 바락바락 악을 썼다.

"포섭하면 어쩌려고? 포섭하면 감당할 수는 있고? 저 회사도 이연우 때문에 개같이 고생하는데? 네가 주의하라며 보여 준 자료를 넌 안 읽었냐고!"

클럽의 VIP 명단이나 블랙리스트처럼 멸망주의자가 주의할 사람 명단에도 이연우가 올라갔고, 전자 세계의 유령이 빼돌린 정보도 공개되었다.

위성 병기만 두 번 사용되었고, 셸터 하나가 날아갔고, 부서도 날아갔고, 최근에는 무슨 꿈 악귀를 만들었다고 하지 않았나.

그 뒷수습을 하느라 회사가 투입하는 자원은 어지간한 부서 몇 개 예산은 되었다.

"가만히 두면 회사 힘 깎아먹는 인간을 왜 건드리는 건데,

도대체!"

"..."

돌아오는 답은 없었다. 전자 세계의 유령은 눈을 깜빡이며 그 멸망주의자를 보았다. 계속해서 불평을 쏟아내는 멸망주의자.

"그놈을 써먹으려면 차라리 주변에 이상 개체를 던져! 다른 놈들을 그쪽으로 유인하거나! 그러면 알아서 다 망가뜨리겠지."

전자 세계의 유령은 눈도 깜빡이시 않고 그 멸망주의자를 뚫어져라 쳐다봤다.

그러고는 말했다.

"너, 합격! 너는 이제부터 우리 머리야!"

가진 무력은 하잘것없었지만, 머리가 제법 잘 돌아갔다. 안경을 대신해 참모 역할을 해도 괜찮겠다 싶었다.

멸망주의자의 표정이 이상해지는 그때, 문득 전자 세계의 유령 또한 표정이 일그러졌다.

전자 세계에서 소식이 포착되었다.

검은 연기를 뿜던 흡연자의 소식이었다.

- 난 죽는다. 잘 있어라.

전자 세계의 유령이 황급하게 온갖 통신망을 해킹해서 상황을 확인했다.

CCTV나 핸드폰 따위를 통해 정보가 흘러 들어왔다. 흡연자의 최후.

"녹색협회…"

이 순간에도 멈추지 않는 녹색협회의 공격이 흡연자에게 닿았다. 녹색교단의 교주한테 잡혀 그대로 정화되고 남은 몸은 비료가 되었다.

- 나무가 되어 세상에 이바지하렴. 평소에 독가스를 뿜던 네가 나무가 되어 공기를 정화하는 거란다.

멸망주의자의 멸망이 다가왔다. 아니, 이미 멸망이나 다름 없었다. 이제는 집단이라고 하기에도 부족할 정도로 망가졌으니까.

하지만 전자 세계의 유령은 담담하게 받아들였다.

'한 명이라도 남아 있으면 돼.'

재기는 언제든지 가능했다. 멸망은 광기니까. 세상이 망하길 바라는 사람이 한 명이라도 있으면 멸망주의자는 사라지지 않는다.

멸망주의자는 도망쳤고, 사고는 수습되었다. 도심이 바쁘게 움직였다. 불을 끄는 소방관, 환자를 이송하는 구급차, 바쁘게 돌아다니는 경찰과 군인.

충격성 기억상실을 호소하는 사람들은 그들을 치료해준 사람을 찾았지만 나타나지 않았다.

굳이 남들한테 밝힐 이유가 없었으니까.

조사반의 사무실은 회사의 임시 거점이 되었다. 온갖 사람이 오가며 사태를 수습하고, 정보를 캐냈다.

"타임 카메라 언제 오지?"

"사건 분석반은 장비 챙겨서 온다고 합니다."

"기억 빼내는 그거도 가져오라고 해! EMP 터져서 전자 기기로는 정보를 못 얻어!"

또한, 본사의 마크 정도 허겁지겁 달려왔다.

"이연우 씨! 어디 안 다치셨습니까?"

"…"

이연우는 뚱한 표정으로 마크 정을 보았다. 여러모로 실망했다.

'조사반 건물이 이상 개체라 사고를 안 겪는다고? 그리고 공격 징후도 포착 못 하고?'

전자야 그냥 넘어가겠지만, 공격 징후를 알아차리지 못한 건 많이 불편했다. 제때 막아주지는 못해도 귀띔 정도는 해줘야지.

"본사는 이번 공격 몰랐습니까?"

"그게… 전자 세계의 유령이 방해 공작을 하고, 그놈들은 공간 이동 장비로 움직여서…"

"일단 알겠습니다."

어찌 되었든 본사였다. 고작 이런 일로 갈등을 만들기는 싫어서 이연우는 적당히 넘어갔다.

사실 지나간 일보다 중요한 게 있었다.

"그보다 시간을 사는 지폐를 더 얻고 싶은데, 클럽 쪽에 연락해주세요. 남은 게 없어요."

"지폐요? 그 많은 걸 다 썼다고요?"

마크 정이 멍하니 눈을 깜빡였다. 중간에서 일을 처리하며 정보를 보았다. 이연우가 클럽에서 받은 것.

'그게 적은 건 절대 아니었는데?'

호의를 위해 무리하게 챙겨준 지폐였다. 현금으로 따지면 수십억은 될 거였다. 클럽도 무시 못 할 금액이었단 말이다. 돈도 돈이지만, 이상 개체인지라 그 이상의 가치가 있는, 막 찍어내지도 못할 자원.

"5만 원 지폐 다발이 사과 상자로 몇 개나 왔는데…"

"…맞네요? 돈으로 따지면… 어… 어?"

그쯤에서 이연우가 눈을 크게 떴다.

그냥 일회용 이상 개체로 여기고 물 쓰듯이 썼다. 하나도 남김없이.

그걸 돈으로 환산하면… 갑자기 이연우의 손이 벌벌 떨리기 시작했다.

'방금 그 짧은 시간 동안 몇십억을 태웠다고? 진짜야? 살면서 그 정도로 돈을 써본 적이 없는데?'

집 몇 채가 타서 사라진 거나 마찬가지였다. 물론 그만큼 사람을 구하긴 했지만, 둔중한 충격이 머리를 때렸다.

마크 정은 존중과 어려움이 섞인 표정을 짓고는 고개를 저었다.

"구조에 쓰신 거 같은데, 굉장히 큰 투자를 하셨습니다. 대단하십니다. 그래도 더 얻기는 힘들 겁니다. 클럽도 막 만들지는 못해서요."

"아, 아…"

조금, 아니, 많이 아껴서 썼어야 했나? 갑자기 들이닥친 후회에 이연우는 말을 잃어버렸다.

그때 반장이 어슬렁어슬렁 다가왔다. 반장은 이연우가 아니라 마크 정에게 말했다.

"본사 사람?"

"예. 이사 직속…"

"인사는 됐고, 사람 하나 신원만 확인해주쇼. 나랑 연우한테 접근했던 여자인데."

이연우가 쏴 죽인 여자. 민간인인지 아닌지 확실히 하기 위한 질문.

민간인이라면 이연우의 정신에 문제가 생긴 거라 적절한 치료가 필요했다.

마침 다른 직원이 요란하게 들어왔다.

"이상 개체 회수했습니다!"

향수병을 높이 들고.

"어, 그래. 저거 든 여자였는데. 이상 개체라니 멸망주의자 맞네. 부탁은 됐어. 굳이 확인 안 해도 괜찮겠…"

"사랑의 묘약입니다! 멸망주의자 중 여성 스파이가 사람 빼낼 때 사용하던 이상 개체입니다!"

"…"

소란스러운 사무실.

조사원과 이연우에게 침묵이 내려앉았다. 그들은 멍하니 향수병을 보았다. 저게 뭐라고?

그나마 반장은 빨리 정신을 차렸다.

"다행이네. 연우가 당하지 않아서."

"당했습니다…"

"어?"

"점심시간에 제 앞에서 향수 뿌려서… 그 냄새 맡았습니다."

반장과 유지유는 물론 마크 정도 당황하며 이연우를 보았다. 마크 정이 격하게 반응했다.

"괜찮으십니까? 주사위로 저항하셨습니까?"

"저항은 못 했는데…"

"아, 젠장. 그 여자는 어디 있습니까? 저 묘약에 당하면 계속…"

"연우 씨가 쏴서 죽였어요."

"예?"

마크 정이 고개를 돌렸고, 유지유는 어깨를 으쓱였다.

"보자마자 발작하듯 쏴서 죽이던데요. 연우 씨, 음… 저한테 호의를 가지진 않았죠? 좀 무서운데."

유지유가 머리를 헝클어뜨리며 앞머리로 얼굴을 가렸다. 사랑에 빠지더니, 사랑하는 사람을 쏴서 죽인 인간이었다. 오싹함이 느껴졌다.

"아니…"

이연우는 진짜 억울한 표정을 지었다. 멸망주의자가 헛소리할 때와는 차원이 다른 억울함이 몰려왔다.

자신을 이상하게 보는 사람도 그랬고, 상황 자체도 그랬다.

'말도 안 돼. 말이 안 돼. 내가 사랑도 못 느끼는 인간이라고? 아니지. 이건 말도 안 되지.'

솔직히 누군가를 사랑해본 적이 없긴 했다. 워낙 감정이 얕은 편이었고, 뭔가에 열정을 가진 적도 없었다. 장수생 생활을 하며 더 망가지기도 했고.

하지만 아무리 그래도 사랑과 위기감을 헷갈릴 정도는 아니지 않나?

결국, 이연우의 머릿속에서 상황이 짜 맞춰졌다.

"제 본능이 뛰어나서 위기감을 더 강하게 느낀 거 같은데요. 보니까, 저 여자가 테러까지 일부러 일으킨 거 같은데. 그 위기를 감지하고 원인을 제거한 모양입니다."

논리적인 판단이었고, 이상하게 비틀린 상황을 다시 비틀어 그럴듯하게 만든 결론이기도 했다.

반장은 고개를 끄덕이며 동조했다.

"가끔 그럴 때가 있지. 안전한 상황인데 뭔가 잘못됐다는

사랑

느낌이 본능적으로 상하게 들 때가. 나중에 보면 그게 맞더라고."

"과연…"

기겁한 표정을 짓던 마크 정도 마음을 조금 놓았다. 조사원, 생존 전문가의 직감이라면.

'사랑의 묘약보다 생존 본능이 강하게 작용할 수도 있지.'

이연우가 평범한 사람은 아니지 않나.

하지만 유지유는 이상한 표정을 지었다.

"아닌 거 같은데…"

그때 이연우가 보였던 표정 같은 것은 위기감과 다르게 느껴졌으니까. 지금 생각하면 차라리 첫사랑에 빠진 사람의 표정 같은데.

어찌 되었든 테러가 마무리되었다.

◆

외전: 멸망주의자 이연우

159

1.

거대한 세상이다. 거인이 사는 거대한 집이고, 창문이다.

와장창 깨진 유리창 앞에서 멸망주의자 이연우는 멍하니 서 있다가, 상황을 파악했다.

'꿈.'

꿈일 수밖에 없다. 거인의 세상에 떨어졌을 때의 기억이었다. 단델리온을 도와 창문을 깬 그때였다.

창문 너머에서 찬 바람이 불어왔다. 떨어지는 달빛은 은은하게 빛났고, 깨진 창틀의 유리 가루가 별처럼 반짝였다.

그리고 창틀 아래에서 별보다 빛나는 것이 불쑥 고개를 내밀었다.

금발. 인종을 알아볼 수 없는 혼혈의 외모. 거인의 집에서 애완인간으로 살던 단델리온이었다. 그녀가 말했다.

"야, 너 진짜 탈출 안 해?"

이때 자신이 뭐라고 답했더라.

망설였을 것이다. 거인의 집에 남아 귀환 주사위를 돌릴지, 아니면 그녀를 따라 나가 인간의 도시를 찾을지.

그 망설임 끝에…

꿈속의 이연우가 말했다.

"아냐. 나도 탈출하자. 인간의 도시를 찾아봐야겠어. 그게 확실할 거 같아."

단델리온이 활짝 웃으며 한 손을 내밀었다. 이연우는 그 손을 잡았다.

"넌 약하니까 내가 도와줄게. 내가 길에서 오래 살았거든. 너 정도는 충분히 책임질 수 있어."

"아니, 일단 손부터 놔봐. 줄 정도는 나도 타고 내려갈 수 있어."

"그 체력으로?"

"뭐라는 거야."

그렇게 티격태격하는 두 사람을, 꿈을 보는 이연우는 가만히 관조하였다.

그리고 꿈이 흘렀다. 기억을 재생하듯 빠르게, 주마등처럼.

2.

많은 일을 겪었다.

야생으로, 거인의 길거리로 나가서 수많은 위험을 겪었다. 자그마한 벌레나 고양이 따위조차 괴수와 같이 거대하였고, 거인 또한 무시할 수 없었다.

거대한 세상에서 인간은 지나치게 작아서 모든 것이 위험했다.

그렇기에 두 사람은 서로에게 기대 위험을 헤쳐나갔다. 때로는 이연우가 단델리온을 구했고, 때로는 단델리온이 이연우를 구했다.

서로를 구한 횟수는 두 손으로 셀 수 없었고, 어느 순간부터는 서로의 생명이 섞인 듯했다. 한 명이 아프면 다른 사람도 아팠다.

흘러가던 꿈이 문득 멈췄다.

"아, 겨우 도망쳤네. 미친 쥐 새끼."

"팔 괜찮아?"

흉포한 쥐를 피해 나뭇잎 아래에 숨은 이연우가 작게 물었다.

쥐가 휘두른 발톱에 스쳐 단델리온의 팔에 깊은 상처가 남았다. 단델리온은 어깨를 으쓱였다.

"이 정도는 뭐. 저번에 훔친 꿀도 조금 있잖아. 그거 바르면 낫겠지. 그보다 원래 사람 사는 세상에서는 쥐가 진짜 작다며?"

함께 보낸 시간이 길어지며, 이연우는 자신이 인간의 세상에서 왔으며 주사위를 지녔다는 사실까지 밝혔다.

그 후로 단델리온은 호기심과 희망으로 눈을 빛내며 질문을 던지곤 했었다.

"인간이 거인 크기라고 생각하면 돼."

이연우는 단델리온의 상처에서 눈을 떼지 못했다. 마음이 아파서 손가락을 꾸물대며 고민했다.

'주사위로 회복을… 안 돼. 너무 위험해. 실패하면 단델리온이 죽을 거야.'

단델리온은 그런 이연우를 보다가, 문득 물었다.

"너 귀환하는 주사위는 안 굴려? 요즘도 실패만 나오나?"

"아, 응. 꽝만 나오네."

거짓말이었다. 귀환 판정을 안 굴린 지 얼마나 지났는지 기억도 나지 않았다.

차마 단델리온을 혼자 두고 돌아갈 수는 없었지만, 그렇다고 함께 돌아가자니 대실패 판정이 무서웠다.

그 거짓말을 단델리온도 알아차렸고, 고개를 픽 돌리며 중얼거렸다.

"무슨 꽝이 그렇게 나와."

"뭐래. 주사위도 없는 게 뭘 알아."

"아, 진짜!"

멸망주의자 이연우는 흐릿하게 빛나는 기억을 보았다. 한때는 기억이 고통이 되어 심장을 찔렀으나, 이제는 무덤덤했다.

그리고 다시 기억이 흘렀다.

3.

인간의 도시를 찾기 위한 여정이었다. 어쩌면 중간부터는 목적을 잃었을지도 모르나, 그들은 인간의 도시를 찾아 멈추지 않고 움직였다.

그리고 진실에 닿았다.

"인간의 도시는 없구나…"

"다 망했네…"

두 사람은 폐허 앞에서 우울하게 중얼거렸다.

인간의 도시는 없었다. 있더라도 그들이 상상했던 것과 달랐다.

인간의 도시는, 인간 세상의 구원은 길거리를 떠도는 길인간과 사육당하는 애완인간이 만든 희망 섞인 전설이었다.

어떤 인간은 전설을 현실로 만들기 위해 행동했지만, 그래서 인간의 도시까지 만들었지만, 거인의 인간 구제에 당해 모두 망가졌다.

그들은 한참 동안 폐허에 있었다.

해가 지고, 하나로 뭉친 두 사람의 그림자가 길어지다 못해 밤의 어둠에 섞일 때까지.

이연우가 말했다.

"나랑 같이 귀환할래? 주사위가 대실패해도 너랑 나라면 어떻게든 살 수 있을 거 같은데."

단델리온이 고개를 돌렸다. 꼭 붙어 있었기에 단델리온의 코가 이연우의 볼을 스쳤으며, 반짝이는 눈에는 이연우가 가득 담겼다.

"그건 꽝만 나온다며, 바보야. 차라리 우리 조금만 더 노력 해보자."

이연우의 눈에도 단델리온이 담겼다. 머리도 단델리온으 로 꽉 찼다. 차마 목소리를 듣지 못할 정도로.

단델리온은 별처럼 빛났다. 희망의 빛을 끝없이 내뿜었다.

"우리가 인간의 도시를 만들자. 네가 주사위로 그 회사? 거 기에 연락해서 도움을 받고!"

"어?"

"우리가 전설을 현실로 만들자고! 이 도시를 만들었던 사 람처럼!"

이연우는 거절하지 못했다. 멍하니 고개를 끄덕였다. 단델 리온이 활짝 웃으며 이연우를 끌어안았다. 밤의 한기가 사람의 체온에 녹았다.

이연우의 심장이 쿵 떨어졌다. 심장이 미친 듯이 뛰었다. 꼭 위기를 마주했을 때처럼.

'사, 사…'

이연우는 손을 떨었다. 그리고 그 손을 뻗어 단델리온을 마주 안았다.

'사랑하는구나. 단델리온을.'

처음 심장이 뛰었을 때는 헷갈렸다. 단델리온이 이상한 질

병에 걸렸거나, 잠재적인 위험을 품은 건 아닐까 했다.

하지만 그 경험은 반복되었고, 이연우는 비로소 자기 감정을 알아챘다. 이연우가 단델리온의 귀에 대고 속삭였다.

"그래, 우리 같이 도시를 만들자."

그렇게 그들은 도시를 재건했다.

빛나는 기억이 빠르게 흘렀다. 멸망주의자 이연우는 그 기억들을 머릿속에 새겼다. 잊지 않도록 몇 번이나 되새겼다.

수백 번을 반복했던 작업이기에 멸망주의자 이연우는 그 앞에서 기다리는 미래 또한 선명하게 알았다.

희망은 스러지기 마련이었다.

4.

도시가 불탔다. 단델리온과 이연우가 공들여 재건한 도시에 불길과 죽음이 드리워졌다. 그 그림자의 주인은 거인이었다.

도시가 어느 정도 궤도에 오르기 무섭게 찾아온 자들.

외래종 관리국. 거인 세계의 인류보호회사 같은 조직.

"빨리 소각해!"

"인간종은 뭉쳐두면 안 된다! 이 외래종은 우리와 동등한 문명을 건설할 능력이 있어! 지배권을 두고 다투기 싫으면 동정심 같은 건 버리고 죽여!"

두 사람의 결실인 도시가 무너졌다.

하지만 이연우도, 단델리온도 도시를 살필 여력이 없었다.

불타는 골목 구석에 숨은 이연우는 주저앉아 손을 떨며 단델리온의 머리를 끌어안았다.

"안 돼. 안 돼. 이렇게 죽으면 안 돼."

단델리온이 파편에 맞았다. 큼직한 돌 파편이 단델리온의 내장 깊이 파고들었다. 피가 멈추지 않고 흘렀다. 이연우의 무릎 위에 쓰러진 채 안긴 단델리온은 창백한 얼굴을 살짝 들었다.

미약한 숨소리에 말이 섞였다.

"아쉽다… 회사가 도와줬으면 모두 구할 수 있었을 텐데."

주사위로 연락한 회사는 매몰차게 지원을 거절했다. 이차원의 인간을 도울 여력이 없다고. 무슨 이상기후? 예정된 재난 때문에 대피하기 바쁘다고.

이연우는 머리가 하얗게 비어버려 어떤 답도 하지 못했다. 그저 주사위를 불렀다.

'주사위! 회복, 재생, 상처 제거, 상처 분담, 빌어먹을! 뭐든 굴려!'

실패가 무서웠지만, 가만히 두면 단델리온이 죽는 상황에 그게 다 무슨 소용인가.

그때였다. 단델리온이 손을 뻗어 이연우의 볼을 잡았다. 그 체온이 두려웠다. 얼음처럼 차가워서.

단델리온이 말했다.

"됐어. 난 곧 죽을 거야. 실패하면 유언 남길 시간도 없을걸?"

"그래도…"

"그 주사위 꽝만 나온다며. 그러니까 성공할 기회는 나한테 쓰지 마. 너 돌아가는 데 써. 인간 세상에서 왔잖아. 돌아가야지."

"하지만…"

그리고 단델리온의 손이 툭 떨어졌다.

이연우의 움직임이 멈췄다. 단델리온은 마지막 숨결로 말했다.

"나 대신 인간 세상을 실컷 즐겨줘."

그걸로 끝이었다. 단델리온의 숨이 멈췄다. 체온이 얼음보다 차갑게 식어갔다.

눈을 감지 못하고 죽은 단델리온. 그 시체의 형상이 머리에 깊이 새겨졌다.

하지만 그 최후를 지킬 여유도 없었다. 인간의 도시를 파괴한 거인이 다가오고 있었다. 쿵쿵, 건물을 때려 부수고 불을 지르면서.

고개 숙인 석상처럼 단델리온을 보던 이연우가 고개를 들었다. 거인이 보였다. 무너지는 도시가 보였다. 단델리온의 시체가 무겁게 무릎을 짓눌렀다.

"…"

머리가 텅 빈 듯도 했고, 온갖 생각으로 가득 찬 듯도 했다. 감정이 끓어오르는 것 같기도 했고, 사라진 것 같기도 했다.

하지만 그 모든 것은 하나로 치달았다.

복수.

단델리온을 죽인 거인과 세상을 향한 복수.

이연우는 금붕어처럼 입을 뻐끔거리다가 간신히 말을 내뱉었다.

"이딴 세상은…"

그 목소리에는 어떤 온기도, 감정도 없었다. 그저 차갑게 벼려진 복수의 칼날이 선뜩한 날을 세웠다.

"멸망해야지."

데구르르.

주사위가 구르고.

멸망주의자 이연우는 잠에서 깼다. 꿈에서 현실로 돌아왔다.

5.

세상이 엉망이었다.

멸망주의자의 집회가 열렸던 섬에는 시체와 파괴의 흔적이 가득했다. 잡초 하나 남기지 못하고 암석으로 돌아간 섬. 공간이 깨지고, 지워지고, 독가스가 넘치는 섬.

가까스로 눈을 뜬 이연우는 힘겹게 손을 들어 올렸다. 으스러진 손에서 피가 뚝뚝 흘렀다.

"…꿈이 아니라 주마등이었네."

몸에 성한 곳이 없었다. 깊은 고통이 전류가 되어 온몸을 휘감았다. 내장부터 팔다리와 얼굴까지 멀쩡한 곳이 없었다.

그도 그럴 것이, 멸망주의자와 멸망전을 벌였으니까.

이연우가 천천히 몸을 일으켰다. 상처는 빠른 속도로 회복되고 있었다. 절뚝이며 일어난 이연우는 주변을 둘러보았다.

평범한 멸망주의자는 물론이고, 흡연자, 전자 세계의 유령, 무인, 렙틸리언 보스, 안경까지 전부 시체가 되어 누워 있었다. 전부 그의 손에 죽었다.

죽임 당하기 전에 죽였다.

그때였다. 시체 중 하나가 파르르 떨리더니, 눈을 떴다. 무인이었다. 무인은 이연우를 보더니 욕설을 내뱉었다.

"너, 뭐냐. 지구 멸망시키겠다며. 회사에 복수하겠다며. 왜 이상기후 해결책을 공개하려는 건데."

"…"

그게 문제였다.

평행 세계의 이연우에게 이상기후의 해결책을 들은 그가 그 해결책을 공개하려고 해서.

가만히 두면 멸망할 세상을 구하려는 이연우를 멸망주의자들은 공격하려고 했고, 이연우는 공격받기 전에 집회로 쳐들어갔다.

이연우는 가만히 무인을 내려다봤다. 한때의 동료이자 지금의 적.

그가 적에게 말했다.

"내가 지구 멸망시키겠다고 했잖아. 이딴 병신 같은 이상기후가 아니라, 내가, 내 손으로 멸망시키겠다고."

지구가 멸망한다면 그건 자신의 손에서 이루어져야 했다. 이차원의 인간을 포기한 회사를 향한 복수는 자신의 손으로 이뤄야 했다.

무인이 문득 눈을 크게 떴다. 그러고는 너털웃음을 터뜨렸다.

"개새끼, 그런 멋진 이유면 말을 했어야지. 그러면 우리도 같이했을 거 아냐."

"아니."

이연우가 눈을 돌렸다. 그는 비척비척 걸으며 전리품을 수집했다. 멸망주의자가 지닌 이상 개체 하나하나가 자신의 힘이었다.

그러면서 흘러가듯 말했다.

"내 손에 멸망해야 한다고. 너희 손이 아니라, 오직 내 손에."

지구의 멸망은 오직 자신의 권리니까.

그리고 멸망의 권리자인 자신은 아직 지구를 멸망시킬지 결론을 내리지 못했다.

단델리온의 유언이 머리를 스쳤다.

이 세상을 실컷 즐기라는 유언. 그 유언이 유일한 족쇄가 되어 발을 붙잡았다. 이연우를 갈림길 앞에 멈춰 세웠다.

회사에 복수하기 위해, 단델리온은 보지 못할 이 세상을 멸망시키느냐.

단델리온이 꿈꾸던 세상을 지키느냐.

이연우는 매일 갈등했고, 갈림길 앞에서 걸음을 내딛지 못했다. 그 자리에 멈춰서 누구도 자신보다 앞서 걷지 못하게 붙잡아 넘어뜨렸다.

'내가 결론을 내리기 전에는 누구도 지구를 멸망시킬 수 없어.'

무인은 그런 이연우를 보다가 한숨을 쉬었다.

"그래, 너 잘났다. …어쩌면 나도 그런 정신을 가졌으면, 6레벨에 오를 수 있었을까."

저런 비대한 자아가 있었다면, 되든 안 되든 들이박을 광기가 있었다면, 세상과 싸워 이길 수도 있지 않을까.

꺼지기 직전의 촛불처럼 최후의 생명력을 불태운 무인이 손을 들었다. 애매하게 지워져 어설픈 주먹을 하늘을 향해 뻗었다. 하늘을 때렸다.

하늘이 고통에 비명을 질렀다. 파란 하늘이 하얗게 질리다가 까맣게 물들었고, 끝내는 먹구름이 모여들어 눈물을 뚝뚝 흘렸다.

쏴아아.

비가 내렸다. 멸망주의자의 시체 위로 빗방울이 쏟아졌다.

"세상, 별거 아니네."

세상을 때려 울린 무인은 만족한 미소를 지으며 고개를 떨구었다.

이연우는 비에 흠뻑 젖은 채 그를 내려다보다가, 몸을 돌렸다.

멸망주의자의 모든 유산을 지닌 자가 멸망과 보호 사이에서 흔들거리며 멀어졌다. 그가 어떤 결정을 내릴지는 알 수 없었지만, 오래도록 살아남으리라는 사실만은 확실했다. 자신의 기억 속에서 살아가는 단델리온이 영원하도록.

본사

160

테러가 대략 마무리되었다.

과거를 관측하는 기기나 기억을 데이터로 바꾸는 기기를 이용한 회사원들은 재빠르게 물러났고, 그 데이터를 다른 회사원들에게 공개했다.

멸망주의자의 극악무도한 범죄. 이 생생한 자료는 지금 시점에 유리하게 쓸 수 있었다.

마크 정이 조사반 사무실에 찾아와 대뜸 말했다.

"일이 잘 풀렸습니다. 멸망주의자가 자기 혼자 넘어진 모양새가 되었습니다."

"…사람이 죽었는데 잘 풀려?"

반장은 꾸벅꾸벅 졸다가 고개를 들어 낮은 목소리로 말했다.

그날 적지 않은 사람이 죽었다. 아무리 조사원이 열심히 구조하고 응급처치를 해도, 타이밍을 놓치거나 구조하지 못한 사람도 많았으니까.

이연우 또한 묘한 표정을 지으며 마크 정을 보았다.

'역시 본사 사람이라 인성이… 저래놓고 내 인성 의심하는 건 좀 그러네.'

마크 정은 난처한 표정을 지었다. 말을 실수하긴 했다. 그는 얼른 변명하듯 말했다.

"그게 아니라. 요즘 멸망주의자가 이상한 선동을 뿌리지 않습니까."

인류가 멸종하면 이상이 사라진다. 우주의 평화를 위해 우리는 숭고한 희생을 치러야 한다.

과거, 최초의 멸망주의자가 탄생하며 내세웠던 그 구닥다리 이론이 다시 세상에 나오며, 회사원을 흔들고 있었다.

몇몇 회사원은 진지하게 그것을 믿고 멸망주의자로 전향하려는 징조를 보였다.

그런 상황에서 멸망주의자의 민낯을 보여준다면, 회사원들도 허튼 생각은 하지 않을 것이었다. 그 이론이 설령 진실이어도 저딴 놈들과 움직이기는 좀 그렇지 않나.

"오직 광기로만 움직이는 멸망주의자의 행태는 훌륭한 프로파간다가 되어 회사원의 정신 무장을 돕지 않겠습니까?"

"그건 모르겠고, 할 일 있으면 빨리 마치고 가라. 조사반 사무실에 본사 사람이 왜 있어."

기분이 나빠진 반장이 투덜거리며 손을 내저었다.

마크 정은 어색한 표정을 지었다.

'지금 상황에서 포상이나 상여금 말하기는 애매해.'

조사반은 재빠르게 대처하여 많은 사람을 살렸고, 또한 멸망주의자를 산 채로 붙잡기까지 했다. 보상을 주며 축하하려 했지만, 괜히 쓸데없는 말을 덧붙이면 호통 소리를 들을 것 같았다.

"이연우 씨."

그래서 얼른 이연우에게 고개를 돌렸다.

"본사의 의뢰입니다."

"의뢰요?"

이연우가 고개를 갸우뚱했다. 머리에서는 온갖 생각이 스쳤는데, 가장 먼저 떠오른 생각은 다음과 같았다.

'이걸 어떻게 거절하지?'

본사의 의뢰면, 그 스케일이 장난 아닐 텐데. 아마 위험한 일일 텐데.

이연우는 잠깐 고민하다가 말했다.

"특수 조사원 일입니까? 아니면 주사위?"

"주사위입니다. 아, 위험한 일은 진짜 아닙니다. 위험해도 바로 대응할 수 있습니다."

마크 정의 장담에 이연우는 눈을 가늘게 떴다. 믿을 수가 없어서.

"이걸 제 입으로 말하기도 이상한데, 사고 터지지 않겠습니까?"

뭐만 하면 폭탄처럼 펑펑 터지던데, 안 하는 게 나을 것 같았다. 안전한 일도 위험한 일로 변할 정도로 운이 안 좋은 게 자신인데.

하지만 마크 정은 자신만만한 표정을 지었다.

"진짜 걱정 놓으셔도 됩니다. 어떤 사고를 일으켜도 괜찮거든요."

그만큼 중요한 의뢰이기도 했고, 실제로 회사는 이연우를 감당할 능력이 있었다.

"이연우 씨, 당신을 본사로 초대합니다."

왜냐하면, 본사였으니까.

그 말을 조사반 모두가 들었고, 마크 정이 초대하듯 뻗은 손을 모두가 보았다. 반장과 유지유가 관심을 보였다.

"본사로? 본사가 진짜 있나? 거점 없이 사람이랑 시스템을 흩어놓았다는 말을 들은 거 같은데…"

"언니가 그건 거짓 정보고, 진짜는 자기도 모른다고 말했어요."

비밀로 꽁꽁 둘러싸인 본사.

그 본사의 인간인 마크 정이 씩 웃었으나, 곧 표정이 이상해졌다.

이연우가 꺼림칙한 표정을 지으며 몸을 뒤로 뺐기 때문이었다. 본사? 갑자기 자기를 부른다고?

"저 격리하려는 건 아니죠?"

사랑의 묘약에 당했는데도 사람을 죽인 걸 보고는 위험 요소로 판단한 게 아닐까? 괜히 소름이 돋은 이연우는 눈을 대굴대굴 굴리면서 주변을 보았다.

'도망쳐야 하나? 본사는 좀 무서운데.'

이상한 위기감이 들었다.

팔에 닭살이 돋았다. 팔을 마구 비비는 이연우 때문에 마크 정은 당혹한 표정을 지으며 얼른 손을 저었다.

"아니, 이연우 씨를 왜 격리합니까. 회사의 폭탄, 아니, 정예 요원을 왜."

괜히 잘못되면 회사도 무시 못 할 피해를 입을 텐데. 거기다 격리할 거였으면 이렇게 접근하지 않을 것이었다.

마크 정은 회사가 만약을 대비해 준비한 이연우 격리 계획을 떠올렸다.

'안전 셸터만 제공하고 보호해주면 알아서 거기 틀어박힐 인간인데. 굳이 격리하겠다고 본사까지 부를 이유가 없잖아.'

하지만 그 격리 계획을 말할 수는 없었고, 마크 정은 진심을 담아 호소했다.

"이연우 씨, 본사입니다. 고위 인사와 중요 자원이 모여 있는 본사인데, 이연우 씨 하나도 감당 못 하겠습니까?"

"그건 그런데…"

이연우가 팔짱을 끼고 고개를 숙였다. 고민이 깊었다.

마크 정은 초조하게 기다렸고, 한참을 고민하던 이연우가 천천히 고개를 끄덕였다.

"좋습니다. 의뢰 맡겠습니다."

뭔가 느낌이 안 좋긴 한데, 자신이 아무리 운이 안 좋아도 본사는 대응할 능력이 있을 것이다. 만약 어차피 터질 사고라면 차라리 본사에서 터지는 것이 낫다.

'정말 아무 사고 안 나면 본사에 자리 달라고 해야지.'

생각해보면 본사만큼 안전한 장소도 없을 듯했다.

그 말에 마크 정은 안도하며 짧게 말했다.

"그러면 본사가 준비되는 대로 모시겠습니다."

"언제 출발하는…"

"준비가 언제 끝날지는 저도 몰라서…"

두 사람은 잠시 멀뚱멀뚱 서로를 보다가, 재빠르게 인사를 마쳤다.

"그럼 가보겠습니다."

마크 정이 후다닥 떠났다.

반장과 유지유는 늦은 오후의 졸음도 이겨내고 눈을 빛냈다. 정작 이연우는 침착했건만, 두 사람은 생생한 호기심을 보였다.

"본사는 한국 지사에서도 가본 사람이 드물 텐데."

"어쩌면 기록이나 기억이 안 남을지도 몰라요. 보안 조치가 장난 아니라서, 기억에서 지워지거나 흔적 자체가 안 남는 걸지도요."

본사는 유령 같았다. 존재하는데, 본사의 사람이나 자원은 분명히 세상에 나돌아다니는데, 정작 그 본사가 어디에 어떻게 있는지 아는 사람이 없었다.

본사의 직원도 알지 못했다.

반장이 책상을 딱딱 두드리며 말했다.

"본사 사람을 납치해도 정보를 못 얻는다고 하지. 아마 안전 조치나 보안 조치가 있을 거 같은데."

최첨단 기술과 엄중한 보안 절차로 보호하는 본사.

기억은 물론이요, 영혼에까지 뭔가 잠금이 걸려 있을지도 몰랐다.

이연우가 순간 혹한 표정을 지었다.

'그 정도로 지켜지는 곳이면 진짜 안전한 느낌인데? 최후의 셸터보다 튼튼한 거 아니야? 좀 끌리는데.'

그렇게 이연우는 기대를 품고 마크 정의 연락이 오기를 기다렸고, 그날이 왔다. 이연우가 본사로 가는 날이.

"이연우 씨는 본사 소속 특수 조사원이시니, 보안 절차가 많이 간소화되었습니다."

"보안 절차요?"

이른 새벽부터 찾아온 마크 정은 본사의 준비가 끝났다며 이연우를 끌고 어딘가로 갔다. 이연우가 탄 마크 정의 차가 한참을 달렸다.

마크 정은 느긋하게 운전대를 돌리며 말했다.

"원래는 처음 방문하는 사람은 심문에 가깝게 조사한 뒤에 모시거든요."

확실히 그런 것은 없었다. 이연우는 편안하게 조수석에 앉아 창밖을 보았다. 차는 평범한 도로를 달려 출근하는 다른 사람과 섞여 움직였다.

"그래도 이렇게 대놓고 움직여도 됩니까? 작정하고 추적하려면 얼마든지 가능해 보이는데."

"그건 괜찮습니다. 눈에 안 보여서 그렇지, 이미 보안 절차가 진행 중이거든요. 본사로 어떻게 가는지는 아무도 모를 겁니다."

마크 정이 몇 마디를 덧붙였다.

"사실 저도 모르거든요. 그냥, 본사에 방문하겠다고 연락하고 움직이다 보면 어느 순간 도착해 있습니다."

이연우는 입을 꾹 다물고 상상에 잠겼다.

'어떤 원리지? 무슨 이상 개체를 쓰나?'

주사위를 마음대로 다루는 수준에 오르면, 비슷하게 가능할 것 같긴 했다. 손님이 이 시간에 이곳에 도착했을 가능성을 구현하는 느낌으로.

과연 비슷했다.

문득 이연우의 동공이 확장되었다. 세상이 움직이는 감각이 돌연 찾아왔다.

'이건…'

예술가협회장이 세상을 움직이거나 자신이 가능성을 구현했던 것과 비슷한 느낌.

그리고 세상이 변했다.

"도착했습니다."

어느새 도착한 주차장.

주차장은 굉장히 높고 넓어 주차 자리 중간중간에 몇 차선 도로가 깔려 있었다.

높은 천장에는 하얀 전등이 일렬로 박혀 빛나고 있었으며, 그 아래로는 온갖 차량이 빽빽하게 주차되어 있었다.

마크 정이 주차할 자리를 찾아 빙빙 도는 동안, 이연우는 차량의 번호판을 보았다. 한국만이 아니라 세계 각국의 번호판이 있었다.

이연우는 괜히 가슴이 뛰는 것을 느꼈다.

'여기가 본사.'

벌써 뭔가 공기가 다른 느낌이었다. 세상에서 제일 안전한 것 같기도 했고, 지독하게 위험한 것 같기도 했고.

'그래, 본사면 이래야지.'

은은한 위기감은 당연하게 여겨졌다. 다른 곳도 아니고, 본사니까. 병력이나 온갖 이상 개체가 위기에 반응하여 즉시 움직일 태세로 대기하고 있을 테니까.

이연우는 손에 땀을 쥐며 주차장을 보았다.

부우웅.

본사가 넓은지, 오토바이를 탄 보안 요원들이 바쁘게 순찰을 돌아다녔다. 소대 하나가 지나간 지 얼마 지나지도 않았는데, 또 다른 소대가 주차장을 맴돌았다.

그 무장과 경계가 대단했다.

'와, 고작 주차장인데 저렇게 순찰한다고?'

사실은 이연우가 방문하여 경계 태세가 극도로 높아진 것이었으나, 그걸 모르는 이연우는 눈을 반짝이며 감탄했다.

그렇게 이연우가 어린아이처럼 들떠 있을 때, 마크 정이 문득 투덜거렸다.

"주차장에 자리가 없군요. 주차장 확장해달라고 그렇게 건의를 했는데…"

알 수 없는 공간에 온갖 기술과 이상 개체를 이용해 지어진 본사. 그 공간은 제한적이었고, 확장하기란 쉽지 않았다.

결국, 그들은 한 시간 넘게 주차장을 빙빙 돌다가, 빠져나가는 차를 간신히 발견하고 빈자리에 차를 주차했다.

차에서 내린 마크 정이 피곤한 표정을 지으며, 주차장 저편을 향해 손을 뻗었다.

"이연우 씨, 늦었지만 본사에 오신 것을 환영합니다. 바로 실험실로 가겠습니다."

"…그래서 무슨 실험입니까? 본사 도착하면 말해주겠다면서요."

　주차장을 빙빙 도는 동안 본사에 대한 신비감이나 위압감
이 싹 사라졌다. 이연우는 퉁명스럽게 물었고, 마크 정은 간단
하게 말했다.

　"이상 발생 실험입니다. 저도 어떤 부서가 요청한지는 모
릅니다. 최고 기밀 같더군요. 그래도 요청서를 보긴 했는데…"

　마크 정이 설명을 덧붙였다.

　"이상 발생 원리를 분석해보겠다는 취지 같습니다. 주사위
로 몇몇 평범한 물건을 이상 개체로 만들어달라고 합니다."

161

"이상 개체를 만들라고요?"

이연우는 눈살을 찌푸렸다. 마크 정을 부지런히 쫓아가던 걸음이 조금 느려졌다. 가능은 한데, 위험하지 않을까?

"단순하게 볼펜이나 가방이나 손수건이나, 위험하지 않은 물건을 대상으로 실험할 계획이라고 쓰여 있더군요."

"그래도 대성공이라도 나오면…"

마크 정은 대수롭지 않게 말했지만, 이연우는 떨떠름한 목소리로 중얼거렸다.

차라리 대실패가 나오면 평범한 총탄 비슷한 것이 나오겠지만, 대성공이 나오면 어떤 결과를 초래할지 알 수 없었다. 물건이 이상일 가능성이 어디까지 극대화될지 알 수 없었다.

그 위험성을 잘 알 텐데도, 마크 정은 자신 있게 뚜벅뚜벅 걸어갔다.

"그 정도는 괜찮습니다. 본사는 종말 방어 장치 몇 개로 지켜지고 있어서요. 정확히는 세계를 지키고 있지만, 본사는 더 강도 높게 보호받고 있습니다."

본사를 보호하는 종말 방어 장치.

이연우는 문득 호기심이 들었다. 고개를 들어 마크 정을 보았다.

"고장 난 시계 같은 거 말입니까? 시간을 멈추는?"

"그건 비상 장치일 뿐이죠. 제가 알기로는 항상 가동하고 있는 장치가 두 가지 있습니다. 안전 조치 001과 002."

보안소대가 오토바이를 타고 돌아다니는 주차장에 두 사람의 발소리와 목소리가 나직하게 가라앉았다.

마크 정은 말했다.

"안전 조치 001. 이상으로 인한 사고를 억제하기 위해 세상을 기울이는 장치입니다. 특히 인구 밀집 지역일수록 강하게 작용하죠."

폐가나 사람 없는 음산한 지역이 괴담의 주 무대가 되는 이유 중 하나이기도 했다.

그런 지역은 안전 조치가 약해서.

이연우는 의문을 품었다.

"그런 것치고는 세상에 사고가 꽤 많은데요."

인간자격시험만 해도 시험장에 툭툭 튀어나왔고, 지렁이 교단도 멀쩡하게 도심 한복판에서 활동했다. 자신만 해도 온갖 사건 사고에 휘말렸고.

마크 정은 순간 음울한 표정을 지었다.

"회사가 세상을 기울인 결과가 그것입니다. 만약 안전 조치 001이 없다면, 지금과는 차원이 다른 혼란이 펼쳐질 겁니다."

마치 머나먼 과거처럼. 신화와 전설이 지상을 거닐고, 문명을 발전시키기는커녕 살아남기 급급했던 시대처럼.

지금도 여전히 이상을 원천 차단하지는 못하지만, 이야기나 역사로만 남은 그 시대와 비교하면 하늘과 땅 차이였다.

인간만의 문명을 세웠으며, 인간의 사회가 지구를 지배하지 않나.

이연우는 마음을 놓으며 조금 편한 표정을 지었다.

'그래도 회사가 인정은 있구나.'

평화를 유지하고 세상을 보호하는 걸 보니, 피도 눈물도 없는 소시오패스는 아닌 거 같았다. 어디까지나 최후의 결단을 내릴 뿐이지, 근간은 인류를 위해 봉사하는 느낌.

하지만 그 안도는 이어지는 마크 정의 말에 산산조각 났다.

"그리고 회사의 무기이기도 합니다."

"무기요?"

이연우가 고개를 기울였다. 무기? 인류를 보호하는 장치가?

"방패로 공격을 막으면 방어구고, 방패로 후려치면 무기 아니겠습니까? 애초에 안전 조치 001은 홍수를 막는 댐인데, 그

댐을 폭파하겠다고 협박하면 어떨까요?"

"…예?"

마크 정은 웃음기를 섞어 유쾌하게 말했지만, 이연우는 멍하니 귀를 의심했다.

두 사람은 직원용 엘리베이터를 찾아 걷는 중이었다. 마침 천장의 조명이 희미한 길을 걸었기에, 마크 정의 얼굴 위로 그림자가 드리워졌다.

"골드버그클럽, 예술가, 악마 숭배자… 전부 인간과 사회를 근간으로 하는 친구들이죠."

클럽은 도시가 필요했다. 예술가는 관객이 필요했으며, 악마는 숭배자가 필요했다.

회사보다 지킬 것이 많다는 말이었다.

극단적으로 말해 회사는 언제든지 지구를 포기할 수 있으니까, 필요하다면 제 손으로 지구를 터뜨릴 준비도 되어 있을지 몰랐다.

"지금의 세상을 버릴 수 없는 그들은 회사와 끝까지 갈 수 없습니다. 회사가 그런 질서를 만들었으니까요."

애초에 인간이 근간이 아닌 집단은 회사가 용납하지 않았다. 마법사도 고향 별인 지구를 아꼈으며, 멸망주의자조차 과거 회사에서 갈라져 나온 조직이었다.

지금의 세계는 회사가 만든 질서 위에 존재했다. 그 질서야말로 회사가 가진 최고의 무기였다.

이연우는 눈을 깜빡이며 더듬더듬 생각했다.

'그러니까… 다른 놈들이 열받게 하면 다 같이 죽자고 협박한다고? 아니, 그 협박이 통하는 놈들만 살려놨다고?'

자부심이나 허세가 섞인 느낌이었지만, 진실이 아니지는 않을 것 같았다. 이연우는 회사의 역량이 대단하다고 해야 할지, 미친 것 같다고 해야 할지 알 수 없었다.

'회사 무서워… 회사 소속이라 다행이지.'

이연우는 단편적으로 생각을 이어가다가 곧 생각을 포기했다.

어쨌든 자기는 회사의 고급 인력이니까, 대충 넘어가도 되지 않을까.

"아, 저기 엘리베이터가 보이는군요."

앞서 걷던 마크 정이 엘리베이터를 가리켰다. 직원용이라고 쓰여 있는 엘리베이터는 평범한 엘리베이터와 똑같이 생겼다.

호출 버튼이 하나일 뿐이었다.

꾹, 마크 정이 버튼을 눌렀고, 엘리베이터가 부지런히 이동했다. 잠깐 기다리는 동안 이연우가 문득 물었다.

"그러면 안전 조치 002는 뭡니까?"

"운명이나 예지 계통이라고 알고 있습니다. 인류가 생존하는 미래를 고정한다는 느낌인데, 사실 정확한 건 저도 잘…"

그리고 엘리베이터가 도착했다.

띵, 경쾌한 소리와 함께 문이 열렸다. 두 사람은 엘리베이터로 들어갔다.

"실험실 좌표가…"

마크 정은 핸드폰을 꺼내 뭘 확인하더니, 키보드 같은 화면을 신중하게 눌렀다. 층을 표시하는 버튼 대신 키보드로 일련번호를 입력하는 식이었다.

"lab_007. 됐다."

마침내 좌표를 입력한 마크 정이 장난을 섞어 말했다.

"본사에도 괴담이 있더군요. 존재하지 않는 좌표를 입력하면 이상한 공간에 도착한다고요."

"괴담 맞습니까?"

이연우는 괜히 불안해하며, 마크 정의 핸드폰 화면과 엘리베이터에 입력한 좌표를 번갈아 보았다.

아무리 생각해도 괴담이 아닌 것 같았다.

마크 정이 어깨를 으쓱였다.

"엘리베이터 관리 부서랑 상부에서는 사고는 생기지 않는다고 장담하던데, 경험담이나 고장 기록이 실제로 존재하긴 합니다."

"그건 괴담이 아니라, 사고를 사고로 안 치는 거 아닙니까."

이연우는 엘리베이터 화면을 힐끔대며 몸을 좌우로 서성였다.

고장 난 측정기처럼 알파벳이며 숫자가 끊임없이 변동하는 좌표 화면이 어지러웠다.

다행히, 그들은 문제없이 실험실에 도착했다. 깔끔하게 열린 문 너머로 실험실이 보였다.

[프로젝트: 평범한 세상]을 연구하는 실험실에서 연구원이 눈살을 잔뜩 찌푸린 채 통화를 했다.

듣기 싫은 소리를 내뱉는 핸드폰을 귀에서 멀리 두었는데도, 핸드폰에서 짜증 섞인 목소리가 크게 들렸다.

– 이연우인지 뭔지, 그거 빨리 내쫓으세요! 본사 지역에 부하가 걸렸으니까, 사고 터지기 전에!

안전 조치 001을 담당하는 사람의 전화였다. 이연우가 도착하기 무섭게 001이 기울인 세계가 불안정하게 흔들리기 시작했다.

마치 축복받은 아이의 행운이 중화되듯 말이다.

연구원은 심드렁하게 말했다.

"사고 터져도 괜찮게 최고 경계 태세 들어가지 않았나. 지금 거의 전시 수준으로 움직이고 있을 텐데?"

– 그 사고가! 애초에 일어나지 않게 막아야 할 거 아닙니까!

의견 차이가 좁혀지지 않았다.

애초에 사고가 터지면 어때서? 이번 실험만 잘되면 회사의 꿈을 이룰 수 있을지 모르는데. 그 정도 위험은 감수해야지.

연구원이 짜증스럽게 뭐라 몇 마디 내뱉으려고 할 때였다.

띵, 엘리베이터가 도착했고 두 사람이 걸어 들어왔다. 마크 정과 이연우.

이연우를 본 연구원의 눈에 광채가 맺혔다. 연구원은 빠르게 몇 마디를 내뱉었다.

"실험 중단하고 싶으면 이사회 쪽으로 연락하시오. 그럼 끊겠소."

- 세 시간! 세 시간 안에 끝내세요! 그 시간이 지나면…

뚝, 연구원은 통화를 끊었다. 그러고는 즐겁게 웃으며 서둘러 이연우를 향해 걸었다. 소중한 실험 도구가 왔다.

지친 표정으로 주변을 두리번거리던 이연우가 연구원을 보았다. 연구원이 두 손을 활짝 폈다.

"고대기술복원연구소에 온 것을 환영하네!"

연구원은 그대로 이연우를 끌어안으려 했고, 이연우는 불편한 표정을 지으며 연구원을 밀어냈다.

"예, 조사원 이연우입니다. 의뢰, 바로 합시다."

"열의가 있어 좋군! 그러면 바로 실험실로 가지!"

이연우에게 밀쳐진 연구원은 개의치 않고 이연우와 마크정을 안쪽 방으로 안내했다.

방에는 진짜 단순하게 테이블 하나만 놓여 있었다. 테이블 위에는 볼펜이나 손수건 따위의 자그마한 소품이 있었고, 장전된 권총이 하나 있었다.

이연우는 그 권총을 알아봤다. 눈이 크게 떠졌다. 전에 본 총이었으니까.

"평범한 총탄?"

"대성공에 대비해 준비한 무기지. 그러니 마음껏 굴려도 되네. 대성공하면 바로 저걸로 쏴버릴 거니까."

이연우에게 평범한 총탄으로 인한 위기감과 안도감이 동시에 몰려들었다.

'이러면 뭐 괜찮지.'

자세히 보면 볼펜 따위의 실험 재료도 단단하게 고정되어 있었다. 와이어나 접착제 따위로.

진짜 문제가 생기면 저 총으로 쏴서 파괴하면 됐다.

연구원이 마지막으로 실험 재료를 점검하며, 위장된 실험 목적을 말했다.

"먼 고대의 지구에는 이상 개체가 널려 있었다고 하지. 당연히 그로 인한 오염도 심각했겠지만, 지금 지구는 깨끗해. 왜인지 아나?"

이연우는 적당히 말을 맞췄다.

"오염을 제거하는 고대 기술이 있었습니까?"

연구소 이름을 보고 이연우가 대충 때려 맞힌 답에 연구원이 고개를 끄덕였다.

"로스트 테크놀로지야. 그래서 오늘의 목표는 사실 두 가지라네. 성공하여 이상 개체로 변하는 것을 관찰해, 이상 발생 원리를 분석하는 것."

"다른 하나는 실패를 분석하는 것이겠군요."

이연우가 어렴풋이 추측했다.

이 물건이 이상 개체일 가능성. 그 가능성이 실패하면 이상 개체가 아닐 가능성이 구현되는 것일 테니, 그걸 분석할 생각이라고.

'이러면 실패하든 성공하든 상관이 없네?'

이연우가 작게 감탄했다.

연구원은 씩 웃었다. 진짜 목적을 말하지 않았다. 진짜 목적은 기밀 중의 기밀이었으니까.

'이번 실험에서 충분한 데이터를 얻으면, 평범한 세상도 꿈은 아니겠지.'

점검을 마친 연구원이 몸을 돌렸다.

"자, 그럼 바로 시작하지. 아무거나 편한 대로 굴리게."

이연우가 눈을 감았다. 정신 한편의 주사위가 보였다. 그가 주사위를 불렀고, 실험이 시작되었다.

162

마크 정은 없는 사람처럼 구석에 기대서 있었고, 연구원은 눈을 반짝이며 이연우를 보고 있었다.

이연우는 주사위를 찾다가, 문득 눈을 떴다. 그러고는 얼른 권총을 쥐었다. 그가 당연하다는 듯 말했다.

"대성공 나오면 제가 바로 쏘겠습니다."

"그렇게 하게. 아무래도 결과는 자네가 가장 먼저 알 테니까."

평범한 총탄은 이연우가 쥐고 있는 편이 나았다. 대성공하여 위험한 이상 개체가 만들어지면 바로 알아채고 가장 신속하게 파괴할 수 있을 테니까.

"좋은 데이터가 모이면 좋겠어."

연구원이 긴장하고 흥분하여 땀을 흘렸다. 꽉 쥔 주먹이 미끈거렸다.

이연우는 심호흡을 몇 번 한 후, 손수건을 향해 총을 겨눴다. 방아쇠에 손가락이 걸렸다.

'사고 대비 확실하고. 대성공 나오면 쏘면 되고. 좋아, 주사위. 이 손수건이 이상 개체일 가능성을 굴려줘.'

눈을 감아 어두운 시야. 주사위가 보였다.

주사위는 힘겹게 뛰어올랐다. 하지만 그 기세가 약했으며 높이가 낮았다. 꼭 보이지 않는 힘이 주사위를 짓누르는 듯이.

데구르.

몇 번 구르지 못한 주사위가 결과를 내보였다.

꽝!

이연우가 이상한 표정을 지으며 눈을 떴다.

"꽝 나왔습니다."

"계속 굴리게."

연구원의 재촉에 이연우는 거듭 주사위를 굴렸지만, 결과는 비슷했다.

꽝, 꽝, 꽝, 실패나 성공조차 나오지 않았고 같은 결과가 열 번 넘게 반복되었다. 단순한 우연으로 치부하기에는 주사위의 움직임 자체가 이상했다.

'이건…'

이연우가 허공을 보았다. 억지로 감각을 일으켜 세상을 느꼈다. 문득 이연우가 답답한 한숨을 뱉었다.

'안전 조치인가? 뭔가 가능성이 닫힌 느낌인데.'

사고를 억제하는 힘? 주사위의 무작위한 성질을 억누르는 힘이 일대에 깔린 느낌이었다.

사이즈가 작은 옷을 억지로 입은 것처럼 호흡이 답답했다.

이연우가 숨을 몰아쉬며 목덜미나 허리춤을 끌어당기고 있자니, 연구원이 초조하게 질문했다.

"문제가 있나?"

"아뇨. 어떻게든 해보겠습니다."

이연우의 눈에 오기가 서렸다. 회사의 안전 조치인지 뭔지 모르겠지만, 포기할 수 없었다. 이런 것에 주사위가 막히면 비슷한 위험을 마주했을 때 주사위가 무력해지니까.

'좋아. 누가 이기나 해보자고.'

회사의 안전 조치를 가상의 적으로 가정한 이연우가 눈을 감고 손바닥을 활짝 폈다.

그의 머릿속에서는 안개에 당해 오염되었을 당시의 기억이 재생되었다. 그때의 감각. 확률적인 가능성을 헤아리고, 원하는 가능성을 건져 올리던 감각.

'아냐, 이게 아니야. 이것보다는…'

가능성을 풀어놓아 닫힌 미래를 여는 느낌이 더 정확했다.

이연우가 주먹을 느슨하게 쥐었다. 손바닥 안에 주사위가 담겨 있는 느낌으로. 그러고는 냅다 손을 휘둘렀다. 야구공을 던지듯, 주사위를 벽에 던지듯.

이연우는 직감했다.

'됐다.'

주사위가 힘차게 굴렀다. 평소처럼 펄쩍 뛰었으며, 기세 좋게 몸을 던졌다.

데구르르.

주사위가 춤추며, 대실패, 실패, 꽝, 성공, 대성공, 다섯 갈래의 가능성이 꿈틀거렸다. 단단한 벽이 되어 주사위를 막던 세계가 흔들렸다.

다음 순간, 보다 강한 힘이 주사위를 짓눌렀지만, 이미 결과가 나온 뒤였다.

실패!

이연우가 눈을 떴다. 얼굴에는 기쁜 빛이 서렸으며, 목소리도 경쾌했다.

"실패했습니다."

결과는 실패일 뿐이었지만, 실험에는 문제가 없었으며, 이연우의 능력은 한층 향상되었다.

모두가 원하는 결과에 실험실의 분위기가 좋아졌다.

연구원은 핸드폰으로 관측값을 확인하고는 히죽 웃었다. 확신이 들었다. 이 실험은 분명히 도움이 된다. 데이터만 충분히 뽑으면 된다.

연구원이 손수건에 실패 스티커를 붙이며 말했다.

"좋아, 좋아. 그러면 손수건은 그대로 두고 다른 것을 계속 굴려주게."

"예. 이번에는 볼펜을 굴리겠습니다."

이연우가 다시 주먹을 편하게 쥐었다.

'약간 훈련이나 운동 같은 느낌이야.'

이연우가 손을 휘두름에 따라 다시 한번 주사위가 굴렀고, 그렇게 실험이 계속되었다. 주사위가 멈추지 않고 굴렀다.

시간이 빠르게 지나갔다.

이연우가 노력해도 꽝이 많이 나왔으며, 이런저런 실험 재료가 많기도 했다. 볼펜, 플라스틱 병, 캔, 물, 커피, 이어폰, A4 용지, 쓰레기 등등…

거의 세 시간 가까이 실험하자, 재료가 전부 소진됐다. 실패나 성공의 스티커가 붙은 잡동사니가 테이블 위에 질서 정연하게 묶여 있었다.

"실험은 끝입니까?"

이연우가 피곤한 목소리로 묻자, 연구원이 후다닥 실험실을 벗어났다.

"아니! 데이터는 많을수록 좋아! 조금만 기다리게! 빨리 가져올 테니까!"

쾅, 닫힌 문 너머로 빠르게 달음박질치는 소리가 들렸다.

이연우는 그 자리에 주저앉으며 얼굴을 쓸어내렸다. 그때, 그림자처럼 인기척 없이 기다리던 마크 정이 질문했다.

"피곤하십니까?"

"아뇨."

이연우가 고개를 내저었다. 빗물이 신체적인 피로는 전부 해소했다. 단지 불안할 뿐이었다. 가슴 위로 손을 올리며 그가 중얼거렸다.

"이상하게 심장이 뜁니다. 꼭 벼랑 끝으로 걸어가는 기분 인데."

처음에는 괜찮았다. 위기감은 약했고, 은은한 위기감도 본 사의 존재 자체 때문 같았고.

하지만 실험이 반복될수록 심장이 빠르게 뛰었다. 실험이 어느 정도 진행된 시점에서는 무시하지 못할 정도로 생존 본능 이 경종을 울렸고.

"이유를 모르겠습니다."

이연우가 손바닥에 맺힌 식은땀을 닦았다. 마크 정도 진지 하게 경계했다.

"이곳은 본사라 위험이 없는데, 위기감을 느낀다는 말입니 까?"

그들은 의문을 품은 채, 서로를 잠깐 마주 봤다. 조사원의 직감을 무시할 수는 없었다. 이연우가 초조하게 손을 쥐었다 폈다 하며 말했다.

"본사가 공격받는 건 아닙니까?"

"공격받았으면 바로 경보 울렸습니다. 그리고 몰락한 멸망 주의자는 능력이 없고, 다른 집단은 동기가 없습니다. 차라리 멸망 시나리오가 진행되고 있다고 여기는 편이 나을 텐데."

마크 정은 빠르게 핸드폰을 두드려 정보를 확인했다. 그가 고개를 저었다.

"지금 세상은 안전합니다."

이연우가 심각한 표정을 지었다.

'현재는 문제가 없다. 그러면 생존 본능일까?'

사랑의 묘약을 썼던 인간이 위기감을 안겨주었듯, 자신에게 닥쳐올 미래의 위험을 감지하는 건 아닐까?

'오염이 진행되면 감각이 변이하지. 혹시 생존 본능이 진화해 시간 너머의 위험까지 감지하는 걸까?'

이연우가 답답해 죽으려고 했다. 위험을 감지하는 건 좋았다. 좋은데…

'위기감만 느끼면 뭐 하냐고. 뭐가 위험한지 알 수가 없는데.'

습격? 멸망 시나리오? 아니면 실험이 잘못되나? 주사위가 사고 치나? 위험의 원인에 따라 할 일이 달라지는데, 원인을 모르면 마음의 준비만 할 뿐 아닌가.

"마음의 준비는 필요가 없는데."

이연우가 푸념했다. 생존주의자로서 마음이야 항상 준비됐으며, 장비도 최선으로 갖추고 있단 말이었다.

반면 마크 정은 신중하게 이사한테 연락했다. 짧게 문자를 몇 번 썼다. 답장은 바로 돌아왔다.

"이사님은 계속 실험하라고 하십니다. 큰 문제 하나쯤은 얼마든지 막을 수 있다고."

"큰 문제면 어느 수준을 말하는 겁니까?"

"멸망 시나리오나 위험 레벨 6의 습격 정도? 걱정 놓으셔도 됩니다."

마크 정의 장담에 이연우는 한숨을 내쉬었다. 원인을 모르니, 어차피 뭘 더 준비할 상황도 아니었다.

'일단 여기서 버티자. 무슨 사고가 터지든, 본사잖아. 당장 내 앞에 평범한 총탄도 있고.'

그쯤에서 연구원이 돌아왔다.

"여기 실험 재료 잔뜩 가져왔네! 계속하지!"

연구원이 내민 상자. 상자 안에는 밀웜이 잔뜩 뭉쳐서 꿈틀거리고 있었다.

연구원은 밀웜 한 마리를 테이블 위에 놓았고, 이연우는 물끄러미 밀웜을 내려다보았다.

"그럼 굴리겠습니다."

손을 쥐고 강하게 던졌다.

그리고 세 시간이 지났다. 안전 조치 001을 담당하는 사람이 말했던 세 시간이. 주사위를 짓누르던 힘이 순간 약해졌다.

주사위가 제자리에서 펄쩍 뛰어올랐다. 그 높이가 평소보다 훨씬 높았고, 감정이 느껴지는 듯도 했다. 자신을 억압하던 것에 대한 짜증이나 분노 같은 것.

데구르르르르르.

주사위가 미친 듯이 굴렀다. 이연우에게 강렬한 위기감이 닥쳐왔다.

'대성공? 이래서 불안했구나!'

생각은 찰나에 스쳤고, 반사적으로 방아쇠를 당겼다. 평범한 총탄이 격발하여 밀웜을 향해 날아갔다.

탕!

총탄이 밀웜의 꼬리 부분을 때리고 테이블에 박혔다. 밀웜의 머리가 팍 튀며 눈에 보이지 않는 곳으로 사라졌다.

주사위의 결과가 나오기 전에 일어난 일이었다. 뒤늦게 주사위의 결과가 나왔다.

대성공!

가능성이 구현됐다. 이미 시체가 되어버린, 짓뭉개져 머리만 남은 밀웜이 이상 개체일 가능성.

이연우가 숨을 몰아쉬었다. 생존 본능이 경종을 땡땡 울렸다. 심장이 미친 듯이 뛰었다.

"대성공인가?"

"예. 그래서 바로 쐈는데…"

연구원과 마크 정은 대수롭지 않게 반응했다. 평범한 총탄을 쏘지 않았나. 오히려 연구원은 아쉬워했다.

"총탄을 썼으니, 실험은 이제 그만해야겠군."

"아직 끝나지 않았습니다."

"열의는 좋지만, 이 이상의 실험은 너무 위험…"

"그게 아니라. 지금…"

이연우는 말끝을 늘어뜨리며 정신없이 고개를 움직였다. 얼굴에 식은땀이 흥건했다.

'뭔지 모르겠는데, 위험해.'

그때였다.

실험을 방해하지 않기 위해 숨죽이고 있던 마크 정이 방구석을 가리켰다. 그 손가락이 떨렸다.

"저기, 연구원님? 이연우 씨? 저기, 저기."

"저기 뭐… 저게 뭐지?"

연구원의 당황한 목소리와 눈빛.

이연우 또한 재빠르게 그곳을 보았다.

갈색의 곰팡이 같은 것이 꿈틀거렸다. 아니, 곰팡이가 아니었다.

"밀웜?"

튀어 나간 밀웜의 머리가 곰팡이처럼 피었다. 평범한 총탄에 당해 없어진 몸과 상처는 그대로였지만, 계속해서 분열하고 있었다.

밀웜의 머리가 갈색 물감처럼 퍼지기 시작했다. 하나에서 두 개로, 두 개에서 네 개로, 네 개에서 여덟 개로. 밀웜은 짧은 순간 동안 걷잡을 수 없이 분열했다.

여기 있는 사람 중 상황을 인지하지 못한 사람은 없었다.

무한히 분열하는 밀웜의 머리.

연구원이 멍하니 중얼거렸다.

"저거 멸망 시나리오 수준의 위험 개체 아닌가?"

가만히 내버려두면 끝없이 증식하여 지구를 채울 테니까.

마크 정은 곧바로 핸드폰을 꺼내 들었다. 이사한테 보고하여 빠르게 대처하기 위해. 저것에게 시간을 주면 안 됐다.

"예! 지금 멸망 시나리오 수준의 이상 개체가 만들어졌습니다! 긴급 조치를…"

한편 이연우는 펄쩍 뛰며 가스 토치를 꺼냈다.

"뭘 기다립니까! 불로 태우면 지금 싹 다 처리할 수 있는데!"

"평범한 총탄에 맞고도 살았는데, 단순한 불로 죽일 수 있겠나? 차라리 회사에 맡기고 우리는 대피하는 게…"

그 순간이었다.

갑자기 조명이 깜빡였다. 그러더니 어딘가 숨어 있던 비상등이 붉은빛을 내뿜었다. 다급한 방송이 터져 나왔다.

- 6레벨 위험 경보 발령! 6레벨 위험 경보 발령! 비상 격리 조치 작동 중!

귀가 아플 정도로 쩌렁쩌렁하게 울리는 방송 사이로, 마크 정의 황망한 목소리가 들려왔다.

"예? 무인이 갑자기 본사로 쳐들어왔다고요? 예? 무인이 6레벨에 오른 거 같다고요?"

그 목소리를 들은 이연우는 가스 토치를 다시 에코백에 넣었다. 이미 밀웜의 머리가 어마어마하게 증식했다. 격리된 공간에서 큰불을 질렀다가는 자신도 위험했다.

이연우가 냉정하게 말했다.

"대피소는 안전합니까? 저거 분열해도 괜찮냐는 말입니다."

"확실하네."

"갑시다."

그렇게 세 사람은 연구원의 안내에 따라 실험실 근처의 방으로 갔다.

평범한 방으로. 모든 이상이 존재할 수 없는 방으로.

연구원과 마크 정이 어두운 표정으로 문을 닫으려던 순간이었다. 이연우가 창백한 얼굴을 하고는 다급하게 문을 막았다.

생존 본능이 꺼졌다. 빗물의 활력도 없어졌다. 주사위도 느껴지지 않았다. 평범한 사람으로 돌아갔다.

그 상실감과 고통은 지독한 불안으로 다가왔다.

"여긴 어딥니까? 왜, 왜…"

"아, 평범한 방이네. 평범한 총탄 같은 건데, 이곳에서는 이상 현상이 일어나지 않지. 나가면 돌아오긴 하지만…"

이연우의 머리에서 번개가 튀었다.

'여기에 갇히면 그대로 격리당하는 거잖아.'

심장이 쿵 떨어졌다. 평소라면 회사의 힘에 감탄하고 조금 경계하고 말았겠지만, 지금은 사고를 크게 쳤으니까.

이연우는 현재 상황을 냉정하게 인식했다.

'내가 무슨 사고를 쳤지? 멸망 시나리오를 일으킬 수준의 이상 개체를 만들었지.'

이상을 만드는 이상. 그것도 끔찍한 이상 개체를 만들 수 있는 존재. 회사가 자신을 용납할까? 회사원이라고 좋게 넘어갈 수준을 넘었는데?

거기다 생존주의자의 성향을 지나치게 잘 보여줬다. 나 하나 살기 위해 수단과 방법을 가리지 않는 존재.

'격리는 상관없어. 그런데 사살하려고 한다면…'

최악의 경우, 사고가 수습되고 평범한 방의 문이 열린 순간 특전대가 총을 들고 기다리고 있을지도 몰랐다.

자신의 잠재적인 위험성은 그 정도였으니까.

이연우가 결심했다. 그가 문밖으로 나갔다. 힘이 돌아왔다.

"저는 따로 도망치겠습니다."

"아니, 이연우 씨."

쾅!

이연우가 문을 닫았다.

멸망 시나리오 수준의 이상 개체와 6레벨 멸망주의자와 이연우의 탈주가 동시에 본사를 덮쳤다.

163

본사가 마비됐을 경우를 대비해 준비한 예비 거점. 새로 지은 건물 안에서 이사가 입을 벌렸다.

"아니, 저게, 뭔…"

CCTV가 보여주는 본사에 난리가 났다.

갑자기 공간이 깨지더니 주먹 쥔 무인이 걸어 들어왔고, 실험실에서는 밀웜이 분열했고, 분열한 밀웜은 폭포가 되어 이연우가 뚫어놓은 통로로 쏟아졌고, 이연우는 비상 격리를 다 깨부수며 도망치고 있고.

예상을 아득히 벗어난 사고. 아무리 그래도 이건 좀 심하지 않나?

"6레벨에 오른 멸망주의자, 멸망 시나리오 수준의 이상 개체, 정예 요원의 발작…"

이사가 황당한 목소리로 중얼거렸다.

솔직히 사고가 터질 것은 예상했다. 하지만 그 사고가 이렇게 몰려오다니. 이건 전쟁이나 다름없는데?

'혹시 몰라 중요 자원을 대피시켜놓길 잘했군.'

이사는 위가 쓰린 것을 느끼며 가슴을 쓸어내렸다. 만약을 대비해, 이연우의 방문이 예정된 순간, 본사 이전 계획을 실행했다. 신의 한 수였다.

회사의 최고 책임자를 비롯한 핵심 인물과 중요 데이터, 중요 자원을 옮겨놓았으니까.

"이 기회에 본사를 새로 지어야겠어."

이사가 애써 긍정적으로 생각했다.

안 그래도 주차장에 뭐에 공간이 부족하지 않았나. 본사를 새로 짓자는 말이 나오던 차였다.

차라리 이 기회에 본사를 아예 새로 짓는 것도 괜찮았다. 솔직히 너무 오래 쓰긴 했다. 어쩌면 이 사고를 기회로 삼을 수 있을지도 모르고.

저 사고에 어찌 대응할지 고민하던 이사가 말했다.

"이연우가 실험했던 데이터, 보존했나?"

"예. 평범한 세상 프로젝트의 다른 연구원이 짧게 확인했는데, 충분히 재현할 수 있다고, 최종 목적도 꿈이 아니라고 합니다."

"그래?"

그렇다면 대응 방식은 하나였다.

지금의 본사는 포기하고 사고를 이용한다. 회사가 평범한 세상을 만들기 위해 움직이는 동안, 다른 집단의 눈을 가리기 위해.

"본사에 남은 직원과 병력에 지침 내리게. 교전하지 말고 당장 후퇴하라고. 그리고 다른 집단에 자연스럽게 정보 뿌려. 본사 터졌다고. 공식적으로도 공문 보내고. 회사가 세상을 보호할 힘이 부족하니, 너희들도 협조해서 세상 지키라고 말이야."

비서가 얼른 다른 곳으로 전화를 걸었다.

이사는 차가운 빛으로 동공을 채우며 생각했다.

'이왕이면 다른 놈들도 저 사고에 엮여 피해를 봤으면 좋겠는데.'

폭탄이 터졌다. 그 폭발의 피해는 모두가 나눠야 마땅했다.

그때 다른 비서가 다가와 침을 꿀꺽 삼켰다. 그 비서는 이연우를 보았다. 멸망을 일으킬 수 있는 이상 개체를 만들고, 이제는 본사의 격리도 다 망가뜨리며 도망가는 이연우.

"저 이상 개체는 어떻게 합니까? 잠재적인 위험이 너무 큽니다."

이상을 만드는 이상이었다.

어느 날 돌이킬 수 없이 오염되거나, 정신이 돌아버리거나, 정신 지배를 당했을 때 무슨 위험을 불러올지 알 수 없었다.

확률의 이름 아래 일어날 수 있는 최악의 사고는 다른 집단의 6레벨보다 훨씬 흉악했다.

"골드버그클럽도 세상을 멸망시키지 못합니다. 그럴 황금이 없으니까요. 기껏해야 여러 나라가 가진 핵미사일을 서로에게 발사하게 만드는 수준입니다. 하지만 저것은…"

가만히 두면 세상을 멸망시킬 이상 개체를 만들 수 있다. 운만 좋다면 양산도 가능하다.

하지만 이사는 힐끔 이연우를 보고는 평온하게 말했다.

"이상 개체 아니고, 아직은 사람이야. 그리고 자기가 위험해질 일은 하지도 않을 테고."

지금이야 발작하듯 도망치고 있지만, 그건 평범한 방에 들어갔다가 기겁해서 뭘 잘못 판단한 모양이고.

그리고 무엇보다, 평범한 세상이 희미한 희망이 아니라 현실적인 목표가 되었다. 그 업적의 가장 큰 기여자가 이연우였다.

또한, 당분간은 회사의 무기로서 필요하기도 했고.

그쯤에서 이사는 그 비서에게 일을 시켰다.

"자네는 본사 이전 계획부터 점검하게. 나는 나대로 일이 바쁘군."

본사는 공간일 뿐이었다. 예비 거점도 많았으며, 본사라는 공간이 날아가도 인류보호회사는 멀쩡하게 돌아갔다.

"나 간다."

어두운 토굴에서 무인이 일어났다. 그는 평온한 분위기를 둘렀으며, 목소리도 편안했다.

그 옆에 있던 전자 세계의 유령이 고개를 확 쳐들었다.

"어딜 가? 잘못하면 공격받는데."

"본사로. 본사와 싸울 거야."

"너 미쳤어?"

"아니."

무인은 허공을 보다가 문득 주먹을 쥐었다. 결의를 다진 날부터 느껴졌다. 손에 잡히는 세상이, 세상을 깨부술 힘이.

"이렇게 쥐 새끼처럼 숨어 살면, 살 수는 있겠지. 회사와 싸울 필요도 없이 연명할 수는 있겠지. 그런데 그래서?"

무인이 고개를 내려 전자 세계의 유령을 보았다. 그 눈에 불길이 타올랐다.

"도망치고, 숨죽이고, 피하고. 그래서 세상과 싸워 이길 수 있나?"

전자 세계의 유령은 답답한 표정을 지었다. 흡연자도 죽어 우두머리라고는 자신과 저놈뿐인데.

"본사랑 싸우면 죽어, 멍청아! 살아야지 멸망을 일으키지!"

"멸망은 내 목표가 아니야. 세상과 싸워, 세상을 죽여, 내가 더 강한 걸 증명하려던 거지. 그런데 적이 강하다고 다음을 기약하고 도망치는 게 강한 사람인가?"

무인의 주변으로 공간이 일그러졌다. 무인의 말이 이어질수록 기세가 높아졌다.

전자 세계의 유령은 멍하니 무인을 보았다.

"6레벨? 아니, 그러면…"

"아무리 적이 강해도 들이박고 끝내 이겨내는 게 강한 거지."

그러니 가장 강대한 적인 회사와 싸운다. 설사 죽음이 찾아오더라도 피하지 않는다. 다가오는 죽음마저 싸워 이기리라.

무인이 주먹을 당겼다. 그 주먹에 힘이 담겼다. 세상을 때리는 힘.

무인이 마지막으로 말했다.

"난 멸망주의자 그만둔다. 이제 네가 멸망주의자의 유일한 우두머리야."

그 말을 끝으로 무인이 주먹을 뻗었다. 회사가 준비한 규칙, 불청객은 오지 못한다는 규칙이 그 주먹에 맞아 깨졌다.

이어 공간이 깨지며 본사의 어딘가가 무인의 앞에 나타났다. 무인은 꼿꼿하게 등을 세우고 흔들리는 공간 속으로 걸어들어갔다.

전자 세계의 유령은 그 뒷모습을 가만히 보았다. 깨졌던 공간이 복구되며 돌풍이 들이닥쳤고, 머리카락이 마구잡이로 휘날렸다.

"6레벨 올랐으면 같이 있지…"

결국, 전자 세계의 유령은 고개를 숙였다. 그러고는 퍼뜩 고개를 들고 핸드폰을 쥐었다.

유령의 눈에 초록빛이 맺혔다.

'가만히 있을 수는 없어. 저놈이 정말 죽을 것 같으면 구해야지. 그래, 사고를 키우자. 혼란이 커져야 구할 기회도 생길 거야.'

오직 전투에 집중된 6레벨이었다. 아무리 본사여도 쉽게 막지는 못할 것이었다.

그 난장판은 다른 집단에게도 먹음직스러울 것이었다. 골드버그클럽은 회사를 지원하겠다는 명분으로 진입해 정보나 자원을 빼돌릴 것이고, 예술가나 악마는 영감과 즐거움을 위해 나설 것이었다.

치직.

전자 세계의 유령이 잠깐 문자열로 흩어지더니, 곧 온갖 사람에게 정보를 흩뿌렸다.

본사를 약탈하기 딱 좋은 기회라는 정보를.

'망했다, 망했다, 망했다!'

애초에 본사의 의뢰를 받아들이면 안 됐다.

이연우는 허겁지겁 길을 내달렸다. 뒤에서는 밀웜 머리의 홍수가 들이닥쳤다. 쏴아, 물소리 같은 것을 내면서.

이미 불을 질러서 해결할 수준을 지났다. 불이 태우는 속도보다 저게 증식하는 속도가 빨랐다.

이연우는 달리면서도 머리를 마구 헝클였다. 엉킨 머리처럼 상황이 지독하게 꼬였다.

"아니, 아니…!"

이상을 만드는 실험을 왜 했지? 바보인가? 실험이 잘못되면 회사도 기겁할 텐데? 멸망을 양산하는 짓이 가능한 인간을 내버려둘 리가 없는데?

처음부터, 위기감이 느껴졌을 때부터 다 버리고 도망쳤어야 했다.

'이게 수습은 가능한가? 아니, 그 전에 어떻게 도망치지?'

비상 사이렌이 귀가 아플 정도로 울렸다. 뒤에서는 밀웜 머리가 쫓아왔고, 어딘가에서는 6레벨의 무인이 난장을 피우고 있을 것이었다. 본사라는 잠재적인 위험도 있었다.

그야말로 전쟁터에 떨어진 듯한 위기.

이연우의 감각이 극한까지 깨어났다. 지치지 않는 활력이 솟구쳤으며, 보이지 않는 것을 느꼈고, 생각이 고속으로 흘렀다.

'도주가 1순위야! 엘리베이터는 못 써!'

어느새 엘리베이터 앞에 도착한 이연우는 그대로 스쳐 지나갔다. 주차장이나 출구의 좌표를 몰라서. 애초에 엘리베이터를 기다릴 시간도 없었다.

밀웜의 머리가 벽이 되어 밀려왔다.

"주사위로 이동도 힘든데!"

이연우가 답답한 표정을 지었다.

격리 조치인지 뭔지, 공간 이동은 성공 확률이 극히 낮다는 것이 느껴졌다. 차라리 조금 뛰어서 성공 확률이 높은 장소를 찾는 편이 빨랐다.

그는 휙 몸을 꺾어 구석의 벽을 향해 내달렸다.

감각이 최고조로 일어났다. 온갖 확률과 가능성이 손에 잡힐 듯이 감지되었다.

'여긴 아니야. 더 움직여야 해.'

이연우의 눈동자에 언뜻 주사위의 형상이 비쳤다. 그 주사위가 구르기 시작했다. 쉬지 않고 계속해서.

벽에 구멍이 뚫릴 가능성, 한 걸음이 열 걸음일 가능성, 문의 잠금장치가 고장 나서 비상 격리되지 않았을 가능성.

신들린 것처럼 성공이 연달아 나왔다. 이연우는 거침없이 달렸다.

직원들이 이미 대피했는지 텅 빈 사무실이나 복도나 공원이나, 본사를 가로질렀다. 뚫려버린 격리의 빈틈을 따라 밀웜머리의 파도가 쫓아왔다.

"여기도 아니고, 여기도 아니고. 여긴, 이동? 단거리 이동은 가능한가?"

그건 조금 노력하면 될 것 같았다. 이연우가 휙 손을 휘둘렀다. 이동을 억누르는 힘을 뿌리쳤다.

본사 안에서 공간 이동 확률이 가장 높은 장소에 자신이 있을 가능성.

데구르르.

성공!

그리고 이연우의 시야가 바뀌었다.

주차장이었다. 박살이 난 차와 공간이 널려 있었고, 회사의 격리 조치나 규칙마저 부서진 게 보였다. 공간 이동을 억제하던 힘도 안 느껴졌다.

"됐다! 이제 이동을…"

이연우가 활짝 웃을 때였다.

"드디어 본사 사람을 보는군. 기껏 왔는데 본사 사람이라고는 안 보여서 지루했는데."

뒤에서 즐거운 목소리가 들렸다. 이글거리는 투지가 일렁이는 목소리.

이연우가 휙 몸을 돌렸다. 그곳에는 무인이 있었다.

"아, 이연우? 지우개를 죽인 정예 요원. 널 이기면 내가 대장보다 강하단 거겠지. 좋아, 싸우자."

무인이 자세를 잡았고.

"싫은데?"

이연우는 주사위를 불렀다. 공간 이동 판정.

164

'미친 소리. 싸우긴 뭘 싸워.'

말 그대로 박살 난 주차장이었다. 얼핏 봐도 공간이니 규칙이니 하는 것이 다 부서졌다. 파괴를 일으킨 무인은 최소한 지우개를 들었던 그 멸망주의자 수준의 위험인물이었다.

저런 거랑 싸우라고? 본사가 나를 어떻게 볼지도 모르는 상황에서?

이연우는 빠르게 판단을 내렸다.

'주사위. 내가 조사반 사무실에 있을 가능성.'

집처럼 사는 곳이어서 그런지, 그의 일터여서 그런지, 이 가능성이 가장 성공 확률이 높았다. 힘을 조금 더하면 확정으로 뽑을 수 있을 정도로.

이연우가 확 공기를 잡아채는 시늉을 했다.

데구르르.

주사위가 굴렀다. 실타래 같은 확률이 한곳에 뭉쳐서 꿈틀거렸다. 다가오는 미래가 혼란스럽게 흔들렸다.

무인 또한 그 실타래를 느꼈다. 무인의 표정이 단번에 일그러졌다.

'윽, 저게 뭐야. 징그러워.'

얇고 긴 실타래가 뭉쳐서 흔들리는 모양새가 마치 지렁이나 기생충이 엉켜서 몸부림치는 것 같았다. 그야말로 혐오스러웠다.

세상을 흔드는 힘을 보아하니 강하긴 했지만, 외형이 영 아니었다.

무인이 손바닥을 펼쳤다. 모기나 날벌레를 때려잡는 느낌으로.

"저리 치워!"

무인의 손바닥이 가볍게 휘둘러졌다. 그 가벼운 몸짓에 폭풍이 불었다.

와장창!

무인의 손바닥이 지나가는 궤적을 따라 공간이 짓눌리다 못해 깨졌다. 세상이 버티지 못했다. 또한, 주사위가 불러낸 확률의 실타래 또한 버티지 못했다.

뭉쳐 있던 실타래가 펑 터지더니, 충격파에 실려 날아갔다.

그리고 이연우가 손을 뻗었다.

'안 돼!'

후폭풍이 몰아치며 이연우의 머리카락이 날렸다. 매서운 바람에 눈이 따가웠다. 부릅뜬 눈에 눈물이 맺혔으나, 이연우는 필사적으로 눈을 움직여 흩날리는 가능성을 보았다.

'성공 가져와!'

그 시선을 따라 손이 움직여 가능성을 쥐었다.

이연우가 조사반 사무실에 위치할 가능성.

그 가능성이 구현되는 순간.

무인이 다시 한번 손을 휘둘렀다. 저게 뭔지는 몰랐지만, 적의 행동이니까 막았다.

쾅!

바퀴벌레를 찾아 내리치듯 휘두른 손바닥이 구현되는 가능성을 깨부쉈다. 주사위가 멈췄다. 아무런 결과도 내지 못했다.

지우개 이후로 처음 겪는 근본적인 차단이었다.

"…"

"…"

무인과 이연우 사이에 잠깐 침묵이 내려앉았다. 서로 다른 생각을 했다.

무인은 불편한 표정을 지었다. 뭐랄까, 투지가 사라졌다.

'저런 거랑 싸우는 건 멋이 없어.'

세상과 싸워 이기고 가장 강한 존재임을 증명하는 이유가 뭔가. 그게 멋있으니까. 그게 낭만이니까.

하지만 저… 벌레 같은 거랑 싸우는 장면은 조금 지저분할 것 같았다. 지우개와 이연우가 싸우는 장면이 머릿속에서 상상되었다.

'저게 징그러운 실타래를 흩뿌리고, 대장은 실타래를 지우고. 결국, 못 지운 실타래에 당해 죽었나?'

무인이 질겁하며 한 걸음 물러섰다. 무인이 원하는 싸움과는 다른 맥락이었다.

무엇보다 코앞에서 본 이연우는 자신보다 약했다. 기껏해야 세상을 흔드는 정도? 약한 자와 싸워 이기는 것에는 관심이 없었다.

'약하고 징그러운 놈. 피하자. 본사에 다른 강적이 많을 텐데, 굳이 이딴 놈하고 싸울 이유가 없어.'

그때였다.

한동안 고개를 숙이고 있던 이연우가 머리를 들었다. 눈동자에 광기 같은 것이 번들거렸다. 가능성을 상징하는, 촉수 같은 실타래가 스멀스멀 풀려 나오며 이연우의 주변에서 일렁였다.

이연우가 낮은 목소리로 말했다.

"본사, 보고 있습니까? 제가 세계 평화를 위해 이 멸망주의자를 처리하겠습니다. 그러니 제가 친 사고는 정상 참작해주십시오."

퇴로가 막혔다. 지우개를 상대할 때와 같았다.

'내가 살려면 이 위험을 없애야지.'

목숨을 위협하는 적, 죽인다.

적당히 자신의 사고를 덮을 공도 세울 겸.

이연우가 확률의 실타래를 감고 무인에게 달려들었다.

머리가 쌩쌩 돌았다. 고속으로 회전하는 사고가 최적의 전투법을 세웠다.

'근본은 지우개를 상대할 때와 같아.'

주사위를 계속 굴린다. 미친 듯이 공격해서 적에게 자신을 타격할 기회를 주지 않는다. 공격이 최선의 방어였다.

데구르르.

주사위가 굴렀다. 심장이 멈출 가능성, 무인이 이상이 아닐 가능성, 무인이 목적을 잃을 가능성. 그뿐만이 아니었다.

주사위가 가지는 혼란한 성질을 끌어냈다. 온갖 가능성의 실타래가 마구잡이로 풀려났다.

무인은 단순하게 대응했다.

연타. 주먹을 재빠르게 연달아 내질러 징그러운 실타래를 전부 때린다. 그가 버럭 소리를 내질렀다.

"의미 없다!"

꿈틀대는 가능성이 모조리 얻어맞고 사라졌다.

하지만 이연우는 충실한 회사원이 되어 포기하지 않고 사명감을 담아 외쳤다.

"인류를 위협하는 멸망주의자! 죽어라!"

탕!

어느새 꺼낸 권총으로 총탄을 내쏘았다. 이연우의 외침과 총성이 주차장에 메아리쳤다.

무인은 진저리를 치며 다리를 뻗었다. 곡선을 그리는 다리의 궤적이 총탄을 걷어내고, 나아가 이연우의 목에 걸렸다.

이연우의 눈이 번뜩였다. 감각이 곤두섰다. 주사위의 감각이 아니었다. 생존 본능이었다.

'생존!'

위험을 피하고 살 길이 느껴졌다.

반응속도가 한계를 초월했다. 순식간에 이연우의 몸이 기괴하게 꺾였다. 상체와 머리가 옆으로 기울며, 무인의 발끝이 귓가를 스치고 지나갔다.

쐐애애액!

다리가 스쳤을 뿐인데, 무슨 칼날이 공기 가르는 소리가 들렸다. 한 번이 아니었다. 무인은 공세로 전환할 기회를 놓치지 않았다.

'죽어!'

무인은 습관처럼 일정한 호흡을 유지하기 위해 입을 꾹 다물었다. 무인이 춤추듯이 다리를 놀렸다. 두 발이 폭풍이 되어 몰아쳤다.

수평으로, 수직으로, 곡선으로, 사선으로, 끊임없이 뻗어 나가는 칼날 같은 다리. 공간에 예리한 상처가 남았다.

이연우는 전부 피했다. 주저앉고, 옆으로 구르고, 펄쩍 뛰어오르고, 몸을 꺾고. 그 반응은 평범하지 않았다.

'왜 안 죽지? 어떻게 이걸 다 피하지?'

발을 내지르던 무인이 기이한 표정을 지었다. 이를 악문 채, 눈살을 찌푸렸다.

이연우는 마치 미래를 보는 듯했다. 숙련된 파이터가 상대의 자세나 근육의 움직임만 느끼고 공격을 예측하듯, 공격이 닥쳐오기 전에 이미 회피하고 있었다.

그 자세가 우스꽝스러워도, 무인은 이연우를 때리지 못했다. 결국, 무인이 입을 열었다.

"이 바퀴벌레 같은…"

"인류의 생존을 위협하는 자는 내가 용납하지 않는다!"

말하는 찰나의 빈틈, 이연우가 치고 들어왔다.

주사위가 구르고 총탄이 쏟아졌다. 엎어진 밀웜 통에서 밀웜이 쏟아지듯, 꿈틀대는 실타래가 우르르 쏟아졌다.

가는 실타래가 몸을 뒤틀며 빽빽하게 공간을 채웠다. 마치 벌레의 무리가 닥쳐오는 듯한 기세.

"돌겠네!"

무인에게 총탄은 문제가 아니었다. 맞아봤자 긁히지도 않았다.

아무리 때려 없애도 계속 새로 만들어지며 몰려오는 실타래가 문제였다. 그렇다고 실타래의 근원인 이연우를 공격하자니, 기가 막히게 회피하고 있었다. 주먹이나 발의 정타는 물론,

깨지는 공간의 여파마저 수월하게 피했다.

거기에 신경을 긁는 이연우의 목소리까지.

"내가 쓰러지지 않는 이상, 본사를 무너뜨리지는 못한다. 멸망주의자!"

연기 못하는 사람이 억지로 연기하듯 과장되고 어색한 목소리.

무인이 이를 빠득 갈았다. 머릿속에서 이연우의 인상이 변했다. 약하고 징그러운 놈에서, 약하면서 끈질기고 징그러운 놈으로.

'이딴 놈은 피해야지. 싸워 이겨도 기분이 찝찝할 거야'.

진짜 이연우의 머리를 한번 세게 쥐어패고 싶었지만, 그럴 가치가 없었다.

무인이 원하는 건 강적과의 사생결단이지, 이딴 하찮고 지저분한 전투가 아니었다.

"빌어먹을! 좋아, 내가…"

"회사원은 멸망주의자의 말을 듣지 않는다!"

"개새끼!"

결국, 무인이 욕설을 내뱉고는 주먹을 강하게 휘둘렀다. 몰려오던 실타래가 흩어졌다. 그 찰나를 무인은 놓치지 않았다.

말아 쥔 주먹을 허리춤으로 당기고 하늘을, 주차장 천장을 향해 뻗었다. 전력을 다한 일격이 본사를 때렸다.

끼이이익!

본사가 비명을 질렀다. 공간과 세상이 부서졌고, 천장에 둥근 구멍이 뚫렸다. 하나가 아니었다. 레이저가 지나간 듯, 주차장부터 한참 위의 층까지 관통되었다.

그리고 툭, 툭, 비가 내렸다.

밀웜 머리의 비가.

이미 증식할 대로 증식한 밀웜의 머리가 무인이 뚫어놓은 통로를 타고 흘러내렸다.

뛰어오르려던 무인이 멍하니 허공을 보다가 얼굴로 손을 가져갔다. 얼굴에 붙은 밀웜 머리가 손에 잡혔다.

"이건…"

손가락 사이에서 증식하는 밀웜의 머리. 자세히 보니, 살아있는 것도 아니었다. 그냥, 시체가 된 밀웜의 머리가 분열하고 있었다.

흐리멍덩한 눈으로 밀웜을 보던 무인은 손에 힘을 주었다. 으직, 증식하던 밀웜의 머리가 으깨졌다. 쏟아지는 밀웜의 머리를 올려다보며, 무인이 절규했다.

"본사! 내가 원하는 싸움은 해주지 않겠다는 거냐!"

드디어 본사의 속셈을 알았다.

기껏 본사로 쳐들어왔는데, 사람 그림자조차 보이지 않던 이유. 무인이 원하는 결연한 결전이 아니라, 무인이 싫어하는 의미 없고 하찮은 진흙탕을 준비하기 위해서였다.

바퀴벌레 같은 이연우와 의지도 없이 분열하는 밀웜 머리의 파도로 무인을 막기 위혜.

'이딴 건 싸움도 아니란 말이다!'

쏴아아.

밀웜의 머리가 소나기 소리를 내며 무인을 덮쳤다. 갈색의 폭포가 주차장으로 쏟아졌다. 무인도, 이연우도 밀웜 머리의 폭포에 휩쓸렸다.

165

회사의 공문과 전자 세계의 유령이 뿌린 정보는 거의 동시에 각 집단에 도착했다. 본사의 소식은 1순위로 처리할 정보였기에, 그 정보는 곧장 최상층으로 올라갔다.

예술가협회의 이사가 예술의 전당 깊은 곳으로 갔다. 황금과 보석 석재 따위로 아름답게 지어진 문은 단단히 닫혀 있었고, 이사는 닫힌 문 너머에서 말했다.

"협회장님, 본사의 정보가 들어왔습니다. 지금 본사가 위기에 빠졌다는데, 어떻게 할까요?"

문 너머에서는 침묵이 감돌았다.

평소 아름다움으로 인한 영향을 최소화하기 위해 독실에 머무는 협회장이었다.

어두운 방에서 홀로 부드러운 조명을 받던 협회장은 벽에 걸린 작품을 관람하다가, 한 손을 귓가에 올렸다. 세상이 속삭이는 소리에 귀를 기울였다.

바람이 전해주는 소리, 무인에게 얻어맞은 세상이 징징거리는 소리, 주사위의 혼란한 성질에 어지럽혀져 술에 취한 듯한 세상의 소리.

이것만 가지고는 잘 알 수 없었다. 확실히 사고가 터진 것 같기는 한데.

"보여줘."

협회장이 말했다. 세상에서 가장 아름다운 자의 부탁이었다. 세상이 응했다.

허공의 수분과 빛이 움직이더니 신기루처럼 저 멀리 떨어진 본사의 현장을 재현했다.

밀웜의 머리가 범람하는 주차장을, 무인의 주먹질에 펑펑터지는 밀웜과 밀웜에 휩쓸려 촉수 같은 실타래들만 삐죽 튀어나온 이연우를.

"악!"

협회장이 눈을 질끈 감고 몸을 떨었다. 단어 그대로 끔찍한 광경이었다. 바글바글 모인 밀웜의 머리. 온몸에 소름이 돋을 정도로 징그러운 광경.

피부에 닭살이 돋았다. 그 반응에 세상이 얼른 신기루를 지웠다.

협회장은 몸을 파들파들 떨며, 평소 쓰던 대화용 태블릿도 잊고 악 소리를 질렀다.

"본사는 신경 쓰지 마! 저기는 아름답지 않아!"

밀웜은 당연히 징그러웠고, 무인은 파괴의 화신이었고, 이연우는 뭐가 잘못됐는지 미꾸라지처럼 변했다. 슉슉슉 위험을 피해 움직이는 몸짓이 경악스러웠다. 당장 세상도 경악하는 느낌이었다.

저런 것들은 예술의 전당에 데려오기 싫었다.

"본사는 무시해!"

그 진심이 담긴 목소리는 어떤 노래보다 아름답게 울려 이사의 정신을 빼놓았다. 자아를 잃은 이사가 충실하게 명령을 수행했다.

그렇게 예술가협회는 제일 먼저 무시를 선택했고.

다른 집단도 비슷비슷했다.

혼란의 악마니, 도박의 악마니 하는 악마들이 본사를 느끼더니 움츠러들었다.

자연스럽게 흘러 들어오는 개념과 정보가 그들을 물러서게 만들었다. 저기는 '진짜'였다. 재미 삼아 흥미를 위해 일으키는 놀이가 아니었다.

"저건, 좀… 저런 혼란은 감당 못 해."

"안 돼, 안 돼. 저런 것들이랑 도박하면 손모가지 날아가."

거의 위험 레벨 6 셋이 맞부딪치는 전장이었다. 공간이 깨지고, 세계가 울부짖고, 멸망이 도래하는 전장.

악마도 기겁하는 사고였다. 애초에 악마조차 저 정도 난장판은 만들지 않았다. 그럴 능력도 없었다. 기껏해야 전쟁을 틈타 본진을 떨어뜨리는 정도지.

진짜 재난 앞에서 악마들도 이성을 되찾았다.

"본사 뭐 하냐? 저거 안 막아? 계속 싸워서 세상 다 망가지면 어쩌려고?"

"아니, 보니까 저 중 둘은 회사 거야."

"미친 건가? 잘못되면 큰일 날 텐데. 우리라도 나서서 저거 수습해야 하는 거 아니야?"

악마는 부정적 이차원인 지옥의 개념적 생물이었다. 인간이 만들어낸 사상과 개념은 그들의 식량이자 무기였고, 인간은 그들의 친구였다.

가끔 툭툭 장난칠 수는 있어도, 진짜 다 죽으면 안 되는데.

"…"

"…"

악마들이 심각한 표정을 지었다.

슬슬 전장의 파괴가 안전 수준을 벗어나고 있었다.

깨지고 잘린 공간은 더 이상 복구되지 않았다. 무인이 근처의 세상을 완전히 때려눕혀서.

쓰러진 세상은 이연우가 풀어놓은 가능성 아래에서 괴상하게 변하기 시작했다. 중력이 고장 나 파편이며 자동차며 밀원이 둥둥 떠다니고, 콘크리트 조각과 철근이 멋대로 살아 움직이거나, 환영이 겹치거나.

거기에 끝도 없이 쏟아지는 밀웜까지.

세상의 질서가 무너졌다. 많은 악덕과 높은 차원의 개념을 관장하는 대악마조차 저기에 휘말리면 순식간에 죽을 것이었다.

"아바돈, 충해의 악마가 저 증식하는 벌레를 통제할 수 없나? 아, 저거 시체구나."

"애초에 저기 들어가면 죽어."

"지옥에 있는 지도자… 안 되지. 더 망가지니까."

악마들이 입을 벙긋거리다가 고개를 늘어뜨렸다.

방법이 없었다. 자신은 일개 숭배자라고 말하는 주제에 악마보다 위험한 지도자가 이 세상으로 돌아오면 세상은 더 빨리 망한다.

사람을 해치기 싫어 스스로 악마의 세계로 걸어 들어간 그 지도자는 세상을 지옥으로 만드는 자였으니까.

할 수 있는 게 없는 악마들이 말했다.

"…회사가 알아서 하겠지. 우리는 악마자치구나 점검하고, 숭배자 불러들이자."

어차피 밀웜이나 이연우나 회사가 풀어놓은 전력인데, 회사도 다 생각이 있을 것 같았다.

애써 합리화를 마친 악마들이 악마자치구로 모여들었다.

한편, 골드버그클럽의 판단은 가장 느렸다.

도심의 빌딩 최상층.

회장은 손에 쥔 금괴를 노려봤다. 잔뜩 찌푸린 눈에 고민이 짙게 묻어났다. 고민은 하나였다.

"어떤 질문을 할까요?"

행동에 들어가기 전, 황금만능주의에 던질 질문.

단순한 힘의 행사와 달리 정보의 대가는 가늠하기 힘들었다. 막대한 황금을 바치고 얻은 정보가 정작 제대로 쓰기 힘든 경우도 있었다. 정보의 가치를 제대로 이해하고 이용하기란 쉽지 않았다.

애초에 본사의 정보는 기본적으로 비싸기까지 한데.

손안의 금괴를 앞뒤로 돌리던 회장은 황금 표면에 비치는 자신의 눈을 보았다.

'일단은 내 눈으로 현장을 봐야겠어.'

그러고는 휙, 손을 움직여 황금만능주의에 황금을 바쳤다. 이 시대에 먼 거리를 보는 일은 값싼 일이었으니까. 심지어 무인이 보안 조치 같은 것까지 때려 부순 상황이라 더 저렴했다.

황금빛이 감도는 회장의 눈에 본사가 잡혔다.

밀웜 머리, 이연우, 무인. 어지러운 주차장. 시선을 옮겨가며 그 정보를 빠르게 해석했다.

'밀웜은 회사가 숨겨둔 이상 개체 같아. 이연우는 회사의 정예 요원이고. 무인은 6레벨에 올랐군. 본사의 다른 사람은…'

보안 요원이나 직원은 거의 대피가 끝났다. 고위 인사는 애초에 본사에 없는 듯했고.

보아하니, 딱 적절한 수준으로 무인을 격퇴하는 모양새였다. 당연히 본사가 망했다는 소리는 헛소리였다. 차라리 이걸 기회 삼아 다른 집단의 속내를 떠보는 게 아닐까? 아니면 다른 집단의 손을 빌려 피해를 최소화하거나.

회장이 결단을 내렸다. 다른 손으로 황금을 들며 비서에게 말했다.

"클럽은 이번 일에 개입하지 않습니다."

본사에 큰 피해가 생기겠지만, 그건 클럽이 신경 쓸 일이 아니었다.

진짜 인류보호회사만으로 대처할 수 없는 재앙이면 몰라도, 단순한 싸움에 굳이 지원을? 핵폭탄 같은 6레벨이 맞붙는 전장에 함부로 끼어들었다가는 손해만 보는데?

본사의 손해를 굳이 클럽이 분담할 필요는 없었다. 싸움의 여파가 심각하긴 했지만, 회사가 잘 수습할 것이었다.

"본사가 상황 수습하면 그때 성명이나 발표합시다."

"예. 글을 준비하겠습니다."

비서가 물러나는 그때였다.

— 구경하나? 이게 재밌나?

밀월의 물결에 몸이 잠긴 무인이 문득 허공을 보았다. 분노하여 붉은 얼굴로 이를 까득까득 갈다가, 끝없이 쏟아지는 밀월을 전부 으스러뜨리다가 시선을 느꼈다.

회장과 무인의 시선이 공간을 뛰어넘어 마주쳤다.

— 재밌으면 너도 같이 싸우든가, 아니면 꺼져!

회장이 얼른 시선을 거두었지만 조금 늦었다. 어두워지는 시야 속에서 무인의 주먹이 허공을 넘어 다가왔다.

정확히 회장을 노리는 주먹.

"윽!"

회장의 눈에서 피가 흘렀다. 회장은 눈가를 가리며 몇 걸음 비틀비틀 물러섰다. 회장이 들어둔 생명보험이 빛을 발하며 상처를 회복했지만, 그 회복 속도가 늦었다.

세계를 부수는 무인의 일격이었다. 먼 거리에서 빗맞았으나, 상처는 끔찍했다.

"회장님!"

"빨리 치료를…!"

주변의 비서들이 화들짝 놀라며 다가왔지만, 회장은 손을 내저었다. 피가 묻은 손에서 핏방울이 뚝뚝 떨어졌다.

침착한 목소리가 흘러나왔다.

"됐습니다. 오히려 잘된 일입니다. 우리도 무인에게 당했다고 말하면 되겠습니다."

회피가 최선인 공격에 맞았다. 회장은 아예 드러눕기로 했다.

그렇게 세 집단이 관망을 선택했다.

회사는 예상보다 심각한 상황에 기겁하며 빨리 사고를 끝낼 준비를 시작했다.

증식하는 밀웜의 머리를 태워 그 열기로 물을 끓여 터빈을 영구적으로 돌릴 준비.

그리고 무인을 죽이라는 명령을 내렸다.

"유령에게 움직이라고 하게. 본사 그만 뒤지고."

밀웜의 파도에 휩쓸린 이연우는 숨부터 멈췄다. 입을 꾹 다물고, 두 손을 들어 코와 입과 귀를 막았다.

'벌레 삼키면 안 돼.'

증식하는 밀웜의 머리였다. 괜히 귀나 코로 들어간 밀웜의 머리가 안쪽에서 분열하면 내부에서부터 찢겨 나갈 수도 있었다.

입으로 삼키는 것도 안심할 수 없었다. 만약 밀웜이 위액에 녹는 속도보다 분열하는 속도가 빠르다면? 위장부터 터지는 것이었다.

'그래도 저 무인보다는 덜 위험하지만.'

푸우, 범람하는 밀웜의 위로 머리를 내민 이연우가 무인을 보았다.

"빌어먹을! 이게 샌드백이랑 뭐가 다르냔 말이다!"

무인은 짜증 가득한 표정으로 주먹을 내지르고 있었다. 마치 물속에서 폭탄이 터지듯, 밀웜의 머리가 분수처럼 펑펑 솟구쳤다.

무인의 공격에 휩쓸린 밀웜은 그대로 으스러져 완전히 파괴됐다.

또한, 주변의 세상도 한계에 도달했다. 부서지고 베이고 찢어진 세상은 회복하지 못했고, 망가진 세상은 이연우가 풀어놓은 가능성에 오염되었다.

질서가 사라지고 혼란이 찾아왔다.

먼지가 돌처럼 떨어지고, 부서진 자동차가 액체가 되어 흐물흐물 흘러내렸다. 콘크리트 벽 사이로 튀어나온 철근이 몸을 꿈틀거리더니 지렁이처럼 빠져나왔다.

이연우는 눈동자를 대굴대굴 굴렸다.

'슬슬 도망칠까?'

도망칠 각이 선명하게 보였다. 무인은 자신을 경계만 하고 있고. 밀월은 회사가 알아서 처리할 테고. 도망치기 딱 좋은 시점인데.

이연우의 머릿속에서 생각이 흘렀다.

'이만하면 시간 충분히 끌었어. 말도 회사원답게 잘했고, 회사도 사실 무인이 다 때려 부순 거고.'

어찌어찌 본사가 인식하는 자신의 위험성이 낮아지지 않았을까?

마침 최적의 기회가 찾아왔다.

돌연 무인이 허공을 보며 버럭 성을 내었다.

"구경하나? 이게 재밌나?"

클럽 회장의 염탐하는 시선이었다.

이연우 또한 그 시선을 느꼈으나, 불쾌함을 느끼지는 못했고 도리어 고마움을 느꼈다.

주먹을 뻗는 무인의 신경이 전부 회장에게 쏠렸으니까. 방해 없이 도주할 기회였으니까.

　'주사위! 이동, 그러니까 조사반…'

　"재밌으면 너도 같이 싸우든가, 아니면 꺼져!"

　그리고 총성이 울렸다.

　탕!

166

무인이 클럽 회장을 때린 직후.

무슨 일이 벌어졌는지 구멍 뚫린 천장에서 떨어지는 밀웜이 줄어들었다. 비가 그치듯이, 밀웜의 물줄기가 약해졌다.

그 아래에서 무인은 고개를 숙여 가슴팍을 내려다보았다. 붉은 피가 흐르는 가슴. 정확히 심장을 관통한 총탄.

막지 못했다. 회복하지 못했다. 마치 평범한 사람이 총에 맞은 것처럼.

"…"

"…"

이연우는 주사위를 부르던 것도 잊고 화들짝 놀라 주변을 둘러보았다. 이곳에 그들을 제외한 다른 사람이 있었다.

평범한 총탄으로 무장한 암살자가.

'누구… 당연히 회사원이겠지. 어디지? 설마 나한테도 쏘

나?'

주사위로 느끼는 확률과 가능성의 세계에 생존 본능이라는 필터가 걸렸다.

서로 따로 놀던 감각이 하나가 되었다.

기이한 감각이 더듬이가 되어 뻗어나가, 이연우에게 다가오는 위험한 확률과 가능성을 포착했다. 그것은 미래를 예지하는 수준의 통찰이었으며, 이연우가 반드시 살아남을 미래를 비추는 망원경이기도 했다.

'위험!'

이연우는 눈을 희번덕거렸다. 오직 그를 죽일 가능성이 있는 것들이 손에 잡힐 듯이 느껴졌다.

무인, 그리고 정보부의 유령.

무인과 이연우의 머리가 동시에 휙 돌아가, 어딘가를 보았다. 두 사람의 시선이 느리게 움직이는 무언가를 따라갔다.

이곳에 있는 것이 당연하다는 듯, 밀월의 물결에 남는 흔적마저 자연스럽게 여겨지는 사람.

잠깐 동안 두 사람의 인식마저 속인 그것을 향해 무인이 말했다.

"정보부의 유령."

자연스러운 형광 조끼에 오염된 회사의 정예 요원이었다.

감각을 극한까지 곤두세운 두 사람의 시야에 그녀가 머쓱하게 웃는 장면이 보였다. 그녀가 혼자 감탄했다.

"와, 이게 위험 레벨 6이구나. 조끼 입으면 아무도 인식하지 못했는데. 역시 문서로 보는 거랑 다르네요."

그 목소리조차 백색소음처럼 자연스럽게 흘러갔다. 목소리, 생김새, 행동, 모든 것이 환경에 녹아들었다.

이연우는 아는 얼굴이었음에도 은근히 경계했다. 그러는 동안, 무인은 허탈하게 웃었다.

"이게 내 끝인가? 총에 맞아 죽는 것?"

무인이 상처 위로 손을 올렸다. 두근두근 박동하는 심장이 조금씩 쇠약해졌다. 심장 한가운데 뚫린 구멍을 통해 피와 생명이 흘러 나갔다.

죽음이 느릿하게 다가왔다. 무인의 소원과는 다른 허무한 죽음이.

짜증과 분노 따위로 범벅이 되어 있던 무인의 분위기가 차분하게 가라앉았다. 생명이 얼마 남지 않았다. 무인의 눈동자에 순수한 불꽃이 맺혔다.

죽음을 죽일 수 없다면 무엇을 해야 하는가. 죽더라도 허무하게 죽을 수는 없었다.

무인은 정보부의 유령을, 그 너머의 본사를 보다가 마지막으로 이연우에게 시선을 고정했다. 그가 얕보았던 적.

"내가 잘못 생각했어."

적이 자신보다 약하다고 무시했다. 자신의 깨달음, 되든 안 되든 강적에게 들이박겠다는 정신을 적이 실천하고 있었는데도 말이다.

결국, 혼란을 풀어놓아 자신의 감각을 어지럽히고, 끈질기게 달라붙어 정보부의 유령이 치명적인 일격을 가할 기회까지 만들어내지 않았나.

"널 무시해서는 안 됐는데."

그렇게 맑은 정신으로 적을 인식하니 새로운 것이 보였다.

죽음을 쓰러뜨리지 못한 자신과 달리 죽음을 피하는 자. 생존이라는 생물의 근본을 극한까지 끌어낸 인간.

그와 다른 길을 걸어간 강자를 향해 무인이 웃었다.

"좋아. 죽여주마."

세상도 죽이지 못할 자를 죽인다. 세상을 때려 울리는 것보다 더 멋진 업적이었다.

심장조차 멎어버려 고요한 세상.

무인은 두 손바닥을 활짝 펴고 천천히 주먹을 쥐었다. 새끼손가락부터 검지까지 부드럽게 말아 쥐고, 엄지손가락을 검지 위에 올렸다.

마치 처음 무술을 익힐 때처럼 신중하게. 오직 초심만을 떠올리며.

주변에서 증식하는 밀웜의 머리가 으깨지며 밀려났다.

이연우의 동공이 확장되었다. 머리카락이 삐죽 서는 공포가 몰려왔다.

스스스.

이연우의 주위에 일렁이는 가능성의 실타래가 저절로 흩어져 사라졌다. 더 이상 무작위의 가능성을 흩뿌리지 못했다.

"주사위!"

이연우가 소리 내어 주사위를 불렀다.

느릿하게 주먹을 당기는 무인은 그런 이연우를 내버려두었다. 최후의 일격이었다. 무방비한 적을 때리고 싶지는 않았다. 전력을 다해 맞붙어야 옳았다.

이연우 역시 무인의 바람에 응했다. 이동이고 뭐고 가능한 상황이 아니었으니까.

찰나가 영원처럼 늘어졌다.

이연우의 머릿속에서 번개가 번쩍이고, 한계를 초월한 감각이 어우러졌다. 이연우는 정보를 정확하게 받아들였다.

'미래가 닫혔나? 아니야. 이건…'

미래가 황폐했다. 몇 초 뒤의 무인이 이연우를 확실하게 죽였다. 생존할 확률이 0이 되었다는 말이었다.

이연우는 그제야 주사위의 한계를 깨달았다.

'존재하지 않는 가능성은 구현할 수 없어.'

이상이 넘쳐나는 세상에서는 극도로 낮은 확률로 온갖 일이 벌어질 수 있으나, 6레벨 앞에서는 그조차도 부족했다.

이연우의 눈에 핏발이 섰다.

'그러니까 이대로 죽는다고? 아니지. 피할 수 없는 죽음은 없어.'

늘 하던 대로 어떻게든 살아남는다.

길게 늘어진 시간 속에서 생존 본능이 발작했다. 안전한 평소에는 잠만 자던 생존 본능이 위기 앞에서 극한까지 활성화되었다.

이연우와 함께 위험을 겪으며 성장한 생존 본능이 6레벨의 경계를 넘었다.

죽음뿐인 미래를 열었다. 존재하지 않는 살길을 직접 만들었다.

심장이 미친 듯이 뛰는 이연우와 심장이 멈춘 무인이 눈을 마주쳤다.

늘어졌던 시간이 가속했다. 훅, 짧게 숨을 몰아쉰 무인이 주먹을 뻗었고, 이연우는 뒤로 넘어지며 주먹을 피했다.

주먹이 지나간 궤적을 따라 먹물 같은 어둠이 뿌려졌다. 빛조차 죽어버린 순수한 어둠이었고, 세상에 남은 상처였다. 영원토록 지워지지 않을 상처.

"…"

"…"

이연우도, 무인도 입을 열지 않았다.

뒤로 자빠진 이연우는 밀웜 위에 누운 채로 숨을 몰아쉬며 눈앞의 검은 궤적을 보았다.

'살았다…'

저거에 맞았으면 진짜 죽었다. 부활 판정을 굴리지도 못했을 거다. 그런 가능성까지 죽여버리는 공격이었으니까.

무인이 한숨을 흘렸다. 평생 살며 가장 강한 주먹이었는데, 끝내 죽이지 못했다. 이 정도면 인정할 수밖에 없었다.

"징그러운 놈. 네가 이겼다."

"이긴 게 아니라 살아남은 거지."

이연우는 비틀비틀 일어나며 말했다. 애초에 승패는 관심사가 아니었다. 지더라도 살아남으면 됐다. 반대로 이기더라도 죽으면 의미가 없었고.

무인은 이연우를 빤히 보다가 한숨을 흘렸다. 그로서는 받아들이기 힘든 가치관이었으나 대충 넘어갔다.

'6레벨치고 정신 멀쩡한 인간 없긴 하지.'

아마 자신과 싸우던 도중 경계를 넘은 것 같지만 말이다.

무인이 고개를 숙여 심장을 내려다봤다.

머리에 총을 맞고도 달려드는 호랑이나 차에 치이고도 도망가는 산짐승처럼 날뛰었으나, 끈질긴 생명에도 한계가 왔다.

여한이나 미련이 전부 사라진 지금, 호기심 하나가 떠올랐다.

"이 총알은 대장의 지우개로 만든 건가?"

자신의 방어력이나 재생력까지 지워버린 총탄이었다. 아무리 생각해도 지우개를 조각내서 탄두 삼은 느낌이었다.

이연우는 유령의 눈치를 살피며, 눈을 피했다. 기밀 무기인데 답할 수는 없었다.

무인은 스스로 답을 내렸다.

"지우개를 이딴 식으로 낭비하다니, 회사 놈들은 무슨 생각을 하는지 모르겠어."

대장의 지우개에 죽는 것도 멸망주의자의 업보 같기도 하고. 무인이 희미하게 미소 짓다가 천천히 뒤로 넘어졌다.

세상을 때리고, 본사를 난장판으로 만들었던 무인에게 후회 없는 죽음이 찾아왔다.

이연우는 무인을 깊은 눈으로 내려다보았다. 본사에 와서 본 것과 겪은 것. 평범한 방과 총탄. 살길이 없는 무인의 공격.

6레벨에 올랐다고 기뻐하기에는 세상이 여전히 위험했다. 목숨을 위협하는 것이 너무나도 많았다.

'회사가 제일 위험해. 그 방이랑 총탄은 답이 없어.'

이연우가 슬쩍 눈을 돌렸다. 슬금슬금 다가오던 유령이 눈을 동그랗게 떴다.

"와, 저 처음이에요. 조끼 입었는데 어떻게 보는 거지? 주사위가 무슨 감각을 준 거예요?"

신기하다는 듯 이연우 주변을 빙글빙글 돌아다니는 유령을, 이연우는 불편한 표정으로 보았다.

우연히 만난 사람이었고 또 유지유의 언니라 어색한 지인으로 여겼으나, 방금 본 바로는 최악의 암살자였다.

자연스럽게 다가와 평범한 총탄을 빵 쏘면 누가 버틸까. 예술가협회장이나 돼야 세상이 도와줘서 총이 스스로 망가지겠지.

'아니, 이 사람이면 총 쏘는 것도 세상이 자연스럽게 여기게 만들 수 있을지도 몰라.'

진짜 위험한 사람이었다. 절대 시선을 떼서는 안 됐다.

'혹시 모르니까 방탄조끼를 알아봐야겠어.'

인간의 취약한 몸을 가진 이연우는 딴생각을 하다가 뒤로 물러났다.

"그… 선배님, 혹시 본사 소식 좀 아십니까? 제가 작은 실수를 해서."

"실수요? 아, 그래서… 어쩐지 격리 계획이 있더라."

"뭐가 있어요?"

유령이 부끄럽다는 듯 수줍게 웃었다.

"모처럼 본사에 왔겠다, 그냥 이곳저곳 돌아다니다가 본 거예요."

"아니, 제 격리 계획 말하는 거 맞습니까? 그거 내용이 어떻게 됩니까?"

이연우가 다급하게 말했다. 그냥 흘려 넘길 수 없는 말이었으니까.

'격리 계획까지 세워놨다고? 지금 빨리 도망쳐야 하나? 아니, 정보는 알아야지. 그래야 대처하지.'

한바탕 격전을 치르느라 지친 몸에서 활력이 샘솟았다.

유령은 이연우에게 서류 한 장을 건넸다.

"제 동생 동료이기도 하고, 상담소에서 봤던 적도 있어서 꺼내 왔어요. 막 중요한 것도 아니고요."

이연우는 낚아채다시피 서류를 가져간 후 빠르게 문자를 훑어내렸다. 글은 정말 짧았고, 단순했다.

요약하면 이런 느낌이었다.

이놈 이거 생존주의자인데, 셸터 제공하면 알아서 들어가지 않을까요? 그리고 대충 생존 필수품이랑 인터넷 제공하면 안 나올 것 같은데요.

이연우가 안도하며 고개를 끄덕였다.

'이건 격리가 아니라 보호지.'

이게 격리 계획이라면 환영이었다. 집 주고 밥 주고 돈도 준다는데.

유령에게 위협을 느끼지 못해 생존 본능이 꺼진 이연우는 이번 사고를 수습할 계획을 세웠다.

"격리해달라고 해야겠다."

사고를 쳤으면 징계를 받는 게 당연하지 않을까?

'셸터 데려가는 척하면서 평범한 방에 집어넣으면 문제이긴 한데.'

그 불안은 이어지는 유령의 말에 조금 사그라들었다.

유령은 사방에서 증식하는 밀웜의 머리를 보며 질색하는 표정을 지었다. 무인이 갈아버리고도 남은 밀웜이 분열하고 있었다.

본사

"으, 징그러워. 아무리 무한 동력이 탐나도 그렇지, 이건 좀 별로네요."

"무한 동력이요?"

이연우가 의아해하며 묻자, 유령이 신나서 설명했다.

"무한 회전 톱니바퀴 같은 것처럼 셸터 같은 곳에서 고갈 걱정 없이 쓸 동력이요. 회사는 예전부터 꾸준히 비상용 자원을 준비했거든요. 이게 그 자원 같아요."

이연우의 눈에 희망의 빛이 맺혔다. 사고 회로가 현실을 뒤틀었다.

'이러면 본사가 나를 나쁘게 볼 이유가 없네?'

멸망 시나리오 수준의 이상 개체를 만든 게 아니었다. 에너지난을 해결할 자원을 만든 것이었다.

격리를 깨고 혼자 도망친 것이 아니었다. 본사를 위협하는 멸망주의자를 막기 위해 재빠르게 출동한 것이었다.

이 정도면 본사에서 상이라도 받아야 하는 것 아닌가? 공로상 같은 거 말이다.

167

본사에 평화가 돌아왔다. 무인은 죽었다. 밀웜은 회사가 뭘 이용했는지, 순간 이동이라도 당하듯이 수거됐다.

그저 초현실적인 그림 같은 폐허만이 남았다. 곳곳의 공간이 깨졌고, 철근이 뱀이 되어 스스슥 기어다녔고, 흘러내린 자동차가 웅덩이에 고여 있었으며, 콘크리트 파편이 소용돌이치며 주차장을 휩쓸었다.

유령이 어깨를 움츠렸다.

"거의 이차원이 되었네요. 본사가 복구할 수 있으려나 모르겠어요. 시간 엄청 걸릴 텐데."

이연우가 풀어놓은 가능성 탓이었다. 세상의 법칙이 느슨해져, 본사 일부가 공간형 이상 개체 같은 것이 되었다.

이연우는 머리를 긁적였다.

'뒷수습이야 본사가 알아서 하겠지.'

무인과 싸우나가 벌어진 일. 이길로 자신을 탓하지는 못할 것이었다.

본사가 자신을 어떻게 평가할까. 그것만이 유일한 걱정거리로 머리에 남았다. 긍정적으로 생각한다면 거의 영웅에 가까운 활약이었지만, 부정적으로 생각한다면 걸어 다니는 핵폭탄이 자신이었다.

방사능 뿌리듯 세상을 어지럽히고, 밀월 같은 것을 만드는 위험 요소.

'내가 생각해도 좀 그래. 나 같은 게 세상에 있다고 하면 불안하지.'

주사위의 대실패가 언제 어디서 어떻게 터질지 모르는데.

이연우의 표정이 진지해지는 그때였다.

삐빅.

유령이 들고 다니던 핸드폰에서 기계음이 났다. 메시지가 도착했다. 유령이 핸드폰을 보더니 안타까워했다.

"임무 완료했으면 돌아가라고 하네요. 아, 본사 좀 더 뒤져… 아니, 구경하고 싶었는데."

잠금장치를 열고 기록을 열람한 기록이 남아 회사의 눈을 완전히 속이지는 못했다. 그녀가 몰래 본 정보의 흔적이 적나라하게 남았다.

비상경보가 울렸을 때는 방해 없이 마음껏 훔쳐봐도 괜찮았지만, 지금은 안 됐다.

'저래도 되나? 아, 하긴. 이 사람도 6레벨 후보 느낌이니까.'

이연우는 머리가 살짝 이상한 유령을 보다가 마음을 놓았다.

정보털이범도 이렇게 멀쩡하게 내버려두고 있다. 자신이 조금 위험해도 무턱대고 격리하거나 사살할 것 같지는 않았다.

순간, 이연우의 얼굴에 근거 있는 자신감이 차올랐다.

'혹시 본사가 날 적대해도, 뭐…'

충분히 살아남을 수 있지 않을까? 다른 것도 아니고 생존에 특화된 게 자신이었다. 아무리 본사여도 자신을 어찌하기란 힘든 일이었다.

그때, 유령이 한 손을 소심하게 흔들었다.

"그럼 저는 돌아갈게요. 다음에 기회 되면 봐요."

"조심히 돌아가십시오."

헤어질 시간이 왔다.

유령이 엉망진창인 주차장을 자연스럽게 떠났다. 몇 걸음 걷지도 않았는데, 유령의 뒷모습이 희미하게 흐려졌다. 정보부의 유령과의 거리가 멀어지며 그녀가 인식에서 벗어났다.

이연우는 작게 한숨을 쉬었다. 자신감이 사라졌다.

이연우가 자기 뺨을 찹찹 때렸다.

"방심하지 마."

방심이 곧 위험이었다.

당장 멸망주의자만 해도 그랬다. 지우개를 든 멸망주의자를 죽여서 얕잡아 봤더니, 돌연 무인이 6레벨이 되어 튀어나왔다. 정상급 집단 중 조금 뒤처지는 멸망주의자인데도, 6레벨 수준의 무력이 둘이나 나온 것이었다.

미래가 어떻게 될지, 잠재력이 어떻게 터질지는 알 수 없는 일이었다.

잠시 주변을 서성이던 이연우가 마음을 먹었다.

'회사가 최고야. 회사에 붙어 있는 게 제일 안전해.'

회사가 가지는 무력과 정보력. 모든 측면에서 회사와 함께하는 것이 나았다.

이연우가 엘리베이터를 찾았다. 평범한 방에 대피한 마크정이 있는 연구소의 코드를 알고 있었다. 그곳으로 찾아가 진지하게 이야기할 생각이었다.

몇 걸음이나 걸었을까.

이연우가 돌연 기겁하며 펄쩍 뛰었다. 뭐가 발에 차이고 솟구쳤다.

"악! 뭐야! …철근이네."

뱀처럼 스슥 기어다니던 철근이었다. 괜히 얻어맞은 철근이 머리를 치켜들었고, 이연우와 눈싸움을 하다가 획 머리를 돌렸다.

이연우는 부릅떴던 눈을 비볐다. 그러고는 몸을 웅크리고 고개를 획획 돌렸다.

"여기도 좀 위험해. 안 되겠다. 빨리 가자."

그렇게 이연우는 비상구와 엘리베이터 따위를 이용해 연

구소로 돌아갔다.

연구소는 주차장에 비해 깔끔했다.

범람했던 밀웜의 머리 때문에 책꽂이니 컴퓨디나 집동사
니가 어지럽게 흩어져 있었고 증식하는 밀웜의 압력에 기둥이
나 벽이 변형되어 있었으나, 주차장의 난장판에 비하면 별거
아니었다.

밀웜은 이미 수거되었고.

이연우는 조심스럽게 연구소로 발을 들이다가, 눈을 깜빡
였다.

"돌아오셨습니까? 상황은 종료된 모양입니다."

마침 평범한 방에서 나온 마크 정과 마주쳤다.

옷차림이 깔끔했다. 낯빛도 멀쩡했다. 무인과 치고받느라
흙먼지를 잔뜩 뒤집어쓴 자신과는 달랐다.

"…"

이연우는 고개를 숙여 바닥에 떨어진 유리 조각을 보았다.
유리 조각에 얼굴이 비쳤다. 꼬질꼬질하고 지친 얼굴.

갑자기 후회가 몰려왔다.

'아, 그냥 평범한 방에서 대기할걸.'

그랬으면 적어도 무인과 생사를 건 결투를 하지는 않았을
텐데. 회사가 밀웜도, 무인도 알아서 처리했을 텐데.

'아니지. 그랬으면 6레벨에 오르지도 못했어. 잘된… 어, 잘

된 일이야. 회사에 공로도 세웠고. 그렇지? 맞지?'

그렇게 이연우가 자신을 위로하고 있자니, 마크 정은 연구소를 둘러보며 씁쓸하게 웃었다.

"연구소가 엉망이 되었군요. 실험 데이터는 서버에 따로 보존한 듯한데, 그래도 망가진 실험 기구는 아깝습니다."

이연우가 입을 꾹 다물었다.

'이게 엉망? 그러면 내가 본 주차장은…'

쓸데없는 생각을 하던 이연우는 곧 정신을 차렸다. 그가 목소리를 낮게 깔았다.

"이사님하고 연락됩니까?"

"지금 바쁘신지 계속 통화 중입니다."

본사가 거의 반파되었다. 이사가 바쁜 것도 당연했다. 피해 규모를 집계하고, 피해 현장을 복구할 계획을 세워야 할 것이다.

그리고 혹시, 어쩌면…

'날 평가하는 중일지도 모르지.'

이연우의 눈에 한 줄기 긴장이 스쳤다.

어두운 회의실에서 이사가 회의하는 광경이 상상되었다. 사람들이 이연우를 어떻게 평가할지 두런두런 이야기를 나누는데, 이사가 엄지손가락으로 목을 긋는다.

– 이상을 만드는 이상. 인류를 위협하는 것이니 죽이게.

그러면 안전 조치 001이 주사위를 억누르고, 유령이 평범한 총탄을 들고 다가오고.

'설마…'

최악의 경우를 상상한 이연우가 몸을 부르르 떠는 그때, 마크 정이 말했다.

"이연우 씨 핸드폰으로 연락해보십시오. 아마 이연우 씨 전화는 연결될 겁니다."

회사의 정예 요원이니까.

이연우는 잠깐 망설이다가, 마크 정에게 번호를 받아 이사에게 전화를 걸었다.

뚜르르르 울리는 통화 연결음이 괜히 불안했다. 이연우가 침을 꿀꺽 삼켰다. 그리고 목소리가 들렸다. 이사의 목소리였다.

- 이연우 특수 조사원. 이번 일은 잘했어. 실험 결과도 좋고, 밀웜도 이용 가치가 높아. 어쨌든 자네가 걱정할 일은 없으니 안심하게.

진짜 바쁜지 우다다 말을 쏟아낸 이사가 전화를 끊었다.

이연우는 멍하니 핸드폰 화면을 보았다. 성의 없이 대충 돌아온 반응. 자신을 적대하려고 했다면, 억지로 안심시키기 위해 더 성의 있게 대응했을 것이다.

'됐다.'

이연우의 입가가 꿈틀거렸다. 웃음이 터질 것만 같았다. 모든 근심 걱정이 사라졌다. 그렇다면 남은 일은 하나뿐이었다.

'셸터, 아니, 격리 받자.'

안 그래도 집 없이 조사반 사무실에서 사는 몸이었다. 이건 집을 구할 기회였다.

마크 정은 그런 이연우를 이상한 눈으로 보다가, 이어지는 이연우의 말에 눈을 동그랗게 떴다.

이연우가 입술을 꾹 깨물어 자신을 진정시키고는, 진지하게 말했다.

"아무래도 이번에는 사고를 크게 친 것 같습니다. 멸망 시나리오 수준의 이상 개체를 만들지 않았습니까. 징계를 받아야겠습니다."

"회사 의뢰로 실험해서 만들어진 거라 괜찮을 겁니다."

마크 정이 바로 답했다.

본사가 시켜서 일어난 일에 책임을 물을 수는 없었다.

하지만 이연우는 고개를 저었다.

"도망치면서 회사 격리도 많이 부쉈습니다. 단순한 징계로는 부족하고, 저를 격리…"

"아니, 무슨 소리를 하십니까! 왜 이연우 씨를 격리합니까!"

마크 정이 기겁했다. 격리? 이연우를? 물론 계획은 있었지만, 지금 상황에서는 격리란 단어 자체를 꺼내면 안 됐다.

마크 정은 이연우의 심리를 추측했다.

'멸망 시나리오 수준의 이상 개체를 만들어서 불안한가? 회사가 자신을 처리할까 봐?'

그렇다면 그 불안을 자극해서는 안 됐다. 무조건적인 믿음으로 안심을 주어야 했다. 잘못하면 터질지도 몰랐다.

'지금 이연우가 터지면 본사가 버틸 수 있나? 못 버틸 거 같은데?'

본사의 운명이 자신의 손에 달렸다. 마크 정이 필사적으로, 거의 빌듯이 말했다.

"절대, 절대 그런 일은 없습니다. 그건 도리에 맞지 않습니다. 만약 누가 격리라는 단어를 꺼내면 제가 목을 걸고 막겠습니다."

"아니, 그래도…"

"아무리 이연우 씨가 사고를 쳐도, 회사원인 이상 회사가 등 돌리는 일은 없습니다!"

두 사람의 말싸움이 들려오는 연구소.

이윽고, 대피했던 직원들이 돌아오고 현장을 조사하는 소음이 본사를 채웠다.

이사는 정말 바쁘게 일했다.

"밀웜을 이용한 무한 동력 기관? 녹색협회와 협력해야 최고 효율을 보인다고? 이건 내 담당이 아니니까 다른 이사한테 보내게."

"본사 이전 계획을 수정했다고? …내가 이걸 또 언제 다 보나. 자네가 먼저 보고 요약해."

"다른 집단 동향은 아직 파악 안 됐나?"

이사는 쏟아지는 보고서와 연락의 파도 앞에서 허우적거

리며 지끈거리는 머리를 붙잡았다.

'몸이 다섯 개쯤 있으면 좋겠는데.'

불가능한 일이었다. 회사의 고위직은 오직 인간만이 오를 수 있었으며, 편의를 위한 이상 사용조차 제한되어 있었다.

다른 평범한 사람처럼 인생을 살며, 인간의 감성을 잃지 말라고.

그때, 비서 하나가 서둘러 다가왔다.

"이사님, 유령의 보고서입니다."

"주게."

정예 요원의 보고를 이사는 바로 확인했다. 대충 쓰여 있는 보고서가 빠르게 읽혔다.

'이연우가 무인을 마주쳐서 상대했다. 유령이 평범한 총탄을 박을 기회를 만들었고, 최후의 공격도 피했고.'

그 의미는 단순했다. 이연우가 6레벨에 올랐다. 회사에 6레벨 전력이 탄생했다.

하지만 생존 본능을 모르는 이사는 턱을 쓰다듬으며 중얼거렸다.

"오염되는 속도가 너무 빠른데… 주사위의 성질인가?"

주사위를 얻은 지 1년도 채 안 된 인간이 이렇게 빨리 오염될 수가 있나? 안개의 오염이 그 정도 영향을 끼쳤나? 아무리 짧아도 1년은 넘어야 할 텐데.

이는 단순한 호기심에 불과했고, 이사는 적당히 넘어갔다.

일이 너무 많았다.

그는 잠깐 사이에 더 올라온 보고서를 보았다. 평범한 세계를 연구하는 연구팀에서 올린 보고서였다.

"근본적인 기술을 회득했으니, 목저에 필요한 다른 기반 기술을 연구해야 한다? 음, 진행하라고 하게."

회사는 오늘도 쉴 새 없이 움직였다.

인간

의뢰를 마친 이연우는 본사에 남을 이유가 없었고, 도망치 듯 본사를 떠나 조사반 사무실로 돌아왔다.

며칠이 지나 아침이 되어 눈을 뜬 이연우는 아쉬움에 한숨 을 푹 쉬었다.

"이걸 격리를 안 해주네…"

너저분한 방에 이연우의 아쉬움 가득한 목소리가 울렸다.

이불만 대충 깔려 있고, 물병이나 가스버너 따위가 널브러 져 있는 좁은 방이었다. 조사반 건물에 남은 방이자 이연우가 머무는 방.

느릿하게 몸을 일으킨 이연우는 머리를 긁적이며 방을 둘 러보았다.

솔직히 불만이 있지는 않았다. 어쨌든 먹고사는 데는 문제 가 없었고, 계약서를 쓴 반장이 땅 주인으로서 방어까지 가능했으니까.

하지만 생존 본능으로 6레벨에 오르니, 욕심이 생겼다.

'이제 마음 편하게 집 구해도 괜찮을 것 같은데.'

무슨 사고가 찾아와도 괜찮으니, 인적 없는 곳의 아무 집이나 들어가도 문제없지 않을까? 집의 안전이나 다른 것들을 따지지 않아도 될 것 같았다.

오직, 사고에 휩쓸릴 사람과 자신의 취향만 따지면 되었다.

예를 들어 외딴곳의 셸터 같은 곳. 재난이 터져도 스스로 에너지를 생산하며, 식량도 자급자족 가능한 회사의 셸터.

'그냥 회사에 요구해볼까? 6레벨인데 주지 않을까?'

잠시 멍하니 앉아 잡생각을 이어가던 이연우가 퍼뜩 몸을 일으켰다.

창밖에서 떠오르는 해가 희미한 빛을 비추었다. 반장이 출근하기 전에 얼른 씻고 사무실로 갈 시간이었다.

주변에 던져둔 잡동사니 사이에서 세면도구를 찾은 이연우가 설렁설렁 움직였다.

그렇게 다시 하루가 시작되었다.

불이 켜진 사무실.

이연우가 마우스를 딸깍였다. 화면에는 인간 자격증과 관련한 문서가 잔뜩 나열되어 있었다. 최신 갱신된 문서들이었는데, 그 숫자와 반응이 심상치 않았다.

거의 멱살 잡고 싸우다시피 연구원과 연구원이 다투었으며, 다른 부서 사람들도 슬쩍 의견을 내놓아 불을 키웠다.

인간 자격증이 보증하는 인간은 진짜 인간인가? 이 주제 하나로 작은 불이 번졌다.

'내가 올린 문서 때문 같은데.'

이연우가 일전에 올렸던 보고서와 제안서. 인간 자격증의 오염 저항 때문에 시작된 일이었다.

이연우는 머쓱하게 마우스를 흔들다가, 조회수가 가장 높은 보고서를 빠르게 읽었다.

요약하면, 인간 자격증이 부여한 '인간'이 다른 이상 개체에 오염되어도 인간이도록 기능한다는 실험 결과였다.

문제는 그 인간이 진짜 인간이냐는 것이었다.

온갖 반박이 달렸다.

그러면 시험을 통과한 짐승도 진짜 인간이냐, 이상 개체가 부여한 인간은 인간이 아니다, 결국 존재의 변질 아니냐, '인간'이라는 이상 개체를 만드는 것 아니냐…

거기에 멸종의 대변인이나 도덕과 윤리를 담당하는 부서까지 가세해 그야말로 난장판을 만들었다.

합격자도 오염자로 보아야 한다, 인간의 기준이 뭐냐, 복제 인간은 인간이냐 등등.

길고 어지러운 글을 보던 이연우의 눈이 빙글빙글 돌았다.

머리에 과부하가 걸렸다.

"이게 다 무슨 소리지…"

안 그래도 연구원들이 전문적이고 어려운 용어를 늘어놓았는데, 어느 시점부터는 문장이 지나치게 늘어지며 봐도 이해하지 못할 정도였다.

어지러움을 느끼던 이연우가 휙 창을 닫았다. 기본 바탕화면이 펼쳐지며 혼란이 가라앉았다.

'그러니까 저항 효과가 있다는 거잖아.'

그것 하나면 됐다. 어쨌든 자아를 유지할 수 있다는 것 아닌가.

이연우가 손가락을 하나하나 접었다. 손가락 하나에 그의 이상 개체를 떠올렸다.

빗물, 생존 본능, 주사위, 인간 자격증.

'빗물은 잠재력이 없고. 생존 본능은 6레벨이고. 주사위는 경계 앞에서 후퇴하고 있고.'

이연우의 표정이 어두워졌다.

생존 본능이 6레벨에 오른 순간, 주사위의 오염이 천천히 감소하기 시작했다. 집중하면 느껴지던 가능성과 확률의 감각이 서서히 흐려졌다.

생존 본능이 주사위의 오염을 위험으로 판단한 것이었다. 자아의 상실을 막는다고 여긴 것이었다.

애초에 위험을 겪지 않는 미래를 향해 움직이는 것일 수도 있었고, 어쩌면 주사위에 오염되면 생존 본능도 자아의 상실을

166

막지 못한다는 뜻일지도 몰랐다.

그렇기에 인간 자격증이 필요했다.

생존 본능이 주사위의 오염을 위험으로 판단하지 못하도록.

왜냐하면 이연우에게 사소한 욕심이 생겼으니까. 이왕이면 주사위도 6레벨로 올리고 싶다는 욕심이.

"주사위를 포기하기는 아쉬운데."

생존은 준비고 대비였다. 다룰 수 있는 도구는 많을수록 좋았고, 주사위는 만능의 도구였다.

극한 상황에 던져지더라도 곧바로 돌아올 수 있었고, 식량과 식수가 없더라도 만들 수 있었다.

이연우의 생각이 깊어졌다.

'인간 자격증. 주사위의 오염에 저항할 잠재력이 있을까?'

회사는 그동안 인간자격시험에 큰 관심을 보이지 않았다. 대량 살상 수준의 위험을 가졌으나, 그럭저럭 막을 수 있어서.

그 부산물인 자격증은 위험하지 않아 연구된 바가 거의 없었다.

결국, 이연우가 직접 실험해야 했다.

이연우는 에코백에서 인간 자격증을 꺼냈다. 여권 같은 자격증의 가죽 표지를 넘기니, 이연우의 증명사진과 인간임을 증명한다는 글자가 보였다.

증명사진을 내려다보던 이연우는 작게 중얼거렸다.

"수준을 높여야 할 것 같은데."

어떻게 할 수 있을까.

이연우는 생존 본능을 떠올렸다. 그가 직접 경계를 넘은 힘. 그 사례를 참고하면…

'생존 본능은 위험 앞에서 자극받았지. 주사위는 혼란한 성질 때문에 혼자 오염됐고.'

이상 개체의 본질에 맞는 행동을 하면, 그 이상 개체를 이해하고 하나가 될 행동을 하면 뭔가 변화가 있지 않을까?

이연우가 아이디어를 떠올렸다.

'사람답게 행동하면 인간 자격증이 강화되나?'

시도해볼 만한 아이디어였다. 사람답게 행동하며 자격증을 관찰한다.

물론 '사람답게'의 기준이 문제였지만, 이연우는 고민하지 않았다. 자신은 사람이니까, 자신답게 행동하면 끝이었다.

고민을 떨친 이연우가 개운한 웃음을 지을 때였다.

덜컥, 문이 열리고 반장이 들어왔다.

"어. 연우야."

"안녕하세요."

이연우는 고개를 꾸벅 숙여 인사했고, 반장은 불안한 눈으로 주변을 둘러보았다.

반장도 소식을 들었다. 이연우가 갔더니, 본사가 박살이 났다고. 아무리 무던한 반장이어도 이제는 초조했다.

한참 동안 문가에 서서 주변을 탐색하던 반장은 이연우가 이상한 눈길을 보내자 헛기침을 하며 말했다.

"그렇지. 지유는 휴가 내고 며칠 쉰다. 그리고 재민이 내일부터 출근할 거야."

부모 감별사 최재민. 이연우가 의아하게 물었다.

"아직 졸업 안 하지 않았습니까?"

"얘네는 저번 주에 했다더라. 얘는 연수도 딱히 필요 없고. 지유 쉬는 동안 네가 서류 업무 조금만 알려줘."

생각보다 빨리한 모양이야. 이연우가 고개를 끄덕였다. 어렵거나 위험한 일도 아니었고.

"예."

"안녕하세요! 조사원 최재민입니다!"

출근 시간보다 일찍 나온 최재민은 활기차게 인사했다. 새 옷 냄새가 나는 캐주얼 정장을 빼입은 최재민은 조금 어색한 기색이었다.

'엄마가 정식 출근은 처음이니까 일찍 나가라고 해서 일찍 왔는데.'

반장도, 이연우도 한참 일찍 나온 듯 이미 잔뜩 비운 커피잔을 홀짝이고 있었다.

반장이 너털웃음을 지으며 최재민을 위아래로 훑어보았다.

"옷 잘 샀네. 어울린다."

"저는 안 사려고 했는데, 엄마가 꼭 사라고 해서요."

최재민이 볼을 긁적였다. 학생 기간 동안 견습 조사원으로 일을 몇 번 따라가봐서 안다. 조사원은 정장 따위 입지 않았다.

조사 업무에서는 편한 옷을 입었고, 현장직이라 사무실에서도 비슷했다.

반장은 고개를 끄덕였다.

"남들 결혼식, 아니…"

반장은 이제 막 고등학교를 졸업한 애가 정장을 입고 결혼식에 갈 일이 있을까 싶었다. 최재민이나 이연우나 그냥 깔끔하게 입으면 되는 거 아닌가.

반장은 서둘러 단어를 고쳤다.

"장례식 가려면 정장 한 벌은 있어야지."

"그렇죠? 엄마도 사회인 됐으면 정장 한 벌은 맞추라고 말하더라고요. …지유 누나는 없어요?"

"어, 지유는 휴가."

그쯤에서 반장이 이연우를 향해 턱짓했다.

"며칠 동안은 연우한테 서류 업무 배워라."

이연우가 작게 손을 들어 흔들었다. 최재민이 웃으며 유지유의 자리로 가 앉았다.

"형! 저 뭐 배우면 돼요?"

"어…"

이연우는 잠깐 허공을 보다가, 자신이 제일 먼저 썼던 문서를 떠올렸다. 이연우가 말했다.

"시말서 쓰는 법?"

보고서는 지금도 잘 못 쓰겠고 다른 문서를 쓰는 것도 어설펐지만, 시말서 하나는 자신 있었다. 아마 그가 썼던 공적인 문서 중 가장 잘 쓰지 않을까?

잠깐 관심을 거두었던 반장이 황당한 얼굴을 하며 고개를 돌렸다.

"아니, 뭘 그런 것부터 가르치냐."

"그… 보고서는 막 써도 괜찮지 않습니까."

이연우가 눈을 돌리며 합리적인 변명을 늘어놓았다.

정식 보고서에는 조우한 이상 개체의 정보만 들어 있으면 뭐라고 안 했다. 오히려 시말서가 중요했다.

이연우가 진지하게 말했다.

"살아남으려면 시말서 쓸 일을 자주 저지를 수도 있습니다."

산에 불을 지를 수도 있고, 부서가 날아갈 수도 있고, 기밀 무기를 잃어버릴 수도 있고. 그럴 때 잘 넘어가려면 시말서를 잘 써야 했다.

반장이 손을 내저었다.

"보고서 쓰는 법부터 가르쳐. 쟤 현장은 몇 번 갔는데, 보고서는 한 번도 안 써봤으니까."

"보고서는…"

대충 막 쓰는 편인데.

이연우가 어렵게 고개를 끄덕였다.

"보고서는 대충 써도 돼. 조우한 이상 개체의 정보만 다 들어가면 뭐라고 안 하더라."

최재민은 수업받듯 노트와 연필을 꺼내 필기했다. 반장은 머리가 아파 입을 몇 번 벙긋거리다가, 푹 한숨을 내쉬며 포기했다.

169

며칠이 지났다.

새 정장을 입었던 최재민은 대충 운동복을 입고 출근하기 시작했고, 이연우에게 나쁜 영향을 받아 조금 있던 신입의 마음가짐마저 풀려버렸다.

딸깍딸깍딸깍!

목을 앞으로 내밀며 마우스를 연타하던 최재민의 얼굴이 일그러졌다.

"아니, 우리 팀 뭐 해!"

팀 게임을 한창 진행하다가 죽었다. 남 탓하던 최재민의 눈에 푸른빛이 맺혔다.

그 눈에 같은 팀의 부모가 보였다. 닉네임 위로 보이는 부모의 상황. 누군가는 부모가 아팠고, 누군가는 돌아가셨다.

열정적으로 타자를 누르려던 최재민이 순간 멈칫했다. 짜증이 한순간에 가라앉았다. 여기서 부모를 들먹이며 욕하는 건 좀…

"아이, 터졌네."

결국, 패배했다. 기분이 가라앉은 최재민이 머리를 벅벅 긁을 때였다.

빡!

휴가를 마치고 돌아온 유지유가 최재민의 뒤통수를 세게 후려쳤다. 최재민의 고개가 휙 꺾였다가, 용수철처럼 튀어 올랐다.

"아, 왜!"

"대놓고 게임을 하면서?"

유지유가 눈을 치켜뜨며 말하자, 최재민은 입술을 부루퉁하게 내밀었다.

조사 업무가 없으면, 쉬면서 대기하는 거나 다름없을 정도로 일이 없었다. 기껏해야 쓰레기 버리고, 사무실 청소하는 정도지.

그 지루한 시간에 게임 정도는 해도 되지 않을까?

하지만 유지유는 그런 불만을 받아들이지 않았다. 반장을 보며 외쳤다.

"반장님 얘 좀 보세요! 아예 피시방을 만들었다니까요?"

"어어…"

의자에 늘어져 자던 반장이 힘겹게 눈을 떴다.

그것만으로도 최재민이 찔끔 물러섰다. 반장에게는 이상 개체라고 격리당하고 실험당하려던 것을 구해준 은혜가 있었다.

최재민이 자기 자리를 보았다. 견습 조사원으로 일하는 동안 모았던 돈으로 산 컴퓨터가 번쩍번쩍 빛났다.

게임용 마우스와 키보드가 무지갯빛으로 점멸했다.

'좀 심한가?'

생각해보면 교무실의 선생님 중 이렇게 일하는 사람이 없던 것 같기도 했고.

반장은 잠에 취한 상태로 흐리멍덩하게 말했다.

"그… 뭐야, 키보드. 그래, 키보드 내리치지 마라. 시끄럽다."

게임을 하든 뭘 하든 상관없었다. 조사만 제대로 하면 되지. 힘줄 때 힘주고, 쉴 때는 쉬어야 하는 법이다.

반장이 다시 꾸벅꾸벅 졸기 시작했고, 유지유는 황당한 표정을 지었다.

이건 너무 자유롭지 않나?

유지유가 이연우를 보았다.

"연우 씨. 애한테 뭐라고 해봐요."

인터넷으로 웬 기부 사이트를 뒤지던 이연우가 쓱 시선을 돌렸다. 현란하게 빛나는 키보드와 마우스, 거기에 사양 좋은 컴퓨터까지. 그가 고개를 저었다.

"그거 살 돈으로 공구를 사지."

하나같이 실용성이 부족한 물품이었다. 개인 장비도 없으면서 저런 낭비는 아니지 않나.

거기에 최재민은 부모 김별로 이상 개체를 알아내도, 이상 개체로부터 살아남을 능력은 부족했다.

최재민이 눈을 깜빡였다.

"총 있지 않아요?"

"총 안 통하는 이상 개체 만나면 어쩌려고. 아니면 이상한 공간에 떨어지거나. 생존 키트 같은 건 장만해서 들고 다녀야…"

유지유가 이마를 탁 쳤다. 진성 조사원들 앞에서 말을 잃었다. 어쩌면 유지유 자신은 다른 회사원인 가족의 영향 때문에 조사원의 감성을 이해 못 하는 건 아닐까, 의심이 들었다.

결국, 포기한 유지유가 최재민의 머리를 살짝 쥐어박은 후, 이연우에게 관심을 돌렸다.

"기부하게요?"

이연우가 인터넷에 이런저런 기부 사이트를 잔뜩 띄운 뒤 이리저리 뒤져보고 있었다. 그는 어색하게 웃었다.

"한번 해볼까, 생각 중입니다."

아무리 평범하게 살아도 인간 자격증은 꿈틀대는 기색이 없었다.

평소라면 안 할 여러 가지 행동을 해가며 추이를 지켜볼 계획이었다. 기부도 해보고, 봉사도 해보고.

'아니면 반대로 못된 짓을…?'

눈동자에 장난기 같은 것이 반짝이는 그때였다.

이연우에게 전화가 왔다. 이연우는 바로 받았다. 핸드폰 너머에서 지친 목소리가 들려왔다.

- 불우 이웃을 도와주세요. 제 보험회사가 완전히 망했습니다. 오늘 먹을 음식도 없습니다. 제발 도와주세요.

간혹 받던 스팸 전화에 이연우가 바로 끊으려다가, 마음을 바꿨다.

"좋습니다. 계좌 번호 불러주세요."

- 한 번만 도와주시면 제가 보답을… 예? 예! 진짜입니까?

흥분한 목소리에 이연우가 침착하게 답했다.

"계좌 번호 부르세요."

- 그럼, 바로 불러드리겠습니다!

해외의 계좌인지 처음 듣는 은행과 낯선 형식의 번호로 이연우는 곧바로 적지 않은 돈을 보냈다.

상대는 순수하게 기쁜 웃음을 터뜨리며 연달아 감사 인사를 했다. 수화기 너머에서 연신 고개를 숙이는 광경이 상상될 정도로 절절한 목소리였다.

- 정말, 정말 감사합니다! 제가 바로 보답해드리겠습니다.

"보답은 괜찮…"

- 당신이 죽을 날을 알려드리겠습니다!

순간 이연우가 눈을 크게 떴다. 머리에서는 여러 생각이 떠돌았다. 사기인가? 이상인가?

조심해서 나쁠 것 없었다. 이연우는 곧바로 결론을 내렸다.

듣지 않는다. 혹시 이상 개체일까 봐. 죽는 날을 만들어 고정하는 것일까 봐.

그렇게 이연우가 통화를 끊으려고 할 때였다. 전화기 너머에서 당혹한 목소리가 들렸다.

– 어, 어? 아니, 왜 죽는 날이 안 보이지?

"…이상 개체?"

그 나직한 목소리에 조사반의 모두가 고개를 돌렸다. 졸던 반장이 퍼뜩 일어나 계약서를 쥐었고, 유지유는 형광 조끼 보관함으로 다가갔다.

최재민이 뭘 해야 하나 두리번거리다가, 핸드폰을 보여달라고 손짓했다. 부모를 감별하기 위해.

하지만 이연우는 손을 내저었다. 핸드폰 너머에서 당황한 목소리가 들렸다.

– 누… 누구십니까? 저 나쁜 짓은 진짜 한 번도 안 했습니다. 그냥 돈 받고 죽을 날 알려주고, 사후 세계에서 부활하도록 도왔을 뿐입니다!

이연우는 잠깐 고민했다. 확실히 위험한 느낌은 없었다. 보아하니 무슨 저주처럼 사망을 확정하는 수준은 아닌듯했다.

평소라면 바로 회사에 보고했겠지만, 이연우는 모처럼 선행을 베풀기로 했다.

"제가 클럽 쪽 번호 알려드릴 테니까, 그쪽이랑 연계해서 사업해보세요. 죽을 날을 알려주는 건 돈이 되지 않겠습니까.

클럽의 친구인 이연우의 소개로 왔다고 말하고요."

이게 원원이었다. 클럽은 자신에게 선물을 주고, 자신은 상품을 소개한다.

'시간을 사는 지폐를 더 받고 싶은데.'

욕심을 섞어 골드버그클럽 한국 지부장의 번호를 알려준 그쯤에서 통화가 마무리되었다.

- 감사합니다! 이 은혜는 뼈에 새겨 잊지 않겠습니다!

그걸로 통화가 끝났다.

이연우는 조사반 식구들이 어이없는 눈으로 자신을 보는 것을 느꼈다. 그들은 입을 살짝 벌리고 이연우에게 시선을 고정했다.

유지유가 말했다.

"무슨 이상 개체가 전화를 걸어요? 아니, 그 전에 회사에 보고 안 하고 클럽으로 넘겨도 돼요? 아, 연우 씨는 괜찮겠네요."

그녀는 스스로 답을 내놓았다. 정보부의 유령인 언니도 기밀 정보 마음대로 털고 다니는데…

비슷한 정예 요원인 이연우도 어느 정도 규칙으로부터 자유로운 모양이었다.

이연우는 어깨를 으쓱였다.

"회사에도 보고할 생각입니다. 그리고 저게 위험하다면 아무한테나 전화 거는 것보다, 클럽 통해서 선별된 사람과 통화하는 게 조금 더 안전하지 않겠습니까."

아직 정확하게 밝혀지지 않은 이상 개체.

만약 위험이 있다면, 회사가 격리하기까지 걸리는 시간 동안 클럽을 거름망 삼아 무분별한 일반인을 거르면 됐다.

최재민이 눈을 빛냈다.

"정보부 안 끌려가요?"

"…재민아, 네가 하면 끌려간다. 쟤는 좀… 신분이 특수해서 괜찮은 거지."

반장이 한숨을 폭 쉬며 고개를 저었다. 어쨌든 일반인의 안전을 위한 행동이라고 볼 수 있긴 했다.

그래도 걱정이 들었다. 반장은 이연우가 6레벨에 올라 대우가 달라졌다는 사실을 몰랐다. 이연우가 딱히 밝히지 않았다.

"그래도 조심해라. 정예 요원도 회사 소속이니까 회사가 눈감아주지, 이적 행위는 봐주지 않아."

그렇게 자잘한 잔소리를 몇 마디 하고, 이연우도 혹시 실수했나 불안해할 때였다.

응애!

희미한 아기의 울음소리가 들렸다.

모두 사무실 문 너머를 보았고, 반장은 얼른 마우스를 움직여 CCTV 화면을 켰다.

카메라 너머로 포대기에 싸인 아기가 우는 광경이 보였다. 사무실 건물 문 안에서 버려진 아기가 엉엉 울고 있었다.

유지유가 기겁했다. 올 것이 왔구나, 경계심이 치솟았다.

결국, 이연우의 사고가 조사반에 이상 개체를 끌고…

CCTV를 돌려본 반장이 자리에서 일어났다.

"웬 할머니가 아이 놓고 갔다. 일단 데리고 오마."

"이상 개체 아니고요?"

유지유가 되물었다. 반장은 어두운 안색으로 고개를 끄덕였다. 그가 힐끔 보던 화면은 허리가 굽은 할머니가 아기의 뺨을 쓰다듬다가 조심스럽게 아이를 두고 가는 순간에서 멈춰 있었다.

반장이 아기를 데려왔다. 해진 포대기에 싸인 아기는 최재민의 품에서 몸을 꼼지락댔다. 최재민은 흔들리는 눈으로 아기를 내려다보았다.

주변에 둘러선 조사반 사람들도 서로 다른 표정을 지으며 아기를 보았다.

앞이 보이긴 하는지 말똥말똥 뜬 눈으로 천장을 올려다보는 아이는 몸을 꼼지락대었다.

유지유가 아기의 통통한 볼을 푹 찔렀다.

"애가 울지도 않고 얌전하네요. 낯선 장소인데. 너무 귀엽다."

그들은 모두 같은 감정을 느꼈다. 안타까움과 씁쓸함, 그리고 보호 욕구. 마치 자신의 절반이 이 아이인 것 같았다. 자신의 자식을 보는 듯했다.

그때 반상은 편지 한 장을 읽고 있었다. 포대기 사이에 끼어 있던 누런 종이.

아이를 두고 간 할머니가 쓴 듯, 꼬불꼬불한 글씨와 맞춤법이 잘 맞지 않는 글로 쓰인 편지. 곧 반장이 한숨을 내쉬며 편지를 곱게 접었다.

"그 할머니가 일가친척도 없고, 곧 죽을 몸이라 더는 아이를 키울 수 없어 두고 가셨다고 하네. 착하고 사랑스러운 아이니까 잘… 하."

반장에게서 복잡한 감정이 담긴 깊은 한숨이 나왔다.

이연우는 눈을 깜빡이며 아기를 보았다. 자신이 자식을 낳으면 이런 감정을 느낄까? 안도감이나 안정감이 가슴을 맴돌았다.

'내 유전자의 50퍼센트.'

자신이 죽어도 자식이 있다면, 자신의 절반은 세상에 남는다. 그런 생각이 들 때였다.

최재민이 침을 꿀꺽 삼키더니 반장을 보았다.

"반장님, 이 아이 어떻게 하실 거예요?"

"글쎄."

반장이 감성에 젖은 눈으로 아이를 보았다. 이상하게 정이 가고 자식 같은 사랑을 느끼게 만드는 아이라 사무적으로 대응하기 힘들었다.

본래라면 회사에 연락해 연결된 보호 기관으로 보냈을 테지만, 반장은 망설이다가 말했다.

"일단 잠깐 데리고 있자. 그 할머니 찾아봐야지."

자초지종을 들어볼 생각이었다. 가능하다면 회사의 기관보다는 평범한 세상에서 사람 손에 크는 것이 좋으니까.

아이에게 가족 같은 사랑을 느낀 그들은 고개를 끄덕였다.

그런데 돌연 최재민이 빽 목소리를 꺾어가며 소리쳤다.

"그러면! 제가 조사해볼게요!"

"네가?"

"이제 막 정식 조사원 됐잖아요! 한번 저 혼자 조사해보고 싶어서요. 위험한 일도 아니잖아요."

다른 사람이 의아한 눈길을 보냈지만, 그러려니 넘어갔다.

"그러면 연우 씨랑 같이 가. 아기는 내가 볼게."

"연… 연우 형이랑요?"

최재민이 당혹한 눈으로 이연우를 보다가, 다시 아이를 보았다. 아이 위로 보이는 공란을 보았다.

[부:]

[모:]

이상 개체였다.

이연우가 끼에엑 발작할 이상 개체. 최재민이 며칠 동안 일을 배우면서 대화를 나누고 받은 이연우에 대한 인상이 그랬다.

"그… 그… 그…! 저 혼자서 해봐야 훈련? 연습이 되지 않을까요?"

아이를 보호해야 했다. 아무리 이상 개체라도 사람으로 살아야 했다. 자신이 괴물이 아니듯 아이도 괴물이 아니었으며, 사람으로 살 권리가 있었다.

이대로 회사 손에 맡겼다가는 정체가 들통나 평생을 실험실에 갇혀 살 수도 있었다. 그렇게 둘 수는 없었으며, 이연우라는 위험인물 근처에는 더더욱 둘 수 없었다.

'할머니 찾아서 대화하다가 이상한 낌새라도 느끼면…'

아무리 이연우라도 그 정도는 아니었지만, 강하게 왜곡된 인상을 가진 최재민은 진심으로 그렇게 여겼다.

하지만 유지유는 손을 뻗어 아이를 품으로 데려왔다.

"네가 어떻게 조사해. 할머니는 이미 멀어졌을 텐데. 경찰에 신고하면 며칠 걸릴 거고. 차라리 연우 씨가 인맥 쓰는 게 낫지."

"정보부에 동기나 아는 사람도 있고, 본사 자원도 빌릴 수 있긴 합니다."

품에 안긴 아이는 순진무구한 눈으로 유지유를 올려다봤다. 그러다가 근처의 이연우를 보고는 까르륵 웃었다.

이연우의 입가에 희미한 미소가 감돌았다.

"평범한 세상에서 안전하게 사는 게 좋죠."

괜히 회사의 보호 기관에서 자랐다가 회사원이라도 되면 하루하루 몸 비틀며 살아야 했다.

최재민은 은근히 어두운 안색을 했으나, 결국 두 사람이 할머니를 찾기로 했다.

두 사람이 사무실을 나갔다.

170

멸망주의자의 테러가 휩쓸고 지나간 거리에는 아직도 흔적이 남아 있었다. 불탄 건물과 접근 금지 테이프가 걸린 문, 그리고 음울한 안색으로 돌아다니는 사람들.

거리로 나온 최재민이 눈치를 살피다가 작은 목소리로 질문했다.

"형, 어떻게 조사할 거예요?"

이연우는 멍하니 길을 걷다가 멈춰 섰다. 깨달음이 스치고 나직한 탄성이 터졌다.

"아, 본사 쪽 아는 사람한테 먼저 연락해야지. 왜 바로 나왔지? 그냥 사무실에서 전화하고 나왔으면 되는데?"

행동이 앞섰다. 황당한 실수라면 실수였다.

이연우가 멋쩍게 머리를 긁적였고, 최재민은 의심스러운 눈으로 이연우를 보았다. 갑자기 믿음이 안 갔다.

그러다가 문득 최재민의 얼굴이 밝아졌다.

'어쩌면 조사 실패하는 게 아기한테 도움이 될지도 몰라.'

아기를 두고 간 할머니를 찾아 대화하다가 이상 개체의 흔적을 발견하면 결말이 나쁘니까. 격리, 실험, 배제 같은 것.

그러나 최재민의 낯빛은 금방 변해, 짙은 걱정이 어렸다. 생각이 조금 더 멀리 뻗었다.

'그래도 혹시, 그 아기가 위험하면 어쩌지. …에이, 아니겠지. 그 할머니가 데려왔잖아.'

사람을 죽이거나 괴기 현상을 일으켰다면, 사무실 같은 곳에 맡기지 않았을 것이다.

"예, 접니다. 도움받을 일이 있어서…"

그쯤에서 이연우가 마크 정에게 전화를 걸었다. 저쪽은 굉장히 바쁜지 통화는 빠르게 끝났고, 이연우는 정보부의 도움을 받게 되었다.

CCTV의 데이터를 모아, 회사의 전문 AI가 사람을 추적한 결과.

지도에 실시간으로 동선이 그어졌다. 동선의 끝은 멀지 않은 주택단지에서 멈췄다.

지도를 이리저리 확대하고 축소하던 이연우가 핸드폰을 흔들었다. 그는 고개를 어딘가로 돌리고, 힘차게 앞서 걸었다.

"가자."

40분 정도 걸으면 도착할 정도로 가까웠다.

그렇게 이연우는 별생각 없이 나아갔으며, 최재민은 복삽한 생각에 빠져 얼굴이 어두워졌다 밝아지기를 반복했다.

그들은 5층 건물의 입구에서 멈췄다. 할머니가 들어간 주택 건물이었고, 사는 집이었다.

정보부는 훌륭하게 서포트했다. 할머니로 추정되는 인물의 신상 정보를 구했고, 이 건물에 사는 각 호수의 등기부 등본 같은 데이터를 비교해 정확한 정보를 추출했다.

정보부가 정답을 내주었건만, 정작 최재민과 이연우는 좀처럼 들어가지 못했다.

"…"

"…"

둘은 물때 같은 것이 껴서 탁한 유리문 앞에서 막막함과 긴장이 섞인 얼굴로 발을 동동 굴렀다. 그들의 고민은 같았다.

'뭐라고 말을 꺼내야 하지? 대화를 어떻게 하지? 애초에 문 안 열어주시면 어쩌지?'

탐문이나 수사 느낌으로 움직이는 건 또 처음이었다. 거기에 아이를 두고 간 할머니가 순순히 응해줄 것 같지도 않았고.

"아, 음…"

높은 난이도의 문제였다. 대화 능력에 자신이 없는 이연우는 ■■하면 죽는 집 수준의 어려움을 느꼈고, 최재민은 최재민대로 난관에 부딪힌 얼굴을 했다.

용기를 낸 것은 최재민이었다.

"형, 제가 해볼게요."

입을 꾹 다문 최재민이 비장하게 문손잡이를 잡는 순간이었다. 이연우가 최재민의 목덜미를 잡으며 말렸다.

"아냐, 잠깐. 잠깐만."

"여기서 가만히 있을 수는 없잖아요. 일단 부딪쳐…"

"아니, 방법이 있어."

실랑이를 벌이던 최재민이 몸을 돌릴 때였다. 탁한 유리문에 형광빛이 스쳤다. 이연우가 에코백에서 자연스러운 형광 조끼를 꺼냈다.

이연우가 탁, 조끼를 털며 말했다.

"장비 쓰면 돼."

말 못 하면 어떤가. 대충 이상 장비의 힘을 빌리면 되는데. 더구나 아기를 위한 일이니, 명분도 좋았다.

최재민은 눈을 동그랗게 떴다. 당혹감에 말이 잘 나오지 않았다.

"그거, 그거… 보관함에 넣어둬야…"

순간, 최재민의 머릿속에서 깨달음이 스쳤다. 이 사람이 알려준다고 그대로 배우면 안 된다. 거의 무법자 수준으로 규칙 무시하고 마음대로 사는 인간이었다.

하지만 그런 혼란은 곧 사라졌다.

"괜찮아. 가자."

왜냐하면 *자연스러운* 일이었으니까. 이연우가 형광 조끼를 입는 것도, 이곳에 있는 것도, 남의 집에 방문하는 것도.

끼이익, 건물의 정문이 열렸다. 이연우가 계단을 타고 아래로 내려갔다. 할머니가 사는 반지하 방을 향해.

꽉 닫힌 문을 여는 데는 오직 몇 마디의 말이 필요했을 뿐이었다.

"점검 나왔습니다. 문 열어주세요."

문이 열렸다. 점차 열리는 문의 틈으로 허리가 굽은 할머니가 보였다. 주름이 자글자글한 할머니는 한 손에 해진 걸레를 쥔 채 이연우를 올려다봤다.

"잘 오셨어."

이연우는 반사적으로 문 너머의 환경부터 파악했다.

현관 근처에는 쓰레기가 곱게 정리되어 있었다. 다 먹은 분유 캔 몇 개, 아기 기저귀 따위가 섞인 쓰레기봉투.

할머니 혼자 사는 듯한 집 안에는 퀴퀴한 냄새가 가득했고, 구형 냉장고 따위가 힘겹게 작동하며 신음을 뱉었다.

'위험하지는 않나?'

이연우가 안으로 발을 들이며 신발을 벗었다. 고개를 꾸벅 숙이며 인사했다.

"점검도 하고, 몇 가지 여쭤볼 것이 있어서요."

"으응. 그래, 안으로 들어와."

할머니는 의심 없이 이연우를 맞이했다. 자연스러운 일이었으니까.

그때 뒤늦게 최재민이 허겁지겁 달려오며 닫히던 문을 열었다. 최재민은 어설프게 웃으며 허리를 굽혔다. 언뜻 입가에 핏자국이 보였다.

"안녕하세요, 할머니!"

할머니가 최재민을 바라봤다. 최재민이 긴장하며 뭐라 더 변명을 뱉으려고 할 때, 이연우가 말을 더했다.

"막 일하는 신입인데, 괜찮을까요?"

그 말에는 형광 조끼의 효과가 적용되지 않았으나, 할머니는 적당히 고개를 주억였다. 만사에 큰 관심이 없어 보였다.

"어려 보이는데 장하네. 들어와, 들어와."

두 사람이 할머니를 따라 들어갔다.

주방이자 거실인 좁은 공간에 할머니가 힘겹게 나무 탁자를 펼치려고 했다. 이왕 온 손님이니 적당히 대접하려는 것이었다.

"도와드릴게요!"

최재민이 서둘러 달려가며 나무 탁자를 손쉽게 펼쳤다. 짧은 다리가 척척 펼쳐지고, 색이 바랜 나무 탁자가 바닥 위에 놓였다.

"마실 거라도 드셔."

할머니가 느릿느릿 냉장고 문을 열고, 거의 냉장고로 들어가다시피 몸을 집어넣어 음료를 더듬더듬 찾았다.

최재민은 그런 할머니를 보다가 다시 혀를 깨물었다. 그의 눈동자가 이연우를 잡았다.

'정신 차려! 아기 보호하려고 온 거잖아!'

아기가 인간으로 사회에서 살도록 찾아온 거였다. 회사에게, 이연우에게 정체를 감춰야 했다.

부모가 아이의 위기 앞에서 초인적인 힘을 발휘하듯, 최재민의 정신력이 한계를 돌파해 인식 왜곡에 저항했다.

이연우는 당연히 그 사실을 깨달았다. 시선이 스치는데 모를 수가 없었다. 하지만 대수롭지 않게 여겼다.

'조사원이면 이 정도는 해야지.'

조끼 수준의 인식 왜곡을 떨쳐내야 살아남을 확률이 올랐다.

그쯤에서 할머니가 냉장고에 넣어둔 보리차를 꺼내 컵 두 개와 함께 가져왔다.

"젊은이들 마실 게 없네…"

"괜찮아요! 안 그래도 목말랐어요!"

최재민이 몸을 들썩이며 유리병을 받고 쪼르륵 물을 따랐다. 머릿속에서는 고민이 스쳤다. 어떤 말로 대화를 시작해야 할지, 뭘 어떻게 물어봐야 할지.

하지만 형광 조끼를 입은 이연우는 곡선을 그리며 떨어지는 물을 보다가, 대뜸 입을 열었다.

"아기 두고 가셨죠? 그거 관련해서 여쭤볼 것이 있습니다."

조끼도 입었겠다, 빙빙 돌아갈 이유가 없었다. 그럴 능력도 없었고.

촤악!

최재민이 손을 크게 떨며 물이 탁자 위로 쏟아졌다. 할머니도 주춤 뒤로 물러났다. 두 사람의 눈동자가 정신없이 흔들렸다.

잠깐 침묵이 감돌았다. 이연우가 재차 입을 열려고 할 때였다.

할머니가 몸을 웅크리며 말했다.

"아기한테는 미안한 짓을 했어. 하지만 생이 얼마 안 남은 걸 어떻게 해. 나 죽고 그 애 혼자 남으면…"

"아뇨, 아뇨!"

최재민이 황급히 두 손을 내저었다. 당황해서 다급한 목소리가 터졌다. 순간 시선이 이연우를 스쳤다. 왜 직설적으로 사람을 찌르냐는 시선.

이연우도 뭔가 양심에 찔리는 기분에 슬쩍 눈을 피했고.

곧 노인의 이야기가 시작되어, 두 사람은 할머니를 보며 귀를 기울였다.

"아기가 조금 아프지만, 참 착해. 이왕이면 좋은 사람 곁에 갔으면 좋겠어서 그랬어."

이야기는 단순했다.

고아로 자라 힘겹게 살아가던 할머니가 젊은 날에 주운 아기. 하루하루 버티며 삶을 이어가던 어느 날, 그녀의 집 앞에 버려진 아기는 그녀의 품에서 웃었다고 했다.

그녀는 아기의 웃음을 보는 순간 그 아기를 자신의 자식으로 받아들였고, 헌신하며 아기를 키웠다.

나이를 먹지 않는 아기를.

이연우와 최재민의 눈에 경계와 의문과 깨달음이 스쳤다. 할머니는 고개를 숙여 나무 탁자 모서리를 바라보며 중얼거렸다.

"아기가 제대로 크지 못하는 병에 걸렸나 보더라고. 텔레비전에서 나왔어. 성장이 멈추는 병이 있다고."

이연우도 어설프게 기억이 나는 듯했다. 하이랜더 증후군이었나?

'그런데 그게 아기 나이에서 나타날 수도 있나?'

그가 물었다.

"병원에는 안 데려갔습니까?"

"어떻게 데려가. 나도 찾아봤어. 치료법이 없다며. 괜히 주사 맞고 아픈 짓만 당하면 어떻게 해."

그런가? 이연우의 눈에 의구심과 경계심이 섞였다. 이해 못 할 것도 아니었지만, 은근히 꺼림칙했다. 이상과 평범 사이의 선에 걸쳐져 있는 무언가를 본 느낌.

하지만 막 나가자니 진짜 단순한 아기 같았고, 마음이 울렁거렸다. 보호하고 싶은 마음이 들었다.

막 나갈 수도 없고, 가만히 있을 수도 없고.

그렇게 서서히 부모의 마음과 이성이 충돌하는 이연우가 갈피를 잡지 못하고 있을 때였다.

최재민이 개운한 표정을 지었다.

'위험하지 않아. 그냥 성장이 멈춘 아기일 뿐이야. …하지만 어떻게 하지?'

최재민의 표정에도 고민이 섞였다.

단순하게 보호 기관에 보내도 문제였다. 자라지 않는 아이는 곧 회사의 정보망에 걸릴 것이었다. 어쩌면 평범한 삶을 살 수 없는 아기는 차라리 회사의 기관에…

그 순간, 이연우의 목소리가 들려왔다.

"재민아, 그 아기… 부모 없지?"

이상 개체냐는 질문이었다. 최재민의 등골에 소름이 돋았다. 최재민이 손을 벌벌 떨며, 고개를 돌렸다.

그곳에는 눈살을 찌푸린 채 치열하게 생각하는 이연우가 있었다.

조금의 시간이 지났을 뿐인데, 조금의 단서를 얻었을 뿐인데, 그는 진실에 닿았다. 자신이 위험에 빠졌다고, 이상 개체에 영향받았다고 의심한 결과였다.

'…다른 아기를 볼 때 내가 이런 감정을 느꼈나?'

뉴스나 영상을 볼 때 느꼈던 것보다 강한 감정이었다. 마치 자신이 부모가 되고 그 아기가 자신의 자식인 듯한 감정. 어떻게든 보호하고 지켜야 한다는 강렬한 감정.

물론, 눈으로 직접 보아서 느껴지는 게 다를 수도 있었지만, 사고를 하도 겪은 이연우는 그 감정조차 의심했다.

만약 그 아기가 감정을 조작해 자라지 못하는 자신의 보호자를 만드는 것이라면.

이연우의 머리에서 영향을 떨쳐내기 위한 사고 회로가 돌았다.

'나는 100퍼센트. 아기는 50퍼센트. 절반이야. 혹시 내 유전자를 온전히 물려받았다면, 그건 재앙이고.'

나태의 악마를 떠올렸다. 서로 죽이려고 하지 않았나.

얼음물을 뒤집어쓴 듯한 감각이 들며, 곧 감정이 밀려났다. 이연우가 고개를 들고 최재민을 보았다. 눈동자에 확신이 서렸다.

"맞지?"

쨍그랑!

최재민이 컵을 떨어뜨렸다. 그 반응은 확실한 대답으로 돌아왔고, 이연우는 웃었다.

'뭐야, 막 위험한 것도 아니잖아. 그러면 회사에 맡기면 되겠네.'

회사가 잘 맡아서 적절하게 키울 것이었다. 회사가 아기조차 괴롭히는 비윤리적인 집단은 아니었다. 이연우가 안도의 한숨을 쉬었다. 어쨌든 사고 없이 좋게 끝맺어지는 이야기였다.

171

이연우가 알아챘다. 아기가 이상 개체라는 사실을. 이연우의 눈동자에 심상치 않은 빛이 서렸고, 살짝 숙인 얼굴에는 그림자가 드리웠다.

마치 도화선이 타들어가는 폭탄 같았다.

최재민은 머리가 터질 것만 같았다. 온갖 생각이 두뇌 안에서 솟구쳤다.

'아기를 보호해야 해. 하지만 어떻게?'

싸워서 제압한다? 불가능했다. 완력은 자기가 조금 더 강해 보이긴 했지만, 저 형은 생존이 걸리면 눈이 돌아갔다. 무법자 같은 인간이 이상 장비로 무장한 채 규칙을 무시하면…

결국, 최재민의 생각은 하나의 결론을 향해 나아갔다. 설득.

최재민이 고개를 푹 숙였다. 떨리는 목소리가 나왔다. 울음기가 섞여 울먹였다.

"네… 없어요… 그 아기, 부모 없어요. 그래도 위험하진…"

그 순간이었다. 이연우가 고개를 끄덕이고, 최재민이 퍼뜩 고개를 들어 이연우를 마주 보는 순간.

"이, 이…!"

할머니의 얼굴이 일그러졌다. 주름이 더 자글자글하게 새겨졌다. 노인의 눈동자에 눈물이 맺혔다. 할머니는 어디서 그런 기운이 솟았는지, 벌떡 일어나 최재민을 내려다봤다.

"이 상놈 새끼! 내가 그 아기 엄마야! 내가 사랑으로 키운 아기야! 부모 없는 아기가 아니야!"

"어, 어? 아니, 할머니, 그게 아니라…"

최재민이 엉거주춤 일어나 두 손을 내저었지만, 늦었다.

형광 조끼 덕분에 이연우의 발언은 묻혔고, 할머니의 분노는 오롯이 최재민에게 향했다.

획!

할머니가 싸리비를 들었다. 거칠게 휘둘러지는 빗자루가 최재민을 향해 짝짝 내리꽂혔다. 최재민이 허둥지둥 도망쳐도 빗자루는 끈질기게 쫓아왔다.

"악! 악! 할머니, 잠깐 진정… 악!"

"상놈의 시키! 이놈! 이놈!"

먼지가 풀풀 날렸다. 이연우는 눈동자를 대굴대굴 굴리며 눈치를 살피다가 슬며시 일어났다.

그가 서둘러 현관으로 달렸다.

"도망쳐!"

다 알아냈다. 더 남을 이유가 없었다. 이연우는 신발에 대충 발을 욱여넣고 후다닥 문 너머로 달렸다.

최재민도 짧막한 비명을 계속해서 내지르며, 얼른 이연우를 쫓아 반지하 방을 벗어났다. 그 뒤로 할머니가 몇 걸음을 쫓아오다가 현관에서 멈춰 섰다.

툭, 빗자루가 떨어졌다. 할머니는 숨을 씩씩 몰아쉬다가, 힘이 탁 풀려 그대로 주저앉았다.

"…"

잠시 고개를 숙이고 있던 할머니가 주섬주섬 품을 뒤져 사진을 꺼냈다. 아주 옛날에 사진관에 가서 찍었던 가족사진.

빛바랜 사진에는 젊은 시절의 그녀가 아기를 품에 안고, 세상을 다 가진 미소를 짓고 있었다. 주름진 손이 사진 속의 아기를 쓰다듬었다. 나지막한 속삭임이 흘러나왔다.

"잘 살렴, 아가야."

사랑받는 아기니, 어디를 가든 어떤 부모를 만나든 잘 살 것이다.

웅웅, 구형 냉장고가 내는 소음이 들려오는 반지하 방. 할머니가 일어나 젖은 걸레를 쥐었다. 아기는 떠났고, 자신도 곧 떠날 것이다. 떠난 자리가 깔끔하기를 바랐다.

반지하 창문에 사람 그림자가 지나쳤고, 최재민과 이연우의 목소리가 멀어졌다.

"아, 눈에 먼지 들어갔어."

최재민이 눈물을 흘리며 한 손으로 눈을 비볐다. 빗자루로 맞다가 흙먼지가 들어갔다. 눈이 간질간질했다.

이연우는 형광 조끼를 곱게 접어 에코백에 쑤셔 넣고는, 최재민을 흘겨봤다.

'어떻게 할머니 앞에서 대놓고 그런 말을 하지?'

자신이야 형광 조끼를 입어 괜찮다지만, 최재민은 말을 조심했어야 했다. 고개만 끄덕여도 되는데, 어떻게 정성으로 아기를 키운 할머니 앞에서 부모가 없다는 말을 하나. 이 친구도 인성에 문제가 있었다.

그 의심은 이어지는 최재민의 말에 더 깊어졌다.

최재민이 충혈된 눈으로 이연우의 눈치를 살폈다. 손가락을 꼼지락거렸고 발걸음은 질질 끌렸다.

"형, 그 아기 어떻게 할 거예요? 막, 막, 배제하거나 제거…"

"뭐?"

앞서 걷던 이연우가 걸음을 멈췄다. 그는 경악하여 눈을 동그랗게 떴다. 휙, 고개를 돌린 이연우는 손을 떨며 최재민을 가리켰다.

"아니, 아니. 어떻게 그런 생각을 해?"

"네?"

최재민이 어리둥절하여 이연우를 보았지만, 이연우는 질색하며 몇 걸음 멀어졌다.

"진짜 못됐다. 아기를 배제? 제거?"

이게 사람이 연상할 단어인가? 감정이 없는 것인가? 아기의 감정 조작을 이겨낸 자신조차 그런 생각은 안 했는데?

순간, 이연우의 표정이 심각하게 가라앉았다.

'감정이 조작된 상태에서 저런 생각을 했나? 아니면 애초에 감정이 없어 조작이 안 통했을까?'

어느 쪽이든 정신에 심각한 문제가 있었다. 물론 위기 상황에서는 나름대로 가치가 있겠지만, 걱정이 되는 것도 사실이었다.

이연우는 진지하게 말했다.

"그… 내가 아는 상담소 있거든. 너 상담 한번 받아봐. 이상하거나 위험한 거 아니고, 회사에서 운영하는 상담소야."

"아, 형!"

최재민이 버럭 소리를 질렀다. 지독한 억울함이 얼굴에 새겨졌다. 표정이 일그러지고 얼굴이 붉게 달아올랐다.

온갖 말이 목 너머에서 솟구치다가 꽉 막혔다.

"아, 아! 아! 그런 거 아니에요! 아니, 진짜!"

이연우는 뭔가 인간쓰레기를 보는 눈으로 최재민을 보았고, 최재민은 펄쩍펄쩍 뛰어가며 온몸으로 답답함과 억울함을 표현했다.

"아기 어떻게 처리…"

"처리도 단어가 조금 그런데."

인간

"아악! 앞으로 어떻게 되나 물어본 건데!"

"그건 모르지. 그냥 회사에 보고하면 알아서 할 텐데, 그걸 우리가 왜 고민해."

생각해보면 진짜 쓸데없는 고민이었다. 조사반의 일이 뭔가. 이상 개체와 조우하고, 그걸 상부에 보고하는 일이었다.

아기라는 이상 개체를 만났으니 보고하면 끝인데.

이연우는 결론을 내렸다.

'아기가 부여한 보호 욕구가 선의를 가지고 행동하게 만든 거야. 이왕이면 좋은 환경으로 가라고.'

아기가 자신을 보고 웃은 이유도 어렴풋이 깨달았다. 반드시 살아남는 미래로 향하는 존재. 보호자로 이만한 사람이 없지 않을까? 아기는 본능적으로 안전한 사람을 찾은 것이었다.

최재민이 투덜거리는 소리는 무시한 채, 이연우는 생각 속으로 빠져들었다.

'인간 자격증 강화 안 되나? 아기의 보호자로 적합하다고 인증받은 거잖아. 굉장히 사람다운데? 아닌가? 아, 하긴. 아기가 나이는 나보다 많으니까.'

그렇게 그들은 조사반 사무실로 돌아갔다.

조사반 사무실에는 분유 냄새가 풍겼다. 이연우와 최재민이 조사하는 동안 젖병과 분유를 사 왔는지, 반장이 아기한테 분유를 먹이고 있었다.

유지유는 옆에서 사진을 찍거나, 아기의 볼이나 발바닥을 쿡쿡쿡 찌르고 있었다. 그녀가 슬쩍 고개를 돌렸다.

"아, 왔어요? 어떻게 됐어요?"

아기도 따라서 고개를 돌려 이연우를 보고는 까르륵 웃었다. 이연우는 고개를 주억이며 희미하게 웃었다. 확실히 감정 조작이었다.

해맑은 아기의 얼굴을 보고 있자면 불현듯 감정이 변했다. 보호 욕구, 부모의 사랑, 그런 것들이 마음을 색칠했다.

'안 통하지.'

사고 회로를 몇 번 돌린 그가 말했다.

"이상 개체입니다. 회사에 보고하고, 회사 쪽에 맡겨야 할 것 같습니다."

"이상 개체라고?"

반장이 고개를 들었다. 최재민이 진이 빠진 표정을 지은 채 힘없이 고개를 끄덕였다. 최재민은 바로 대답하려다가 몇 번 고심한 후 말했다.

"네. 자라지 않는 병에 걸린 아이였어요. 할머니가 젊은 시절부터 키웠대요."

"…재민아, 안 보이냐?"

부모가 안 보이냐는 말. 최재민은 짧게 답했다.

"네."

"그러면 처음부터 말했어야지."

반장은 본격적으로 잔소리하려다가 아기가 몸을 뒤틀자 얼른 손을 고쳐 아기를 다시 받쳤다. 차마 큰 소리를 칠 수 없었다.

"그러니까… 어, 다 먹었네. 트림시켜야 하나?"

"네. 제가 할까요?"

유지유가 손을 뻗었다. 그녀는 아기의 등을 토닥토닥 두드리며 안타까운 목소리를 내었다.

"그러면 회사 부서에서 평생 살겠네요. 불쌍해요. 아기로 평생…"

"그게 최선이지. 아기한테도 좋은 거야. …그래도 혹시 모르니까 나중에 감사 나가야겠구먼."

혹시 노화를 막는 기술을 만들겠다고 실험할지도 모르니까.

이연우는 그 광경을 몇 발짝 물러난 거리에서 보았다. 아기의 감정 조작에 단단히 당한 광경이었다.

아마 생명을 위협하지도 않고, 자연스러운 인간의 본능을 이끄는 느낌이라 베테랑 조사원도 이질감 없이 받아들인 모양이었다.

그나마 평범한 사람과 달라 어느 정도 저항한 듯했지만.

'이런 것들이 모여서 시너지를 내면 위험하려나?'

만약 사고가 터지면 아기를 데리고 살려고 여력을 낭비할 테고, 그 낭비를 노린다든가.

이연우는 새로운 형태의 위협을 상상하다가, 얼른 정신을 차렸다.

"감정 조작도 있습니다. 막 보호하고 싶고, 좋은 환경에서 잘 자라면 좋겠다고 느끼게 만듭니다."

"어?"

순간, 세 사람의 시선이 이연우에게 모였다. 그들은 의심 가득한 눈동자로 이연우를 보다가, 걱정 가득한 목소리를 냈다.

"연우야… 버려진 아기를 보면 당연히 이런 감정 느낀다."

"아니, 형! 그런 생각 하면서 절 상담소로 보내려고 한 거예요?"

특히 유지유는 경계로 눈망울을 가득 채우며, 아기를 꼭 안았다. 이연우는 사랑을 사살하는 인간이었다. 감정은 정상적으로 느낄지 몰라도, 인식과 표출이 이상했다.

"안 돼요, 연우 씨. 아기 건드리지 말아요."

아기를 보고 느낀 동정이나 보호 욕구가 어떻게 표현될지 몰랐다.

반장은 이연우를 안쓰럽게 보았다.

"편집증에 걸렸구나. 그래, 그럴 수 있지. 이상 개체 많이 겪으면 생각이나 감정도 의심할 수 있어. 그런 사람 많다."

이연우는 입을 크게 벌렸다. 황당했다.

그는 입술을 몇 번 달싹이다가, 설득을 포기했다. 심각하게 위험한 것도 아니었고, 영향을 떨쳐내라고 하다가 괜히 진짜 의심받을 수도 있고.

'그냥 빨리 아기 보내자.'

이연우는 직접 상부로 보고했다. 자라지 않는 아기, 감정을 조작하는 아기.

상부는 재빠르게 찾아와 아기를 데려갔고, 조사반 사람들은 슬픔과 동정으로 아기를 배웅했다. 잘 살라는 응원과 회사원을 향한 부탁이 이어졌다.

"아기야, 잘 가."

"애 가지고 허튼짓 못 하게 잘 막으라고. 어차피 내가 감사 갈 거지만, 경고 전해주쇼."

"예, 예. 꼭 같이 전하겠습니다."

이연우는 혼자 동떨어져 권총을 매만졌다. 조사반 사람들이 조금 걱정되었다.

'혹시 시간 지나도 계속 영향받은 상태면, 머리에 총이라도 겨눠야 하나.'

아무래도 위협이야말로 간섭을 떨쳐내는 데 즉효였으니까.

그렇게 조사반의 하루가 지났고.

다음 날, 이연우는 편지 한 통을 받았다.

- 인간 자격증 취소 통지서

성명: 이연우

본 자격증이 더 이상 귀하가 인간임을 보증할 수 없음에 따라 귀하의 인간 자격을 취소함을 통지합니다.

"내 인간 자격증!"

인간 자격증이 사라졌다.

이연우의 눈동자에 불씨가 튀었다. 자격증이 취소되었다고 짐승이 되지는 않았지만, 가진 것을 뺏어 가다니. 주사위로 6레벨에 오를 방법을 차단하다니.

이연우가 흔들리는 눈으로 통지서를 다시 읽다가, 속으로 중얼거렸다.

'보증을 못 해? 아니. 해야만 할걸'.

172

그날은 아침부터 뭔가 불안했다. 이연우는 위화감, 이질감, 불안 같은 것을 느끼며 강제로 깨어났고, 그 감정은 진득하게 달라붙어 떨어지지 않았다.

"뭐지?"

이연우는 눈을 섬뜩하게 빛내며, 좁은 방을 서성였다. 잠기운은 처음부터 존재하지 않았다.

몇 년 동안 마스크를 쓰고 살다가 마스크를 벗은 느낌. 늘 입던 옷이 벗겨진 느낌. 체중을 지탱하던 의자나 침대의 다리가 부러진 느낌.

보다 정확하게 말하자면…

'방탄조끼를 잃어버린 기분인데. 진짜 뭐지?'

자신을 보호하던 무언가가 사라져 위협에 그대로 노출된 기분.

이연우는 정신없이 방을 돌아다녔다. 이 기분의 원인을 알수 없었다. 괜히 손을 비비기도 하고, 머리를 헝클어뜨리기도 했으며, 총을 꺼내 점검하기도 했다.

그러고 있자니 노크 소리가 들렸다.

똑똑!

이연우의 고개가 휙 돌아갔다. 문이 열리고 반장이 들어왔다.

"어, 연우야. 출근 시간인데 안 보이길래…"

반장의 걸음이 멈췄다. 이연우와 눈이 마주쳤다. 씻지 않아 엉겨 붙은 머리와 유리구슬처럼 감정 없이 반질거리는 눈동자. 거기에 정신 사납게 흔들거리는 몸짓.

본래라면, 반장은 이연우를 걱정했을 것이다. 무슨 일이 생긴 줄 알고.

하지만 반장은 무심코 뒤로 물러났다.

'이건…'

지독한 이질감이 들었다. 사람의 탈을 쓴 이상 개체, 끔찍하게 위험한 이상 개체를 마주한 것만 같았다.

이연우가 짧게 탄성을 뱉었다. 시간이 벌써 그렇게 지났나?

"죄송합니다. 뭘 잃어버린 것 같아서 찾다 보니까, 시간 가는 줄도 몰랐습니다."

그 말을 뱉은 직후였다. 생각이 스쳤다.

'이게 내가 죄송할 일인가? 나는 조사원도 아니고, 부서도 다른데.'

이연우의 얼굴이 마네킹처럼 가라앉았다. 짧은 시간 동안, 머리에서는 생각이 고속으로 흘렀다.

'아, 반장님. 건물주지.'

셸터 같은 안전을 제공하는 사람이었다. 조사반의 부서장이기도 하지 않나. 이런 걸로 갈등을 일으키면 손해뿐이었다.

이연우가 어설프게 웃었다.

"씻기만 하고 바로 가겠습니다."

"…"

반장은 반사적으로 반응했다. 베테랑 조사원으로서 쌓은 경험. 몸이 저절로 움직였다.

한 손이 허리 뒤로 돌아갔다. 접어서 뒷주머니에 넣어둔 부동산 계약서. 땅의 주인으로서 권리를 행사하는 이상 개체에 손가락이 닿았다.

이연우의 눈이 도르륵 굴렀다. 눈동자가 반장의 손을 쫓아갔다.

"…"

"…"

긴장된 침묵이 내려앉았다. 두 사람은 눈도 깜빡이지 않고 서로를 바라봤다. 평소처럼 뜬 눈으로, 평소와 같이 일정하게 호흡하며.

그 순간이었다.

터덜터덜 걸어오는 발소리가 들렸다. 유지유였다. 유지유의 맹한 얼굴이 반장의 어깨 위로 불쑥 나왔다.

"연우 씨 있어요? 아, 있네. 연우 씨, 편지 와 있던데요?"

"편지 말입니까?"

이연우의 눈동자가 다시 굴러갔다. 하지만 여전히 시야를 넓게 두며, 인식 안에 반장을 두었다.

반장 또한 경계를 놓지 못했다. 뭔가 이상했다. 뭔가 잘못됐다. 앞에 있는 사람은 그가 아는 이연우와 달랐다.

'바꿔치기당했나? 정신을 지배당했나?'

이를 알아내는 가장 쉬운 방법은 부동산 계약서를 쓰는 것이었지만, 차마 입을 열 수 없었다. 정체를 드러내라고 입을 떼는 순간, 위험이 닥쳐올 것이었다.

유지유가 반장의 어깨 너머에서 손을 뻗었다. 하얀 편지 봉투가 팔랑였다.

이연우가 한 손을 길게 뻗어 봉투를 받아 시야 아래쪽에 두고 봉투를 뜯었다. 여백이 대부분인 횅한 종이가 나왔다.

이연우의 눈동자가 편지로 끌려갔다. 동공이 확장됐다.

- 인간 자격증 취소 통지서

성명: 이연우

본 자격증이 더 이상 귀하가 인간임을 보증할 수 없음에 따라 귀하
의 인간 자격을 취소함을 통지합니다.

"늦잠 잤어요? 웬일이래? 맨날 제일 먼저 출근하다가. 어제 무슨 일 있었어요? 분위기가 조금 다른 것 같기도 하고."

유지유가 고개를 갸웃거리며 살피는 시선은 느껴지지도 않았다. 오직 그 글자만이 시야를, 머리를 가득 채웠다.

다음 순간, 이연우가 비명을 내지르며 제자리에서 펄쩍 뛰었다.

"내 인간 자격증!"

자아를 보호하는 최고의 도구. 주사위를 6레벨로 올릴 수단. 그게 취소됐다니! 이래서 불안했구나!

반장의 경계나 유지유의 호기심이 섞인 시선은 이미 인식에서 사라졌다. 이연우가 다급하게 에코백을 뒤집어 쏟았다.

"진짜 없어졌다고?"

우르르, 온갖 잡동사니가 쏟아졌다. 총기, 형광 조끼, 총탄 박스, 붕대, 비상식량, 라이터, 드릴, 전기톱, 구급 키트, 텐트, 모포 등등.

방을 가득 채울 기세로 흩뿌려도, 한가득 쌓인 잡동사니를 뒤져도 정작 인간 자격증은 보이지 않았다.

진짜 사라졌다. 갑자기 찾아왔을 때처럼, 갑자기 사라졌다.

반장과 유지유는 몇 걸음 뒤로 물러났다. 이연우가 미친 사람처럼 움직이고 있었다. 유지유는 내동댕이쳐진 통지서를 주워 읽었다.

"…어."

"음."

그들이 동시에 깨달았다. 방향성은 달랐다. 유지유는 올 것이 왔다, 반장은 자격증이 없어져서 이질감을 느꼈다고 생각했다.

'연우 씨가 원래 좀 생각이 이상하긴 했어. 취소돼도 이상하지 않아.'

'인간 자격증이 인식 왜곡 효과도 있나? 그러면 지금 이상 개체처럼 느낄 만도 해. 주사위가 머리에 박힌 애인데.'

다음 순간, 이연우가 벌떡 일어나 통지서를 낚아챘다. 이연우는 손을 벌벌 떨며 통지서를 재차 읽었다.

눈동자에서 불꽃이 확 일어나고, 목소리에는 섬뜩한 무언가가 담겼다.

"내 것을 멋대로 가져가?"

보증을 못 해서 취소하겠다고? 누구 마음대로? 뭔지도 모를 이상 개체 마음대로?

'아니지. 내 마음이, 내 안전이 더 중요하지. 넌 날 보증해야만 해.'

인간 자격증을 포기할 수는 없었다. 이연우가 우다다 달렸다. 잠옷 차림으로 사무실로 들어갔다.

남은 반장과 유지유는 어색하게 볼을 긁적이고 눈을 깜빡이다가, 사무실로 돌아갔다.

"가자. 음, 연우한테 의미 깊은 걸 텐데 취소됐으니까, 정신 나갈 만도 하네."

"정신은 원래 조금 이상…"

투다다다, 사무실에는 이연우가 거칠게 키보드 치는 소리만 들려왔다. 조사반 사람들은 입을 꾹 다물고 이연우의 눈치를 살폈다.

이상 같은 이질감도 이질감이었지만, 이연우의 분위기가 심상치 않았다. 핏발 선 눈이 번들거렸다.

마치 아포칼립스 상황에서 식량을 도둑맞은 생존자 같았다. 펑 터져도 이상하지 않았다.

실제로 이연우는 인간자격시험을 괴롭힐 준비를 마쳤다. 잠깐 동안 자료는 충분히 조사했다. 거친 타자 소리가 멈췄다.

딸깍!

이연우의 화면에 메모장이 켜졌다. 이연우는 신중하게 단어를 썼다.

'되찾을 방법. 강탈. 재시험.'

자신한테 필요한 자원을 얻는 방법. 이연우는 하얀 화면 속 검은 글자를 노려봤다.

강탈은 쉬웠다. 마크 정에게 연락해 인간 자격증을 수집해 보내달라고 부탁하면 됐다. 그리고 자격증 하나하나마다 이 자격증이 자신의 것일 가능성을 굴리면 됐다.

'재시험도 쉽지.'

골드버그클럽에 부탁하면 됐다. 마침 죽을 날을 보는 이상 개체를 선물로 줬으니, 그 대가로 시험을 보게 도와달라고 하면 됐다.

시험? 그냥 생존 본능에 맡기고 찍으면 됐다. 짐승이 되지 않는 길, 사람으로 살아남는 길로 인도할 테니.

하지만 그래서는 안 되었다.

이연우가 탁탁탁, 백스페이스키를 눌러 두 단어를 지웠다. 작은 읊조림이 흘러나왔다.

"이런 방법은 안 돼."

결국은 임시방편이었다. 자격증은 다시 취소될 것이었고, 응시 자격을 박탈당할 수도 있었다. 확실하게 자격증을 얻을 방법이 필요했다.

이연우가 꾹꾹 키를 하나씩 눌러 글자를 썼다. 그 글자는 단순했다.

협박.

이연우가 벌떡 일어났다. 손에는 컴퓨터 사인펜이 들렸다. 그가 말했다.

"저 오늘 휴가 내고 쉬겠습니다."

"어, 어. 쉬어라."

어딘가 어설픈 인사와 안도의 한숨을 들으며, 이연우가 자신의 방으로 돌아갔다. 골드버그클럽 한국 지부장인 노인에게 전화를 걸면서.

─ 황금만능주의로 인간자격시험을 불러딜라고?

"선물 받으셨으니 이 정도 일은 해주시리라 믿습니다."

이연우는 접이식 탁자 위로 컴퓨터 사인펜, A4 용지를 펼쳐 놓으며 말했다. 핸드폰 너머에서는 잠깐 침묵이 감돌다가, 사무적인 목소리가 나왔다.

─ 알겠네. 회장님께 전하지.

그걸로 통화는 끝났다. 통화가 끊어지기 전에 고민이 섞인 노인의 혼잣말이 들려왔다.

─ 우리가 친구 되자고 다가가는 사람들의 기분이 이런가? 머리가 아프군.

이연우는 흘려 넘기며 마지막으로 환경을 점검했다. 시험지는 A4 용지고, 필기구 있고, 방송이 나올 스피커는 대충 핸드폰으로 대신했다.

'감각 최상이고. 좋아.'

이제 시험만 찾아오면 됐다.

째깍째깍 시간이 지났다. 시간이 물이 되어 빠르게 흘렀다. 이연우의 눈살이 점점 찌푸려지며 노인에게 다시 전화하려고 핸드폰을 쥘 때였다.

땡동댕동.

핸드폰에서 종소리가 들렸다.

그가 처음 겪었던 이상 개체인 인간자격시험의 그 종소리. 이연우의 눈동자에 빛이 어렸다. 감상에 빠질 법도 했지만, 오직 생존의 감각에만 집중했다.

치직, 노이즈가 한차례 울리고 음질 나쁜 목소리가 흘러나왔다.

– 시험 시작…

목소리가 부자연스럽게 멈췄다. A4 용지 위로 문제가 흐릿하게 떠오르다가 정지했다.

이연우의 고개가 기울어지는 순간, 방송이 이어졌다.

– 이번 시험은 취소되었습니다. 또한, 이연우 응시생의 응시 자격을 박탈합니다.

핸드폰 스피커에서 들려오는 노이즈가 잦아졌다. A4 용지에 희미하게 새겨진 문제도 점차 사라졌다. 그 위로, 탁, 컴퓨터 사인펜이 올라왔다.

"나한테 널 끝낼 방법이 두 개 있거든."

하나는 회사의 파괴 계획을 이용하는 것. 다른 하나는 인간자격시험이 폐지될 가능성을 굴리는 것. 그가 준비한 협박 수단.

이연우가 웃었다.

"6레벨 정신 오염도 막을 수준으로 자격증 하나 발급해줘. 그러면 파괴하지는 않을게."

그리고 대답이 돌아왔다.

– 응시생 여러분에게 공지합니다. 오늘부터 인간자격시험은 폐지됩니다. 이상자격시험으로 새로 찾아뵙겠습니다.

이연우가 멍한 표정을 지었다.

'이건 내가 기대한 게 아닌데?'

불가능한 일을 강요받은 인간자격시험이 변화를 택했다.

173

'폐지? 이상자격시험? 갑자기?'

이연우가 어벙한 표정을 지었다가, 다음 순간 감정이 씻겨 나간 얼굴을 했다. 필요한 자원을, 잃어버린 자원을 되찾지 못할 위기였다.

여유와 감정이 사라졌다. 이연우는 냉정한 머리로 최적의 판단을 내렸다.

"…선생님! 잠깐! 돌아가지 마시고, 대화 좀 잠깐 합시다! 어차피 저는 그쪽 계속 부를 수 있는데, 여기서 마무리 짓는 게 낫지 않습니까!"

이연우는 대충 앉아 있던 자세를 예의 바르게 바로잡고, 손을 뻗어 핸드폰을 쥐었다.

핸드폰 너머에서는 작은 한숨과 노이즈가 들려왔다. 진짜 대화하기 싫지만 어쩔 수 없다는 듯, 혹은 머리에 총구가 들이 밀어진 듯. 말하면 듣겠다는 느낌의 침묵이 이어졌다.

이연우는 마른 입술을 핥고는 신중하게 말했다.

"방금은 제가 감정이 격해져서 말이 거칠게 나왔습니다. 기분 상하셨다면 죄송한데, 우리 협상은 할 수 있지 않겠습니까?"

폐지한 인간자격시험을 다시 열 수도 있을 것이다. 잘하면, 6레벨 수준의 자격증은 무리여도 자격증을 돌려받을 수 있을지도 몰랐다.

이연우가 요구 조건을 대폭 낮췄다.

"그냥 자격증만 돌려주십시오. 어려운 부탁은 아니지 않습니까. 애초에 왜 취소됐는지 이유도 안 알려주셨고요. 이의 신청했다고 생각하세요."

- 취소 사유는⋯

목소리가 길게 늘어졌다. 마치 솔직하게 말할 수 없어 고민하는 듯했다. 사유가 뭐든, 인간 자격증에 집착하는 6레벨한테 잘못 말하면 끔찍한 미래가 펼쳐질 것이었다.

결국, 스피커 너머의 목소리는 말을 얼버무렸다.

- 취소 사유는 규정에 따라 밝힐 수 없는 점 양해해주십시오. 또한, 규정에 따라 취소된 자격증을 재발급할 수는 없으며, 폐지된 시험은 다시 열리지 않는다는 점 알려드립니다.

다시는 인간자격시험으로 돌아갈 수 없다. 인간 자격증을 발급할 수도 없었다. 본질이 뒤틀렸다. 모기가 파리가 되는 수준의 변질이었다.

그 압박의 근원인 이연우는 답답한 표정을 지으며, 컴퓨터 사인펜으로 탁자를 툭툭 두드렸다.

순간, 서늘한 안광이 스쳤다.

'그 규정을 주사위로 바꾸면… 안 되지. 실패할 수도 있고, 성공해도 저쪽에서 다시 고치면 그만이야.'

이연우가 앓는 소리를 내었다. 진짜 어려운 상대였다. 협박? 그냥 자기 손으로 폐지했다. 주사위로 파고들 틈도 보이지 않았다.

끝내 이연우는 감정에 호소하기로 했다. 두 손으로 핸드폰을 꼭 쥐었다.

"아, 진짜. 자격증, 저한테 소중하단 말입니다. 제가 처음 겪은 이상 개체고, 장수생이던 제가 회사에 입사하게 된 이유란 말입니다."

절절한 목소리가 흘러나왔다. 소중한 유품이나 추억을 잃어버린 사람처럼.

스피커 너머에서는 불편한 침묵이 이어졌고, 이연우는 말하다가 문득 깨달았다.

'아니, 잠깐만. 내가 몸 비틀고 사는 이유가 애 때문이잖아?'

인간자격시험만 아니었어도 공무원 시험에 합격해 멀쩡하게 살고 있었을 텐데. 물론 이상기후로 죽었을 테니 지금이 더 낫지만, 이연우는 이 점을 호소해보기로 했다.

이연우의 눈살이 찌푸려졌다. 핸드폰 마이크 부분을 입에 바짝 붙였고, 의도된 분노가 섞인 목소리를 터뜨렸다.

"애초에 너 때문에 내가 이 고생 하고 살잖아! 네가 날 이렇게 만들었어! 내 인생을 망쳤다고!"

– 사과의 말씀을 드리겠습니다.

노이즈 섞인 목소리는 즉각 대답했다.

– 인간자격시험으로 의도치 않은 불편을 드린 점, 죄송합니다. 인간자격시험의 폐지는 귀하가 겪은 사고에 대한 사죄의 일환이었습니다. 향후 새롭게 돌아올 이상자격시험은 이러한 실수를 참고하여 비슷한 불편이 생기지 않게 노력하겠습니다. 다시 한번 사과의 말씀을 드리겠습니다. 죄송합니다.

멈춤 없이 유창하게 흐르는 목소리.

노이즈만 아니었으면 무슨 대국민 사과인 줄 알 정도로 흠잡을 곳이 없었다.

사과, 사죄의 행동, 예방 대책, 변명 없음.

이연우가 멍하니 입을 벌렸다. 얼굴에는 허탈한 빛이 어렸다. 트집을 잡으려면 못 할 것도 없었지만, 저 정도로 말하는 꼴을 보니 자격증은 절대로 주지 않을 것 같았다.

'아니, 와. 와, 진짜. 아니…'

차라리 위협에 맞서 도망치거나 싸우는 게 쉬웠다. 말로 어떻게 설득하려니 도무지 가능해 보이지 않았다.

'말로는 진짜 못 하겠다.'

이연우가 침을 꿀꺽 삼켰다. 남은 방법은 돌고 돌아 다시 협박이었다. 그는 사인펜을 단검처럼 쥐었다.

"회사의 파괴 계획. 주사위로 네가 존재하지 않을 가능성을 판정하기. 제발 좋게 말할 때…"

– 응시생 여러분에게 공지합니다. 이상자격시험은 외부적인 이유로 인해 영구적으로 폐지될 수 있음을 공지…

"그만! 그만 말해!"

이연우가 빽 소리 지르며 사인펜을 집어 던졌다. 사인펜이 힘없이 떨어졌다.

죽일 거면 죽이라고 말하는데 뭘 더 할 수가 없었다.

'돌겠네.'

결국, 이연우는 자격증을 뜯어내는 일은 포기했다. 방법이 없었다. 이런 상대는 처음 겪었고, 대처할 방법이 없었다.

– …

스피커 너머의 노이즈가 점차 잦아들었다. 슬그머니 도망가는 기색이었다.

이연우가 힘없이 말했다.

"이상자격시험이라도 보게 해줘."

거기서 탈락하면 혹시 인간 자격증과 비슷한 효과를 낼까, 지푸라기라도 잡는 심정으로.

떵동댕동.

핸드폰 스피커에서 경쾌한 종소리가 들려왔다. 스피커 너머의 목소리는 한숨 돌린 듯, 높은 톤으로 말했다.

– 10분 후 시험을 시작하겠습니다.

이연우는 집어 던진 컴퓨터 사인펜을 주섬주섬 주웠다. 깊은 한숨이 나왔고, 머리가 복잡했다. 그는 그저 두 손을 모아 기도했다.

'탈락에 인간 자격증 효과 있었으면 좋겠다.'

좁은 방에는 침묵이 내려앉았다. 이연우는 가만히 A4 용지를 내려다보았다. A4 용지에는 몇 개의 주관식 문제가 인쇄되어 있었다.

[이상자격시험]이라고 크게 적힌 제목 아래 늘어선 문제들.

1. 1 더하기 1은 몇일까요?

2. 당신은 이상입니까, 사람입니까?

3. 가, 나, 다, 라 다음에 나올 것은?

4. 지구는 평평한가요, 둥근가요?

이연우는 긴장감 없이 문제를 훑어봤다. 어차피 위험은 없었다. 처음 인간자격시험을 겪었을 때와는 마음가짐 자체가 달랐고, 목적도 달랐다.

'탈락하려면 낮은 점수를 받으면 되겠지.'

시험이라면 높은 점수를 받아야 합격이다.

탈락이 목적인 이연우는 성의 없이 찍찍 컴퓨터 사인펜을 놀렸다. 문제가 쉬워 오답을 노리기도 쉬웠다.

1 더하기 1은 3. 가나다라 다음은 므악, 지구는 삼각형이다.

순식간에 풀었다. 사람이냐 이상이냐는 질문에는 잠깐 고민했지만, 이상자격시험이니 사람이 오답이라 추정하고 사람을 썼다.

나는 사람이다.

그 답안을 마지막으로 작성한 이연우가 시험지를 팔랑팔랑 흔들었다.

"다 풀었어. 빨리 채점해줘."

이번 시험은 엄정한 규칙을 적용하지 못했다. 순식간에 시험지가 사라졌고, 몇 초 뒤 허공에서 자격증이 퉤 던져졌다.

그 순간이었다.

이연우의 동공이 확장됐다. 주사위가 꿈틀거렸다. 생존 본능에 억눌려 오염은 꿈도 꾸지 못하던 주사위에 오염이 일어났다.

"어? 어?"

이연우가 현실을 의심하며 서둘러 자격증을 펼쳤다. 그곳에는 이연우의 증명사진과 짤막한 글귀가 쓰여 있었다.

– 위 개체는 이상임을 증명합니다.

"아니, 왜? 다 틀렸잖아!"

아니, 그게 문제가 아니었다. 진짜 문제는 주사위의 오염 자체였다.

안개에 침습당했을 당시, 폭주하는 주사위에 생존 본능과 인간 자격증이 저항했듯이, 이번에는 주사위와 이상 자격증이 오염을 막는 생존 본능에 저항하고 있었다.

이대로 두면 주사위와 이상 자격증이 힘을 합쳐 생존 본능을 밀어낼 기세였다.

'이거 이대로 두면, 자아 잃어버리겠는데?'

이연우가 벌떡 일어섰다. 한 손에 든 이상 자격증을 허공에 마구 휘둘렀다.

"취소! 취소! 아니, 반납! 빨리!"

– …응시생의 요청을 받아들이겠습니다. 시험이 종료되었습니다.

피곤해 죽겠다는 목소리가 들렸고, 이상 자격증이 획 사라졌다. 그러고는 말도 없이 확 연결이 끊겼다.

핸드폰 스피커에서 노이즈가 사라졌다. 말릴 사이도 없이 도망쳤다.

"갔어? 진짜? 이대로 가면 안 되지!"

이연우가 털썩 주저앉았다.

"아니, 아…"

다 틀렸다. 전부 실패했다. 잃어버린 인간 자격증은 돌아오지 않았다.

적막한 방.

한동안 허무하게 앉아 있던 이연우는 잠깐 사이에 일어났던 일을 떠올리다가 문득 눈을 빛냈다.

"맞네. 내가 실수했네."

처음부터 접근을 잘못했다. 제대로 된 질문을 던지지 못했으니, 당연히 오답을 얻을 수밖에.

생존의 길은 고독한 법. 애초에 시험 따위의 이상 개체에 의존한 게 잘못이었다. 필요한 자원이 있으면 스스로의 힘으로 구하고, 만든다.

이연우가 엉금엉금 기어다니며 잡동사니를 뒤졌다. 증명사진을 주웠고, A4 용지를 꺼냈으며, 접착제를 찾고, 컴퓨터 사인펜 옆에 전부 두었다.

이연우는 신중하게 자격증을 만들었다.

'남의 보증에 기대면 안 되지.'

오늘 겪은 것처럼 남의 마음대로 갑자기 취소될 수도 있었고, 대가를 요구받을 수도 있었고, 뭔가에 간섭당해 위험한 일을 겪을 수도 있었다.

그럴 바에는 스스로 만드는 편이 나았다.

철꺽, 이연우는 접착제가 잔뜩 묻은 증명사진을 A4 용지에 삐뚜름하게 붙였다. 그러고는 그 아래에 글을 썼다.

[인간 자격증]
- 성명: 이연우
- 내가 인간임을 내가 보증하고 증명함.
- 유효기간: 내가 죽을 때까지.

이제 마지막 준비만 남았다.

이연우는 두 손을 탁자 위에 편하게 늘어뜨리고, 눈을 감았다. 그가 중얼거렸다.

"이거 이상 개체로 만들어야 해. 그게 생존에 도움이 되잖아. 오염 방어도 그렇고, 주사위한테도 꼭 필요해. 오늘 봐. 그냥 빼앗기고 끝이잖아. 자격증으로 오염 막고 주사위 6레벨 올려야 다양한 상황에 유연하게 대처한다고."

생존 본능이 일하도록 자극하고.

"주사위야. 너도 그래. 6레벨 돼야지. 언제까지 이렇게 살 거야. 대성공 띄우자. 저번처럼 밀웜 머리나 지우개 수준만 만들자."

이연우는 주사위를 설득했다.

6레벨은 만들고 싶다고 만들어지는 게 아님을 알았다. 그러나 밀웜 머리처럼 6레벨에 근접한 것은 만들 수 있었다.

이런 말이 효과가 있는지는 몰랐지만, 자기암시를 걸듯 이연우는 중얼중얼 혼잣말을 내뱉었다.

그러고는 주먹을 꽉 쥐었다.

"이게 나의 인간 자격증일 가능성."

데구르르.

주사위가 굴렀다. 어지럽게 흔들리는 가능성 사이로, 생존 본능이 실패와 대실패가 나오는 미래를 피했다. 억눌렸던 주사위가 기지개를 켜듯 꽝을 밀어냈다.

성공과 대성공 사이에서 가능성이 꿈틀거렸다.

마지막으로, 이연우는 생각 없이 주먹을 쥐는 시늉을 했고.

대성공!

결과가 나왔다.

이연우가 만든 어설픈 종잇조각은 이연우만의 인간 자격증이 되었다. 그것도 자아 보호와 인간성 유지에 굉장한 힘을 발휘하는 자격증이었다.

이연우가 흐뭇하게 웃었다.

'이러면 시험이 부정하든 말든, 누가 뭐래도 아무튼 인간이지.'

모든 게 돌아왔다. 보호 장비를 껴입은 것처럼 안정감이 찾아왔고, 개인 하나에 매몰되어 있던 정신도 여유를 찾고 주변을 넓게 인식했다.

이연우가 은은하게 풍기던 이질감이 감춰졌다. 이연우는 힘이 빠져 그대로 뒤로 누웠다. 두 손으로 쥔 자격증을 천장 높이 들었다.

삐뚤빼뚤하게 붙여진 증명사진과 못나게 쓰인 글씨.

"하하."

괜히 웃음이 나왔다. 자신이 만든 장비. 누가 취소하지도 못하는 오롯한 자신만의 자격증.

바스락, 이연우가 종잇조각을 소중하게 품에 안고 눈을 감았다. 어두워진 시야는 버리고, 내면의 감각에 집중했다. 생존 본능이나 주사위의 오염 같은 것.

'됐다.'

주사위의 오염이 조금씩 일어나고 있었다.

생존 본능이 더 이상 오염을 막지 않았다. 위험으로 여기지 않는 것이었다. 이 자격증이 자아를 보호할 테니까.

주사위를 6레벨로 올릴 길이 열렸다. 머지않은 미래에 그는 생존 본능과 주사위로 6레벨에 오를 것이었다.

이연우의 입가에 미소가 걸렸다.

'이제 조금 자신감이 생기네.'

이 정도면 위험천만한 세상에서 그럭저럭 당당하게 살아갈 자격을 얻은 게 아닐까?

이연우는 희망찬 미래를 그리다가, 까무룩 잠이 들었다. 긴장이 풀렸고 힘이 다했다. 좁은 방에 이연우가 쌕쌕 숨 쉬는 소리가 들려왔다.

며칠이 지났다.

휴가라며 며칠 동안 방에서 푹 쉰 이연우는 싱글벙글 웃으며 늦게 출근했다. 개운하게 씻고, 자격증을 몇 번이고 살피고, 오랜만에 낡은 정장을 입고.

"안녕하십니까!"

쾌활한 인사가 터졌다.

이미 출근해 있던 조사반 사람들은 의아한 눈으로 이연우를 보았다.

이연우의 상대가 안 좋아 보여 따로 찾아가지도 않았기에, 인간 자격증을 만든 후 처음 만나는 날이었다. 이질감이 없었다. 마음도 추스른 것 같았다.

반장이 말했다.

"어, 연우야. 자격증 되찾았냐?"

"방법이 없어서 제가 만들었습니다."

이연우가 자랑스럽게 인간 자격증을 꺼냈다. A4 용지로 대충 만든 자격증.

그걸 본 사람들의 시선이 미묘해졌다. 이제는 공문서 위조까지 하는구나, 애착 인형이 없어져서 비슷하게 만들었구나, 주사위로 대체품을 만들었구나 등등.

경악, 동정, 이해, 최재민부터 반장까지 여러 사람의 머리에 생각이 스쳤다.

어찌 되었든 잘된 일이었다.

사실 신경이 곤두선 이연우가 옆에 있으면 이쪽까지 불안해지는 느낌이었으니까.

"그래. 잘돼서 다행이네."

"그럼, 이제 다시 의뢰받고 일해요?"

유지유가 묻자, 이연우는 고개를 저었다.

"의뢰는 당분간 쉴 예정입니다."

일이 중요한가. 시간만 잘 보내면 주사위가 6레벨이 되는데. 지금 중요한 건 잘 먹고 잘 자며 안전하게 시간을 보내는 것이었다.

'어차피 생존 본능 덕분에 위험한 일은 없긴 한데…'

일하기는 귀찮고 꺼림칙했다.

이전에도 본사의 의뢰를 받았다가 갑자기 튀어나온 무인이랑 싸우지 않았나. 사고는 조심하고 또 조심해도 부족하지 않았다.

이연우는 자리에 앉으며 인사치레 삼아 질문했다.

"조사 업무는 요즘 없으십니까?"

"어. 요즘 업무 안 들어오긴 하네. 사실 조사반 폐지될지도 모른다는 이야기를 듣긴 했는데."

반장이 말했다. 처음 꺼내는 이야기였다. 중요한 이야기이기도 했다.

유지유와 최재민이 휙 고개를 돌렸다. 눈동자가 잔뜩 커졌다.

"폐… 폐지요? 그러면 우리는 어쩌고요?"

"안 돼요! 여기 폐지되면 저 실험실 가잖아요! 아니면 어디 이상한 부서 갈지도 모른다고요!"

조사원에게는 단순히 부서 하나가 없어지는 일이 아니었다. 그들에게는 생계가, 나아가 삶이 걸린 일이었다.

하지만 반장은 태연하게 몸을 늘어뜨렸다.

"부서야 얼마든지 사라질 수 있지. 우리야 유능한 인력이니까, 다른 부서로 이동될 거고. 그런데…"

반장이 말을 질질 끌다가 웃었다. 최재민과 유지유는 물론 이연우도 귀를 기울였다. 반장이 말했다.

"폐지 이야기 사라졌단다. 우리가 스스로 이상 개체를 조사해서."

"우리가요?"

최재민과 유지유가 어리둥절하며 서로를 마주 봤다. 그런 일이 있었나?

"그… 뭐야. 멸망주의자 테러에도 잘 대처했고, 사랑의 묘약도 회수했고, 얼마 전에는 아기도 주웠잖냐."

상부가 결정을 미뤘다.

조사반이나 조사원도 저 이연우만큼이나 이상 개체를 끌어들이는 미끼 아닐까? 일단 두고 보면서 이용 가치를 찾는 게 낫지 않나?

거기에 건물도 반장이 건물주로서 소유했는데.

그런 이야기를 전하자, 이연우가 머쓱하게 웃었다. 아무리 생각해도 자신의 체질이 원인이었다.

'이게 도움도 되네.'

조사원이 다른 부서에 가면 재미없고 답답… 아니, 적응하기 힘들 테니까. 수틀리면 도망치던 사람들이 특전대나 보안 요원이 되면 문제가 많을 것이다.

조사반도 조사원처럼 끈질긴 생존 능력을 선보인 그때였다.

이연우의 핸드폰이 울렸다. 마크 정의 전화였다. 이연우가 서둘러 핸드폰을 들었다.

"예, 전화받았습니다."

- 잘 지내셨습니까.

피로가 그득한 목소리가 들려왔다. 잠기고 가라앉은 목소리. 이연우는 얼떨떨한 표정을 지었다.

"어… 괜찮으십니까?"

- 아뇨, 죽을 것 같습니다. 아니, 인간자격시험이 갑자기 미쳐서 변했습니다. 그거 막던 데이터 센터가 뒤집어져서, 그거 때문에, 아…

마크 정이 하소연을 늘어놓았다.

인간자격시험이 세상에 나오기 힘들게 무수한 모의시험을 진행하던 데이터 센터. 모의시험을 진행하던 AI가 이상자격시험에 합격해 난장판이 벌어졌다고…

- 데이터 센터가 마비됐습니다. 예비 센터에도 합격자가 나와, 시험이 세상에 자유롭게 풀려났습니다. 그러면 세상에 또 이상 개체가 만들어지지 않습니까.

이상을 만드는 이상이 자유를 얻었다.

이연우의 이마에 식은땀이 맺혔다.

'어, 어? 이거 내가 사고 친 건데? 어?'

이연우는 침을 꿀꺽 삼켰다.

"그… 안전 조치 001로 어떻게 안 됩니까?"

- 그건 지역을 억누르는 방식이라… 시험이 어디서 튀어나올지도 모르고, 지금의 광범위하게 누르는 힘으로는 못 막습

니다.

현상으로 존재하는 이상이 제일 막기 힘들다며, 마크 정이 탄식했다.

- 위험 레벨을 5까지 격상하고, 일단 억제까지는 성공했지만 피해가 너무 큽니다.

마크 정은 고통을 나누고 싶은지, 이연우의 메신저로 영상 하나를 보냈다.

양심에 찔린 이연우가 중얼거렸다.

"이렇게 보여주실 필요는 없는데…"

- 이건 부탁을 위해 보여드리는 겁니다. 이상을 만드는 판정이 잘못되면 이렇게 되니까, 본사가 했던 의뢰는 자제해주시라고요.

일단, 이연우가 이상자격시험을 만드는 데 일조했다는 사실은 모르는 것 같았다.

딸깍, 이연우가 마지못해 동영상을 재생했다.

그곳은 양계장이었는데, 달걀 품질 검사가 갑자기 이상자격시험으로 변했고, 달걀이 이상 개체가 되었다.

갑자기 양계장 직원이 달걀을 들어 올렸다. 깨달음이 가득한 목소리.

- 삶은 계란이다! 삶은 계란이야!

- 김 씨! 달걀 가지고 뭐… 삶은 달걀이다! 삶은 달걀이었어! LIFE IS 달걀! 우리의 삶은 달걀이야!

양계장 직원들이 모여들어 하나의 달걀을 우러러보더니, 그 달걀과 함께 우르르 몰려 나가며 외쳤다.

– 삶은 달걀이다!

"..."

이연우가 말을 잃고 그 광경을 보았다. 영상이 다음 장면으로 넘어갔다.

부검이 진행 중인 부검실. 부검 자체가 이상자격시험이 되었고, 시체가 이상 개체가 되어 벌떡 일어났다.

– 끄에에엑!

좀비처럼 움직이는 시체가 부검실을 엉망으로 만들었지만, 검시관이 기지를 발휘해 좀비에게 불을 붙였다.

좀비는 타들어갔다. 피부와 살점이 까맣게 타 점점 떨어졌고, 다음 순간 시체가 부르르 떨었다. 살점이 떨어지고 새하얀 뼈가 드러났다.

– 살점이란 봉인이 풀렸구나! 나는 해골의 왕! 세상에 만연한 살점의 속박을 풀어내겠다!

좀비가 스켈레톤이 되었다. 푸른 도깨비불이 눈동자가 되어 눈구멍에 맺혔다.

그리고 다음 순간, 검시관이 내리친 망치에 두개골이 깨져 죽었다.

깡!

"..."

이연우는 눈을 질끈 감고, 영상을 꺼버렸다. 세상이 아수라장이 되었다. 사고를 쳐도 크게 쳤다. 아니, 아니다.

'고작 인간 자격증 달라고 했다고 변신한 이상 개체 잘못이지.'

아무튼 나는 인간이고, 어쨌든 이상 개체가 잘못했다.

그럼에도 쿡쿡 쑤시는 양심의 고통 때문에 이연우가 기어들어가는 목소리로 말했다.

"제가 도울 일이 있을까요?"

- 아뇨, 괜찮습니다. 이연우 씨가 나설 만큼 큰 문제는 아닙니다. 일단 수습도 했고요.

그냥 일이 엄청 많아져서 문제지.

마크 정이 한숨을 잔뜩 섞어 말하다가, 억지로 목소리 톤을 높였다.

- 그보다 저번에 본사 일이 마무리되어 보상 이야기를 전해드리고자 전화드렸습니다.

"보상이요?"

- 예. 어쨌든 실험의 성과가 상상 이상으로 훌륭했고, 무인도 붙잡으셨으니까요.

양심, 양심이 아팠다.

이연우가 고뇌하는 표정을 지었다가, 얼른 허공에 손을 저었다.

"아뇨, 보상은 괜찮습니다. 사실 사고 친 건데, 오히려 격리

238

당하는 징계를 받을 일…"

　- 아닙니다. 이런 일에 포상도 안 주면 직원들이 왜 일하겠습니까.

　마크 정은 번쩍 정신이 든 목소리로 말을 이었다.

　- 사실 훈장이나 상장을 주자는 이야기가 있었는데, 그건 싫어하실 것 같아서 다른 보상을 준비했습니다.

　정예 요원쯤 되면 단순한 물질로 보상하기 힘들었다. 필요하면 자기가 얻거나, 이미 충분히 가지고 있어서.

　그래서 명예나 다른 비물질적인 부분으로 보상했지만, 이연우는 생존주의자라 도리어 물질적인 보상을 좋아했다.

　이연우가 순간 혹한 기색을 보였다. 입술을 달싹이다가 조심스럽게 물었다.

　"집입니까?"

　- 아. 집은, 아닌데…

　마크 정이 당황했다.

　집을 줘봤자 펑 터질 텐데, 집은 좀.

　"그러면 혹시 평범한 총탄?"

　- 예? 아니, 그것도 아닙니다.

　평범한 총탄은 이제 진짜 얼마 안 남았다. 실험할 때 한 발, 무인을 사살할 때 한 번 더 써서.

　그걸 양산할 기술도 개발이 가능해졌다고는 들었는데, 회사는 총탄 개발은 신경도 안 쓰고 무슨 다른 짓에 집중하는 것 같았고.

이연우가 실망한 기색을 억지로 감췄다.

이상자격시험이 묻힌 것만 해도 다행이었다. 아니면 나중에 밝혀질 때를 대비해 아껴두어도 됐고.

"음, 그러면 보상은 조금만 받겠습니다."

– 원하는 게 있으시면 말씀하십시오. 최대한 요구에 맞춰드리겠습니다.

"본격적인 군대 장비 가능합니까?"

이연우가 눈을 빛냈다. 사소한 요구였다.

– 그게, 미사일이나 전함이나 전투기 수준이면 무리가 있는데요.

띄엄띄엄 던져지는 말에 이연우가 기겁했다.

저런 건 줘도 안 가진다. 개인의 장비가 아니었다. 활주로 같은 기반 시설에, 정비까지 필요하니까. 줘도 못 썼다.

그리고 어차피 필요할 때 요구하면 빌릴 수 있어 보이기도 했고.

"그거 말고, 특전대 장비 같은 거요. 전투 슈트? 방탄 헬멧이나 방탄복?"

– 그건 충분히 가능합니다. 그래도 보상으로는 너무 부족한…

"아뇨, 아뇨. 괜찮습니다. 정 마음에 걸리시면 제가 의도치 않은 실수로 사고 쳤을 때 눈감아주시는 걸로 충분합니다."

이연우는 능청스럽게 답했고, 마크 정은 이연우의 요구를 받아들였다.

통화가 끝났다. 이연우가 희미하게 웃었다.

'방탄복 있으면 평범한 총탄도 문제가 아니지.'

이사회가 열렸다. 화상회의로 모인 이사들은 자기가 받은 보고서를 가만히 보았다.

프로젝트 평범한 세계. 그들의 이상향은 긴 시간 동안 굳게 닫혀 있었으나, 이연우가 닫힌 문을 열었다.

주사위로 얻은 이상이 아닐 가능성. 평범함의 기준.

연구원들이 다각도로 세웠던 수많은 이론을 입증하는 데이터.

게다가, 열린 문에 쐐기가 박혔다.

이상자격시험.

어떤 이사가 말했다.

"이상 개체가 시험에 탈락해 이상이 아니게 된 케이스를 확보했다고요."

이상이 이상이 아니게 되는 과정.

평범한 세계로 향하는 문은 활짝 열렸고, 이제 그들은 그 길을 닦고 있었다. 문만 열렸으면 길을 준비하고 걷는 건 어렵지 않았다.

"우리의 다른 기술과 연계하면 평범한 세계를 만들 수 있다…"

핵심 이론과 기술이 확보되었다. 최종 목표에 필요한 다른 기술도 이미 준비가 되었다.

남은 건 시행착오뿐이었다. 시험을 위해 행동하고, 잘못을 고치고, 최종적으로 평범한 세계를 만든다.

"그래도 너무 성급하게 진행하는 것 아닙니까?"

다른 이사가 걱정스럽게 문서를 뒤적였다. 그곳에는 이번 실험을 위한 기술이 적혀 있었는데, 문제가 있었다.

"우리가 최후의 보루로 준비한 것이지만, 아직 완성도 안 됐고, 불안정한 부분이 많습니다. 잘못되면 재앙이 될 겁니다."

"맞아요. 차라리 천천히, 차근차근 한 걸음씩 걷는 것도 나쁘지는 않습니다. 급하게 진행할 이유가 없습니다."

몇몇 이사가 반대하였으나, 많은 이사는 반대를 받아들이지 않았다.

"망하면 망하는 거지. 우리가 망해도 평행 세계, 이차원의 인간들이 사명을 이어갈 거야. 차라리 우리가 희생하고 데이터를 전하는 편이 낫지."

"실패해도 어차피 인류에 위험한 결과는 안 나올 거요."

"표결이나 합시다. 여기서 생각 바꿀 사람 없으니까."

투표가 진행되었다.

결과는 과반수의 승낙이었다. 위험한 실험이 결재를 얻었다.

이사들은 서로 다른 소리를 내었다. 탄성, 기대, 불안, 거부감.그들의 눈은 모두 문서에 쏠려 있었다.

이번 실험. 완성되지 않은 최후의 보루.

[멸종 방어 장치: 세계 개변]

리메이크

175

모든 사고는 찰나에 일어난다.

"어, 어, 어? 아니, 출력이 이러면, 잠깐…"

미완성의 장치가 폭주하여 가벼운 실험이 세계를 뒤집어 엎을 수도 있고.

"회사는 뭘 하는 겁니까! 갑자기 왜 발작을… 빌어먹을! 미리 바친 황금을 전부 소진해 방어하겠습니다! 부족하다고? 일단 바친 황금으로 최대한 방어…"

준비가 부족하여 조금밖에 막지 못할 수도 있으며.

"어떤 모습으로 변해도 날 사랑하겠다고? 무슨 말인지 모르겠네. 일단 믿을게."

"지도자! 빨리 지도자, 아니, 늦었…"

자의로, 혹은 타의로 방관하여 사고에 손을 쓰지 못할 수도 있다.

"뭐야? 뭔데? 왜 불안한데? 또 뭔데! 주사위! 뭔지 모르겠지만, 일단 막아! 아니, 내가 살 길을 만들어!"

데구르르.

또한, 불확정 요소가 사고에 끼어들어.

성공!

사고를 뒤틀어버릴 수도 있다.

세계가 개변됐다. 세상도, 회사의 본질도 바뀌었다. 실험이 성공하였으나 성공이 의미 없는 세상으로.

밤새 뒤척이다 언제 잠드는지도 모르게 곯아떨어졌다.

이연우가 눈을 떴을 때는 시간이 얼마나 지났는지 알 수 없는 새벽빛이 드리워져 있었는데, 그 빛은 기나긴 시간이 지났을 때 특유의 고색창연한 빛을 품고 있어, 이연우는 무심코 인간이 이미 멸종한 건 아닐까, 태양이 멀어진 게 아닐까, 쓸모없는 걱정을 두서없이 떠올렸다.

하지만 허황한 상상은 현실의 고통 앞에서 밀려나는 법이라, 머리가 깨질 듯이 아픈 이연우는 두 손으로 머리를 감싸 쥐며 짙은 신음을 흘렸다.

"아, 머리… 머리 아파."

고통은 단순히 육체에만 찾아오지 않아, 마치 이 세상이 이연우라는 존재를 거부하듯이 육신과 정신과 영혼을 가시가 돋은 벽으로 밀어내어 존재의 상실을 일으켰다.

"내가… 내가 누구지? 뭐 하고 있었지? 왜 위험하단 느낌이 들지?"

희미한 기억과 정체성의 혼란으로 이연우는 황망한 표정을 짓다가도, 본능적으로 손을 뻗어 주변에 널린 잡동사니 사이에서 자격증을 쥐었다.

그것은 A4 용지로 어설프게 만든 인간 자격증이었는데, 그걸 내려다보는 순간 생존 본능이 비명을 지르고, 주사위가 가능성을 풀어놓으며 세상의 배척을 밀어냈다.

이연우의 눈에 빛이 맺혔다. 기억이 선명하게 떠올랐다.

'이연우. 네 번째 공무원 시험에서 인간자격시험을 마주치고, 회사에 입사했지. 회사의 이름은…'

이상보호회사.

세상으로부터 이상을 보호하라.

세상이 배척하는 이상도 존재할 권리가 있다며 이상을 보호하는 회사.

그리고 자신은 이런저런 사건을 겪으며, 배척하는 세상에 대적하는 6레벨이 되어 이상보호회사의 정예 요원 취급을 받고 있다.

맞나?

다음 순간, 이연우가 눈살을 찌푸렸다.

"이게 맞아? 좀, 좀… 이상한데."

이연우는 손가락으로 바닥을 타닥타닥 두드리며, 깊은 생각에 빠졌다.

지나온 삶의 기억은 멀쩡했지만, 뭔가 위화감이 들었다. 맥락이 안 맞았다.

'몸 비틀어가며 6레벨이 됐는데, 왜 6레벨이 됐지? 살아남으려고 그런 거잖아. 그런데 이런 세상에서 6레벨 되면 불리한데.'

이 세상은 이상을 싫어했다.

레벨이 높아질수록 세상은 더 강하게 이상을 배척했고, 6레벨쯤 되면 매 순간 세상과 맞서 싸워야 세상에 남을 수 있었다.

지금 당장도 그랬다.

"으…"

이연우가 답답한 숨을 토했다. 중력이 몇 배로 강해지거나 깊은 심해에 빠진 것처럼, 세상이 그를 꽉 조였다.

생존 본능이 몸을 비틀고 주사위가 가능성을 풀어놓으며, 인간 자격증이 이연우가 평범한 인간이라고 호소하여 그나마 수월하게 버티고 있었다.

이런 이상 차별하는 못된 세상에서는 차라리 평범한 사람으로 사는 게 나을 것인데.

'…아닌가?'

이 정도 수준의 힘이면 세상과 싸우더라도 더 살아남기 좋은 것 같기도 하고. 애초에 그러려고 인간 자격증을 만든 것 같기도 하고.

250

이연우는 계속해서 드는 의문과 그럭저럭 합리적인 현실에 아리송한 표정을 지었다.

"아, 진짜 뭐지."

머리를 벅벅 긁고 있자니, 대충 출근할 시간이 되었다.

도박 근절 센터를 만들고 일을 하고 있지는 않았지만, 사무실로 출근해 이상 구조반의 사람들에게 얼굴도 비추고 평온한 일상을 보내야 했다.

이연우가 위화감은 미뤄두고, 이상 구조반으로 출근했다.

갑자기 세상에 튀어나온 이상 개체를 찾아서 구조하는 부서로.

"안녕하십니까."

"어, 연우야. 왔냐?"

"형, 왔어요…"

반장은 평범하게 인사했고, 최재민은 골골골 앓는 안색으로 힘겹게 고개를 숙였다.

부모를 감별하는 이상 개체로 세상의 박해를 받아 항상 아픈 최재민은 부러운 눈으로 이연우를 보았다. 최재민에게서 기침이 콜록콜록 나왔다.

"형, 저도 6레벨까지 오를 수 있을까요? 사는 게 너무 힘든데."

비슷하게 고통받던 이연우는 어느 날 갑자기 6레벨이 되어 세상의 폭력에 맞서고 있었다. 저 평범한 사람처럼 멀쩡한 기색이 최재민은 너무 부리웠다.

이연우는 갑갑한 숨을 내뱉으며 어색하게 웃었다.

"글쎄, 힘들지 않을까."

매일매일 아픈 최재민이 안쓰럽긴 했지만, 가능성은 낮아 보였다.

'부모 감별이 6레벨에 오를 수 있나? 막 세상의 부모를 감별해 욕하면서 맞서나?'

상상이 안 됐다. 이연우는 고개를 돌려 책상에 엎어져 자는 유지유를 보았다.

"지유 선배는…"

"어제 늦게 자서 피곤하대요."

그렇게 이상 구조반의 하루가 시작되었고, 이연우는 멍하니 의자에 늘어져 생각에 잠겼다.

숨 쉬기도 불편한 세상. 자신을 억압하는 세상. 긴장을 놓으면 죽거나 추방당하는 세상. 이건 너무, 너무 위험했다.

'세상이 왜 이 모양이지? 뭔가 이상한데. 뭔가 잘못된 거 같은데.'

질척하게 달라붙는 이질감과 위화감은 좀처럼 가시지 않았다. 개연성이 박살 난 소설이나 영화를 보는 느낌이었다.

'그런데 이유를 모르겠네.'

곰곰이 생각할수록 의문은 미궁에 빠져들었다. 실타래는 풀리지 않았고, 두통이 쿡쿡 두뇌를 쑤셨다. 아무리 열심히 고민해도 알 수 없었다.

결국, 이연우는 단순한 결론을 내렸다.

'어쨌든 세상이 문제야.'

위험한 빛이 눈동자에 스쳤다. 너무 복잡하게 생각할 필요 없었다.

세상이 문제면 세상을 고치면 된다. 농부가 멧돼지나 달팽이 따위의 유해 생물을 처리하듯, 자신을 적대하는 세상을 고치면 끝이었다.

자신이 살기 안전한 세상으로.

애초에 이상보호회사가 꿈꾸는 이상한 세상이 자신의 의도와 부합하지 않나.

이연우가 마크 정에게 전화를 걸었다.

"예, 접니다."

– 무슨 일입니까?

"다른 게 아니라, 그… 회사가 이상한 세상을 꿈꾸지 않습니까. 제가 돕고 싶어서요. 지금 사는 건 너무 답답하네요."

그러자 짙은 한숨이 돌아왔다. 마크 정이 침울하게 말했다.

– 회사에서 이번에 시도했는데, 실패했습니다. 너무 성급하게 진행해서 장치만 망가졌다고 합니다.

아쉬움과 안타까움이 잔뜩 섞인 마크 정의 목소리에 이연우도 한탄했다.

"아…"

이러면 한참 기다려야 할 텐데. 잠깐 침묵이 이어졌고, 곧 가벼운 작별 인사와 함께 통화가 끊어졌다.

– 도움이 필요하면 이연우 씨께 연락드리겠습니다. 몸조심하십시오.

"예."

이연우는 멍하니 핸드폰을 내려다봤다.

'회사가 실패했으면… 내가 어떻게 할 방법이 없을까? 주사위가 6레벨로 오르면 가능할까? 황금만능주의나 협회장하고 손을 잡으면?'

자신을 위협하는 이딴 세상은 용납할 수 없었다.

그때였다.

삐빅, 임무가 내려왔다. 반장이 컴퓨터를 만지작거리더니, 기지개를 쭉 켰다. 얼굴에 활기가 돌았다.

"업무 내려왔다. 갑자기 자기는 사람이 아니라고 호소하는 사람들이 늘었다고 하는데, 아무래도 무슨 이상 개체 나타난 것 같아."

유지유가 부스스 일어났다.

"빨리 구조해야겠네요."

나약한 이상 개체가 픽 쓰러져 죽기 전에 구조해야 했다. 그게 그들이 할 일이었다.

이연우가 번쩍 손을 들었다.

"저도 돕겠습니다."

"네가?"

반장이 미심쩍은 눈으로 이연우를 보았다. 구조는 관심 없고, 자기 생존에만 관심 있던 애가 갑자기?

이연우가 어색하게 웃었다.

"요즘 머리가 복잡해서… 산책 느낌으로 나가고 싶어서요."

사실이었다. 갑자기 던져진 문제 때문에 머리가 탁했다. 잠깐 아무 생각 없이 움직이고 싶었다.

유지유가 주섬주섬 외투를 주워 들었다. 그녀는 툭 이연우의 어깨를 쳤다.

"그럼 같이 갔다 올게요. 정보는 메신저로 보내주세요."

"어, 그래. 음, 갔다 와라. 연우는 위험해 보인다고 막 파괴하지 말고."

반장은 떨떠름하게 키보드를 두드리다가, 끙끙 앓는 최재민을 보았다. 나서고 싶은데 차마 나서지 못하는 느낌.

결국, 반장이 몇 마디 했다.

"너는 그냥 쉬어, 인마. 이상 개체 포획하면 걔네 부모 감별해서 다른 개체 있는지만 확인해도 충분해."

"그래도 좀 미안해서요."

그런 대화를 뒤로하고 유지유와 이연우가 구조반 사무실을 떠났다.

강을 건너는 대교의 아래였다. 인적이 드물고 잡초와 갈대 따위가 무성하며, 대교의 그림자가 드리운 강변.

강가의 서늘한 바람을 맞으며 이연우가 눈을 깜빡였다.

"여기입니까?"

"으음, 맞아요. 이 근처에서 낚시하거나 노숙하던 사람들이 갑자기 자기는 사람이 아니라며 호소하는 일이 있었다네요."

유지유가 핸드폰 화면을 툭툭 두드리다가 주머니에 넣었다. 그녀는 눈을 비비고는 애써 기운차게 말했다.

"자, 빨리 구조하러 가요! 감기 걸려서 죽거나 어디 부딪혀서 파괴되기 전에요!"

"만약 진짜 이상 개체면 인식 왜곡 효과가 있을 테니까, 조심해야 합니다."

이연우가 걱정을 담아 말했다. 자신이야 멀쩡하겠지만, 유지유는 조금 취약하지 않나.

유지유는 눈을 흘겼다.

"저도 알거든요. 저번에 지렁이 겪고 얼마나 부끄러웠는데요. 이번에는 정신 무장 단단히 했으니까, 괜찮을 거예요."

유지유는 자신의 안위 하나보다 이상 개체의 구조가 더 중요하기도 했고, 무엇보다 부끄러운 꼴을 다시는 보이지 않겠다는 정신으로 무장했다.

이연우는 말을 더하지 않았다. 그저 둘이 잡초와 갈대를 스스스 헤집으며 일대를 돌아다녔고, 곧 두꺼운 다리 기둥 아래에서 이상 개체를 만났다.

반들반들한 회색 피부, 큰 머리, 커다랗고 새까만 눈, 볼록 나온 배와 길게 늘어진 팔.

무슨 외계인처럼 생긴 이상 개체는 눈물을 주룩주룩 흘리며 중얼거렸다.

"난 인간인데, 왜 날 밀어내. 못된 세상, 못된 세상."

찾았다. 크게 고생하지 않고 곧바로 찾았다. 분명 좋은 일이었으나, 이연우는 얼굴을 잔뜩 찌푸렸다.

'기분 나빠.'

생각이 빙빙 돌았다. 저것은 인간이다. 나는 저것과 다르다. 나는 인간이 아니다. 이상한 삼단논법이 머리를 채웠다.

이연우가 대충 고개를 저어 생각을 밀어냈다.

"내가 인간이지. 자격증도 있는데."

간섭이 그대로 날아갔다.

하지만 유지유는 달랐다.

"연우 씨!"

갑자기 이연우의 팔뚝을 붙잡으며 폴짝폴짝 뛰었다. 어린아이처럼 신나서 얼굴을 붉게 물들이며.

"저는 사실 인간이 아니었어요! 이상 개체였던 거죠!"

"선배님…"

이연우는 말을 잃고 잠깐 유지유를 바라봤다. 아니, 정신 무장했다면서…

이연우가 어렵게 말을 꺼냈다.

"그… 저는 구조 작업 마무리하겠습니다."

"구조요? 저분은 사람이잖아요! 절 회사에 데려가서 보호해야죠!"

"그게, 어… 알겠습니다. 잠깐만 기다려주세요."

이연우가 힘겹게 유지유를 떨쳐냈다. 이상 개체에 제대로 당한 유지유는 혼자 신나서 방방 뛰어다녔다.

"이제 일 안 하고 적당히 보호받으면서 살면 돼요! 너무 좋지 않아요?"

이연우는 애써 모른 척하며 외계인 같은 이상 개체에게 다가갔다. 단호한 목소리가 나왔다.

"이상보호회사에서 나왔습니다. 당신 같은 이상 개체를 보호하는 회사인데, 같이 갑시다."

외계인이 그렁그렁한 눈으로 이연우를 올려다봤다.

"아니에요. 저는 당신과 달리 사람이에요. 그런 이상한 게 아니라서 괜찮아요."

"아니, 당신 이상 개체 맞습니다. 세상이 당신 적대하는 거 느껴지지 않습니까."

"이건 세상이 못된 거예요. 어떻게 평범한 사람인 저를… 흑."

외계인이 네 손가락뿐인 손으로 얼굴을 가리고 엉엉 울기 시작했다.

이연우는 답답해 죽으려는 표정을 지었다. 아니, 구조하겠다니까 이렇게 거절을 해? 결국, 이연우가 품에서 종이를 꺼냈다.

"보세요."

"뭘…"

철퍼덕, 손을 내린 외계인이 멍하니 종잇조각을 보았다. 이연우의 인간 자격증.

외계인의 손가락이 희미하게 떨리고, 눈꺼풀이 경련했다. 하지만 이연우는 그런 기색은 모르고, 계속해서 설득했다.

"나는 인간입니다. 당신은 저와 다르죠? 그럼, 당신은 인간이 아닙니다. 그러니까, 회사 따라오십시오."

"당신이… 인간? 그럼… 그럼 나는?"

외계인이 벌벌 떨며 말했다. 이연우가 그만 받아들이라며 고개를 끄덕였다.

"사람 아니죠. 회사는 당신 같은 존재를 위해 있는 기관이니까 안심하고…"

그 순간이었다. 이연우가 눈을 휘둥그레 떴다.

철퍽!

외계인이 녹아내렸다. 회색 진흙으로. 외계인이 자신의 존재를 의심한 순간, 세상의 압력이 외계인을 짓뭉겠다.

"어… 어? 아니, 구조? 어?"

황당한 상황에 넋을 잃은 이연우는 한동안 멍하니 있다가, 뒤늦게 무거운 표정을 지었다.

가라앉은 목소리가 흘러나왔다.

"역시 세상이 문제야."

잠깐 방심하고 경계를 놓는다고 이상 개체를 이 모양으로 만드는 세상.

회색 진흙만 남긴 외계인을 보며 이연우는 슬픔을 느꼈다. 자신도 긴장을 놓으면 저렇게 될지 몰랐다. 남의 이야기가 아니었다.

'이런 일이 일어나지 않도록 세상을 바꿔야 해.'

이연우가 결의를 다졌다.

[멸종 방어 장치: 세계 개변]

아직 완성되지 않았기에 그 목적이 임시 이름으로 지어진 장치는 세계를 다시 쓰기 위한 것이었다.

멸종하는 위기가 온다면 그런 위기는 없었다고, 지구는 사실 평평하다고, 이상기후는 존재하지 않았다고, 현실을 개변하기 위한 장치.

하지만 미완성의 장치인데도 억지로 가동한 결과가 지금이었다.

펑!

장치가 터졌다. 비밀리에 지어진 부서의 건물에는 붉은 불이 들어왔고, 사이렌이 요란하게 울렸다.

에에에에엥!

"아니, 그러니까 천천히 하자니까! 실험은 시작도 못 하고 장치만 닐려먹었잖아!"

참관을 위해 찾아온 이사 셋이 허겁지겁 내달리고 있었다.

기껏 이상한 세상을 만들 기회를 만들었건만, 무리한 신행으로 장치만 터졌다.

함께 달리던 다른 이사가 훅훅 숨을 몰아쉬다가 힘겹게 소리를 질렀다. 힘겨운 목소리가 비명처럼 터졌다.

"아니, 평행 세계 다 뒤져도 이상을 보호하려는 곳은 우리밖에 없는데! 무리를 안 하게 생겼나!"

"무리해서 터졌잖아! 저거 다시 만들려면 얼마나 힘든데!"

그들은 숨 가쁘게 달리면서도 서로 삿대질하며 싸우기 시작했다. 기본적으로 서로를 견제하는 조직이 이사회였다. 사적인 감정이 좋을 리가 없었다.

"난 분명히 반대했어!"

"아니, 이 사람이 진짜…!"

얼굴이 시뻘겋게 달아오른 이사들이 진짜 싸우려고 들자, 다른 이사가 빼액 소리를 내질렀다.

"일단 도주… 아니, 전략적 후퇴부터 먼저 합시다. 지금 이사회 대기 중일 텐데 거기부터 참석해야지!"

이사는 회사의 두뇌와도 같았다. 말랑말랑하고 연약한 것까지 똑같았다. 평범한 사람들이라 사고의 파편에만 스쳐도 위험했다.

이곳의 이사 셋이 단번에 무력화되면 회사의 상당 부분이 마비된다.

이상 보호라는 사명을 떠올린 그들이 비장한 얼굴로 도망쳤다.

얼른 부서를 벗어나 인근의 안전 가옥으로 들어가 잠깐 숨을 돌리다가, 얼른 화상회의에 접속했다.

각자 다른 방에서 컴퓨터 앞에 앉았다. 마이크가 먼저 연결되었고, 참관했던 이사가 침울하게 말했다.

"실험은 시작도 못 했어. 장치가 터졌지, 뭐야."

그 말을 끝으로 이사는 눈을 질끈 감았다. 가장 강력하게 찬성하던 사람으로서 할 말이 없었다. 아마 책임을 씌우고 물어뜯으려는 사람이 있을 것이었다.

하지만 시간이 지나도 돌아오는 소리가 없었다. 아니… 헛웃음, 끅끅대는 소리, 절망하는 신음 따위만 희미하게 들렸다.

참관했던 이사들이 의아하게 화면을 보았다.

"다들 몰골이 왜 그래? 실패했어도 나쁜 상황은 아닌데."

"내가 반대하긴 했는데, 찬성하신 분들이 그렇게… 음… 실망할 사고는 아니에요."

화면에는 머리가 엉망이 된 이사, 안경에 금이 간 이사, 눈이 탁하게 풀린 이사, 손톱이 엉망인 이사가 있었는데, 다들 상태가 엉망이었다.

그중 어떤 이사가 실실 웃으며 말했다.

"실험? 성공했습니다. 그런데 실패했습니다. 하하. 우리가… 우리가 누군지 잊어버렸네요? 우리 사명을 우리 손으로 잃어버렸네요?"

"그게 무슨…"

참관했던 이사들이 의아한 표정을 지었다. 무슨 말인지 모르겠다.

세상은 변하지 않았다.

이상보호회사. 세상이 적대하는 이상을 보호하는 회사. 수많은 평행 세계 중에서도 유일하게 이상을 보호하는 회사.

오직 그들만이 이상을 보호한다는 숭고한 사명을 지녔다.

그때였다. 실실 웃던 이사가 손짓했다.

"실험 시작 전에 백업했던 자료입니다. 평범한 방이랑 다른 차원에 보관했던 실험 계획서와 만약을 대비한 문서를 보세요. 우리가 원래 무엇이었는지."

자료가 전송되었다. 가장 높은 보안으로 보호되는 자료는 느리게 열렸다.

참관했던 이사들은 느릿하게 차오르는 로딩 창을 보며 불안을 느꼈다. 뭔가 잘못됐다. 입이 바짝 마르고, 손이 떨렸다.

그리고 문서가 열렸다.

[실험 계획서]

평범한 세상을 만들기 전, 세계 개변 장치를 시험 운용한다. 목적은

안전 조치 001의 현상화. 이상을 억누르는 힘이 자연스럽게 존

재하는 세계로 만든다.

[기록 문서]

우리의 사명. 이상으로부터 인류를 보호하라. 우리는 인류보호회사다.

"이게, 이게…"

"확실합니까? 뭔가 잘못된 거 아닙니까?"

충격이 머리를 때렸다. 온갖 감정이 본능적으로 솟았다.

"말이 안 되잖아. 내 기억이, 세상에 남은 기록이 이렇게 명확한데! 우리는 이상을 보호하는 사람들이야! 존재 자체를 부정당하는 저 불쌍한 이상 개체를!"

부정.

"이 자료에 뭔가 문제가 있지는 않습니까?"

의심.

"…인류보호회사였다고 쳐도, 이 세상에서 굳이 인류를 보호할 필요는 없습니다. 차라리 지금처럼 이상을 보호하는 것도 나쁘지는 않습니다."

타협.

다른 이사들이 이미 지나쳐왔던 과정이었고, 그 이사들이 그랬듯 그들도 빠르게 현실을 수용했다.

탄식이 흘러나왔다.

"망했군. 우리조차 개변된 거야. 회사조차…"

회사조차 다시 쓰였다. 그들의 가장 소중한 사명이 반대로 뒤집혔다.

이사들은 그 현실을 받아들였다. 가슴속에서 타오르는 이상 보호라는 사명을 냉정한 성신으로 억눌렀다. 인류 보호라는 목적을 억지로 머리에 되새겼다.

문득 누군가가 의문을 품었다.

"왜 이렇게 된 겁니까? 이상을 적대하는 세계는 장치가 폭주해서 과도한 결과가 나왔다고 칩시다. 그런데 우리는 왜 개변됐습니까?"

"모르지요. 가능성이야 많으니까요."

백발이 성성한 할머니가 손가락을 하나하나 접었다.

"세계 개변 장치가 뜻밖의 결과를 냈을 가능성. 황금만능주의와 충돌했을 가능성. 협회장이 세계를 움직였을 가능성. 지도자는…"

"지도자는 아닙니다. 그가 간섭했으면 지구가 지옥이 되었을 겁니다."

그 반박은 당연하게 받아들여졌다.

세상을 지옥으로 만드는 자가 세계 개변에 손을 썼다면, 지금처럼 온건한 세계가 만들어질 수가 없었다.

지금 당장 악마자치구를 지키겠다며 나와 있는 지도자의 주변만 해도…

할머니는 고개를 끄덕이다가, 뒤늦게 말을 이었다.

"이연우는 어떤가요? 6레벨에 오른 주사위라면 간섭할 수 있을 텐데요?"

"그것도 좀…"

주사위가 간섭했다면 또 다른 결과가 나왔을 것이다.

그들은 이연우가 주사위로 6레벨에 올랐다고 생각하고 있었고, 정확한 사태를 파악하지 못했다.

본래라면 이번 사고로 이상을 말살하는 세상이 되었겠지만, 황금만능주의가 개변을 약화했고 생존 본능과 주사위가 힘을 합쳐 회사를 뒤바꿨다.

생존 본능이 인류보호회사를 이상보호회사로 만든 이유가 천천히 흘러나왔다.

"…어쨌든 실험 결과는 긍정적입니다. 이제 미래를 생각합시다."

이상을 적대하는 세상이다. 애초에 이상이 존재하지 않는 평범한 세상은 아니더라도, 인류 보호라는 목적에는 유리했다.

예를 들어, 힘으로 이상 개체 배제하기.

"이런 세상이라면 인류의 무력만으로 충분히 다른 이상을 전부 파괴할 수 있지 않겠습니까? 피해는 있겠지만, 몰살할 수 있습니다."

하지만 이사들은 헛웃음을 지었다. 그 말을 꺼냈던 이사조차 바로 고개를 저었다.

"불가능하군요. 회사원들이 말을 들을 리가요."

이상 보호라는 사명감을 가진 회사원들이 이사의 명령을

순순히 들을 리 없었다. 오히려 이사들의 정신이 돌아버린 줄 알고, 새로운 이사회로 대체하려고 할 것이다.

B라는 사람의 몸에 A의 두뇌가 심어진 것이다. 이사라는 두뇌의 명령을 몸이 따를 리가 없었다.

그리고 무엇보다…

"본래 세상보다는 약해졌겠지만, 그들은 여전히 6레벨입니다."

이 세상에서의 6레벨의 기준. 세상에 대적하는 자. 세상의 압박을 이겨낸 그들은 이상 세계의 왕으로 군림하며 성채를 쌓았다.

혼자 나돌아다니는 이연우든, 성채를 쌓은 왕이든 핵무기만큼이나 위험한 것은 사실이었다.

"회사만 멀쩡했어도 한번 싸워볼 만한데…"

아쉬움 가득한 한숨이 곳곳에서 흘러나왔다. 최상의 컨디션으로 싸워야 할 강적, 엉망인 몸 상태.

그때였다.

이연우를 담당하는 이사가 어떤 연락을 받더니, 눈꼬리를 파르르 떨었다.

"문제가 생겼군."

"개변보다 큰 문제인가? 당장 우리가 할 수 있는 일도 못 떠올리고 있는데?"

"어떻게 보면…"

잠깐 침묵하며 다른 이사의 시선을 끈 그가 말했다.

"이연우가 다른 집단에 접촉하고 있다는데. 정보부가 얻은 정보에 따르면, 그냥, 이 세상이 살기 불편해서 손을 잡고 뜯어고치겠다고."

"…어떤 세상으로 만들려고 한다는데?"

불안한 질문에 이사가 답했다.

"이상 친화적인 세상."

왜냐면 이 세상은 이연우에게 불편하고 조금 위험했으니까.

이연우를 담당하는 이사의 머릿속에 불길한 상상이 떠올랐다.

'이연우. 우리와 함께할 수 있을까?'

평범한 세상이라는 지금의 그들에게는 낯선 그 목표를 같이 꿈꿀 수 있을까? 어쩌면, 세상을 등에 업은 지금 제거해야 하지 않을까?

이연우는 도시 한복판에 위치한 고층 빌딩 앞에서 멍하니 입을 벌렸다. 빌딩이 번쩍번쩍 빛났다. 돈이 남아도는지, 외벽을 황금으로 도배했다.

아니, 단순한 황금이 아니었다.

"오염? 아니, 와… 세상을 물들인다고?"

황금만능주의가 침식하고 오염시킨 세상이었다. 클럽의 본진이자, 그들이 황금으로 쌓은 왕성. 세상에 대적하는 황금만능주의가 일군 땅.

다시 쓰인 세상에 맞게 6레벨은 자신의 존재를 유지했다.

이연우가 숨을 깊게 들이마셨다. 호흡이 편했다. 이곳에는
적대적인 성질이 없었다.

'이런 방법이 있구나.'

세상과 싸워 자신의 영역을 만드는 방법에 이연우가 감탄
했다. 생존 본능으로는 따라 할 수 없지만, 주사위가 6레벨에 오
르면 비슷하게 영역을 형성할 수 있을 것 같았다.

그때 빌딩 정문이 열리며 어두운 안색의 비서가 다가왔다.

"최상층에서 회장님이 기다리고 계십니다."

이연우가 활짝 웃었다.

역시 친구다. 세상을 바꾸는 일로 대화를 나누자니까, 곧바
로 만나주지 않나.

"빨리 갑시다."

이연우가 비서를 따라 빌딩 안으로 걸어 들어갔고, 빌딩이
찬란한 황금빛으로 발광하기 시작했다. 마치 경고등이 켜진 듯
말이다.

177

빌딩 안은 한산했다. 주변을 돌아다니는 사람도 없었고, 황금빛만이 반짝이고 윙윙 낮은 기계음 같은 것이 들렸다.

넓은 공간에 오직 이연우와 비서가 걷는 소리만이 인기척으로 존재했다. 이연우의 표정이 이상해졌다.

'분위기가 좀… 망하기 직전의 직장 느낌인데.'

직장인은 다 탈주하고, 작업장만 남은 느낌.

이연우가 온다길래 다들 긴급하게 대피시킨 것이었으나, 그 사정을 모르는 이연우는 클럽 사정이 많이 안 좋나 걱정하기 시작했다.

'협력 못 하는 거 아니야? 세상 바꿀 힘도 없으면 어쩌지.'

이연우가 힐끔 비서를 곁눈질하며, 지나가듯 말했다.

"클럽 사정이 안 좋습니까?"

순간 비서의 이마에 식은땀이 맺히고, 생각이 고속으로 회전했다. 이 상황에 적절한 답.

'가까이 둬도 안 되고, 멀리 둬도 안 되는 인간.'

상황이 나쁘다고 말해 불편한 기색을 내비치기도 애매했고, 상황이 좋다고 말해 다가올 제안에 빈틈을 내주기도 애매했다. 이연우는 어느 쪽을 택하든 손해를 선물하는 클럽의 천적이었다.

비서는 생각했다.

'애초에 이 세상에서 영역도 안 만들고 혼자 잘만 돌아다니는 미친 자야.'

회장만이 아니라, 다른 6레벨도 영역 바깥으로 나오지 않는데 말이다.

저것과 연관된 사항은 일개 비서가 판단할 일이 아니었다. 비서가 마른침을 몰래 삼키며 고개를 흔들었다.

"죄송합니다. 저는 일개 회원이라 함부로 말할 수가 없습니다. 회장님께 여쭤보시면 될 것 같습니다."

"아."

이연우는 이해한다는 듯 더 이상 캐묻지 않았다. 입단속을 했다면 어쩔 수 없었다.

어차피 회장한테 물어보면 되기도 했고.

그들은 엘리베이터를 타고 최상층으로 올라갔다. 부드럽게 상승한 엘리베이터의 문이 매끄럽게 열렸다.

이연우가 눈을 크게 떴다.

엘리베이터 너머로 벽 없이 기둥만 드문드문 서 있는 방이 넓게 펼쳐졌다. 전면 유리창 앞에는 클럽 회장이 노란 햇빛을 후광처럼 두른 채 서 있었고, 층의 중심에는 황금으로 만들어진 거대한 얼굴 조각상이 있었다.

클럽 회장과 황금만능주의. 그럭저럭 친구라고 해도 괜찮은 존재.

이연우가 희미하게 웃으며 엘리베이터 바깥으로 성큼 나섰다.

"얼굴을 직접 보는 건 처음인데, 안녕하십니까. 이상보호회사의 이연우입니다."

유리창 앞에서 도시를, 세상을 내려보던 회장이 몸을 돌렸다. 회장은 무슨 생각을 하는지 모를 정도로 포커페이스였다.

찰그락.

회장이 손목을 뒤틀어 손목시계를 보았다. 째깍째깍 움직이는 초침.

"3분 드리겠습니다. 절 설득해보십시오."

이연우가 이곳에 온 순간부터 황금의 소모량이 증가했다. 세상의 배척을 막는 것에 더해, 이연우가 자연스럽게 흩뿌리는 가능성과 이상한 운명까지 막고 있었다.

바깥과 안쪽에서 동시에 공격받는 셈이었다. 최대한 빨리 내쫓아야 했다.

이연우가 중얼거렸다.

리메이크

"3분은 너무 짧은데."

세상을 바꾸자는 거대한 목표. 그것을 설명하고 설득하기에는 너무 짧은 시간이었지만, 회장은 단호하게 손을 내저었다.

"그 이상 머물면 공격입니다. 지금, 이 순간에도 황금이 얼마나 소모되는지 생각하십시오. 20초 지났습니다."

그제야 이연우는 다른 인테리어에 눈을 돌렸다.

윙윙 모터음을 내는 컨베이어 벨트가 황금을 싣고 느릿하게 돌아갔다. 입을 살짝 벌린 조각상 앞에서, 띄엄띄엄 거리를 둔 금괴가 툭 떨어졌다.

그때, 회장이 다시 말했다.

"5초 더 지났습니다."

"아니, 그래도 컵라면도 아니고 3분은 너무 짧지 않습니까."

"2분 30초 남았습니다. 그리고 저는 컵라면 안 먹습니다."

이연우는 불퉁하게 입술을 내밀었다가, 가까스로 회장을 이해했다.

'컨베이어 벨트 속도가 느리긴 해도, 금괴잖아.'

단어 그대로 시간이 금이었다. 1분 1초를 돈으로 환산하면 얼마인지 가늠도 안 갔다. 금값을 몰랐다.

이연우가 목을 몇 번 가다듬고는 말했다.

"힘을 합쳐 이상 친화적인 세상을 만듭시다. 지금 세상은 너무 불편하잖아요."

순간, 회장의 눈꼬리가 파르르 떨렸다.

맞다. 세상은 불편했다. 6레벨이지만 감옥에 갇힌 죄인처럼 영역 안에서만 살아야 했으니까. 영역 바깥으로 나가면 매 순간 이 세상과의 전쟁이었다. 전부 무의미한 지출이란 말이었다.

하지만 손해 없이 자유롭게 세상을 돌아다니는 이연우가 저런 말을 하니 놀리는 것 같았다.

'네가 불편하면 나는, 다른 6레벨은 도대체 뭐…'

포커페이스가 깨지려고 했다. 무표정에 균열이 갔다. 회장은 얼른 정신을 가다듬었다.

"목적은 좋습니다. 하지만 지나치게 위험한 사업입니다."

"위험한 느낌은 없는데…"

이연우가 불만스럽게 중얼거리자, 회장은 숙련된 진행자처럼 자연스럽게 말을 받았다.

"성공한다면 좋습니다. 하지만 이 사업에 들어갈 황금은 그야말로 막대한 양일 겁니다. 실패로 돌아가는 순간 회수하지 못할 손해를 떠안는다는 말입니다."

사업가가 논리정연하게 설명했다.

"클럽이 휘청이면 다행이고, 망할지도 모릅니다. 세상이 이 모양이라 황금 조달에 조금의 문제라도 생기면 치명적입니다."

대화 능력이 떨어지는 이연우는 멍하니 앵무새가 되어 같은 말을 반복했다.

"하지만 이대로 살기는 불편하지 않습니까. 그러면 바꿔야죠. 살기 좋게, 안전하게."

"그러니 더더욱 무모하게 도전할 필요가 없습니다."

회장이 한 손을 뒤로 펼쳤다. 전면 유리창과 그 너머로 내려다보이는 도시.

"그동안 꾸준히 투자한 황금으로 영역을 구축했습니다. 이제 유지 비용도 많이 낮아졌고, 클럽의 수익도 점차 증가하는 추세입니다."

"아니, 그래도, 그래도…"

이연우는 말을 버벅댔다. 논리에서 밀렸다. 그렇다고 주사 위로 '설득'하자니, 상대도 동급의 힘을 지녔다.

결국, 이연우가 아쉬움 가득한 한숨을 뱉었다.

"아, 그러면 제가 알아서 하겠습니다."

예술가협회장이나 악마 숭배자를 설득하면 뭐 어떻게든 되지 않을까.

그 순간이었다. 회장이 기겁했다.

'이 인간이 멋대로 움직이겠다고?'

이연우의 정보는 충분하게 확보했다. 그렇기에 알았다. 이연우가 엮인 일치고 멀쩡하게 돌아간 경우가 있던가? 없었다.

심지어 6레벨에 오른 지금, 세계를 건드리겠다고? 무슨 사고가 어떻게 터질지 몰랐다. 그 여파는 갑자기 전쟁이 터지거나 자연재해가 몰려와 주식시장이 엉망이 되는 것과 비슷할 것이었다.

시계를 곁눈질한 회장이 달래듯이 말을 내뱉었다. 그 어조가 급했다.

"서두르지 않으셔도 됩니다. 살기 좋은, 안전한 세상은 시간이 흐르면 찾아옵니다."

사실 이런 말까지 할 필요는 없었지만, 이연우를 멈추기 위해 회장은 자신의 비전을 꺼내놓았다. 회장이 보는 미래.

"지구에 있는 6레벨을 생각하십시오. 어디 한둘입니까? 길지 않은 시간이 지나면 결국 우리가 세상을 전부 침식할 겁니다."

영역은 시간이 흐를수록 넓어졌고, 미래에는 6레벨의 영역이 세상을 전부 뒤덮을 것이었다.

이상보호회사 또한 그런 세상을 바랄 것이고.

이연우는 그 말에 혹했다가도 얼른 정신을 차렸다. 이건 그가 원하는 세상이 아니었다.

'이상 적대적인 세상이나 다른 6레벨의 세상이나 그게 그거지. 내가 원하는 건 이상 친화적인 세상이야.'

심지어 이연우는 주사위의 세상도 원하지 않았다.

앞으로 걸으면 무작위 좌표로 이동하는 세상? 생물이 무생물이 될 수도 있고, 무생물이 생물이 될 수도 있는 세상? 시간과 중력이 뒤죽박죽인 세상?

'그건 아니지.'

이연우는 눈동자를 대굴대굴 굴렸다. 그러고는 어색하게

웃었다.

어쨌든 클럽 회장이 꿈꾸는 미래와 자신이 원하는 미래는 달랐다.

"일단 알겠습니다. 거절당할 거라고 생각하지 못해서 머리가 복잡하네요. 다시 생각해봐야겠습니다."

"현명한 판단입니다. 때로는 시간이 가장 훌륭한 자원이 되기도 하죠."

회장이 안도의 한숨을 내쉬었다. 짧게 숨을 뱉고, 알게 모르게 흐트러졌던 평정을 회복했다.

그러나 다음 순간 이어지는 이연우의 말에 평정이 와르르 무너졌다.

이연우가 슬며시 말했다.

"그런데 뭐 선물 없습니까? 모처럼 놀러 왔는데… 클럽의 본진이면 유명 관광지 느낌이라, 약간 기념품 같은 거 챙겨 가고 싶은데."

"…시간 거의 다 됐습니다. 그만 가십시오."

"진짜 뭐 없습니까?"

이연우가 눈을 초롱초롱 빛내며, 한 걸음도 움직이지 않았다.

협력에 실패했으니, 뭐라도 하나 받아 갈 생각이었다. 그 굳센 의지가 눈동자에 고스란히 표출되었다.

회장이 손끝을 벌벌 떨었다.

'손해. 손해야. 손해라고.'

하지만 이러는 동안에도 시간은 째깍째깍 지났고, 황금만능주의의 영역에 가해지는 부하가 심해지고 있었다.

회장이 이를 앙다물었다. 애써 합리화했다.

'폭탄 제거 비용이라고 생각해. 사고 예방, 더 큰 손실을 막기 위한 투자.'

결국, 회장이 비서에게 억눌린 목소리로 말했다.

"시간을 사는 지폐. 사용 순서 1순위로 보관한 것 전해주십시오."

1순위는 유효기간이 얼마 안 남은 물건이었다. 이상 적대적인 세상, 물품 형태의 이상 개체는 음식의 유통기한처럼 유효기간이 존재했다.

유효기간이 지나면 효과가 사라지거나 망가지거나 완전히 파괴되었다.

비서가 허겁지겁 핸드폰을 두드렸다. 그러고는 얼른 이연우의 소매를 잡아끌었다.

"1층에 준비될 겁니다. 빨리 가시죠."

"예. 그럼 가보겠습니다."

그럭저럭 이득을 본 이연우가 활짝 웃으며 회장에게 인사했고, 회장은 마지못해 고개를 숙였다.

과연 1층에 내려오니 5만 원짜리 지폐가 몇 개의 상자에 담겨 있었다. 보아하니 운송 드론이나 로봇 같은 것이 옮긴 듯했다.

이연우가 느긋하게 상자를 확인하자, 비서는 초조하게 발을 굴렀다.

"이연우 님, 최대한 빠르게 나가주셔야 합니다. 빌딩이 버티지 못합니다."

"아, 일 하나만 하고 나가겠습니다."

상자를 이리저리 살피던 이연우가 만족스럽게 웃었다. 상자가 마침 잘 타는 재질이었다. 에코백으로 손이 들어갔다.

비서는 무어라 입을 열려다가 눈을 휘둥그레 떴다. 이연우가 갑자기 휘발유가 담긴 통과 가스 토치를 꺼냈다.

"아니, 아니! 지금 뭘!"

콸콸콸!

휘발유가 상자 위로 쏟아졌다. 흥건하게 바닥으로 번지는 기름 위로 이연우의 미소 띤 얼굴이 비쳤다. 그리고 가스 토치의 푸른 불꽃이 쏘아지고.

화르르, 붉은 불꽃이 솟구쳤다. 비서가 펄쩍 뛰었다. 경악한 목소리가 나왔다.

"아! 뭐 하는 겁니까! 왜 여기서 불을!"

"이왕 받은 거 여기서 써야 효과가 좋지 않겠습니까."

이연우는 평온하게 말했다.

이상 적대적인 세상에서 지폐를 쓰면 효율이 많이 떨어졌다. 시급이 만 원이면 그보다 훨씬 많은 돈을 써야 한 시간짜리 노동이 완료되었다.

반면에, 황금만능주의의 영역인 이곳에서는 적은 돈으로 더 많은 시간을 살 수 있었다.

이연우의 눈동자에 일렁이는 화염이 맺혔다. 그는 지폐로 무엇을 살지 정했다.

'주사위의 오염에 드는 시간을 사자.'

지폐는 어차피 유효기간 있는 이상 개체. 지금 이 자리에서 자신의 강화에 모조리 쏟아붓는다. 세상이 위험하니까. 천천히 기다릴 여유는 없으니까.

순식간에 지폐가 타오르고, 이연우는 시간을 샀다.

이연우가 눈을 감고 허공에 손을 뻗었다. 손가락 끝에서 감각이 느껴졌다. 가능성과 확률의 감각. 여기에 생존 본능을 더하면…

'됐다. 조금은 안전해. 세상을 바꾸기에는 조금 부족한 느낌이긴 한데, 다른 6레벨 한 명이랑 손잡으면 괜찮을 거 같아.'

그리고 소리가 들렸다.

쩌적, 균열이 벌어지는 소리가.

생존 본능의 도움까지 받아 한순간에 폭증한 주사위의 힘. 흩뿌려진 가능성.

그것은 뾰족한 송곳이 되어 황금만능주의의 영역에 조그마한 구멍을 뚫었다. 클럽의 본진인 빌딩에 뚫린 구멍이었다.

이연우가 소스라치게 놀라며 허공을 보았다.

　　　　　　　　　　　　　　　　　　리메이크

"어?"

"아?"

비서도 멍하니 고개를 올렸다. 황금빛이 몰려들며 구멍을 막으려 했지만, 늦었다.

성난 세상이 거센 파도가 되어 몰아쳐 황금빛을 밀어내고 균열을 키웠다. 강한 충격파가 꽝, 빌딩을 때렸다.

무슨 과자처럼 빌딩이 산산조각 났다. 크고 작은 파편이 비가 되어 쏟아졌다.

잘못하면 깔려 죽게 생겼다. 이연우가 눈을 희번덕거리며 손을 뻗는 순간이었다.

클럽 회장의 분노 가득한 목소리가 들렸다.

"빌딩 복구, 세상 격퇴, 영역 회복!"

온 세상이 황금빛으로 물들었다. 황금빛으로 휩싸인 세상 속에서, 산산이 조각나 떨어지던 파편이 정지했다. 마치 시간이 멈춘 것처럼.

이어 시간을 거꾸로 되돌리듯 파편이 떨어졌던 궤적을 거슬러 올라갔다. 울퉁불퉁한 파편이 저절로 조립되고 빌딩의 균열이 아물었다.

하지만 밀려 들어온 세상과 황금빛은 치열하게 힘을 겨루고 있었다. 세상과 영역의 경계가 조금씩 밀고 밀렸다.

이연우가 얼른 외쳤다.

"돕겠습니다!"

"됐습니다! 그냥 빨리 돌아가세요!"

"하지만 제가 실수해서…"

"아니, 돌아가라고! 그게 돕는 겁니다!"

진심 가득한 목소리에 이연우가 머쓱하게 웃었다. 그러고는 얼른 몸을 돌려 빌딩에서 도망쳤다.

이연우의 얼굴에는 옅은 감동의 빛이 서렸다.

'진짜 친구네. 이 정도 실수는 넘어가주고 말이야. 나도 진짜 친구로 생각하고 더 친하게 지내야겠어.'

이연우가 떠난 자리, 1층에 홀로 남은 비서는 진저리를 치며 얼른 엘리베이터를 타고 올라갔다. 깊은 한숨이 터져 나왔다.

"회장님… 애초에 저 인간하고 친해지려고 했으면 안 됐습니다."

띵, 열린 엘리베이터 문 너머에서 회장이 금괴를 조각상에 쏟아부으며 탄식했다.

"저도 후회하고 있습니다…"

어떻게 엮일 때마다 손해만 보는지 모르겠다. 악의가 없다는 게 제일 끔찍했다. 그야말로 클럽의 천적이었다.

골드버그클럽의 영역을 벗어나자마자, 강대한 압력이 몰려들었다. 이연우를 찌부러뜨릴 기세로 망치가 되어 떨어지는 압력.

예상했던 일이었다. 이연우는 하늘을 올려다보며 논리정연하게 말했다.

"네가 나한테 이러면 안 되지. 내가 널 도와서 황금만능주의의 영역에 구멍 뚫어줬잖아. 난 네 아군이라고."

말도 안 되는 헛소리였다. 애초에 세상 입장에서 보면, 이연우는 바퀴벌레 같은 것이었다. 죽이고 싶을 만큼 끔찍하게 징그러운데, 슈슈슉 도망 다녀 건드릴 수 없는 해충.

콰아아, 강대한 압력이 공간을 일그러뜨리며 떨어졌다. 공간이 휘고, 일대의 낙엽이며 먼지 따위가 소용돌이쳤다.

횤!

이연우가 몰아치는 바람 속으로 주사위를 내던지는 시늉을 했다.

'설득할 가능성.'

확률을 헤아리는 감각으로 성공 가능성 높은 판정을 골랐다. 생존 본능이 실패와 대실패를 지우고, 꽝과 성공과 대성공 사이에서 주사위가 굴렀다.

데구르르.

성공!

생존 본능으로 사기 쳐서 얻은 무난한 성공. 주사위가 살짝 불만스러운 기색을 드러내도, 결과에는 문제가 없었다.

세상을 일그러뜨리던 압력이 휘리릭 풀려났다. 이연우의 논리에 '설득'당했다. 압력이 단순한 돌풍이 되었고, 이연우의 머리칼이 휘날렸다.

"그렇지. 이거지. 앞으로도 잘하자."

이연우가 쾌활하게 웃었다. 숨 쉬기가 편했다. 맑고 깨끗한 공기가 폐를 가득 채웠다.

온몸을 비틀어가며 맞서던 예전과는 차원이 다른 쾌적함.

물론 단기적인 설득이라 세상도 곧 정신을 차리겠지만, 그거야 그때마다 주사위를 굴리면 됐다. 설득해도 되고, 인지를 벗어나도 되고, 약화해도 되고, 속여도 됐다.

'아니, 잠깐만. 이러면…'

안전이 찾아왔다. 주변에 잠복하던 위험이 사라졌다. 뚜벅

뚜벅 걷던 이연우의 걸음이 점차 느려졌다. 은근히 빠르게 돌아가던 머리와 기민했던 신경이 느려졌다.

이연우가 멍하니 중얼거렸다.

"세상 굳이 바꿀 필요 있나? 차라리 지금 세상 지키는 것도 괜찮지 않나?"

세상이 부르르 떨었다. 어쩐지 하늘이 노을로 물든 듯 노랗게 질렸다.

"와."

특이한 기상 현상에 이연우는 짧게 감탄하다가도, 얼른 정신을 차렸다. 머리에서 논리가 전개되었다.

'뭘 하든 안전만 하다면 편리함을 위해 움직여도 괜찮지.'

시도해서 잃을 건 없었다. 그러면 편한 세상을 위해 움직이지 못할 이유도 없었다. 실패해도 목숨 정도는 간수할 수 있으니까.

그렇게 이연우가 핸드폰을 들었다. 다음 협상 상대를 향한 전화였다.

"예, 이상보호회사 이연우입니다. 다름이 아니라 6레벨로서 예술가협회장과 세상을 바꾸는 일을… 예? 아, 이사가 대리로 나온다고요? 영역 바깥에서 협상하겠다는 말이죠?"

약속이 잡혔다.

그리고 그 통화를 회사의 정보부가 전부 감청했고, 내용이 이사에게 전달되었다.

이사회는 몇 날 며칠 동안 계속해서 이어졌다. 식사조차 회의 중에 이뤄졌으며, 화장실이나 수면을 제외하고는 끊임없이 이야기를 나눴다.

그 강행군 끝에 이사들은 갈피를 잡았다.

"그러면 대충 틀은 잡힌 걸로 하고, 각자 알아서 프로젝트 진행합시다."

인류 보호라는 거대한 목적 아래에서 이사들은 서로 다른 목표를 세우고 각자 움직이기로 했다.

가능성 있는 회사원을 포섭해 인류 보호 부서를 비밀리에 만들기, 이상 집단에 사보타주하기, 평범한 총탄 양산 계획, 반전된 안전 조치를 다시 되돌릴 계획 세우기, 세계 개변 장치 재건하기 등등.

무엇보다 불안 요소인 이연우 제거하기.

그렇게 회의가 끝날 즈음, 이연우를 담당하는 이사가 새로운 소식을 전했다. 어딘가 미묘한 표정으로.

"음. 이연우가 골드버그클럽 본진에 타격을 입혔다는데."

"…왜요?"

얼른 씻고 푹 잘 생각을 하던 이사들이 충혈된 눈을 동그랗게 떴다.

이상 친화적인 세상을 꿈꾸고, 실제로 그 꿈을 이루려고 움직이는 인류보호회사의 잠재적인 적.

현시점에서 가장 불안한 요소가 왜 도움 되는 짓을?

담당 이사가 사진을 공유했다. 신신이 조각난 건물의 사진과 몇 초 뒤 멀쩡한 건물을 중심으로 황금빛과 세상이 힘을 겨루는 사진, 이연우가 도망치듯 영역을 벗어나는 사진.

"황금 좀 소모했겠군요."

"그게 중요한 게 아니라… 협력하러 간 거 아닙니까? 무슨 짓을 한 겁니까?"

눈을 비비며 사진을 의심하던 이사들이 황당한 표정을 지었다.

직후, 기억이 떠올랐다. 개변된 세상에서 이연우가 저질렀던 사고.

이상 적대적인 세상을 멸망시키려는 회사의 동맹, 멸망주의자를 멸망시킨 자. 동맹을 망가뜨린 회사의 사고뭉치.

이사들이 뒤늦게 깨달음의 탄성을 토했다. 우리가 사실 인류보호회사라는 충격에 좁아졌던 시야가 넓어졌다.

"생각해보면, 6레벨 멸망주의자 둘을 다 죽인 인간이죠."

개변된 후의 세계에서도 이연우의 행적은 비슷했다. 지우개를 든 멸망주의자는 이연우의 손에 죽었고, 무인 또한 이연우를 상대하다가 당했다.

이사들이 이연우를 담당하는 이사를 보았다.

"굳이 제거할 필요가 있겠습니까? 가만히 두면 다른 집단들 다 물고 다닐 텐데요?"

"그래도 혹시 모르지 않습니까. 협회장이나 숭배자랑 손을 잡기라도 하면, 진짜 이상 친화적인 세상이 만들어질 텐데."

걱정 섞인 말에 이사들이 잠깐 고민했다.

하지만 체력이 다할 정도로 지쳤기 때문인지 머리가 잘 돌아가지 않았다.

결국, 그들은 결정을 미루기로 했다.

"걱정은 일리가 있습니다만, 조금 더 지켜봅시다. 이연우가 하는 일 중 제대로 성공하는 일이 어디 있습니까."

"그는 폭탄입니다. 뭘 만들기는 힘들어요."

담당 이사가 답답한 표정을 지었다.

"아니, 당장 예술가 쪽이랑 대화하러 간다는데…"

"그러면 예술가도 피해만 볼 확률이 높아요."

대충 말을 뱉은 이사들이 하나둘 하품을 하기 시작했다. 잠을 극단적으로 줄여가며 회의를 진행한 까닭이었다.

평범한 사람인 그들의 체력이 끝을 보였다. 누군가는 이미 꾸벅꾸벅 졸고 있었다.

"일단 회의는 그만합시다. 다들 프로젝트 기획한 뒤 만나자고요. 피곤해서 죽겠네."

그와 동시에 이사들이 부지런히 마우스를 눌렀다. 따따따 딸깍! 회의를 닫는 버튼을 열광적으로 눌러 화상회의에서 벗어났다.

순식간에 까맣게 꺼진 카메라 화면들. 홀로 남은 이연우를 담당하는 이사만이 눈살을 찌푸렸다.

"이게 맞나? …나도 졸려서 머리가 안 돌아가는군. 일단 쉬어야겠어."

딸깍!

이사회가 종료되었다. 모두 쉬러 갔으니, 몇 시간의 공백이 생길 터였다.

이연우는 부지런히 움직였다.

예술가협회의 이사가 근처에 준비한 장소로 들어갔다. 아틀리에라고 해야 하나. 돌먼지 따위가 풀풀 날아다니는 공방.

안쪽에서 조각칼을 들고 대리석을 노려보던 예술가가 퍼뜩 일어났다.

"이연우?"

"조각가?"

좋지 않은 인연이 있는 상대였다. 지우개를 얻겠다고 이연우의 셸터를 끔찍한 이상 개체로 만든 상대.

그들은 잠시 어색하게 서로를 마주 보다가, 헛기침을 하며 자리에 앉았다.

대충 네모난 돌조각을 밀고, 그 위에 앉은 이연우가 말했다.

"예, 뭐… 과거 일은 지나가게 둡시다. 지금 할 이야기가 중요하지 않겠습니까."

"그렇지, 그렇지. 음, 협회장님이 주신 편지부터 드리겠소."

조각가가 부스럭부스럭 하얀 편지 봉투를 건넸다. 이연우는 봉투를 뜯으며 궁금하다는 듯 질문했다.

"협회장님은 못 나오십니까?"

"당연히 못 나오지."

무엇이지? 자기는 자유롭다고 자랑하는 것인가? 조각가가 떨떠름하게 말을 이었다.

"사랑과 증오가 종이 한 장 차이인지, 전당 밖으로 나오는 순간 세상이 협회장님을 갈기갈기 찢어 죽이더이다."

"…그러면 영역은 어떻게 만듭니까?"

이연우가 편지를 펼치다 말고 고개를 퍼뜩 들었다. 죽으면 영역도 못 만드는데? 처음부터 영역을 가질 리는 없는데?

조각가가 한숨을 쉬었다.

"세상이 미쳤지. 갑자기 후회하면서 되살리는데, 그래놓고 또 죽이고. 어쨌든 죽고 부활하는 과정을 셀 수 없이 겪으면서 예술의 전당을 만드셨소. 그러니 예술의 전당에 올 생각은 마시오."

클럽 빌딩이 터졌다는 중대한 소식은 곧장 예술가협회에도 들어왔고, 이연우는 방문 금지 대상이 되었다.

협회장이 고통을 겪으며 구축한 영역이었고, 예술 작품을 보호하는 최후의 박물관이었다.

'그건 좀 예상치 못한 사고였는데. 그래도 사고 조심한다는 걸 뭐라 할 수 없지.'

이연우는 머쓱하게 웃으며 고개를 숙여 편지를 펼쳤다. 프

린터로 인쇄한 듯, 메일에 가까운 형식의 글.

그 첫 줄. 이연우의 머리가 멈췄다.

– 세상을 원래대로 되돌리자고? 나는 환영이야. 내가 원하는 게 바로 그거니까.

그 후로는 언제 할 거냐, 뭘 어떻게 할 거냐, 스토커에 시달리는 기분이었다, 이 세상은 진짜 너무하다고 투덜대는 글이 이어졌고, 이연우는 첫 문장을 다시 읽었다.

"원래…?"

이연우가 중얼거렸다. 무슨 말인지 모르겠다.

퍼뜩 고개를 들어 조각가를 봤지만, 조각가는 아무것도 모르는 기색이었다.

신기하게 이연우를 보던 조각가가 움찔했다.

"뭐요? 혹시 협회장님이 나쁜 말이라도 썼나? 그건 협회장님이 그… 사회성이 떨어져서 그런 거니까 너무 마음에 담지 마시오. 그분이 어디 사람과 제대로 대화를 한 적이 있어야지."

"그게 아니라, 지금 협회장하고 연락됩니까?"

불똥이라도 튈까 두려워하던 조각가가 얼른 핸드폰을 꺼냈다.

"통화는 무리지만 텍스트로는 가능하오. 바로 연결하겠소."

핸드폰이 건네졌다. 이연우는 신중하게 문자를 작성했다.

– 원래라는 말이 뭡니까?

– 너 조금 머리가 안 좋구나. 단어 뜻도 모르고.

- 아니. 원래 세상이 뭐냐는 말입니다.

이연우가 답답함에 투다다 핸드폰을 두드리자, 답장이 천천히 돌아왔다.

- 몰라? 이 세상은 개변됐어. 세상이 내게 고백했지. 원래는 이상을 허용했지만, 인류보호회사가 못된 장치를 써서 자신을 고쳐 썼다고.

'개변? 인류보호회사?'

이연우가 눈을 크게 떴다. 머릿속에서 온갖 생각이 몰아쳤다. 심장이 쿵쿵 뛰고, 두뇌 안에서 스파크가 점멸했다.

'마크 정은 회사가 이상한 세상을 만들려고 하다가 실패했다고 했지. 장치만 망가졌다고.'

아니다. 성공했다.

세상은 이상을 적대하게끔 변했다. 이상보호회사는 원래 인류보호회사였다. 그 회사가 꿈꾸는 세상은 이상한 세상이 아니라, 이상의 위협으로부터 인류가 안전한 세상이었다.

식은땀이 맺혔다. 이연우는 본능적으로 위험을 감지했다.

'회사가 개변을 모를까? 협회장이 알았는데, 실험을 주도한 회사가?'

만약 고위층이나 일부 부서만이라도 안다면.

그들은 무엇을 할까. 지금 세상을 유지할 것이고, 어쩌면 이상이 존재할 수 없는 세상을 만들기 위해 움직일지도 모른다. 어쩌면 당장 6레벨 이상 개체의 암살부터 실행할지도 모른다.

6레벨만 없으면 이상 집단과 이상을 손쉽게 파괴할 수 있으니까.

귓가에서 사이렌이 들려왔다. 환청이었다. 상상의 위험 앞에서 세상이 붉게 물드는 듯했다.

이연우가 손끝을 떨었다.

'나도 위험해.'

생존할 뿐인 소소한 이상은 넘어가도, 주사위는 인류보호회사가 파괴 대상으로 보기에 충분했다.

애초에, 뭣도 모르고 이상 친화적인 세상을 만들겠다고 돌아다녔다. 기껏 이상 적대적인 세상을 만든 인류보호회사의 사람이 보면…

'암살! 암살당할지도 몰라!'

끔찍한 상상이었다.

이연우가 경련하듯 몸을 팔딱이며 일어났고, 자세를 낮춘 채 사방을 둘러보았다.

아틀리에는 물론이고, 문밖의 거리, 창문 밖으로 보이는 사람과 자동차와 건너편의 건물까지 전부 의심스러웠다.

'그래, 평범한 총탄이 있었지! 이상한 세상을 꿈꾸는 놈들이 무슨 평범한 총탄을 만들어!'

평범한 총탄은 개변에도 영향받지 않아 그대로 남은 것이었으나, 그걸 모르는 이연우는 확신을 가졌다.

조각가가 깜짝 놀라 따라서 일어났다.

"무… 무슨 일…"

"말 좀 전해주세요! 당신처럼 회사도 알 거라고! 회사가 무엇을 할지 생각하라고! 그리고 제발 혼자만 알지 말고 클럽이나 숭배자 쪽에도 공유하라고!"

내던지듯 핸드폰을 돌려준 이연우는 곧바로 주머니를 뒤져 자기 핸드폰을 쓰레기통에 던져 넣었다.

'내 핸드폰도 감청당했다고 생각해!'

179

'도청당한다! 내 몸에 도청 장치가 있다!'

그럭저럭 합리적인 의심이 피해망상의 수준까지 과장되는 순간이었다. 이연우가 빠르게 정신을 차렸다.

온몸을 뒤틀어가며 펄쩍펄쩍 뛰어다니던 이연우가 우뚝 멈췄다. 괜히 거칠게 옷을 털던 손을 느슨하게 늘어뜨렸다.

"아니, 그건 아니지."

희번덕거리던 눈에 냉정한 이성이 돌아왔다.

기계장치 따위를 심지는 않았을 것이다. 정예 요원한테 그렇게 들키기 쉬운 직접적인 수단을 쓸 정도로 회사가 멍청하지는 않을 것이다.

감시한다면 괴상한 이상 개체나 위성 감시나 통화 감청 수준이겠지.

'지금 뭘 해야 하지?'

이연우가 고민에 빠졌다.

조각가는 그런 이연우를 공포에 질린 눈으로 보았다. 잘만 있다가 갑자기 흥분하더니, 미친 자처럼 날뛰었다. 그 생각의 흐름을 이해할 수 없었다.

"뭐, 뭐, 뭐가 문제"

"잠깐 조용히 해주십시오. 생각할 게 있어서."

조각가가 입을 꾹 다물었다. 조각가는 슬금슬금 뒷걸음쳐 뒷문 앞으로 가면서 여차하면 조각상을 움직일 준비를 갖췄다.

아틀리에에 전시된 부엉이 조각상이나 기사 조각상, 늑대 조각상 따위가 몸을 살짝 움츠렸다.

"..."

"..."

몇 초 동안 침묵이 내려앉았다.

그리고 이연우는 갑자기 몸을 휙 날려 쓰레기통을 뒤졌다. 방금 집어 던진 핸드폰을 다시 찾았다.

'그래. 일단 회사 이사 쪽 분위기부터 알아보자. 그냥 내 망상일지도 모르잖아.'

던지면서 깨진 핸드폰. 금이 간 화면이 계속 잘못 눌리는 바람에 한참 동안 손가락을 놀린 이연우가 겨우 마크 정에게 전화를 걸었다.

"예, 접니다."

- 예, 이연우 씨. 무슨 일입니까?

리메이크

마크 정은 평소와 같은 목소리로 전화를 받았다.

이연우는 핸드폰을 얼굴 앞으로 가져오고는 단순한 통화 화면을 노려봤다. 사소한 단서라도 놓치지 않는다. 목소리, 감정, 기색.

이연우가 신중하게 말했다.

"다름이 아니라, 갑자기 불안한 느낌이 들어서요. 혹시 회사에 무슨 일이 있습니까?"

- 글쎄요. 얼마 전에 실험 실패해서 장치 터진 것 말고는… 아, 이사회가 며칠 동안 이어지긴 했습니다.

이사회가 열렸다고? 이연우의 눈이 다시 돌아가려고 했다. 주먹을 꽉 쥐어가며 겨우 평정을 유지한 이연우가 간신히 말을 이었다.

"혹시 그 이사회, 장치 터지고 열렸습니까?"

- 예. 시간상은 그런데…

마크 정의 목소리에도 미심쩍은 기색이 섞였다.

- 장치 하나 터졌다고 이사회가 이렇게 오래 열릴 리가 없는데. 진짜 무슨 사고가 났나?

"혹시 이사회에서 무슨 말이 나왔는지는…"

- 그건 저도 권한이 없습니다. 오직 이사만 아는 비밀입니다.

이연우가 입을 다물었다. 핸드폰을 쥔 손이 벌벌 떨렸다.

의심이 확신이 되었다. 머릿속에서 비명이 메아리쳤다.

'개변을 알아낸 거잖아! 아니, 처음부터 알고 이제 새로운

미래를 그리는 거겠지! 회사의 머리가 인류보호회사로 돌아갔다고!'

망했다. 진짜 망했다. 어디 부서 하나도 아니고, 이사회였다. 최악의 상황이 한 걸음 성큼 다가왔다.

이연우가 간신히 평소와 같은 목소리를 내었다.

"음, 혹시 제가 도울 일 있으면 연락해주십시오. 어쨌든 회사원 아닙니까. 회사의 문제가 제 문제지요."

- 예, 알겠습니다. 상황 파악되는 대로 연락드리겠습니다.

불안이 전염된 듯, 마크 정의 떨리는 목소리를 끝으로 통화가 종료됐다.

이연우는 곧바로 핸드폰을 쓰레기통에 던져 넣었다. 우당탕 흔들리는 쓰레기통을 이연우는 거의 울 것 같은 표정을 지으며 내려다보았다.

"진짜 좀 조용히, 평온하게 살 수 없나? 나한테 왜 이러는거야."

많은 걸 바라지도 않았다. 죽지 않고 살기만 하면 됐다. 그런데 온 세상이 그를 괴롭혔다.

다음 순간, 이연우의 눈동자에 섬뜩한 빛이 맺혔다. 그의 유일한 소망인 생존. 그 소망을 방해하는 것은 가만히 둘 수 없었다.

'세상보다 회사가 더 무섭지. 이러면 클럽도 나설 수밖에 없어. 아니, 아예 6레벨끼리 동맹을 맺어야 해.'

이사만 날리든, 회사를 터뜨리든, 혼자서는 힘들었다. 행동 계획을 세워야 했다.

이연우가 눈동자를 대굴대굴 굴렸다. 그의 시선이 꽉 눌린 용수철 같은 조각상들을 스치고, 뒷문을 슬그머니 여는 조각가를 보았다.

조각가가 석상처럼 굳었다.

"이, 이야기 끝났으면…"

"협회장 대리로 오셨죠? 부탁 하나만 합시다."

이연우가 빠르게 말했다.

"협회장님한테 클럽 회장이랑 대화해달라고 요청하세요. 협회장이 아는 것 공유하고, 6레벨끼리 회의 좀 하자고요. …악마 숭배자 쪽은 제가 접촉하겠습니다."

"반드시 말 전하겠소. 그러면 이만 가겠소!"

조각가가 후다닥 도망쳤다. 거칠게 열린 뒷문이 덜컹덜컹 흔들렸고, 이연우는 곧바로 몸을 돌려 아틀리에를 떠났다.

'악마 숭배자 측의 6레벨이 지도자라고 했나? 이야기만 몇 번 들었는데, 설득할 수 있겠지.'

습격은 불시에 일어나야 하는 법. 일분일초를 아낀다. 예술가협회장이 클럽 회장을 설득하는 동안 자신은 악마 숭배자를 설득한다.

그리하여, 6레벨 넷이 손을 잡고 생존을 위협하는 회사를 무너뜨린다.

"죽기 전에 죽여야지."

이연우가 중얼거리며 거리를 걸었다.

그의 눈동자에는 주사위가 흐릿하게 비치는 듯했고, 걸음은 시간과 가능성을 디디며 생존이라는 미래로 향하는 듯했다.

이연우는 주사위를 굴려가며 악마자치구로 향했다. 거리를 줄이기도 했고, 공간좌표로 이동하기도 했다.

그렇게 도착한 악마자치구의 영역.

이연우가 눈살을 잔뜩 찌푸렸다.

"케흑, 냄새."

유황 냄새가 풀풀 풍겼다. 독한 연기가 허공을 둥둥 떠다녔고, 그 위의 하늘은 온통 새까맸다. 때때로 불꽃이 비가 되어 쏟아지기도 했고, 번개가 마구잡이로 내리치기도 했다.

멀리 보이는 황야에는 빙하가 솟아 있었고, 그 옆에는 용암 호수가 펄펄 끓고 있었다.

"아니, 미치겠네. 뭐 하는 곳이야?"

자연환경만 이상한 게 아니었다. 이연우가 머리를 짚었다. 머릿속이 탁했다. 여러 감정이 마구 몰려들었다.

누가 감히 나를 죽이겠냐는 오만. 자신의 생존을 건드리는 모든 것을 향한 분노. 햄버거 먹고 싶다는 식탐. 아무것도 안 하고 보호받으면서 살고 싶다는 나태. 사고 안 겪고 잘 사는 사람을 향한 질투 등등.

일곱 개의 죄악이 활화산처럼 들끓었다. 평범한 사람이 이 영역에 발을 들인다면, 죄악의 노예가 되어 지옥의 주민으로 살아갈 것이었다.

이연우가 머리를 부여잡은 채 열심히 고개를 흔들었다.

'어. 이런 감정은 생존에 도움이 안 돼. 감정 컷.'

생각을 몇 번 돌리니, 감정이 밀려났다.

이연우가 맑아진 눈으로 저 멀리 있는 악마자치구를 보았다.

검은색의 성채 같은 곳.

높은 벽 너머로는 삐죽 솟은 기기묘묘한 건물 지붕들이 보였고, 박쥐나 악마 따위가 낄낄 웃으며 허공을 날아다니고 있었다.

"역시 여기가 최고야!"

악마 몇이 외치는 모양을 본 이연우는 천천히 걸음을 내디뎠다.

어쨌든, 자신은 방문객이었다. 갑자기 주사위로 난입하면 습격으로 볼지도 몰랐다. 손님으로서 예의를 지켜야 했다.

'영역이 이 꼴인 걸 보면 조금 위험한 사람 같으니까, 더 조심해야지.'

이연우가 황야를 걸었다. 가뭄으로 말라비틀어진 잡초의 시체가 무성한 황야.

얼마나 걸었을까. 누군가가 악악 고함 지르는 소리가 들렸다. 분노와 애원이 섞인 목소리.

"이 메뚜기 자식들아! 너희는 내 권속이야! 좀, 제발, 말을 들어!"

어딘가 곤충의 인상을 풍기는 농부 차림의 남자가 주변에 널린 메뚜기들을 향해 삿대질하고 있었다.

사각사각.

메뚜기들은 서로의 몸을 갉아 먹기도 했고, 서로를 공격하기도 했고, 교미하기도 했으며, 때로는 아무것도 모른다는 듯이 늘어져서 자기도 했다.

농부 차림의 남자, 해충의 악마 아바돈이 쾅쾅 발을 굴렀다.

"충해의 재앙이 왜 이러고 있어! 빨리 정신 차려! …돌겠네."

이연우는 그런 악마를 물끄러미 쳐다봤다. 대충 길 안내를 부탁해도 괜찮을 것 같았다.

마침 아바돈이 한숨을 푹푹 쉬었다.

"멍청한 메뚜기. 살던 곳에서 왜 빠져나와서… 어휴, 지도자한테 부탁해야겠다."

"지도자 찾아가십니까?"

"그 친구한테 부탁해야 빨리 처리되지. …악! 너, 너, 너… 뭐야!"

어느 순간 인기척도 없이 다가온 이연우가 아바돈의 바로 옆에 서 있었다.

아바돈은 뒤로 쾅당 넘어져 엉거주춤하게 앉은 자세로 이연우를 올려다봤다. 눈동자에 혼란이 스쳤다.

이연우가 은은히 흩뿌리는 가능성.

"혼란의 악마는 네가 아닌데… 아니, 넌 악마도 아닌데? 너 뭐야?"

"6레벨 이연우입니다. 지도자랑 중요하게 나눌 이야기가 있어서 찾아왔습니다. 길 좀 안내해주시죠."

이연우가 사무적으로 말을 늘어놓자, 아바돈은 머리를 긁적였다. 앞머리가 곤충의 더듬이처럼 흔들렸다.

"그래? 지도자 찾아오는 손님은 오랜만인데. 따라와."

아바돈은 별 경계 없이 앞서 걷기 시작했다.

터벅터벅 걸었기에, 악마자치구의 성채까지는 짧지 않은 시간이 걸릴 듯했다. 이연우는 아바돈을 따라 걸으며 호기심을 담아 질문했다.

"그… 지도자를 직접 보는 건 처음인데, 뭐 하는 사람입니까?"

단편적인 소식만 몇 가지 들었을 뿐, 무슨 이상 개체인지도 잘 몰랐다. 이런 영역을 형성한 걸 보면 상당한 수준 같기는 한데.

아바돈은 손에 쥔 메뚜기를 마구 흔들다가 생각 없이 말했다.

"세상을 지옥으로 만드는 자. 여기 영역 다 그 친구가 만들었어. 악마들 지구에서 잘 쉬라고."

"이 영역을 전부요?"

이연우가 고개를 돌렸다. 어딘가는 얼음 지옥이고, 어디는 지옥 불이 타오르고, 어딘가는 일곱 개의 죄악이고.

다 악마가 도와서 만든 줄 알았는데.

아바돈이 고개를 끄덕였다.

"나 같은 악마는 기근이나 재앙 쪽 영역 왔다 갔다 하고, 칠죄종은 방금 그 황야에서 살고, 전쟁이나 역병 쪽 악마들도 살고."

"…"

이연우가 침묵했다.

그리고 뒤늦게 뭔가 잘못됐음을 깨달았다. 다양한 영역이 문제가 아니었다.

회사의 위협 앞에서 곤두섰던 생존 본능이 꺼졌다. 아마 이 영역에 진입한 뒤의 일 같았다. 분명 위험한 환경에 놓여 있는데, 생존 본능은 일상처럼 잠을 자고 있었다.

'뭐지? 왜 생존 본능이 꺼졌지?'

손가락이 달달 떨렸다. 식은땀이 끈적하게 맺혔다. 생존 본능이 꺼지자, 끔찍한 불안감이 엄습했다.

그가 다급하게 말을 돌렸다.

"그, 그… 여기 안 위험합니까?"

"위험하지. 지옥인데. 그래도 걱정은 안 해도 돼. 평범한 사람들은 와도 안 죽어."

아바돈이 손을 들었다. 손가락에 힘을 줬다. 잡혀 있던 메뚜기가 으직 으스러졌다.

이연우가 메뚜기를 뚫어져라 쳐다봤다. 치명상을 입은 메뚜기가 죽지 않았다. 다리를 버둥거렸고, 몇 분 뒤에 천천히 회복했다.

아바돈이 편하게 말했다.

"죽음은 탈출이고, 축복이지. 지옥에는 그런 거 없어."

죽음이 존재하지 않는 영역. 생존이 보장된 영역. 생존 본능이 잠들었다.

"아."

이연우는 예민한 감각이 둔해지고, 사고의 속도가 급격히 느려지는 것을 느꼈다.

180

'생각해, 생각해, 생각해.'

이연우의 손발이 벌벌 떨렸다. 든든한 안전장치인 생존 본능이 꺼졌다. 로프 없이 번지점프를 하는 느낌이 들었다. 아찔한 현기증.

잠시 휘청이던 이연우가 입술을 꽉 깨물고, 한 걸음 내디뎌 아바돈을 따라갔다.

'일단 난 손님으로 찾아왔고, 위험할 일은 없어. 그리고⋯ 애초에 여기서는 안 죽잖아?'

어차피 안 죽는데, 이렇게 불안을 느낄 일인가? 어떻게 보면 이곳이야말로 생존에 최적화된 땅인데? 굶어도 살고, 자연사도 없고, 사고가 터져도 괜찮고.

이연우가 천천히 냉정을 되찾았다. 얼굴에 편안함과 자신감이 돌아왔다.

'그리고 뭐… 위험 생겨도 주사위랑 내 장비는 멀쩡하게 있잖아.'

6레벨인 생존 본능이 없어도, 어떻게든 몸 비틀면 될 것 같았다. 회사원 생활을 처음 할 당시와는 경험과 능력 자체가 달랐다.

기분이 달라지니, 보이는 환경도 달라졌다.

근처에서 혼자 타오르는 지옥 불은 황야에서 피어난 꽃 한 송이처럼 보였으며, 하늘에서 소용돌이치는 먹구름은 공기 맑은 가을 하늘 같았다.

유황 냄새 나는 공기를 듬뿍 들이마신 이연우가 쾌활하게 말했다.

"날씨 좋네요."

"…날씨가?"

아바돈이 힐끔 하늘을 올려다보고는, 다시 이연우를 살폈다.

'뭐 하는 놈이지?'

이딴 날씨가 좋을 리가. 햇볕 쨍쨍하고, 공기 맑고, 농작물이 풍성하게 자라나는 바깥의 환경이 훨씬 좋은데.

물론 몇몇 악마들은 지옥을 좋아하겠지만…

"혹시 악마신가?"

"예? 아니, 사람입니다."

두 존재는 멀뚱멀뚱 서로를 마주 보다가, 다시 걸음을 서둘렀다.

악마자치구의 안에는 온갖 악마와 숭배자가 돌아다니고 있었다. 그 모습은 평범한 인간 세상의 거리와도 비슷했으나, 자세히 보면 그야말로 난장판이었다.

아바돈과 이연우가 걸음을 멈췄다. 어떤 악마가 바리케이드를 밀고 와 앞을 막았다.

"넌 못 지나간다!"

"길 막지 말고 비켜, 이놈아!"

"넌 못 지나간다!"

몸집이 큰 악마가 헤드 랜턴을 딸깍 켰다. 신호등 같은 붉은빛이 켜졌다. 아바돈과 이연우의 발이 굳었다.

악마가 말했다.

"나는 빨간불과 교통 정체의 악마! 너희는 한 걸음도 못…"

"우리 주사위 놀이 할까요?"

이연우가 가볍게 손을 뻗었다. 교통 정체의 악마가 눈을 깜빡였다. 그 눈꺼풀이 파르르 떨렸다.

빨간불과 교통 정체를 관장하는 악마로서 감각이 있었다.

'으아악! 미친놈이다!'

신호를 무시하고, 길이 막히면 탱크처럼 밀고 나가는 미친놈. 그의 권능 바깥에 있는 무언가였다.

딸깍! 드르륵!

순식간에 헤드 랜턴을 끈 악마는 바퀴 달린 바리케이드를 쭉 끌고 내달렸다. 악마가 뒷모습을 보인 채 외쳤다.

"살펴 가십시오!"

"저주하지 마! …어휴. 진짜 여기는 사람 살 곳이 아니다."

아바돈이 버럭 외치고는 지친 기색으로 고개를 절레절레 저었다.

이연우가 고개를 기울였다.

"저 악마가 저주를 내릴 수도 있습니까?"

"그렇지. 바깥에서 돌아다닐 때마다 무조건 빨간불부터 만나게 하거나, 길이 막히는 저주인데…"

진짜 소소한 저주였다. 이연우는 오히려 재밌다는 생각도 들었다. 주사위도 이 환경이 마음에 드는지 꿈틀거리는 기색이었다.

이연우가 주변을 두리번거렸다.

"여기 마음에 드네요."

죽을 위험이 없어서 그런지, 난장판이 즐거운 장난처럼 느껴졌다. 놀이공원에 놀러 온 느낌?

아바돈이 대충 손을 흔들었다. 그의 손에 잡힌 메뚜기 눈동자가 빙글빙글 돌았다.

"며칠만 살아보면 지긋지긋할걸."

과연 비슷했다.

길지 않은 거리를 걷는 동안, 이연우는 여러 악마한테 붙잡혔다.

도박을 해서 이겨야 보내주겠다는 악마, 신발 너머로도 고

310

통을 선물하는 레고를 도로에 흩뿌리는 악마, 길 잃음과 조난의 악마 따위가 장애물이 되어 길을 막았다.

결국, 아바돈이 얼굴을 붉게 물들이며, 손을 치켜들었다.

"미친놈들아! 좀, 길 좀 제발!"

성벽 너머에서 검은 폭풍이 몰려왔다. 메뚜기 떼였다. 윙윙, 요란하게 날갯짓하며 날아드는 메뚜기 무리가 거리를 휩쓸었다.

주변의 악마 숭배자들은 허겁지겁 건물 안으로 대피했고, 악마들은 낄낄 웃으며 아바돈을 손가락질했다.

"쟤 화낸다!"

"화났어? 화났어?"

"아아악!"

아바돈의 짜증 가득한 고함을 따라, 메뚜기 폭풍이 주변 악마들을 멀리 날려 보냈다. 길이 텅 비었다.

씩씩대던 아바돈이 얼른 내달렸다.

"저놈들 다시 붙기 전에 빨리 가!"

"…예."

이연우도 잔뜩 피곤한 기색을 드러내며, 아바돈을 쫓아 부지런히 뛰었다. 눈가에 다크서클이 짙게 드리웠다.

'피곤해 죽겠네. 여기는 좀 아니네. 정신이 지쳐.'

방해꾼이 없어져서 그런지, 두 사람은 금방 도시 중앙의 높은 탑에 도착했다. 검은 벽돌로 지어진 탑은 문이 열려 있었다.

아바돈은 거침없이 문으로 들어갔고, 이연우는 침을 꿀꺽 삼키며 계단을 타고 올랐다.

'지도자. 성격 더럽지는 않겠지?'

지금까지 만난 6레벨들은 그럭저럭 사람다웠다. 머리 이상한 사람을 만날 때도 된 것 같아, 이연우가 속으로 경계할 때였다.

아바돈이 노크도 없이 나무 문을 덜컥 열었다.

"지도자야. 내 메뚜기 좀 어떻게 해줘. 저기 칠죄종 영역 들어갔다가 정신 나갔어."

"귀찮다."

어딘가 신경질적인 목소리가 들렸다. 문 너머에 서 있던 이연우가 빼꼼 머리를 내밀었다.

탑 최상층에는 원룸 같은 방이 있었는데, 신경질적인 인상의 남자가 신문을 뒤적이고 있었다. 음울한 눈으로 신문을 훑는 남자는 아바돈의 부탁은 들은 척도 안 했다.

아바돈이 메뚜기처럼 펄쩍 뛰었다.

"아니, 지옥의 왕이 그게 할 말이야? 네 땅에 사는 백성인 악마가 불편을 호소하면 들어줘야지!"

"나는 숭배자고, 평범한 인간이야. 아무것도 안 할 거야."

"아, 제발. 내가 어떻게 번식시킨 애들인데. 이번 한 번만…"

그쯤에서 지도자가 눈살을 찌푸렸다. 귀찮아 죽겠다는 감정이 얼굴에 비쳤다.

아바돈이 기대하는 순간, 지도자가 말했다.

"아바돈. 영역을 제물로 바친 대가로 돌아갈 것을 요구한다. 가!"

진짜 이름을 이용해 거래한 계약. 영역은 대여 형식이었고, 가장 기본적인 악마 계약의 강제력이 아바돈을 한순간에 쫓아냈다.

그리고 지도자가 천천히 고개를 돌렸다. 의문의 손님인 이연우를 향해.

이연우는 어색하게 웃었다.

"안녕하십니까. 6레벨 이연우입니다. 중요하게 할 이야기가 있어서 찾아왔습니다."

"회사? 미리 들은 게 없는데."

"아뇨. 개인적인… 아니, 어… 우리 같은 6레벨끼리 나눌 이야기입니다."

지도자가 떨떠름한 표정을 지었다. 하지만 어쨌든 6레벨이니, 악마처럼 막 쫓아낼 수는 없었다.

"대충 편한 데 앉아. 물이나 차는 없어. 지옥에는 그런 게 없거든."

진짜로 탁자에 놓인 찻잔에는 구정물이 담겨 있었다.

이연우는 얼른 탁자 옆의 의자에 앉았다. 그러고는 바로 말했다.

"세상도 바꾸고, 회사도 터뜨립시다."

313   리메이크

"정신 멀쩡한가? 나 때문에 머리 이상해진 거 같은데."

"멀쩡합니다. 사실부터 알려드리겠습니다. 우리 세상은 개변됐습니다. 본래는 이상을 허용하는 세상이었지만, 인류보호회사가 세상을 다시 썼습니다."

이연우가 차근차근 정보를 털어놓았다. 본래의 세상과 회사. 그리고 회사가 새로 설정할 목표와 그 앞에서 이상 개체인 자신들이 겪을 위기.

지도자는 진지하게 들었다. 무슨 생각을 하는지 음울한 눈동자에 희망의 빛이 슬그머니 솟았다.

"망상이 아닙니다. 회사 이사들은 이미 개변 전의 회사로 돌아갔으니, 곧 공격이…"

"잘됐어. 좋은 일이야, 좋은 일."

"…예?"

이연우가 우뚝 멈췄다. 뭔가 이상했다. 예상한 반응이 아니었다. 지도자가 웃고 있었다.

"이상 같은 건 세상에 없는 편이 좋지. 사람들이 평화롭게 살 수 있잖아."

그 뜻이 명확했다. 회사의 아군, 이연우의 적.

입이 바짝 말랐다. 이연우는 마른침을 꿀꺽 삼키고 말을 이었다. 설득을 위해.

"회사가 원하는 미래에는 당신도 없을 겁니다. 죽는다는 말입니다."

목숨의 위협. 하지만 그 근원적인 위협도 이 지도자에게는 통하지 않았다. 지도자가 구정물이 담긴 찻잔을 내려다보았다.

"나는 존재만으로 세상을 지옥으로 만들어. 내가 어떻게 할 수가 없지. 숭배자가 되기 전까지 얼마나 많은 사람이 나 때문에 고통을 받았는지 아나?"

이연우가 슬그머니 일어섰다. 상황이 이상하게 뒤틀렸다. 도망이라도 쳐야 했다.

지도자가 혼잣말을 계속했다.

"아마 개변되기 전의 세상에서는, 나는 악마들의 차원에 갔겠지. 사람을 해치기는 싫으니까. 지금이야 날 도운 숭배자와 악마를 위해서 악마자치구를 지키고 있지만."

"당신을 도운 그 숭배자와 악마도 회사 손에 말살될 겁니다."

이연우가 희미한 희망을 붙잡아 말하자, 지도자가 고개를 들었다.

우울과 절망으로 늘어졌던 어깨가 펴졌다. 밝게 빛나는 눈이 이연우를 보았다.

"작은 희생이야. 그들한테도, 나한테도 사람을 위한 세상을 막을 가치는 없어. 그러니까…"

지옥이 꿈틀거렸다. 자그마한 창밖으로 보이는 하늘. 멋대로 흐르던 먹구름이 지도자를 중심으로 소용돌이쳤다.

멋대로 놀던 악마들이 일제히 고개를 들었다. 지도자와 계약한 대가를 치를 시간이 다가왔다.

"인류보호회사는 내가 도와야겠어. 너는 여기서 나갈 수 없다."

지옥에 폭풍 전의 고요가 내려앉았다. 오직 지도자의 뜻에 따라서. 그리고 그 고요가 폭발하려는 순간.

"잠깐!"

이연우가 두 손을 번쩍 들었다. 절도 있게 펼쳐진 두 손이 하늘을 향했다. 항복 자세였다.

"절 어떻게 할 겁니까? 죽일 겁니까?"

"못 죽이지. 너도 6레벨이기도 하고, 여기에는 죽음이 없으니까."

끝없는 싸움으로 발을 묶겠다는 말이었다.

"그럼 항복하겠습니다. 포로로 정당하게 대우해주십시오."

이연우가 곧장 항복했다.

'생존 본능도 자는데, 왜 남의 본진에서 싸워.'

솔직히 지도자 하나나 악마 몇이면 몰라도, 그들 모두로부터 도망치기는 무리였다. 괜히 싸우다 다치면 아프기만 하지 않나.

지도자는 그런 이연우를 의심스러운 눈으로 보다가, 휙 손을 휘둘렀다.

"…이상한 짓 하지 말고 얌전히 있어."

차르륵.

바닥에서 쇠사슬이 뻗어 나와 이연우의 손목과 발목을 묶었다. 이어, 내리치는 지도자의 손짓을 따라 바닥이 와르르 무너졌다.

바닥 너머는 횃불이 타오르는 지하 감옥이었다. 이연우가 수감실로 쿵 떨어졌다.

"아야."

엉덩방아를 찧은 이연우가 괜히 아픈 자리를 쓰다듬다가, 철퍼덕 주저앉았다. 그가 머리를 긁적였다.

"그러니까, 지금 상황이…"

지도자도 자신도 봉인 상태. 지도자는 자신을 감시하느라 딴짓은 못 한다. 기껏해야 회사의 이사한테 접촉해 정보를 공유하겠지.

가만히 있으면 회사가 행동해 이상 없는 세상을 만들든, 지도자와 손잡아 암살하든, 어쨌든 위험하겠지만.

이연우가 슬그머니 수감실 천장을 올려다봤다.

'예술가협회장이랑 클럽 회장이 가만히 있지는 않겠지. 구출하러 올 수도 있고, 내가 지도자를 묶어두는 동안 두 사람이 회사를 상대할 수도 있어.'

회사와의 전쟁은 이미 시작됐다고 보면 됐다. 뜻밖에도 지도자가 회사 편에 섰지만, 최악의 상황은 아니었다.

"상황 봐서 행동하면 되겠어."

어쨌든 당분간 죽을 위기는 없었다.

이연우는 시간을 보낼 겸 핸드폰을 꺼냈다가, 통신이 차단된 상태인 것을 보고 지루한 표정을 지었다.

그때 터벅터벅 발걸음 소리가 들렸다.

횃불을 든 악마가 느릿하게 다가왔다.

"감옥 영역에 사는 악마입니다. 지도자가 당신 잘 감시하라고 해서 당분간 제가 옆에 있을 겁니다."

"무슨 악마십니까?"

이연우의 호기심 섞인 질문에 군인 같은 인상의 악마가 답했다.

"속박, 거주 이전 자유 제한, 감옥 같은 개념을 관장합니다."

"아, 그렇구나."

잠깐 침묵이 이어졌다. 악마는 무뚝뚝하게 서서 이연우를 지켜봤고, 이연우는 심심함에 눈을 굴렸다.

감옥은 정말로 고요해서 횃불이 화르르 타오르는 소리까지 들릴 정도였다. 횃불 바깥으로는 무거운 어둠이 깔렸고.

문득 이연우가 손을 뻗었다.

"우리 주사위 놀이나 합시다."

할 것도 없는데, 심심풀이로 신나게 주사위나 굴린다. 대실패가 나오든 대성공이 나오든, 죽지 않는데 참을 이유가 없었다.

181

간수인 악마는 무뚝뚝하게 말했다.

"죄수랑 소통하지 않습니다."

기본적인 원칙이기도 했지만, 눈앞의 존재는 특히 위험해 더더욱 경계해야 했다.

지도자가 직접 감시를 부탁한 존재, 감옥의 악마로서 느끼는 위기감, 6레벨이라는 이름의 위엄 등등, 온갖 부담감이 악마의 어깨를 짓눌렀다.

이연우는 바짝 긴장한 악마의 속내는 눈치채지 못하고 맹한 표정을 지었다.

"그건 괜찮습니다."

이연우가 별생각 없이 손을 쥐는 시늉을 했다.

'혼자 해도 되고, 저 악마로 놀아도 되고.'

시야에 들어온 순간, 상대의 가능성은 이연우의 손에 쥐어졌다.

허공을 더듬는 손끝에서 상대의 가능성이 느껴졌다. 충실한 간수로서 이연우를 감시할 가능성. 가장 확률 높은 미래이자, 이연우가 얼마든지 간섭할 수 있는 가능성이었다.

악마의 미래, 악마의 존재, 악마의 생각, 악마의 자아, 모든 것이 이연우의 손에 달렸다.

정확히는 주사위의 혼란에 휘말렸다. 악마의 모든 것이 더 이상 악마의 것이 아니었다.

'그래도 너무 심한 짓은 하면 안 되겠지?'

어쨌든 똑같이 살아 움직이는 생명인데. 거기에 그 지도자가 감시하고 있을 테고.

그렇게 이연우가 더듬더듬 가능성의 실타래를 고르기 시작할 때였다.

악마가 식은땀을 흘리며 입을 쩍 벌렸다. 위협적인 고함이 터졌다.

"움직이지 마! 이상한 짓을 하면…"

"아. 그냥 손 움직이는 건데, 너무하네요. 이래 봬도 정당한 포로인데."

이연우가 입을 삐죽 내밀었다. 억울했다. 뭘 하려고 했지만, 아직 실제로는 하지도 않았는데. 겉보기로는 그냥 손 움직이는 것도 못 하게 막은 것 아닌가.

"너무하네. 안 되겠다."

"멈춰!"

챙.

악마가 허리춤에서 길쭉한 꼬챙이를 뽑아 들었다. 죄인을 고문하는 도구였다. 녹슬고 피가 말라붙은 꼬챙이가 횃불 아래에서 섬뜩한 빛을 뿌렸다.

이연우가 눈살을 찌푸렸다.

"고문은 진짜 선 넘지. 저기요, 저는 죄인 아니고 자진 항복한 포로입니다. 그에 따른 대우를 해주셔야죠."

"가만히 있어!"

"와, 이제는 말도 놓네. 자, 제 말을 들어보세요."

입 다물라는 듯 쇠꼬챙이가 창살 틈으로 들어왔다. 이연우는 얼른 항복하는 자세를 취한 뒤, 쉴 새 없이 입을 놀렸다.

"포로의 정신 건강을 위해 간수가 함께 대화를 나누고, 취미 활동을 돕는 건 정상적인 일입니다. 그렇죠?"

"너는 평범한 사람이 아니잖아! 무슨 짓을 할 줄 알고!"

쫘악!

악마가 쇠꼬챙이를 꽉 쥐었다. 손등 위로 핏줄이 돋아나는 순간이었다.

'설득.'

주사위가 굴렀다.

데구르르.

성공!

리메이크

이연우의 손가락 끝에서 흔들거리던 가능성의 실타래가 악마에게 닿았다. 슉, 꼬챙이를 뻗던 악마가 멈췄다. 얼굴에는 혼란스러운 기색이 스쳤다.

'맞는 말인데? 6레벨이잖아? 내가 이렇게 행동할 상대가 아니잖아.'

평범한 죄인이 아니었다. 자신이 과하게 행동했다.

악마가 머쓱하게 꼬챙이를 거둬들였다.

"주사위 놀이를 하자고 하셨습니까? 주사위를 가져오겠습니다."

"주사위는 저한테 있습니다. 그보다 우선 여기 이불이나 의자부터 바꿉시다."

이연우가 느긋하게 누더기 이불을 툭툭 쳤다. 걸레에 가까운 이불과 쥐가 파먹은 듯한 매트리스가 먼지를 풀풀 날렸다.

"예!"

악마가 서둘러 달렸다.

그렇게 시간이 얼마나 지났을까.

퀴퀴하고 낡은 수감실이 호텔 방처럼 변했다. 지옥 불로 타오르는 랜턴이 조명처럼 창살에 매달리고, 푹신한 침대와 이불과 가구가 벽을 따라 늘어섰다.

무엇보다 수감실 문이 열려 있었다.

"네, 이번엔 실패가 나왔습니다."

"제가 이겼군요."

"축하합니다."

이연우가 편하게 침대에 앉아 손을 꼼지락거렸다.

건너편에는 악마가 의자에 온순하게 앉아 있었는데, 머리에는 어울리지 않는 뿔이 자라기도 했고 손가락이 여섯 개가 되기도 했다.

전부 이연우와 주사위 놀이를 하다가 얻은 변화였다.

'이것도 질리네.'

이연우가 다시 지루한 표정을 지었다.

지도자의 눈치를 보느라, 이름도 외모도 마음대로 바꾸는 악마에게 의미 없는 외형 변화… 아니, 무료 성형수술만 해주었으나, 슬슬 재미가 없었다.

악마가 말했다.

"이번에는 뭘 걸고 하면 되겠습니까? 피부? 꼬리?"

"잠깐만요. 더 재밌는 걸 하고 싶은데."

이연우가 골똘히 생각에 잠겼다.

'뭔가 주사위의 오염에 도움이 되면서, 재미도 있고, 지도자의 선을 넘지 않는 게 뭐가 있을까.'

여러 생각이 스쳤으나, 전부 조건에 맞지 않았다.

감옥을 자기 영역으로 만들기, 악마가 관장하는 개념 뒤바꾸기, 이연우에게 유리한 불공정 계약 맺기…

그 순간이었다.

갑자기 황금빛에 휩싸인 악마가 눈을 동그랗게 떴다. 의문을 담은 짧은 목소리가 터졌고.

"어, 왜 계약이…"

악마가 획 사라졌다. 처음부터 없었다는 듯, 악마의 존재가 지구에서 사라졌다.

이연우는 눈을 깜빡이다가, 천천히 현실을 인지했다.

'이건 귀환에 가까운 느낌인데.'

이유 없이 이런 일이 벌어지지는 않았을 터. 이연우가 밝은 얼굴로 천장을 올려다봤다. 감각이 느껴졌다. 황금만능주의의 황금빛이 돌 천장을 뚫고 새어 들어왔다.

태양이 떠오르듯, 황금의 빛이 악마의 영역을 비췄다.

이연우가 벌떡 일어났다. 구조가 찾아왔다. 이러면 가만히 있을 수 없었다. 클럽을 도와 내부에서 소란을 일으켜야 했다.

"주사위! 준비해!"

활짝 열린 문을 거침없이 벗어나며, 이연우가 어려운 표정을 지었다.

혼란을 가져오기만 해도, 난장판을 벌이기만 해도, 지도자는 정신을 집중할 수 없었다.

'그런데 어떻게 혼란을 일으키지? 아, 모르겠다. 주사위만 열심히 굴려야지.'

횃불만 고요히 타오르는 감옥의 복도를, 스멀스멀 확률의 실타래가 뻗어 나온 이연우가 달렸다.

영역을 복구한 클럽의 회장은 빌딩 최상층에서 눈을 파르르 떨고 있었다. 갑자기 대화를 요청한 협회장이 끔찍한 사실을 전해줬다.

인류보호회사. 이상을 적대하는 세상을 만들고, 이제는 이상을 말살하려는 원수.

"몇 분만 기다리십시오."

- 응.

황금만능주의로 연결된 협회장이 얼른 고개를 끄덕였다.

클럽 회장은 비서를 향해 손짓했다.

"금괴 가져오십시오."

"얼마나 가져올까요?"

"많이. 최대한 많이."

비서가 후다닥 엘리베이터를 타고 내려갔고, 회장은 정신없이 최상층을 돌아다녔다. 몸을 좌우로 흔들기도 하고, 미간을 짚기도 하고.

머리에서는 수많은 생각이 스쳤다.

'이게 확실한 정보면… 아니, 일단 정보부터 확인한다.'

그리고 비서가 노동용 로봇과 함께 금괴를 가져오자, 금괴를 모조리 황금만능주의에 쏟아부었다.

목적은 진실한 정보의 획득.

"협회장이 말한 정보의 진실 여부를 가려주십시오."

황금만능주의가 진실이라 대답했고, 회장의 몸이 굳었다.

회장은 눈을 황금빛으로 빛내며 천천히 손짓했다. 계속 황금을 투입하라고.

"이번 이사회에서 나왔던 이야기를 알려주십시오."

이건 클럽의 존망이 걸린 사안이었다. 황금을 아끼면 안 됐다.

"세계 개변 장치. 인류 보호 부서. 사보타주. 평범한 총탄 양산 계획. 이상을 보호하는 안전 조치의 반전. 하… 하하."

그리하여 이사회의 정보를 모두 얻은 회장이 웃었다. 옆에 있던 비서가 회장의 혼잣말을 듣고 경악한 표정으로 입을 벌렸다.

"회, 회장님. 상황이 이러면…"

"잠깐. …평범한 총탄과 관련된 문서와 정보를 주십시오."

회장은 마지막으로 평범한 총탄의 정보를 얻었다. 다른 건 다 알아도, 그건 정말 처음 들었으니까.

평범한 총탄 자체는 황금만능주의도 알아내지 못했지만, 그것과 관련된 프로젝트나 보고서가 주르륵 회장의 머리에 새겨졌다.

그것은 이상을 무효로 만드는 총탄이었다.

인류보호회사가 이상을 허용하지 않는 세상을 꿈꾸고 목표한다는 확실한 증거였다.

회장이 헛웃음을 실실 흘렸다.

"전쟁, 전쟁. 손해뿐인 전쟁이라."

전쟁을 벌여 얻는 것은 손해뿐이었다. 하지만 존망이 달린 전쟁이라면, 지면 멸망이고 이기면 생존인 전쟁이라면.

회장이 안절부절못하는 비서를 힐끔 보았다. 그가 표정을 싹 바꾸고 말했다.

"총력전 준비하세요."

뒤가 없는 전쟁이었다. 황금을 얼마나 버리든, 이겨야만 했다. 설령 사업과 꾸준한 이익을 위해 지키던 사회를 망가뜨리더라도.

비서가 퍼뜩 정신을 차렸다. 클럽이 준비한 범죄 사업이 바로 떠올랐다.

"세계 각국의 은행과 금괴 보관소를 지금 바로 공격하겠습니다."

회사만큼이나 평범한 사회에 잘 녹아든 클럽이었기에, 상상 이상으로 세밀한 계획이 세워져 있었다.

금괴로 매수한 스파이, 각 시설의 설계도와 보안 시스템, 거기에 황금만능주의를 비롯한 이상 개체를 적절히 이용한 공격과 수송 계획.

회장이 말을 더했다.

"사업은 그만두고 전쟁 체제로 바꾸세요."

비서가 핸드폰을 꾹 누르자 신호가 전달되고, 빌딩 내부의 로봇이 부지런히 움직였다. 상자에 가득 담긴 시간을 사는 지폐가 각 층에 쌓였다.

이어, 대피했던 회원들이 돌아와 지폐에 불을 붙였다.

지폐로 살 시간은 하나였다.

금괴를 황금만능주의에 바치기.

시간을 단축하여 금괴가 이동되었다. 짧은 순간, 셀 수 없는 금괴가 황금만능주의의 입으로 들어갔다.

회장이 냉정하게 말했다.

"회사의 이사들을 모조리 죽여주십시오."

본래라면 회장도 하지 않을 요구. 보호받는 이사를 죽이기에는 황금이 너무 많이 드니까.

하지만 반대로 충분한 황금만 바치면 어떤 일도 가능하다는 소리였다.

클럽이 망할 위기 앞에서 회장은 눈이 돌아갔고, 대가를 받은 황금만능주의가 소원을 들어줬다.

한순간에 이사들이 죽었다.

"다음으로, 현 상황에서 우리의 적을 알려주십시오. …지도자라. 좋습니다. 계약은 우리가 전문이죠. 숭배자들의 계약부터 강제로 해지합시다."

비상시를 대비해 빌딩에 비축해둔 황금이 급속도로 소모됐다.

다시 한번 소원이 이뤄졌고, 가만히 기다리던 예술가협회장이 말했다.

- 나는 뭘 할까?

"당신은 방송이나 합시다. 매체를 가리지 않고 전 세계에 동시 생방송되도록 돕겠습니다."

　- 좋아!

　"방송 대본은… 그래요. 회사 거점들 알려주겠습니다. 당신을 본 사람들이 그쪽으로 몰려가 공격하도록 부탁해주십시오."

　이상 세계의 핵폭탄이 폭발하기 시작했다. 세상에 멸망이 찾아왔다.

182

지도자는 평소처럼 움직였다. 혼자 생각에 잠겨 있다가, 적당히 부려먹을 악마를 불러오고, 대충 말하고.

"회사 이사 쪽에 연락 좀 하자."

도둑의 악마는 후드를 쓰고 마스크를 쓰고 있었는데, 용케도 인터넷을 훔쳐 와 통신을 연결했다.

도둑의 악마가 킬킬 웃으며 핸드폰을 넘겼다.

"연결 끝."

"음, 악마 숭배자다."

핸드폰 너머에서 피곤해 죽으려는 목소리가 들렸다.

– 악마 숭배자 누구? 방금 막 잠들었는데…

"지도자. 인류보호회사, 이상 없는 세상을 같이 만들자."

침묵. 숨을 몰아쉬는 소리만 들리기를 잠시, 곧 핸드폰 너머에서 떨리는 목소리가 나왔다.

- 그건 어떻게 알았지? 아니, 얼마나 많은 사람이 알지?

"그쪽 이연우가 알던데. 같이 회사 없애고, 세상도 바꾸자고 했어."

- 이연우가 그걸 어떻게… 아니, 빌어먹을! 이연우만 알 리가 없지 않나! 빨리 비상, 커억!

피를 토하는 소리가 들렸다. 몇 초 후 요란한 발소리와 함께 비명 같은 사람들의 외침이 이어졌다.

- 이사님! 빨리 의료진부터!

- 공격이다! 빨리 비상경보 발령해!

지도자는 멍하니 핸드폰을 내려다보다가 시선을 옮겼다. 이연우가 뭔가 했나 하고.

하지만 이연우는 감옥의 악마를 커스터마이징하며 놀고 있을 뿐이었다. 악마도 그럭저럭 즐기고 있었다.

그러다 이사의 말을 떠올렸다. 이연우만 알 리가 없다. 이연우가 아니라면…

"클럽인가?"

그렇게 혼잣말을 중얼거린 직후였다. 도둑의 악마가 황금빛에 휩싸였다. 악마가 음침한 눈을 깜빡였다.

"지도자, 계약 종료됐는데. 너만이 아니라, 내가 다른 인간이랑 맺은 계약도."

그걸로 끝이었다. 악마가 사라졌다. 영역에 머무는, 계약의 힘으로 지구에 머무는 모든 악마와의 계약이 끝났다.

　　　　　　　　리메이크

작은 창문 너머로 찬란한 황금빛이 밀밭처럼 미물다가 사라졌다.

"…모든 악마와의 계약이 끝났군. 이 정도로 황금을 소모하면 미래가 없을 텐데? 아니, 뒤가 없으니까, 물 쓰듯이 쓰겠어."

상황이 꼬였다. 이대로면 인간을 위한 세상이 찾아오기는커녕, 전쟁이나 일어날 기세였다.

'내가 지금 뭘 해야 하지?'

고민을 이어가던 순간, 목소리가 들렸다. 클럽 회장의 목소리. 회장이 웃음기 섞인 얼굴을 허공에 띄우며 말했다.

– 지도자, 당신이 인류보호회사 진영에 섰다던데. 마음 바꿀 생각 없습니까?

"없어. 우리 같은 건 세상에 없어야 해."

– 인간을 위해?

"인간을 위해."

지도자의 덤덤한 목소리에 회장이 웃음소리를 흘렸다.

– 그 인간을 위한 세상이 만들어지기도 전에 멸망할 텐데요?

단순한 손익이었다. 인간을 위한 세상을 만들려고 하면 인간이 죽는다. 포기하면 많은 사람이 산다.

빙빙 돌린 그 말에 지도자가 눈살을 찌푸렸다.

느껴졌다. 세상이 지옥이 되고 있었다. 세상을 지옥으로 만드는 자가, 지옥으로 변하는 세상을 느꼈다.

"뭘 했지?"

– 예술가협회장이 힘을 썼죠. 텔레비전, 라디오, 스트리밍, 인터넷, 동영상, 문자, SNS. 전광판, 모든 매체에 그녀가 등장했습니다.

회장이 짧은 영상을 보여줬다.

여러 나라의 온갖 사람이 광신적인 기색을 보이며, 가까운 회사의 거점으로 몰려들었다.

핸드폰을 보던 사람들의 정신이 나갔다. 도심의 전광판에 협회장이 나오자 수많은 사람이 좀비처럼 달리기 시작했다. 군부대가 독자적으로 행동하기도 했으며, 무장한 경찰과 소방관이 사이렌을 울리며 내달리기도 했다.

총성, 고함, 폭발음, 비명.

지도자가 눈을 질끈 감았다. 어린 시절의 악몽이 떠올랐다.

"내가 포기하면 저건 그만두나?"

– 회사를 무너뜨릴 때까지는 유지할 겁니다.

그래야 회사의 인력 상당수를 묶어두니까.

거기에 이미 정보 공작이 이뤄지고 있었다. 이사진이 날아간 회사가 느리게 회복하도록, 온갖 거짓 정보가 뿌려졌다.

마치 클럽이 회사의 아군으로서 정보를 제공한 느낌으로, 혹은 회사가 스스로 알아낸 느낌으로.

회장이 말했다.

– 회사는 지나치게 거대하고 위험합니다. 이 기회에 치우

는 게 맞습니다.

지금 세상이 바뀐 세상이라면, 회사는 언젠가는 그 사실을 알아내고 돌아갈 것이었다. 지금 치워야 했다.

그 전쟁이 얼마나 길게 이어질지, 그 시간 동안 얼마나 많은 사람이 죽을지 몰랐다. 이건 최소한의 선조차 존재하지 않는 전쟁이었으니까.

지도자가 눈을 떴다. 그 눈동자에 결의가 서렸다. 마음을 정했다.

"아니, 사람은 죽지 않는다. 내가 그렇게 만든다. 지옥에는 죽음이 없으니까."

사람을 구한다. 동시에 미래를 설계한다.

이상 없는 세상이라는 비전이 존재했다. 사람만 살아 있으면, 결국 회사는 비전을 이룰 도구를 만들 것이었다. 아니면 자신이 하든가.

"사람은 죽지 않을 것이며, 우리가 존재할 수 없는 세상이 도래하리라."

지도자에게는 그럴 힘도, 의지도 충분했다.

회장이 침묵했다.

– …

"…"

또한, 지도자가 몸을 웅크렸다. 저들이 만든 지옥이 곧 그의 힘이 될 것이었다. 지구의 표면을 전부 그의 영역으로 만들

셈이었다.

허공에서 황금빛이 번쩍이고, 꽉 눌린 용수철처럼 지옥이 움츠러드는 그때였다.

펑, 지면이 터져 나가며 지하에서 이연우가 기어 나왔다.

흙먼지와 잿가루 같은 것을 잔뜩 묻힌 채, 관절을 뒤틀어 가며 네발로 힘겹게 몸을 빼낸 이연우가 얼른 고개를 들었다.

"아!"

지도자와 회장의 시선이 동시에 옮겨졌다.

지도자는 얼떨떨한 표정을 지었고, 회장은 얼굴을 일그러 뜨렸다. 그들은 같은 생각을 했다.

'저 인간이 왜 저기 나와 있어?'

이상한 불길함이 스쳤다. 허공에 아른거리는 황금빛을 본 이연우가 활짝 웃었다.

"구하러 왔구나! 고맙습니다! 이제 제가 돕겠습니다!"

- 아니, 뭘 하려고… 일단 멈추십시오!

"이연우! 거기서 조금이라도 움직이면 포로가 아니라 죄수 로서 영원한 고통을…"

지도자가 회장을 뒤로하고 몸을 돌려 이연우를 위협해도, 이연우는 고개를 저었다.

안타까운 목소리가 흘러나왔다.

"당신은 정말 좋은 사람입니다."

영원한 고통은 곧 영원한 삶이 아닌가? 죽음이 아닌 것은 그를 위협할 수 없었다. 지도자의 협박은 조금도 통하지 않았다. 오히려 거리낌 없이 행동하라는 응원이 되었다.

이연우가 주먹을 느슨하게 쥐었다.

"주사위."

찰나, 세 6레벨의 시간이 길게 늘어졌다. 극한의 집중이 시간마저 느리게 인식했다. 이연우의 몸에서 확률의 실타래가 꾸물꾸물 솟구쳤다.

'빌어먹을!'

회장이 기겁했다. 그는 단번에 연결을 끊었다. 저건 폭탄이었다. 괜히 엮일 이유가 없었다. 차라리 지도자 혼자 피폭당하게 두는 것이 나았다.

반면 지도자는 눈을 번뜩였다.

'굳이 상대할 필요 없어.'

회장이 사라진 지금이었다. 세상을 지옥으로 만든다. 이연우가 무슨 짓을 해도 상관없었다. 어차피 자신은 죽지 않으니까.

그가 읊조렸다.

"지옥이 오리라."

이연우는 미안한 표정을 지으며 손을 획 휘둘렀다.

"다른 시간, 다른 상황에서 만났으면 좋은 친구가 됐을 텐데. …주사위. 지도자의 악몽, 지도자의 지옥이 구현될 가능성."

다른 자의 지옥, 여러 사람이 공유하는 지옥의 개념을 관장하는 자에게 오직 그만을 위한 맞춤 지옥을 선물한다.

데구르르, 주사위가 구르고.

느려졌던 시간이 다시 빠르게 흘렀다. 지옥이 폭발적으로 영역을 확장하고, 이연우의 주변에서 확률의 실타래가 꿈틀거리는 일이 동시에 일어났다.

그리고 다음 순간 세상에 침묵이 찾아왔다. 폭발하는 힘이 한순간에 사라졌다.

"…"

"…"

두 사람은 멀뚱멀뚱 가만히 서서 서로를 바라봤다. 세상에서 이상의 힘이 사라졌다. 그들은 완전한 일반인이 되었다.

대실패!

왜냐하면, 주사위가 대실패를 띄워서. 지도자의 지옥이 아니라, 지도자의 이상향이 구현되었다.

"아니, 어? 대실패? 어?"

"이건… 이상 없는 세상이 아닌가?"

두 사람은 혼란에 빠졌다. 이연우의 감각에서 주사위는 물론, 생존 본능이며 빗물까지 사라졌고, 지도자는 지옥을 만드는 자가 아니라 그냥 신경질적인 인상의 아저씨가 되었다.

그럼에도 두 사람 모두 노련한 인간이었기에 상황 파악이 빨랐다.

지옥의 확장은 멈추었으며, 어중간한 크기의 지옥은 이상의 힘이 없는 세상이 되었다.

　　　　　　　리메이크

눈치를 살피던 이연우가 악 비명을 지르며 얼른 몸을 돌렸다. 그가 흙먼지를 일으키며 우다다 뛰어나갔다.

"도망쳐!"

약해졌다. 잘못 넘어지면 죽는다. 잘못 맞아도 죽는다. 우박에 머리가 찍혀도 죽고, 번개를 맞아도 죽고, 갑자기 심장마비가 찾아와도 죽는다. 그냥, 죽음이란 가능성이 생겼다. 엄청 많이 생겼다.

빨리 이 영역을 벗어나 힘을 되찾아야 했다! 죽음이 존재하지 않게!

"…멈춰! 이연우! 나와 함께 이상 없는 세상을 만들자!"

지도자는 허겁지겁 이연우를 쫓아 달렸다. 이연우를 쫓는 눈에 이글거리는 불꽃이 맺혔다.

'비전! 이상 없는 세상을 만들 수 있는 수단! 잡아야 해!'

추격전이 시작됐다.

이연우는 악악 비명을 지르다가도 숨이 차서 다 죽어가는 신음을 흘렸고, 지도자도 체력이 부족하기는 마찬가지라 혼자 발을 헛디뎌 넘어지거나 침을 질질 흘리며 힘겹게 달리기를 이어갔다.

얼마나 달렸을까. 아마 몇 분이 채 안 지났을 것이다.

하지만 두 사람은 몇 년은 늙은 얼굴로 사지를 파들파들 떨어가며 몸을 채찍질했다.

"이, 연, 우! 대화, 말만, 잠깐!"

"그만! 쫓아, 오라고!"

우당탕!

이연우가 돌에 발이 걸려 넘어졌다. 이연우는 온몸을 비틀어가며 간신히 몸을 일으켰다. 심장이 미친 듯이 뛰고, 호흡이 가빴다.

뚝뚝, 땀방울이며 침을 흘린 이연우가 이를 악물었다. 한계였다. 체력에 한계가 왔다.

'움직여!'

악마보다 독한 지도자가 쫓아오고 있었다. 빨리 도망쳐야 했다. 주먹이라도 턱에 잘못 맞으면 죽을 수 있었다.

지도자는 자신을 제압하려는 모양이지만, 그것도 잘못되면…

까드득!

이 갈리는 소리가 들렸다. 이연우가 손을 부들부들 떨어가며 간신히 발을 떼었다.

지도자도 정신 나간 얼굴로 다리를 뻗었다. 오직 정신력이 체력이 다한 육신을 움직였다.

"멈, 춰!"

그쯤에서 이연우가 도주를 포기했다.

'달리기도 잘못하면 죽을지도 몰라. 차라리 여기서 지도자를 쫓아내야겠어.'

푹, 에코백으로 손이 들어갔다. 이 영역에서는 이상 개체가 아니라, 아무것도 손에 잡히지 않았다.

이연우가 비틀거리며 지도자를 노려봤다. 마치 에코백에 총이 있는 척.

"더, 다가오면, 쏜다!"

"지옥에는, 죽음이… 지금은 있네?"

지도자가 걸음을 멈췄다. 두 손을 무릎 위로 짚고 몸을 숙여, 우웩, 헛구역질을 몇 번 하다가 소매로 입가를 닦았다.

체력을 다시 채우기 위해 숨을 고르는 시간이 지나갔다. 지도자가 편하게 말했다.

"이연우. 그래, 네 정보는 들었지. 보호해야 할 이상을 위험하다며 파괴한 생존주의자. 이상 없는 세상은 너에게도 좋지 않나?"

이연우가 눈동자를 대굴대굴 굴리면서 다시 도망치려는 기색을 보였다. 슬그머니 뒷걸음질을 쳤다.

지도자가 돌아버리겠다는 얼굴로 손을 마구 휘저었다.

"안 잡는다! 대화만 들어!"

"…해보십시오."

"이상이 없으면 그만큼 안전한 거야. 우리 같은 6레벨 때문에 세상이 망가지지도 않고, 갑자기 튀어나온 이상 개체 때문에 사고를 당하지도 않고."

진실한 감정이 담긴 말이었다. 이연우도 진지하게 답했다.

"아마 6레벨이 되기 전이었으면 저도 동의했을 겁니다."

아마 한때는 이상 없이 안전한 세상을 원했을 것이다. 너무 많은 사고로부터 안전하기를 원해서.

하지만 6레벨에 오른 지금은…

"그런데 지금 이상 없는 세상을 체험하니까 확실히 알겠습니다. 아뇨, 이상이 존재하는 세상이 더 안전합니다."

"…왜?"

지도자가 귀를 기울여 듣다가 질문했다.

이연우가 희미하게 웃었다. 아마 남에게 밝히는 건 처음일 것이었다.

"나는 살아남는 자니까. 주사위가 아니라 생존 본능으로 6레벨에 올랐으니까."

죽음을 피하는 자가, 어쩌면 수명의 제한조차 돌파한 자가 순수하게 의문을 담아 말했다.

"왜 죽지 않아도 되는 세상을 죽어야만 하는 세상으로 바꿔야 합니까?"

자연사, 교통사고, 심장마비, 바이러스, 들개, 추락, 골절, 화재, 부조리한 사고 등등, 수많은 죽음의 가능성이 존재하는 세상을 왜 만들어야 하는가?

지도자가 입을 다물었다. 근본적으로 서로를 이해할 수 없음을 깨달았다. 악마를 처음 보았을 때 느꼈던 이질감이 느껴졌다.

자신이 관장하는 개념을 콘셉트로 잡고 노는 악마. 이연우를 생존의 악마라고 생각하면…

"악마한테 관장하는 개념을 버리라고 할 수는 없지… 좋다, 가라. 그러면 각자 할 일을 해야지."

"좋습니다. 서로 목표를 위해 최선을 다합시다."

그렇게 두 사람은 등을 돌렸다. 서로 반대 방향으로 걸었다. 이 영역의 끝을 향해. 전쟁이 벌어지는 세상을 향해.

183

흐느적흐느적.

두 사람은 몇 걸음을 힘들게 걸었고, 이어, 동시에 우다다 전력으로 질주했다. 두 사람은 같은 생각을 했다.

'저것보다는 빨리 벗어난다!'

지옥은 이상 없는 영역이 되었고, 지도자의 것도, 이연우의 것도 아니었다. 이 영역을 벗어나는 순간, 그들의 힘은 돌아올 것이었다.

먼저 나가 힘을 되찾은 사람이 유리했다.

지도자는 이연우를 포로로 잡아 이상 없는 세상을 만들 수단으로 쓰기 위해 이를 악물고 달렸다.

'조금이라도 먼저 벗어나 이 영역을 감싸듯이 지옥을 만들고 이연우를 붙잡는다!'

체력은 이연우보다 조금 떨어졌지만, 그는 길을 알았다. 그

의 영역이었다. 그가 만든 지옥이었고, 설계한 영지였다. 도로
는 물론, 지름길까지 알았다.

지도자가 숨을 헐떡이며 복잡한 골목으로 몸을 던졌다.

반면, 이연우도 필사적인 표정을 지었다. 위험 하나는 예민
하게 감지했다.

"서로 할 일을 하자고? 각자 최선을 다하자고?"

헛소리. 평범한 사람의 몸으로는 싸워봤자 서로 다칠 뿐이
라 그냥 인사치레만 늘어놓은 것이었다.

진심은 달랐다. 자기 목숨조차 던지려는 지도자가 자신을
그렇게 쉽게 포기할까?

'지도자가 먼저 벗어나면 위험해!'

극단적으로, 지도자가 영역 바깥에서 총을 들고 영역 안의
자신을 위협하기만 해도 자신은 협박에 따를 수밖에 없었다.
하다못해 영역 바깥으로 못 나오게 위협하기만 해도, 여러 죽
음의 가능성 때문에 협상할 것이었다.

그렇게 두 사람은 평범한 몸의 한계를 절실하게 느껴가며
한참을 달리고 걷기를 반복했고.

"됐다!"

이연우가 조금 먼저 나왔다.

심장이 박동하며 빗물의 활력이 뿜어졌다. 전신의 피로가
씻겨 나갔다. 동시에 생존 본능의 스위치가 켜졌고, 머리 안의
주사위가 느껴졌다.

이연우가 얼른 주사위를 굴렸다.

"주사위. 내가 가까운 도시에 있을 가능성."

데구르르.

주사위가 춤추듯이 굴렀다.

동시에 저 멀리에서 고함이 들려왔다. 이제 막 벗어난 지도자였다.

"이연우! 너는 나갈 수 없다!"

먹구름이 소용돌이치는 하늘이 이상 없는 영역을 감싸듯이 흘렀다. 허공에서 셀 수 없이 많은 쇠사슬이 몸을 엮어가며 강철의 뱀이 되어 다가왔다.

이연우가 웃었다.

"운동 좀 하십시오. 명색이 악마 대장인데, 너무 나약한 거 아닙니까?"

아가리를 쩍 벌린 거대한 강철의 뱀이 그림자를 드리우는 순간, 주사위가 성공을 띄웠다.

성공!

이연우의 시야가 한순간에 변했다. 그는 가까운 도심으로 이동했다.

그리고 이연우가 멍한 표정을 지었다.

"세상이 왜 이러지?"

협회장의 테러로 엉망이 된 도시. 전쟁이 휩쓸고 지나간 것처럼, 아포칼립스가 찾아온 것처럼 아수라장이었다.

이연우는 그제야 전쟁을 보았다.

길가에 가득한 전광판마다 아나운서처럼 정장을 차려입은 협회장이 있었다. 버스 정류장의 전광판은 물론, 빌딩 높이 달린 화면에서도 협회장이 대본을 읽고 있었다.

– 해당 지역의 관객 여러분은 제가 말한 위치 중 가까운 곳으로 가세요. 가서 공격하세요.

협회장의 영향력을 이겨낸 이연우가 천천히 몸을 돌렸다. 도심을 둘러봤다.

"와아아아아!"

고함을 지르며 달리는 사람들. 자동차는 과속하다가 길가를 들이박았고, 곳곳에서 폭발과 화재가 일어났다. 때로는 총성도 들렸다.

다리가 으스러진 사람이 열광적인 기색을 드러내며 두 팔로 아스팔트 도로를 기었다. 그 손이 이연우의 다리를 스쳤다.

"가장 아름다운 자를 위해!"

그 사람이 기어서 지나간 자리로 붉은 핏자국이 이어졌다.

이연우가 입술을 떨었다.

"전쟁? 이 정도까지 한다고? 이건, 이건 내가 예상한 게 아닌데?"

민간인까지 이렇게 동원하는 건 조금 아니지 않나? 생각했던 암살이나 전면전이 아닌데? 이건 차라리…

"멸망이잖아?"

그 순간이었다. 머릿속에서 마크 정의 다급한 목소리가 들렸다.

- 이연우 씨! 어디 계셨습니까? 핸드폰은 왜 안 받고, 이상 개체를 이용한 비상 연락은 왜 거절하셨습니까! 지금 비상 상황입니다!

이연우는 무심코 손을 들었다. 주사위를 이용해 연락을 끊으려고.

하지만 활짝 펼친 손바닥을 좀처럼 움켜쥐지 못했다. 품 안의 인간 자격증이 열기를 뿜는 듯했다. 냉정한 머리에 온기가 감돌았다.

이연우는 입술을 벙긋거리며 수많은 피해자를 보았다. 어린아이와 노인조차 잔뜩 확장된 동공을 희번덕거리며 거리를 달렸다.

"엄마, 아빠."

그의 가족이 이들에게서 비쳐 보였다. 무의미하고 잔혹한 죽음이었다.

마크 정이 그 목소리를 들었다.

- 당신의 부모님은 우리가 보호했습니다. 인질은 아닙니다.

인질은 진짜 아니었다. 이연우한테 인질이 통할까? 그냥 단순하게 6레벨 요원에게 제공되는 서비스였다.

듣는 듯 마는 듯, 이연우는 여전히 멍한 상태로 도심을 걸었다. 생존 본능이 꿈틀거렸다. 멸망이 닥쳐온 세상에서 생존 본능이 경계 너머의 뭔가 다른 것으로 변화하려는 듯했다.

자신만을 보던 시야가 가족으로 넓어지고, 가족은 곧 사회로, 인간이라는 종 전체로 확장되었다.

흐릿한 머리로 기이한 생각이 흘렀다.

'모든 인류가 멸망한 세상에서 나 혼자만의 생존이 의미 있는가? 자손을 낳을 수도 없이 홀로 살아남는 생존. 그건 곧 인류의 멸망이다.'

개인의 생존보다 높은 차원의 가치. 인류의 생존. 설령 자신이 죽더라도 인류를 지킬 희생정신이…

그 순간이었다. 이연우가 퍼뜩 정신을 차렸다.

'정신 차려! 이건 내 생각이 아니야!'

변화하는 생존 본능의 오염이었다. 이연우가 걸음을 멈추고 이를 악물었다. 사고 회로가 고속으로 돌아갔다.

'이건 멸망이 아니야. 단순한 전쟁이지. 인류 멸망? 그런 일은 일어나지 않아.'

당장 클럽만 해도 사업을 진행할 기반은 남겨야 할 것 아닌가. 하다못해 금광에서 금을 캘 인간이라도 말이다.

거기에 지도자는 사람을 살릴 것이고.

'아직은 내가 신경 쓸 일이 아니야.'

혹시, 정말로 인류가 멸망할 위기가 찾아온다면 모른다. 햄버거라도 사 먹기 위해 사람을 구할지도.

하지만 지금은 아니었다. 변화하는 생존 본능이 다시 본래의 모습으로 돌아왔다. 시야가 좁아졌다.

'지금 할 일이 그러니까… 뭐지?'

그때 마크 정이 침을 꿀꺽 삼켰다. 긴장 가득한 목소리가 들려왔다.

– 이연우 씨, 다른 집단을 방문하고 세상을 바꾸려고 한다고 들었습니다. 몇 가지만 알려주십시오. 지금 상황이 어떻게 된 겁니까? 그리고 당신은 여전히 회사원입니까?

"상황은 단순합니다. 회사가 선공했습니다."

– 우리가요? 이상보호회사인 우리가 왜…

혼란 가득한 반응에 이연우는 침착하게 답했다.

"회사가 세계를 개변했습니다."

본래의 세상과 인류보호회사. 그들이 저지른 개변. 그래서 일어난 전쟁.

이연우는 설명을 하면서 생각을 정리했다. 현실을 다시 인식했고 그가 할 일을 떠올렸다.

"잠깐, 저 기억부터 떠올리겠습니다."

– 예!

마크 정은 큰 소리로 답했다. 그 역시, 온갖 거짓 정보가 떠도는 상황에서 맥락을 찾았다. 그것부터 상부에 전하고, 진실 여부를 파악해야 했다.

이연우는 고함과 사이렌으로 시끄러운 도심 한복판에서

주먹을 쥐었다.

"개변 전의 내 기억을 떠올릴 가능성."

데구르르.

성공!

개변 전의 기억이, 한 사람 분량의 데이터가 쏟아졌다. 비슷한 듯 다른 기억. 이연우는 침착하게 기억을 소화했다.

'기억이 두 배. 경험도 두 배. 사고를 겪고 살아남은 경험도 두 배. 다 흡수해!'

생존이라는 정체성을 중심으로 두 세계의 기억이 하나로 합쳐졌다.

"아."

그리하여 이연우는 개변 전과 개변 후의 기억을 모두 떠올렸으며, 새로운 미래를 꿈꾸었다.

인류보호회사가 원하는 평범한 세상도 아니며, 조금 전의 자신이 꿈꾸었던 회사 없이 이상 개체가 넘쳐나는 세상도 아니었다.

이연우가 머리를 긁적였다.

"원래 세상이 제일 낫네."

세계는 이상을 허용하고, 회사가 위험을 관리하고, 다른 집단과 회사가 균형을 유지하며 사회를 보존하고, 자신은 적당히 사는 세상.

그 세상이야말로 가장 이상적이었다.

잠시 눈을 반짝이며 머리를 굴리던 이연우가 마크 정에게
말했다.

"저는 회사의 편입니다. 이미 클럽의 본진을 테러했고, 지
도자를 공격했습니다."

－…이연우 씨, 잠시만 대기해주십시오. 회사가 엉망이라
이연우 씨의 신분을 다시 복구하는 데 시간이 걸립니다.

"상황이 많이 나쁩니까?"

한창 통화하고 키보드를 두드리던 마크 정이 숨을 들이마
시는 소리가 들렸다. 어딘가 긴장된 목소리가 이어졌다.

－예비 인력이 이사가 되고, 비상경보가 내려졌습니다. 전
쟁 시나리오에 따라 회사는 한 시간 내로 반격할 예정입니다.

굉장히 바쁘다는 말. 정확한 정보는 전하지 않았지만, 대충
짐작이 갔다.

'녹색협회의 씨앗을 키울 거고, 정예 요원이 움직이겠지.
기억 소거제를 대대적으로 살포할 계획도 있을 거고, 종말 방
어 장치도 동시에 가동할 수 있고.'

하지만 지금 이연우에게 중요한 건 아니었다. 이연우는 침
착하게 계속해서 말했다.

그의 목적을 이루기 위해.

"세계를 개변한 장치는 어디 있습니까? 제가 장치를 고치
고 이 전쟁을 없던 일로 만들겠습니다."

－그건 이사 쪽으로 요청을 넣어야 하는데, 지금 우선으로

처리될 것 같지는 않습니다. 무엇보다 개변이 사실인지 먼저 파악해야 시나리오와 작전의 방향이…

마크 정이 말하자, 이연우는 주변의 참사를 쓱 둘러보고는 억지로 목에 핏대를 세웠다.

설득을 위한 과장된 고함이 터졌다.

"그러는 동안에도 사람이 죽고 있습니다! 이상보호회사든 인류보호회사든 상관없이 사람은 구해야 할 거 아닙니까!"

– 그건 어차피 개변하면…

"어떻게 사람이 그런 소리를 합니까! 개변한다고 죽음이 아니지는 않습니다!"

– …

마크 정이 머리를 부여잡고 고통스러워하는 소리를 내었다. 양심과 회사의 혼란과 전쟁과 개변. 모든 것이 고통이 되어 머리를 찔렀다.

끝내 마크 정이 힘겹게 말했다.

– 좋습니다. 제가 프로젝트 하나에 이연우 씨를 참여시키겠습니다. 해당 부서 연구원의 지시를 받아 개변 장치부터 고치십시오.

"알겠습니다. 최선을 다하겠습니다."

위치 정보를 들었다. 이연우가 바로 연락을 끊고, 힐긋 하늘을 보았다. 먹구름이 몰려왔다. 지도자의 지옥이 팽창하고 있었다.

저 멀리 도시 끝에서부터 섬뜩한 비명이 메아리쳤다.

멸망 앞에서 생존 본능이 다시 변화하려고 꿈틀거렸지만, 이연우는 냉정하게 손바닥을 폈다.

"여긴 내 세상이 아니지."

회사가 실험으로 바꾸어 만든 세상. 기억조차 만들어진 것이었다. 이상 개체가 조작한 세상이었다.

이연우가 본래의 세상을 되찾기 위해 이동했다.

리메이크

완벽한 보안 프로그램이 있더라도 사람은 막기 힘든 법이었다. 하나의 열쇠가 아니면 열리지 않는 자물쇠도 열쇠 주인이 열쇠를 팔아넘기면 끝이지 않나.

타다다닥!

마크 정은 현란하게 키보드를 치고 마우스를 움직였다. 휙휙 바뀌는 화면에는 온갖 프로그램이 스쳐 지나갔고, 마크 정은 적당히 눈치를 살피며 세계 개변 장치 관련 프로젝트에 부서 하나를 집어넣었다.

도박 근절 센터.

이연우가 의뢰를 받아 주사위를 굴려주는 부서.

'됐다.'

얼른 화면을 바꾼 마크 정이 식은땀에 젖은 손을 옷자락에 쓸어내렸다. 그 얼굴에는 안도 조금과 혼란과 걱정이 많이 떠올랐다.

'잘한 건가? 이게 맞나?'

이연우는 수상한 행적 때문에 정예 요원 자격이 정지된 상태였다. 몇 차례의 검증이 더 필요했지만, 마크 정은 사람이 죽는 것을 보고만 있을 수 없어 권한을 남용했다.

뒤늦게 의심이 떠오르며 눈동자가 흔들렸다.

'이연우. 이상보호회사. 인류보호회사. 전쟁. 도대체 이게 다 무슨…'

피로와 스트레스 때문에 혼탁한 정신으로 힘들게 생각하기를 잠시.

마크 정이 시선을 옮겼다. 새로 부임한 이사가 갑자기 이사실에서 뛰쳐나오더니, 고함을 질렀다.

"전쟁 시나리오 수정해! 악마 숭배자는 우리 진영이다! 지도자한테 쓸 전력을 클럽이랑 협회장 쪽으로 돌려!"

"클럽도 적입니까?"

"그래! 이미 관련 증거를 확보했어!"

피를 토할 기세로 소리친 이사가 고개를 이리저리 돌렸다. 그가 얼른 외쳤다.

"이연우 담당 직원 누구지? 빨리!"

"저입니다!"

마크 정이 손을 들고 벌떡 일어섰다. 이사와 다른 직원들의 시선이 마크 정에게 쏠렸다. 마크 정이 식은땀을 흘렸고, 이사가 손을 퍼덕였다.

"이연우는 회사의 적이다! 너는 암살 계획 진행해!"

마크 정이 망설이다가 말했다.

"아직 적으로 보기에는 근거가 부족합니다. 적인 클럽도, 아군인 악마 숭배자도 공격했습니다. 단순한 적으로 판단할 수 없습니다."

오히려 아포칼립스가 다가온 세상 앞에서 멸망을 없던 일로 바꾸고 싶어 하는 것 같았다.

이사는 답답해 죽으려는 표정을 지었다. 변수인 6레벨이라 개변 다음으로 정보를 들었다. 죽은 이사의 최후의 발언까지 말이다.

'개변도 알아채고, 이상 친화적인 세상을 만들려고 하고, 다른 6레벨과 손을 잡고 독자적으로 행동하는 인간이 왜 회사 편이야.'

욱하고 목소리가 올라왔으나, 이사는 감정을 꿀꺽 삼켰다. 분위기가 심상치 않았다.

이사 직속 비서실, 직원들의 얼굴에 의문이 가득했다. 근본적으로 이 전쟁을 이해하지 못했다.

보호해야 할 이상과 왜 전쟁을 해야 하는가? 협회장으로부터 선제공격을 받았다고 해도, 시나리오대로 반격하는 것은 이해하기 힘들었다.

"…전쟁 시나리오를 진짜 진행합니까? 그들은 귀중한 이상 개체입니다."

"이연우도 6레벨 아닌가요? 세상과 대적하는 6레벨을 왜 파괴합니까? 적이더라도 생포하는 편이 낫지 않나요?"

이상보호회사와 인류보호회사 사이의 괴리가 벽이 되어 이사와 직원 사이를 갈랐다.

불온한 분위기를 풍기는 시선들 앞에서 이사가 주춤 뒤로 물러났다. 이상보호회사의 명분이 없었다. 그렇다고 개변 사실을 밝히면…

'전쟁을 수단으로 이상 개체를 파괴할 계획이 진행될 리가 없어.'

이사회가 뜻을 모아도 의미가 없었다. 회사는 혼란에 빠질 테고, 회사는 마비된 상태로 공격받아 망할 것이 분명했다.

결국, 이사는 둘러대는 말을 내뱉었다.

"선공을 받았는데 지금 그게 중요한가? 회사가 우선이야! 회사만 살아남으면 이상 개체는 얼마든지 보호할 수 있어!"

"…이사님. 우리가 인류보호회사라는 말이 사실입니까?"

마크 정의 근처 자리에 앉아 있던 직원 하나가 손을 들었다. 마크 정이 개변을 입에 담아가며 통화하는 소리를 엿들었다. 그는 눈동자를 사정없이 떨며 말을 이었다.

"회사가 세상을 개변한 게 정말이냐는 말입니다. 그러면 우리는, 지금의 세상은…"

하고 싶은 말이 너무 많아 단어가 나오지 않았다.

직원들의 머릿속으로 서로 다른 수많은 생각이 스쳤다.

회사라고 해도 자신의 인생을 다시 쓸 권리는 없었다, 우리의 사명은 거짓인가, 우리는 무엇을 왜 해야 하는가, 누구를 보호해야 하는가.

"…"

"…"

끓어오르기 직전의 물처럼 비서실에 열기가 고였다. 그들은 바쁘게 통화하던 핸드폰도 놓아두고, 부지런히 두드리던 키보드도 밀어둔 채, 오직 이사만을 보았다.

이사는 이사실로 몇 걸음이고 뒷걸음질 치며 속으로 욕설을 내뱉었다. 이전의 이사회를 향한 욕이었다.

'미친 인간들! 준비도 없이 이딴 개변을 일으킨 인간들!'

도대체 뭐가 잘못되면 회사까지 뒤틀린다는 말인가. 회사만 멀쩡했어도…

그 본능적인 신체 반응은 확실한 답이 되었다. 두뇌와 몸을 이어주는 신경인 직원들이 헛웃음을 흘렸다. 분노, 허탈함, 혼란, 슬픔, 의심. 온갖 감정이 끓어올랐다.

그리고 직후, 폭죽처럼 하얀 종이들이 곳곳에서 터졌다. 직원들이 동시에 집어 던졌다.

"내 가족조차 협회장한테 당했어! 오직 사명 하나 때문에 이 자리를 지킨 거지! 그런데 뭐? 애초에 이 사명조차 진실이 아니라고?"

"개 같은 회사! 우리가 도구냐? 멋대로 고쳐 쓰고, 필요하니까 멋대로 부려먹고! 이게 세뇌랑 뭐가 다른데!"

사명이 흔들렸다. 정신 무장이 풀어졌다. 강도 높은 스트레스에 시달린 직원들이 감정을 마음대로 내뿜었다. 오직 개인에 충실한 감정을.

이사가 다급하게 손을 내밀며 설득에 나섰다.

"회사가 개변된 건 우리조차 예상치 못한 사고…"

"진짜 개변했다는 소리잖아!"

빡!

무선 마우스가 날아왔다. 이사가 이마를 문지르며 다시 입을 열려고 하자, 이번에는 키보드며 도시락 통이며 과일이 우르르 던져졌다.

그 순간이었다.

냉정하게 사람들을 둘러보던 마크 정이 눈을 빛냈다. 혼란 속에서 생각을 정리했다.

'지금 할 일은 하나야'

인류 보호. 그건 회사의 정체성과 상관이 없었다. 바깥에서 사람들이 죽어가고 있으니까. 멸망이 닥쳐왔으니까. 사람으로서 해야 할 일이었다.

그가 쾅쾅, 테이블 위로 올라가 두 손을 활짝 폈다. 찢어지는 고함이 터졌다.

"여러분, 진정하십시오. 이런다고…"

"넌 또 뭐야!"

"악!"

날아온 모니터에 맞아 마크 정이 우당탕 넘어졌다. 발이 미끄러졌다. 그대로 테이블 아래로 떨어졌다.

우두둑, 뼈가 부러지는 섬뜩한 소리가 선명하게 들렸다. 소리를 듣는 것만으로 고통이 느껴질 정도. 한순간 침묵이 내려 앉았다.

"어."

모니터를 던진 사람이 멍하니 입을 벌렸다. 두 손이 갈 곳을 잃고 허공을 휘저었다.

"괘… 괜찮아?"

"팔, 내 팔."

마크 정이 꺾인 팔을 보았다. 팔꿈치가 하나 더 생긴 것처럼 꺾였다. 아드레날린 때문인지, 고통은 느껴지지 않았다.

'아니, 지금이야.'

사람들이 입을 다물고 자신에게 집중하는 지금. 마크 정이 얼른 입을 열었다.

"여러분, 복잡한 문제는 잠시 미뤄둡시다. 지금 우리가 해야 할 일은 인간을 보호하는 겁니다."

"우리가 원래는 인류보호회사라? 애초에 그것도 회사가 우리를 조작한 거라면…"

사직서를 손에 쥔 직원이 말했고, 마크 정은 바로 말을 끊었다.

"바깥에서 사람들이 죽어가고 있습니다. 가만히 두면 멸망이나 다름없습니다. 우리가 할 수 있는 일을 해야 합니다. 전쟁을 멈추고, 사람을 구하는 일."

단순한 만큼 강력한 명분이 직원들에게 전해졌다.

가족이 협회장에게 당했다는 직원이 무심결에 중얼거렸다.

"전쟁 시나리오를 구조 시나리오로 바꾸면 되긴 하는데. 어려운 일도 아니고."

"아냐. 클럽이랑 협회장을 어떻게 해야… 아, 그런데 이상 개체를 보호… 아니, 아…"

"방법은 많아. 암살도 있고, 휴전 협상도 있고."

아이디어가 쑥쑥 솟구쳤다. 어느새 그들의 생각이 인류 보호로 흘렀다.

마크 정이 고개를 저었다.

"세계 개변 장치를 쓰면 됩니다."

가만히 듣던 이사가 말을 거들었다.

"그건 고장 났어. 고치려면 시간이 많이 필요해."

"아뇨. 이연우가 주사위로 고칠 겁니다. 그리고 전쟁을 없던 일로 만들기로 했습니다."

그 순간 모두가 입을 다물었다. 갑자기 찬물을 뒤집어쓴 듯 오한이 들었다.

이연우가 어떤 생각을 품고 있는지는 넘어가더라도…

"그게 제대로 될까?"

사고뭉치. 그가 가진 주사위처럼 혼돈 같은 결과를 내는 인간. 인류 보호라는 목적 아래에서 온갖 아이디어를 쏟아내던 직원들도 더는 입을 열지 못했다.

이사는 멍하니 허공을 보며 생각하다가 천천히 고개를 내렸다. 복잡한 생각이 스쳤다.

'인류보호회사. 이상으로부터 인류를 보호하라.'

어쩌면 회사는 어느 순간부터 본질이 바뀐 건 아닐까? 인류의 보호보다 이상의 말살을 우선시한 건 아닐까?

잠깐 침묵하던 이사가 입을 열었다.

"그래, 그렇게 하자. 단, 심문용 기계장치와 이상 개체로 이연우의 의도를 파악한 후…"

그 순간이었다. 이사가 말을 멈췄다. 주머니 속의 핸드폰이 짧게 세 번 진동했다. 정예 요원과 종말 방어 장치 같은 우선 메시지의 도착 알림이었다.

이사는 핸드폰을 꺼내 들며 계속해서 말했고.

"의도가 위험하지 않다면…"

눈을 의심했다. 메시지에는 심각한 소식이 쓰여 있었다.

- 세계 개변 장치 완전 파괴. 설계도 손실. 범인은 이연우.

시간만 주어진다면 세계를 고칠 수 있는 최후의 보루가 완전히 망가졌다. 종말 방어 장치보다 더 중요한 멸종 방어 장치가 말이다. 이사가 핸드폰을 냅다 집어 던지며 소리를 악 질렀다.

"이연우 죽여!"

"갑자기 왜…"

"세계 개변 장치의 설계도까지 파괴한 인간이 어떻게 우리 편이겠나!"

마크 정은 멍하니 이사를 올려다보다가, 갑자기 닥쳐오는 고통에 까무룩 기절했다.

이연우는 공간을 이동하며 세계 개변 장치가 있는 부서에 도착했다. 마크 정이 프로젝트에 그의 이름을 올리기 전에, 위치 정보만 듣고서.

"이게 그 장치란 말입니까?"

이연우는 거대한 강철 덩어리를 보았다. 터지고, 깨지고, 부서지고, 무너져 원형을 알아보기 힘든 고철 쓰레기였다.

이연우에게 '설득'당한 연구원은 한숨을 푹 내쉬었다.

"아까운 일이죠. 이렇게 망가지면 안 되는데. 이것만 멀쩡했어도 지금 전쟁도 쉽게 대응할 수 있었을 텐데."

이연우는 천천히 고철 덩어리를 향해 손을 뻗었다. 그 표정이 좋지 않았다. 손끝에서 가능성이 느껴졌다.

'고칠 확률이 낮은데.'

과연 멸종 방어 장치였다. 수리가 성공할 확률이 굉장히 낮았다. 그렇다고 생존 본능을 믿기도 힘들었다.

이연우가 잠시 손을 움찔거렸다. 생존 본능의 감각이 둔했다.

마치 이거 못 고쳐도 충분히 살 수 있다는 듯, 실패와 대실패의 가능성을 피하지 않았다. 어쩌면 6레벨 수준의 장치라 파괴를 유리하게 보는 것일지도 몰랐다.

"그래도 한번 굴려는 봐도…"

이연우는 망설이다가 한 번 주사위를 굴렸다.

데구르르.

쨍!

'쨍은 숫자로 안 세지.'

이연우가 다시 주사위를 굴렸다. 쨍이 몇 번 더 나오고, 실패가 떴다.

쾅!

장치가 터졌다. 얼굴을 스친 강철 파편. 이연우가 손을 떨며 볼을 쓰다듬었다. 어차피 이런 건 생명의 위험이 아니었다. 하지만 세계를 되돌릴 장치가 더 망가졌다.

"아니, 어… 그래. 성공만 나오면 돼."

어쨌든 한 번이라도 성공하면 고쳐질 것이었다. 이연우가 얼른 주사위를 다시 굴렸고.

실패를 거듭하여 수리를 도울 설계도마저 손실됐다. 연구원이 비명을 지르며 달려오자, 이연우는 손을 벌벌 떨었다.

수리에 성공할 확률이 한없이 0에 가깝게 떨어졌다.

이연우는 멍하니 강철 부스러기를 보았다. 그가 눈을 돌렸다. 이건 망했다. 자신이 어떻게 할 수가 없었다.

그리고 자신이 할 수 없는 일은 남을 시키면 되었다.

"클럽 회장 다시 한번 봐야겠다."

185

세계 개변 부서에는 지옥보다 더 지옥 같은 광경이 펼쳐졌다. 연구원들이 비명을 지르며 뛰어다니기도 했고, 엉엉 울며 바닥을 기어다니기도 했다.

"장치, 장치가!"

"설계도까지 사라졌어! 안 돼, 안 돼!"

한순간에 부서의 핵심이, 그들이 피와 땀을 쏟아가며 완성한 장치가 없던 것이 되었다. 심지어 그것이 사라지는 것을 눈앞에서 보았다.

강렬한 정신적 고통이 주사위의 설득조차 이겨냈다. 연구원들이 하나둘 이연우를 노려보기 시작했다. 광기에 가까운 빛이 번들거렸다.

"뭘 한 거야! 이 못된 놈아! 어떻게, 어떻게 이런 짓을!"

"애초에 넌 누구야!"

"이연우! 이연우잖아! 이 부서 파괴자가 왜 온 거야!"

욕을 하는 연구원. 누군가는 얼른 이사한테 보고했고, 누군가는 보안 직원을 호출했다.

눈동자를 대굴대굴 굴리던 이연우가 슬금슬금 물러나며 진지하게 말했다.

"걱정하지 않으셔도 됩니다. 이건 금방 고칠 수 있습니다. 제가 어떻게든 되돌리겠습니다."

"하지 마!"

이연우를 직접 안내했던 직원이 절규했다. 여기서 더 실패하면 어떤 사고가 날지 짐작이 갔다. 그들 머릿속의 기억마저 지워버려, 세계 개변 장치를 처음부터 다시 만들어야겠지.

아니, 어쩌면 장치의 핵심이 되는 이상 개체 연필마저…

'아니, 연필은 지금 멀쩡한가?'

그 순간, 연구원이 몸을 바들바들 떨어가며 장치의 잔해로 몸을 던졌다. 다른 건 몰라도 그 연필이 사라지면 세계 개변 장치를 다시는 만들 수 없었다.

강철 파편이 옷을 찢고 피부를 긁어 붉은 상처를 내도, 연구원은 미친 사람처럼 손을 허우적거리며 파편 사이를 헤엄쳤다.

"빨리 찾아! 그거, 그거!"

다른 연구원들도 연달아 몸을 일으켰다. 맨손으로 파편을 옮겨서, 날카롭고 거친 파편이 손바닥 피부를 찢었다.

그때 쾅, 문이 거칠게 열리고 무장한 보안 요원들이 쏟아져 들어왔다. 그들은 곧바로 이연우를 향해 무기를 겨눴고.

이연우는 주먹을 쥐었다.

'클럽 빌딩이 있는 도시로.'

데구르르.

성공!

이동은 잘못되면 죽는다. 생존 본능이 실패와 대실패를 지웠다. 무난한 성공이 나왔다.

이연우의 시야가 변했다.

얼마 전에 왔던 도시였다. 태양이 떨어진 듯, 도시가 온통 황금빛으로 물들었다. 이연우는 가만히 하늘을 올려다보았다.

"세상이…"

이상을 배척하는 세상이 발악하듯 황금만능주의의 영역을 내리찍었다. 그 힘은 강대했지만, 어딘가 기세가 약했다. 세상이 멸망하고 있기 때문이었다.

확장하는 지옥과 예술의 전당 안에서 바깥으로 영향력을 흩뿌린 협회장과 황금만능주의가 행사한 권능. 그 모든 것이 세상을 약화하고 있었다.

심지어 이연우가 걸어놨던 '설득'조차 여전히 세상을 속이고 있었다.

'아니, 그건 내가 평범한 공간을 만들어서 그런가?'

잘 모르겠다. 잠시 머리를 긁적인 이연우가 천천히 걸음을 옮겼다. 목적지는 회장이 있는 클럽 빌딩.

눈부시게 빛나는 빌딩을 바라보며, 이연우가 생각에 잠겼다.

그의 목적. 원래 세상으로 되돌리기. 그에 필요한 것들. 그가 해야 할 것. 세계 개변 장치를 수리, 아니, 재건하는 것은 첫걸음일 뿐, 더 많은 일을 해야 했다.

그가 개변 전에 마지막으로 외쳤던 말이 떠올랐다.

'주사위. 내가 살 길을 만들어. …내가 간섭해서 이상보호회사가 됐지.'

자신이 간섭할 수 있다면, 다른 6레벨도 가능했다. 6레벨마다 서로 다른 세상을 꿈꿀 테니, 그 간섭을 막아야 했다.

거기에 회사도 있었다.

'평범한 세상을 포기하게 만들어야 하는데.'

세계 개변보다 연관된 상황이 더 어려웠다. 얽힌 존재가 너무나 많았으며, 그 매듭은 지독하게 꼬여 있어 어디서부터 손을 대야 할지 알 수가 없었다.

회사의 싱크 탱크가 모여서 한참을 회의해야 갈피가 잡힐까?

고민에 빠진 이연우가 흔들흔들 걸어갔다. 좀처럼 답이 떠오르지 않아 그 걸음이 느렸다.

그리고 그 시간은 회장이 이연우의 방문을 알아차리기에는 충분히 길었다. 이연우의 앞으로 황금빛이 모여들며 회장의 형상을 만들었다.

- 뭡니까? 왜 여기 왔습니까? 이럴 시간에 회사로 가서 공

격해야지 않습니까? 아니면 악마자치구나.

회장은 불편한 기색을 드러냈다.

일단 동맹은 확실했다. 이상을 말살하려는 회사를 이연우가 용납할 리는 없으니까.

하지만 이연우는 폭탄이라 적진에 던져야지, 본진에 두면 안 되었다.

고개를 숙이고 눈을 내리깐 채 고민하던 이연우가 천천히 고개를 들었다. 입술을 달싹이며 설득을 위해 일단 아무 말이나 뱉으려고 했으나, 곧 입이 꾹 다물어졌다.

'내가 설득할 수 있는 인간이 아니야.'

말솜씨와 논리로 승부하면 질 것이었다. 세상을 바꾸려고 찾아갔을 당시 이미 겪어보지 않았나.

그 순간 생각이 번뜩였다.

'내가 왜 복잡하게 설득하고 이성적으로 상대하려 했지? 그 누구야, 옛날에 어떤 왕이 매듭은 자르라고 말했던 거 같은데.'

문제를 없애면 더 이상 풀 필요가 없었다. 아니면 칼 들고 매듭을 협박해 스스로 풀리게 만들거나.

회장이 불길함을 느끼며 다시 입을 열려고 할 때였다. 이연우가 손을 뻗었다. 머릿속으로 떠올린 이미지는 지우개를 든 멸망주의자. 그가 무미건조하게 말했다.

"주사위. 지구가 폭발할 가능성."

데구르르.

주사위가 굴렀다. 생존 본능이 성공과 대성공을 지웠으나, 꽝과 실패와 대실패의 가능성이 꿈틀거렸다. 관련된 감각이 없으면 뭐가 뭔지 모를 확률의 실타래.

찰나, 회장이 기겁했다. 그는 뭘 더 생각하지 못하고 냅다 소리부터 질렀다.

– 막으세요!

황금빛이 새하얗게 보일 정도로 발광하며 이연우를 휘감았다. 꿈틀거리던 확률의 실타래가 살충제를 맞은 벌레처럼 움츠러들었다.

한창 구르던 주사위가 멈췄다. 취소당했다. 잠깐 침묵이 스쳤다. 두 사람은 가만히 서로를 보았다.

"···"

– ···뭡니까? 미쳤습니까? 갑자기 지구 폭발?

회장이 먼저 말했다. 그는 소모된 황금을 가늠하며, 정신을 차렸다. 지구 폭발을 막은 것치고는 소모된 황금이 굉장히 적었다. 애초부터 일어날 일이 아니라는 소리였다.

회장의 얼굴에 짜증이 서렸다.

– 장난인가? 지금 이런 장난을 칠 때입니까?

"장난 아닌데. 여긴 내 세상이 아니잖아. 개변된 세상. 내 기억도, 삶도 다시 쓰였지. 내 진짜 삶과 인연은 오직 개변 전의 세상에만 있다고."

이연우는 느릿하게 다시 손을 폈다. 회장의 시선이 이연우에게 집중됐다. 이연우는 혼잣말처럼 중얼거렸다.

"이런 세상은 멸망해야지. 사람부터 지울까? 주사위. 사람을 죽이는 병이 전 세계에 전파될 가능성."

- 취소.

황금빛이 다시 번쩍였다. 이번에는 소모된 황금이 꽤 많았다. 지구 폭발과 달리 진짜로 일어날 가능성이 있었다는 말이었다.

회장의 표정이 굳었다.

- 진심입니까? 진심으로 그런 생각을 한다고? 아니, 아니겠죠. 아닌가?

회장은 두통이 몰려와 머리를 꾹꾹 눌렀다.

도대체 뭐 하자는 건지, 뭐 하는 인간인지 이해를 할 수가 없었다.

- 세상을 바꾸자고 찾아오고, 지도자랑은 뭘 했는지도 모르겠고, 이제는 멸망? 혹시 인격이 단수가 아니십니까? 막 주사위 굴려서 나온 결과대로 인격이 바뀝니까?

그나마 합리적인 가능성은 주사위에 오염당해 정신에 문제가 생겼다는 것인데.

이연우는 여전히 무표정을 유지했다.

"말했잖아. 이런 세상은 멸망해야 한다고."

회장은 가만히 이연우를 보다가, 천천히 상황을 인식했다. 단순한 협상 기법이었다. 먼저 강하게 나가고, 다음에 진짜를 요구하는 기법.

비싸게 팔겠다고 말했다가 천천히 가격을 조정하는 느낌.

- 원하는 게 따로 있군요. 말해보세요. 이런 한심한 협박은 그만두고.

"음."

속내를 들킨 이연우가 어설픈 연기는 그만두고, 머쓱하게 머리를 긁적였다.

다소 부끄러운 목소리가 나왔다.

"원래 세상으로 되돌리는 게 목적입니다. 아무리 생각해도 원래 세상이 가장 이상적이어서요."

- 도대체 그게 뭔… 인류보호회사가 이상 말살을 원하는데 그게 왜 이상적입니까.

"그것도 문제긴 한데, 그건 나름대로 대책을 준비했습니다."

이연우가 살짝 고개를 돌렸다. 그가 만든 평범한 영역. 이걸 회사에 당근으로 주고 이런 멸망전을 채찍으로 삼아 협상할 것이었다.

"회사의 방침은 공격이 아니라 보호지 않습니까. 거기에 호소할 수 있을 것 같습니다."

- 그게 된다고, 아니, 된다고 칩시다. 그런데 제가 그걸 왜 동의해야 합니까?

회장이 어이없는 표정을 지었다. 전쟁은 유리하게 흘렀고,

클럽은 톤 단위의 황금을 조달했다.

지금 세상에서 회사를 무너뜨리면 끝인데, 굳이 회사가 있는 개변 전의 세상으로 돌아갈 이유가 있나?

이연우도 클럽의 입장을 바꿀 자신은 없었다. 그는 자신 없이 말했다.

"동의까진 아니고, 세계 개변 장치만 고쳐주고, 다시 되돌리는 거에 간섭만 안 해주면 되는데."

- 그러니까 그걸 내가 왜… 아니, 됐습니다. 저는 지금 세상이 그리 나쁘지는 않습니다. 당신을 방해할 겁니다.

결국, 회장이 지금 세계를 고집했다.

이연우가 안타까움에 고개를 숙였다. 짙은 한숨이 나왔다.

"아, 이게 안 되네."

회장이 도왔으면 지금 바로 세계 개변 장치가 고쳐졌을 텐데. 칼 들고 협박해도 매듭이 혼자 풀리지 않으니, 남은 방법은 칼로 매듭을 내리치는 것뿐이었다.

"그럼 어쩔 수 없죠. 당신부터 치워야지."

황금만능주의는 회장이 아니었다. 회장을 죽이면 자신도 쓸 수 있었다. 확실함을 따지면 오히려 이쪽이 나았다.

"주사위. 회장이 심장마비로 죽을 가능성."

회장을 죽이고 황금만능주의로 모든 문제를 해결한다.

동시에 회장의 형상도 황금빛으로 빛났다. 공격은 공격으로 받아친다.

– 이연우의 심장을 멈춰주십시오.

주사위가 구른 후 결과를 냈고, 소원을 들은 황금만능주의가 황금을 소모하여 강제력을 행사했다. 한순간에 공격이 서로를 찔렀다.

쿵.

두 사람의 심장이 동시에 멈췄다. 그리고 두 사람의 심장이 다시 뛰기 시작했다.

회장은 그대로 뒤로 넘어가다가 보험이 작동하여 회복했고, 이연우는 그냥 생존 본능이 심장이 다시 뛰는 미래로 인도했다.

잠시나마 죽음을 체험한 두 6레벨이 서로를 노려보았다.

– 좋습니다. 황금만능주의와 주사위. 어느 쪽이 더 전능한지 해봅시다.

"너무 걱정하지는 마십시오. 다시 되돌린 세상에는 당신도 멀쩡히 살아 있을 겁니다."

직후, 주사위가 실타래를 풀어놓으며 미친 듯이 구르기 시작했고, 황금만능주의가 황금을 끝도 없이 먹어치우며 현실을 뒤틀었다.

186

허공이 살벌하게 뒤틀렸다. 살의가 현실로 구현되었다.

"회장의 뇌 신경이 끊어질 가능성. 척추가 골절될 가능성, 피가 물로 변할 가능성, 폐가 산소를 거부할 가능성, 생체 전기가 번개가 될 가능성."

이연우의 읊조림에 주사위가 신나서 몸을 던졌다. 위이잉, 회전하는 소리가 들릴 정도로 거세게 구르며 짧은 시간에 결과를 냈다.

꽝과 실패와 성공이 뒤섞인 결과. 몇 가닥의 실타래가 가능성을 구현하며 회장을 덮쳤다.

회장 또한 가만히 있지는 않았다. 방어는 신경도 쓰지 않고, 오직 살기 가득한 목소리를 뱉었다.

- 이연우를 죽여주십시오.

방어 따위 하지 않았다. 그럴 필요가 없었다.

황금빛이 물결이 되어 회장의 정수리부터 흘러내렸다. 회장이 평소 황금을 바쳐가며 준비한 보험과 방어가 바로바로 그를 되돌렸다.

또한, 회장의 공격은 애초에 이루어지지 않았다. 회장의 시선이 황금만능주의로 돌아갔다.

- 죽이기에는 부족하다고? 지금 얼마나 많은 황금을 바쳤는데…

이건 뭔가 이상했다. 주사위로 막은 것도 아니고, 부활한 것도 아니고, 황금이 부족하다고?

"난 안 죽습니다."

이연우가 평온한 표정을 유지하며, 계속해서 주사위를 굴렸다.

자신은 아직 전능하지 못했다. 그저 절대성을 지녔을 뿐이었다. 반드시 살아남는다는 절대적인 법칙.

회장은 그제야 깨달았다. 어마어마한 황금이 있어도 간섭하지 못하는 것. 지도자의 지옥, 협회장의 아름다움, 황금만능주의의 거래. 그가 말했다.

- 주사위가 아니라 생존이었습니까?

"예. 그러니 의미 없는 싸움은 그만하고 협력해주십시오."

어느 한쪽이 죽어야 끝날 전투라면, 최후의 승자는 죽지 않는 자 아니겠나. 이연우는 자신이 있었다.

회장은 피식 웃었다. 경계심이 한층 내려갔다.

리메이크

- 참 쓸모없는 걸로 6레벨에 올랐군요. 6레벨은 원래 안 죽습니다.

협회장은 죽으면 세상이 되살린다. 지옥에는 죽음이 없고, 자신은 황금이 마르지 않는 한 죽지 않는다.

- 차라리 주사위였으면 위협적이었을 텐데.

"글쎄, 그건 아닌 거 같은데."

그 판단에 이연우는 고개를 저었다. 생존 본능으로 6레벨에 오른 덕에 자신은 자신으로 남았다.

예술가협회장은 아름다움에 집착하여 작품을 수집하는 병에 걸렸고, 지도자는 자신을 지옥에 가두었다. 누구보다 인간을 좋아하지만, 인간을 해치는 지옥을 만드는 자신에 대한 혐오감이 그의 지옥이었다.

"난 당신처럼 손익에 집착하지는 않거든. 나는 여전히 나야."

그 말이 회장의 정신을 긁었다. 그가 눈살을 찌푸렸다. 황금빛으로 빛나는 눈동자가 좁아졌다.

그도 이미 자신을 많이 잃은 상태였다. 과거의 자신과 지금의 자신은 많이 다름을 알았다. 가끔 과거를 떠올릴 때면 낯선 사람을 보는 듯했다.

그가 변명하듯 말했다.

- 오염되더라도 황금만능주의를 쓸 수 있고 클럽의 회장이 되었다면 충분히 이득이죠. 인간성을 잃었더라도 말입니다.

그러고는 곧장 이연우를 똑바로 노려보았다.

– 그리고 당신이 진짜 오염되지 않았다면, 당신은 처음부터 이상 개체였다는 소리입니다. 차라리 내가 더 인간답군요.

"난 인간 자격증 있으니까 인간인데."

방금 심장이 한 번 멈추면서 내구성이 떨어지긴 했어도, 아직은 인간이었다.

– 진짜 인간은 그런 자격증 필요 없… 아니. 싸우는 중에 뭘 하는 건지.

잠깐 이연우의 말에 휘말렸던 회장이 다시 정신을 차렸다. 이건 손해였다. 시간도, 황금도 의미 없이 소모됐다.

그들이 다시 싸우기 시작했다. 대충 상대를 파악했으니, 이번에는 방향을 바꿨다. 죽지 않는 6레벨의 싸움.

– 공간 격리. 이차원 추방. 주사위 봉인. 정신 지배.

"봉인 저항. 그냥 저항. 설득. 회장을 지구 반대편으로 이동. 황금만능주의 강탈."

회장은 이연우를 잠시나마 무력화하기 위해, 이연우는 회장을 치우고 황금만능주의를 이용하기 위해.

세상이 뒤틀리고 흔들렸다.

공간이 네모난 상자처럼 닫히고, 이연우가 이차원으로 날아갔다가 다시 돌아오는가 하면, 검은 실타래가 봉인을 걷어내고, 실패하고 성공하여 뻗어나간 가능성이 빌딩에 부딪혀 튕겨나왔다.

리메이크

이연우가 얼굴을 잔뜩 찌푸렸다.

'밀리는데.'

전시 태세에 들어간 클럽은 충분한 황금을 바탕으로 모든 간섭을 떨쳐냈다. 반대로 이연우의 생존 본능은 둔했고, 주사위는 무작위의 결과를 내놓아 출력이 떨어졌다.

이대로는 아무것도 못 한다. 오히려 세계 개변 장치만 완전히 망가뜨린 꼴이었다.

이연우가 주춤주춤 뒤로 물러났다. 황금빛의 파도를 견디기가 힘들었다. 어찌어찌 치명적인 간섭에는 저항하고 있었지만, 조금씩 기세를 잃었다.

- 방어하기 바쁘군요. 내가 당신을 어쩔 수는 없지만, 당신도 날 어쩔 수는 없어요. 이만 돌아가세요. 원래 세상 같은 건 포기하고.

거기에 회장이 넌지시 제안을 던졌다. 나쁘지 않은 제안이었다.

지금 세상에서도 그는 죽지 않고 살 수 있었다. 정신 지배나 주사위 봉인 같은 위험을 무릅쓰며 굳이 이전 세상을 되돌릴 이유는 없었다.

생각이 스쳤다.

'포기할까?'

이연우가 걸음을 멈췄다. 포기가 합리적이고 효율적인 선택이었다. 하지만 그 선택지가 마음에 들지 않는 이유는…

회장도 공격을 멈추고, 이연우의 판단을 기다렸다.

– 회사가 무너지면 우리들의 세상이 옵니다. 죽지 않는 6레벨끼리 싸우겠습니까? 당신은 그저 편안하게 살면 됩니다. 사람들도 변함없이 살아갈 거고요.

"…아니야."

이연우가 고개를 들었다. 그 눈에는 주사위가 선명하게 비쳤고, 둔한 생존 본능이 은은히 감돌고 있었으나, 이연우의 생각이 가장 강렬하게 빛났다.

"내가 착각했어. 원래 세상이 살기 좋아서 돌아가고 싶다고. 그게 아니야."

생존은 이유가 될 수 없었다. 생존 본능으로 6레벨에 오른 이상 어떤 세상에서 살든 죽지 않는다.

그가 원래 세상을 원하는 이유는 하나뿐이었다.

"여기는 내 세상이 아니야. 나는 내 세상을, 내가 살아왔던 세상을 원해."

이상한 장치가 간섭하지 않는, 오직 그가 살아온 삶의 궤적이 남아 있는 세상. 그가 겪은 경험과 만난 사람, 그 과거 또한 목숨만큼이나 소중한 것이었다.

자신을 조작하는 간섭에 저항하듯 자신의 과거를 바꾼 개변도 없던 일로 만들어야 했다.

회장이 한숨을 쉬었다.

– 글쎄, 당신은 그럴 능력이 없는데. 시간 낭비, 황금 낭비.

제발 낭비 좀 그만하면 안 되겠습니까?

"능력은 없지. 하지만 잠재력은 있어."

이연우가 웃으며 에코백에서 권총을 꺼냈다. 클럽의 사제 권총이었다. 그 권총을 자기 머리에 겨누었다.

떠올린 것은 미래의 자신.

이상기후로 멸망한 세상을 살아가며 이상기후의 해결책을 홀로 고민하던 자신. 방주를 찾아 헤매던 자신. 시간을 되돌릴 능력이, 이상기후를 없던 일로 만들 능력이 있던 자신.

인류의 멸망과 정을 붙인 사람들의 죽음마저 자신의 과거로 받아들인 그가 이해가 갔다.

이연우가 속으로 중얼거렸다.

'필요한 건 미래의 나 수준으로 강한 힘.'

공시생 생활만 4년을 하고, 현장에서 살기에 급급했던 자신이 무슨 복잡하고 거대한 문제를 다루겠나. 손만 대면 망가뜨리겠지.

오직 전능의 힘만이 해결책이었으며, 그 힘을 얻는 방법 또한 이미 알았다.

'생존 본능. 전쟁과 멸망을 없던 일로 만들자.'

이연우가 방아쇠를 당겼다. 머리에 붉은 꽃이 피었다. 갈기갈기 찢어진 인간 자격증이 벚꽃처럼 흩날렸다.

- …자살? 진짜 정신에 문제가 있습니까?

뒤로 쓰러진 이연우를 보며 회장이 한숨을 내쉬었다. 어쨌든 잘된 일이었다. 분명 부활하겠지만, 그거야 봉인하면 될 일이었다.

스멀스멀 이연우의 몸 위로 실타래가 뻗어 나왔다. 볼 것도 없이 부활 판정이었다.

회장이 대충 손을 저었다.

- 봉인해주십시오.

그러나 황금만능주의는 움직이지 않았다. 그건 불가능한 일이라고.

회장이 멈칫, 다시 시선을 돌렸다. 알 수 없는 오한이 등골을 타고 올랐다. 아니, 세상조차 불안하게 흔들렸다. 황금만능주의의 영역과 세상의 경계가 뭉개지고, 섞이고, 알 수 없는 무언가로 변했다.

생존 본능이 비명을 질렀다. 그가 살아가는 미래를 만들었다.

주사위의 부활 판정.

대성공!

검은 실타래가 수술하듯 이연우의 상처를 봉합했다. 파괴된 신체 부위를 가능성과 확률의 실타래로 대체하였으며, 이연우의 심장이 다시 뛰기 시작했다.

코와 눈을 가리는 가면을 쓴 듯, 삐죽삐죽 솟아난 실타래가 일렁였다. 이연우가 천천히 몸을 일으켰다. 미소를 띤 입가만이 인간의 얼굴로 존재했다.

더듬더듬 얼굴을 매만진 이연우가 크게 웃었다.

"진작에 이럴걸."

확률적인 가능성이 선명하게 느껴졌다. 손만 뻗으면 닿았다. 이연우가 가볍게 손을 휘저으면, 손아귀에 실타래가 잡혔다.

무너지던 영역이 복구되었다. 그런 가능성을 잡아서 구현했다.

"일단 인간 자격증부터. 아, 필요 없네."

100개의 인간 자격증을 생성하려던 이연우가 툭, 실타래를 밀어내었다.

스스로 인간을 포기해서 그럴까. 이연우의 생존은 인류의 생존으로 나아갔으며, 그 생존 본능이 주사위를 적절하게 견제했다.

주사위가 폭주하면 인류가 망한다고, 자아를 지키고 있었다. 거기에 주사위가 그의 몸이 되어버려 원래 자기 감정 다루듯 조절할 수 있었고.

그쯤에서 이연우가 고개를 돌렸다.

회장은 검은 실타래로 만들어진 이연우의 가면 같은 눈가를 보다가, 떨리는 목소리로 말했다.

- 주사위 6레벨?

"예. 그렇게 됐습니다. 이제 당신이 협력하지 않아도 됩니다."

더 이상의 실수는 없다. 이연우가 오므린 손을 허공에 휘저어 확률의 실타래를 건져냈다.

세계 개변 장치가 복구될 가능성이 아니었다. 개변을 취소할 가능성이었다. 본래의 세상으로 돌아갈 가능성이었다.

– 멈추십시오!

황금빛이 몰려왔다. 이연우의 행동을 취소하기 위한 권능이었다. 이연우는 느긋하게 반대쪽 손을 쥐었다.

"10초 동안 모든 간섭을 막아낼 가능성."

전쟁으로 멸망이 닥쳐온 세상. 생존 본능이 힘을 더했다. 황금빛이 벽에 부딪혀 멈췄다. 그 10초면 충분했다.

이연우가 주먹을 쥐었다.

세계가 다시 쓰였다.

엔딩

모든 사고는 찰나에 일어났다. 하지만 한번 사고를 겪은 사람들은 능숙하게 대처했다.

개변이라는 희대의 사고를 겪은 회사는 평범한 방에 전쟁의 진행과 6레벨의 위험성 같은 중요한 자료를 미리미리 백업해두었고.

"지금의 기억을 보존해주십시오!"

코앞에서 이연우가 세계를 개변하는 것을 본 골드버그클럽 회장은 자신을 보호했으며.

"이제는 나한테 상처 주지 않겠다고? 드디어 돌아가는구나!"

"개변? 내가 이곳에 있으면 세상이 지옥이 되는데. 아니, 일단 이상이 없는 영역으로! 전쟁이 계속되면 다시 나온다!"

자의적으로 방관을 선택할 수도 있었다.

그리하여 다시 쓰이는 세상.

이연우는 가만히 하늘을 올려다봤다. 확률이 0만 아니면 뭐든지 할 수 있었다. 세계 개변 장치를 복구할 확률은 굉장히 낮았으나 어쨌든 존재했고, 그건 그가 세계를 개변할 수 있다는 뜻이었다.

이연우가 눈을 감았다.

한순간에 세상이 바뀌었다. 전쟁도 일어나지 않았고, 세상은 이상을 허용하며, 회사가 인류보호회사로 존재하는 세상으로.

개변이 일어나기 직전의 세상으로 돌아왔다.

눈을 한 번 깜빡였을 뿐인데, 세상이 바뀌었다. 확률의 실타래를 가면처럼 쓴 이연우는 가만히 클럽의 빌딩을 보았다.

클럽의 본진은 평범한 고층 빌딩으로 존재했다. 황금으로 도배하지도 않았고, 영역을 만들지도 않았다. 그럴 필요가 없는 세상이니까.

그저 이전에 소모했던 황금이 소모된 채로 존재할 뿐이었다. 그건 거래로 사용된 것이라 절대적으로 소모됐다.

빌딩에서 비서가 나왔다. 그는 의아한 표정을 지으며 이연우의 얼굴을 살피다가 손짓했다.

"이연우 님? 회장님께서 올라오라고 하십니다."

"갑시다."

이연우가 침착하게 비서를 따라갔다. 이제 첫걸음을 떼었다. 문제는 여전히 잔뜩 남아 있었다. 평범한 세상을 꿈꾸는 인류보호회사, 회사와 싸울 수밖에 없는 이상 집단.

생존 본능이 속삭이는 듯했다.

– 전쟁은 멸망이다. 그런 일은 일어나지 않게 막아야 한다.

이연우는 속으로 대답했다.

'알아. 미래의 나랑 같은 실수는 하지 않아.'

이왕이면 모두가 함께 사는 것이 최선이었다. 상실과 고통을 받아들이느니, 애초에 겪지 않는 편이 나았다.

물론 목숨의 위기가 찾아오면 또 혼자 살겠다고 날뛰겠지만, 이제는 그럴 이유가 없었다.

자신의 목숨만이 아니라 모두의 목숨을 구할 힘이 있었으니까. 여유가 있었다.

'할 수 있는데 안 할 이유는 없어. 어렵긴 하지만, 불가능하지도 않을 거야.'

스윽.

이연우가 문득 손을 쥐었다. 얼굴을 감싼 확률의 실타래. 그의 두뇌와 얼굴 일부를 대체한 그것이 사람의 형상으로 보일 가능성을 구현했다.

그 가능성의 실타래를 약지에 반지처럼 묶을 때였다. 머릿속 확률의 실타래와 주사위가 충동을 더했다.

– 그래서 어떻게 할 건데? 회사, 이상 집단, 6레벨을 설득할 수 있어? 못 하잖아. 그냥 힘으로 짓누르자.

엔딩

어느새 빌딩으로 들어와 엘리베이터에 단 이연우가 관자놀이를 꾹꾹 눌렀다. 거울을 슬쩍 보았다.

이전과 같은 얼굴. 눈동자에는 주사위가 비쳤다. 단순한 생각으로 막 움직여 혼란을 일으키는 충동.

'평범한 세상을 포기하라고 이사들 소집해서 협박하고, 다른 6레벨도 전쟁하지 말라고 협박하고?'

이연우가 중얼거렸다.

"그건 아니지."

냉정하게 충동을 밀어냈다. 주사위와 한 몸이 되었기 때문일까. 오염이 아니라 융합에 가까운 느낌이라, 충동과 감정을 조절하기 쉬웠다.

비서는 힐긋힐긋 이연우를 훔쳐보다가, 혼자 침을 삼켰다.

그쯤에서 띵, 엘리베이터 문이 열렸다. 비서가 말했다.

"들어가시면 됩니다. 회장님께서 둘이 이야기를 나누자고 하셨습니다."

"예."

이연우가 엘리베이터 바깥으로 나갔다. 본래의 세상답게 최상층에 컨베이어 벨트 따위는 없었고, 회장과 황금만능주의와 테이블과 소파 같은 가구가 있었다.

피곤해 죽겠다는 표정을 지은 회장이 소파에 앉은 채 이연우를 노려보았다.

"아주 잘하셨습니다. 황금만 소모하고, 이제 회사가 이상 말살을 위해 움직여도 못 막겠습니다. 그래, 당신은 완전한 이상 개체인데 이제 회사는 어쩔 겁니까?"

최악의 상황이었다. 클럽은 황금만 잔뜩 소모했고, 회사는 인류보호회사로 돌아왔다.

지금 상황에서 전쟁이 일어나면 모두가 죽을 것이었다.

이연우는 머리를 긁적이다가 천천히 건너편 의자에 앉았다. 그 입이 쉽게 열리지 않았다.

회장이 답답한 표정을 지었다.

"평범한 총탄 모릅니까? 그거 맞으면 당신도 죽습니다. 그렇다고 당신이 저 지도자처럼 인류를 사랑할 리도 없고. 대책이 있으니까, 이딴 일을 벌인 거잖아."

"…대책 없습니다."

이연우가 짧게 말했다.

정말 없었다. 자신은 정책이니 전략이니 하는 거대한 것을 다룰 능력이 없었다. 개변된 세상에서 움직이며 뼈저리게 경험했다. 직접 손을 대면 혼란만 찾아오지 않았나.

회장이 금붕어처럼 입을 뻐끔거렸다. 뭐라 말을 하고 싶은데, 욕설이 나올 것 같았다.

'대책 없이, 생각 없이… 저딴, 저딴…'

하지만 이연우는 천천히 말했다.

"생각을 해봤는데, 저는 이익 관계를 조율하고, 집단끼리 외교적으로 어떻게 하는 방법을 몰라요. 그러니까…"

엔딩

그가 허공을 보다가 천천히 시선을 내렸다. 시선은 회장을 보았으나, 그의 정신은 더 많은 사람을 떠올렸다.

골드버그클럽, 자유예술가협회, 악마 숭배자, 인류보호회사.

서로 다른 집단에서 전문가를 모아 해결책을 만든다.

"모든 집단에서 사람들 모아서 회의합시다. 지금처럼 다 같이 살 수 있는 세상을 만들 방법을…"

"그게 된다고 생각합니까?"

"예."

회장이 돌아버리려고 했다. 평범한 총탄을 양산하고, 평범한 세계를 만들 능력이 있는 회사가 그걸 받아들일까?

차라리 싹 다 몰살하려고 하겠지.

클럽의 회장인 자신도 망하기 전에 회사를 죽이고 싶었고, 협회장이나 지도자도 극단적으로 나아갈 것이었다.

회장이 답답하다는 듯 손목시계를 풀었다. 손목시계가 대충 소파 구석으로 던져졌다.

"회사가 그걸 받아들일 이유가 없습니다. 결국, 전쟁만 남습니다. 다시 말해, 이대로는 당신의 개변에 아무 의미가 없다는 말입니다."

이연우가 잠깐 시계를 보다가 눈을 빛냈다.

"아뇨. 아직 늦지 않았습니다."

돌이킬 수 없는 선을 넘지는 않았다. 왜냐하면, 회사의 힘이 압도적이지 않으니까. 시간이 지나면 회사를 막을 수 없겠지만, 지금은 아니었다.

이연우가 말했다.

"평범한 총탄은 치명적인 위험이 아닙니다."

방탄 장비로 막을 수 있었다. 황금만능주의로 총기 고장 영역을 만들 수도 있었고, 주변의 총기가 격발되지 않을 가능성을 줄 수도 있었다. 협회장은 애초에 총기가 스스로 고장 날 테고.

"전력이 비슷한 지금이니까, 차라리 협상을 하자?"

회장은 등을 소파에 기대며 잠깐 허공을 보았다. 이런저런 생각이 스쳐 지나갔다.

"…방법이 없지는 않습니다. 회사만 협조하면 말입니다. 조약을 맺을 수도 있죠."

이연우가 잘 모르겠다며 눈을 깜빡이자, 회장이 설명했다.

"회사가 평범한 세상과 평범한 무기를 만들지 못하게 하고, 관련 정보를 공개하고, 이상 집단은 감사할 권리를 가진다거나. 대신 이상 집단도 인류 보호를 의무로 가지고 행동하고."

"좋네요!"

이연우가 박수를 짝짝 쳤다. 확실히 일단 들이대는 것보다는 나은 방법 같았다.

하지만 회장은 고개를 절레절레 저었다.

"문제는 결국 하나입니다. 회사가 이걸 받아들일 이유."

"저는 협박만 떠올라서. 아무래도 사람들 모아서 생각을 들어야 하는데…"

이연우는 단호하게 말했다.

"클럽의 인력만 빌려주십시오. 추가로 제가 아는 사람들을 부르겠습니다."

회장은 마지못해 요구를 들어주었고, 그렇게 회의가 소집되었다.

클럽의 두뇌와 클럽이 친분을 유지하는 악마 숭배자 몇과 예술가 몇, 거기에 한때 이상기후를 막기 위해 조직되었던 시계수리공 몇.

회의가 긴 시간 동안 이어졌고.

그럭저럭 갈피가 잡혔다. 이연우는 희망으로 눈을 빛냈고, 회장도 가능성을 보고 주먹을 쥐었다.

남은 것은 정상 회의뿐이었다. 회장이 말했다.

"협회장, 지도자, 이사회, 회장인 나와 당신. 이렇게 모으겠습니다."

황금빛이 번쩍이며 허공에 화상회의 화면이 만들어졌다. 열 명가량의 사람이 저마다 이상한 표정을 지은 채 상황을 파악했다.

거기에 이연우가 말했다.

"우리 조약 맺읍시다."

- 무슨 조약?

개변이 취소되며 되살아난 이사 중 하나가 떨떠름하게 물었다. 이미 개변과 개변 취소를 알아채고 그 대책을 상의하던 중이었다.

"제가 말하겠습니다."

회장이 나서서 조리 있게 설명했다.

지구에서 평범한 세상을 포기할 조약. 정보 공개와 감사 권리. 또한, 이상 집단의 인류 보호 의무.

"어차피 세계 개변 장치는 의미 없습니다. 두 번의 개변을 겪은 이상, 대책은 준비했습니다. 회사는 평범한 세계를 만들 수 없습니다."

어차피 당장 못 이룰 목표이니 적당히 협상하자는 말이었다.

어떤 이사가 말했다.

– 우리가 승낙해야 할 이유가 없군. 그래, 다 들켰으니 솔직히 말하지. 이상이 없는 세상, 평범한 세상은 포기 못 할 사명이야.

어떤 것은 타협할 수 없었다. 단호한 목소리만큼이나 이사의 표정은 딱딱하게 굳었다.

– 전쟁이 일어나겠지. 그래도 미래를 위해서라면 그 또한 감수해야 할 희생이야.

그쯤에서 이연우가 나섰다.

"그래서 제가 제안하고 싶습니다. 인류보호회사. 이상 말살이 아니라 인류의 보호에 그 목적이 있지 않습니까. 전쟁으로 인간을 희생시키느니, 사람을 구하십시오."

이사들의 시선이 이연우에게 돌아갔다.

배신자를 보는 시선이 아니라, 일어날 일이 일어났다는 표정이었다. 6레벨 이상 개체가, 그것도 생존주의자가 평범한 세상을 원할 리가.

이연우를 담당하는 이사가 말했다.

- 우리가 끝까지 함께하지 못할 거라고 생각하긴 했지. 자네가 살기 위해 그런 말을 하는 거라면 이해는 해. 하지만…

"그 말이 아닙니다."

이연우가 단호하게 고개를 저었다.

그는 기억했다. 거인들의 세상. 애완인간으로 비참하게 살아가는 인간들.

"지구가 아니라 이차원의 인간을 구하라는 말입니다. 지구는 모든 집단이 힘을 합쳐 지키고, 회사는 바깥으로 나아가십시오."

지구는 그대로 두고, 회사는 이차원에 평범한 세상을 건설한다. 그 세상은 그 자체로 방주이자, 인류의 셸터가 될 것이었다.

188

회사 앞에 갈림길이 나타났다.

하나는 공멸하는 미래가 선명한 전쟁. 그 대가는 몇 안 남는 지구인과 평범한 세상.

다른 하나는 이차원으로 나아가 평범한 세상과 새로운 문명을 건설하는 것.

이사들의 얼굴에 고민이 내려앉았다. 눈살을 찌푸리고, 턱을 쓰다듬고, 손가락으로 테이블을 두드리며 계산하기도 하고.

두 번째 선택지가 생각보다 괜찮았다. 인류 보호라는 목적에도 충실하고, 장기적인 관점이나 위험 관리 측면에서도.

하지만 마음에 걸리는 점이 있다고 어떤 이사가 말했다.

- 나쁘지는 않아요. 하지만 우리가 지구를 포기할 수는 없어요.

지구의 자원. 80억이라는 인간의 문명과 과학기술. 그건 전

부 회사의 기반이기도 했다. 그 모든 걸 버리고 새로 시작하는
건 너무 위험했다.

회장이 능숙하게 웃으며 손을 저었다.

"회사에게 지구를 버리라는 말이 아닙니다. 지구는 회사와
모든 집단이 힘을 합쳐 지키자는 말입니다. 회사는 지구를 거
점 삼아 이차원을 개척하고요."

이왕이면 클럽은 이차원에서 황금도 조달하고.

조금의 욕심을 숨긴 회장이 근처의 금괴를 가볍게 주워 황
금만능주의에 바쳤다.

"이 문서들을 전송해주십시오."

대충 중요한 사항만 적은 문서가 회의 참가자들에게 전해
졌다.

– 이건 안 예뻐.

예술가협회장은 멍하니 문자 나열을 보다가 머리를 흔들
었다. 이해하기가 어려웠다. 예술 작품도 아니고, 계속 보고 싶
지 않았다.

반대로 지도자는 다른 곳에 정신이 집중된 기색이었다.

이사들이 서둘러 문서를 읽어 내리는 중에, 지도자가 고개
를 돌려 이연우를 찾았다.

– 평범한 공간, 네가 만들었나?

"어, 예. 개변을 취소하기 전에 만들었습니다."

그제야 이연우가 퍼뜩 정신을 차렸다. 개변 전에 만든 평

범한 영역. 평범한 총탄과 평범한 방을 비롯해 회사가 비슷하게 만들 수 있는 영역이었기에 주사위가 대실패의 힘으로 낮은 확률을 끌어 올렸다.

문제는 그 영역이 만들어진 장소가 악마 숭배자의 본진인 악마자치구라는 것이었다.

이연우가 눈동자를 굴렸다.

'이거 문제 되나? 될 거 같은데?'

개변이 취소된 지금도 본진이 사라진 상태인데? 거기 있던 악마도 모조리 돌아갔을 텐데?

'지도자가 적이 되면 힘든데?'

지옥은 그야말로 생존 본능의 카운터였다. 지옥에 들어가는 순간, 모든 게 그냥 꺼졌다. 자신도 안 죽고 사람도 안 죽으니까. 주사위로 맞설 수는 있지만, 지도자도 쉽게 당하는 사람이 아니었다.

이연우가 다리를 달달 떨었지만, 지도자는 눈을 감더니 짙은 한숨을 내쉬었다. 복잡한 감정이 섞였다. 후련함, 안타까움, 회한.

지도자가 종이를 들었다. 보지도 않았다.

– 난 동의한다.

"읽지도 않고 말입니까?"

회장이 눈을 살짝 찌푸렸다. 향후의 미래를 결정하는 자리인데, 너무 성의 없는 것 아닌가.

현재 악마들의 차원에 있는 지도자는 손가락뼈로 만들어진 붓 같은 것을 들어 걸쭉한 피를 푹 찍었다.

- 인간을 위한 조약인데 내가 거절할 리가.

무슨 인류를 말살하기 위한 회의가 아니었다. 오히려 인간을 지키는 회의였다. 당연히 그 세부 조항이 무엇이든 지도자는 찬성하였으며, 무엇보다 그의 구원을 찾았다.

- 물론 조건은 있어. 평범한 영역을 내게 양도해. 어차피 악마자치구라 내 것이긴 하지만, 너희가 그곳에 사람 사는 도시를 만들어줘.

쓱쓱, 붓이 지나가며 핏빛 문자를 새겼다. 그의 유일한 꿈.

- 나는 살아 있는 것만으로 주변을 지옥으로 만들어. 그 저주에서 벗어날 수만 있다면 뭐든 상관없어.

평범한 영역 안에서라면, 지도자도 한 명의 사람으로 평범한 인생을 살 것이었다. 그가 그토록 바라왔지만 결코 이룰 수 없던 인생을.

평범한 세상은 물론 좋지만, 이상 집단의 모두가 힘을 모아 지키는 세상도 그 못지않게 안전할 것이었고.

지도자는 설득됐다. 이연우가 안도의 한숨을 내쉬었고, 회장도 선선히 고개를 끄덕였다.

"어렵지 않은 일입니다. 회사가 돕는다면 손쉬운 일이고요."

그들의 시선이 이사들을 스쳐 지나갔다. 이사들은 멍하니 이연우를 보고 있었다. 문서는 읽지도 못하고, 떨리는 목소리가 이어졌다.

– 평범한 영역을 만들었다고?

회사조차 우연히 만든 게 평범한 총탄이었고, 셀 수 없는 자원과 시간을 투자했는데도 또한 우연으로 만들어진 것이 평범한 방이었다.

평범한 세상조차 세계 개변 장치를 동원해 겨우겨우 현실의 영역으로 끌어 내렸는데…

이연우는 그냥 혼자 만들었다고? 그냥?

"어렵지 않은 일이던데요."

이연우가 가볍게 손을 뻗었다. 손바닥을 모두에게 보이도록. 그 위로 확률의 실타래 몇 가닥이 일렁였다.

"그냥 그런 확률을 붙잡으면 됩니다. 그렇지, 이 또한 조항에 있을 겁니다. 조약의 대가로 제가 제공할 보상으로."

– 평범한 영역을?

이사들이 눈을 불태우며 이연우를 노려보다시피 주시했다.

따로 자원을 투자하고 기술을 개발할 필요도 없는 평범한 영역? 이건, 이건, 욕심이 생길 수밖에 없었다.

이연우가 가만히 고개를 끄덕였다. 무언가 말을 더하거나 개인적인 보상을 요구하지는 않았다. 이번 조약에서 그의 역할을 떠올렸다.

'나는 도구다. 나는 말단 공무원이다.'

주어진 역할만 수행한다. 괜히 업무 외의 일에 나서지 않는다. 오직 조약의 보상과 강제력으로만 존재한다.

이연우가 설명서를 읽듯 사무적으로 말했다.

"지구의 일부 지역에 제한된 범위의 영역을 만들어드리겠습니다. 물론, 해당 영역 내부의 일은 이상 집단의 감사를 받아야 합니다."

– 이차원에는 얼마나 만들 수 있지?

이사가 떠보듯 질문하자, 이연우가 바로 답했다.

"회사가 원하는 만큼."

그 순간, 이사들의 마음이 확 기울었다. 평범한 영역이 보장된 이차원? 이사들의 입이 동시에 열렸다. 서로 다른 질문이 우다다 쏟아졌다.

– 그거 완전한 평범인가? 다른 이상 개체가 절대로 간섭하지 못하는?

– 지속 기간은? 유지에 필요한 자원은 없나요?

– 얼마나 넓게 만들 수 있나?

묻고 답하는 시간이 이어졌다. 이연우는 어떤 것은 바로 대답했고, 어떤 것은 확률을 헤아린 후 말하기도 했고, 어떤 것에는 고개를 젓기도 했다.

한동안 이연우의 능력을 확인한 이사들이 긍정적으로 고개를 끄덕였다.

– 거부할 수 없는 제안이군.

평범한 공간을 제공받는다. 그것 하나만으로도 전쟁을 포기할 수 있었다. 평범한 공간 하나하나가 최후의 셸터로 기능할 테니까.

평범한 세상도 이차원에 건설하면 되고.

이미 마음이 넘어간 이사들이 마지막으로 문서를 확인했다. 여러 사람이 머리를 쥐어짜서 만든 조약들.

인류 보호 조약.

- 회사와 모든 집단이 인류를 보호한다. 사소한 문제는 회사 몫이군.

멸망 위기 같은 것이 찾아오면, 이연우를 비롯해 회장과 지도자와 협회장이 나서기로 했다. 6레벨의 협공이었다.

단지 그들 집단에는 전 지구에 걸친 자잘한 사고를 모두 커버할 능력은 없어, 회사가 여전히 나서기로 했다. 정보 자원은 회사가 압도적이니까.

- 지구 보호 조약은 우리를 노린 거고.

다른 것은 지구 보호 조약. 개변이나 평범한 세상 같은 것을 막기 위해 지구를 지금 상태로 두기로 한 조약.

그 세세한 사항을 보면, 회사의 세계 개변 장치 같은 것을 견제하는 조항임을 알 수 있었다. 물론, 다른 집단의 멸망 수준의 공격, 이를테면 협회장의 전 지구적 테러, 지옥의 확장, 황금 만능주의의 거대한 소원을 견제하는 내용도 포함됐다.

- 회사의 기밀 정보와 연구 공개, 황금의 유동성 확인, 협

회장의 방송 제약, 지도자의 거주지 제약…

그 외에도 여러 문서에 평범한 무기 생산 방지, 감사, 정보 공개 등등이 있었다. 회사와 이상 집단 양쪽 모두에 사슬을 채우고, 그들 모두가 사슬 끝을 쥐는 형태였다.

쓱쓱 문서를 넘기던 이사들이 어느 문서 앞에서 멈췄다.

그곳에는 낯선 단어가 있었다.

- 생존 기구? 이건 무슨 집단이지? 감사 권한도 많이 가지고 있는데?

- 인류 보호 조약, 지구 보호 조약에도 참가했던데. 처음 듣는 집단인데 언제 누가 만들었나요?

이연우가 잠깐 멍하니 허공을 보며 딴생각을 하다가 퍼뜩 정신을 차렸다. 그가 헛기침을 몇 번 하더니, 등을 쭉 폈다.

"제가 만들 집단입니다."

- …그대가?

이사들의 눈에 그럼 그렇지 하는 기색이 스쳤다. 집단 이름에 생존이 들어갔는데.

이사들은 대충 넘어가려고 했다. 어쨌든 6레벨이다. 6레벨이 있으면 정상급 집단이었다. 생존 기구에 대해 뭘 더 물어볼 생각이 없었다.

하지만 이연우가 조금 흥분하여 몸을 앞으로 기울였다. 이연우의 얼굴이 화상회의 화면에 확대되었다.

"생존 기구는 오직 생존이 목적인 집단입니다."

– 자네 하나의 생존?

이사 하나가 마지못해 대꾸하자, 이연우가 고개를 저었다.

"인류와 이상 모두의 생존."

인류는 당연히 지킨다. 인류 영역에 닿은 생존 본능이 있었고, 그 자신조차 이왕이면 모두의 생존을 바랐다. 가족이나 지인이 인간이니까. 사회는 멀쩡해야 좋았고.

또한, 자신이 이상 개체가 되어버렸기에, 당연히 이상의 생존은 필수였다. 평범한 세상은 절대 안 됐다. 죽음의 가능성이 너무 컸다.

이연우를 담당하는 이사가 이상하다는 듯 고개를 들어 이연우를 보았다.

– 그건 회사와 집단 모두한테 적의를 사는 짓 아닌가?

조약은 조약이었고, 회의는 회의였다. 한순간에 그들이 손잡고 하하 웃으며 하나가 될 수는 없으며, 앞으로도 알게 모르게 다툼이 발생할 것이었다.

그 상황에서 이상 개체를 보호하면 회사의 견제를 받을 것이고, 인류를 보호하면 이상 집단의 견제를 받을 것이었다.

대놓고 싸우지는 않겠지만, 정보 공작이나 정치적인 견제 같은 것이 따라올 텐데.

이연우는 희미하게 웃었다.

"그래도 그게 제 역할입니다. 어느 쪽이든 선 넘지 못하게 막는 것."

회사와 이상 집단의 균형추. 조약의 강제력.

이들 중 한쪽이 선을 넘는 순간 또다시 전쟁이 일어나니까. 한 번 보았지만, 그건 진짜 아니었다.

이연우가 몸을 뒤로 빼며 두 손을 들었다. 화상회의에 두 손이 보이도록. 그는 두 손을 위아래로 엇갈리게 움직였다.

"이상 집단이 선 넘으면 평범한 영역을 흩뿌릴 겁니다. 회사가 선 넘으면 반대로 할 거고요."

인류와 이상 둘 모두를 지켜야 하는 자가 말했다. 한 손에는 확률의 실타래를 들고, 다른 손에는 생존 본능을 집중시킨 채.

그것을 제일 먼저 알아차린 것은 예술가협회장이었다. 심심해 죽으려고 하던 협회장이 눈을 반짝이며 이연우를 보았다.

- 6레벨 둘?

"인류의 생존 본능과 전능한 주사위입니다. 이만하면 제가 왜 둘 모두를 지키겠다고 말했는지 이해하실 겁니다."

협회장이 손을 뻗었다. 주사위는 솔직히 안 예뻤다. 지렁이나 기생충이 공처럼 뭉쳐 꿈틀거리는 것 같아서. 하지만 생존 본능은 기이한 아름다움이 있었다.

그걸 잡아 쥐려는 손과 움직이는 세상.

이연우가 대충 실타래를 잡아 거부한 뒤, 질색하는 표정을 지었다.

"이런 건 좀…"

- 보여주면 조약에 찬성할게.

이연우의 입이 꾹 다물어졌다. 저 예술가협회장의 사고방식을 이해할 수가 없었다.

예술가협회장은 아이같이 순진했지만 그만큼 맑은 광기를 가졌다. 그녀는 계속해서 생각하고 있었다.

'작품도 아닌 사람들이 죽든 말든 알 게 뭐람. 아름다운 내가 굳이 지키고 싶지 않아.'

하지만 그렇기에 아이 수준의 협상이 통했다. 원하는 건 작품 하나뿐. 인류의 생존 본능이란 위대한 작품을 볼 수 있다면 뭐든 할 거였다. 장난감 하나를 얻기 위해 열심히 심부름하고 공부하는 아이 같은 생각이었다.

이연우가 피곤한 표정을 지으며 고개를 끄덕였다.

"예. 그럼 예술가협회에는 얼굴 비추는 것으로 보상하겠습니다."

– 좋아! 찬성할게.

"대신 지금 말고 조약 맺은 다음부터 합시다."

그 광경을 보던 이사가 저도 모르게 중얼거렸다.

– 멸종 방어 장치…

6레벨 수준의 이상이 둘이라서 그렇게 부르는 게 아니었다. 오직 인류의 생존 본능이 이상으로 존재해서 그랬다.

동시에 이 조약의 의미가 새롭게 받아들여졌다.

진실로 인류의 멸종을 막기 위한 조약. 이 조약이 없다면 멸망이 다가온다는 소리 아닌가. 몇몇 이사가 멍하니 혼잣말을 했다.

– 우리가 인류의 멸종을 가져오려 했는가.

"비슷합니다. 개변을 취소하기 전에는 전쟁이 일어났습니다. 그 전쟁은…"

– 아니야. 말 안 해도 돼. 우리도 백업한 자료를 봐서 얼추 알아.

이사들이 슬슬 문서를 정리했다. 대충 넘기고, 흩어놨던 문서를 착착 모았다.

– 조약을 맺는 건 바로 할 일이 아니지. 일단 찬성하지만, 자세한 사항은 천천히 점검하고 수정하지.

"좋습니다!"

회장이 손뼉을 짝 친 후, 흐뭇하게 웃었다. 이만하면 잘됐다. 조항 하나하나를 두고 기나긴 말싸움이 이어지겠지만, 괜히 손해만 보는 전쟁을 할 필요는 없지 않나.

"새로운 세상이니만큼 우리 모두 생각이 필요하겠죠. 급하지 않으니 천천히 고민합시다."

그 말을 끝으로 화상회의가 끝났다.

새로운 세상과 질서가 성큼 다가왔다. 이연우는 천천히 자리에서 일어났다. 혼자서 마구잡이로 나대는 것보다 훨씬 좋은 결과였다.

그가 회장에게 고개를 살짝 숙였다.

"도움 주신 덕분에 잘됐습니다."

"이 대가는 비싸게 받을 겁니다. 아, 조약에 대한 보상도 챙겨주셔야 합니다."

회장이 손을 싹싹 비볐다.

비서진을 동원한 대가. 거기에 이연우는 회사와 지도자에게는 평범한 공간을, 협회장에게는 관람권을 주었으니, 클럽도 뭘 받아야 했다.

이연우는 슬쩍 웃었다. 알게 모르게 클럽한테 받은 선물이 많았다. 당연히 챙겨줄 것이었다.

"그럼요. 제가 꼭 신경 써서 드리겠습니다."

그 말이 협박처럼 들리는 건 왜일까. 회장의 이마에 식은 땀이 맺혔다.

'아니, 잠깐만. 저 인간이 엮이면, 아니…'

그가 다급하게 외쳤다.

"선물은 됐…"

그러나 이연우는 이미 공간을 이동한 상태였다. 이연우는 여유를 가지고 조사반 사무실로 돌아갔다. 조약이 수정되는 동안 일상을 누릴 것이었다.

엔딩

이연우는 허공에서 툭 튀어나왔다. 느긋하게 일상을 즐기던 조사반 식구들은 기겁했다. 갑자기 공간을 이동해 온 것은 분명 이상 개체니까.

"뭐냐!"

반장이 다급하게 부동산 계약서를 쥐고, 유지유는 자연스러운 형광 조끼를 꺼내 들었으며, 최재민은 게임을 하다가 마우스를 집어 던졌다.

눈을 동그랗게 뜨고 이연우를 보던 식구들이 의심스러운 표정을 지었다. 반장이 말했다.

"…연우 맞냐? 아침에 안 보이더니."

조사원다운 경계심이었고, 오랜만에 만나는 평범한 사람들이었다. 무슨 이사니, 6레벨이니, 온갖 괴물을 겪었던 이연우는 정겨운 미소를 지었다.

"예, 맞습니다. 일이 있어서 잠깐 나갔다 왔습니다."

그 미소에 조사원들이 파르르 떨었다. 저럴 애가 아닌데. 정다운 미소가 어색하다 못해 징그러웠다. 사람 아닌 것이 사람 흉내를 내는 느낌과 비슷했다.

"건물의 주인으로서 명하니, 불청객은 정체를 드러내라!"

그들은 순식간에 반응했다. 반장이 계약서의 힘을 발휘하며 권총을 꺼내 쥐었다. 유지유는 형광 조끼를 서둘러 입었고, 반장과 최재민에게도 조끼를 던졌다.

그 모든 일이 찰나에 일어났으며, 부모를 보는 최재민만 진상을 파악했다. 이연우의 부모가 평소와 같아서. 최재민이 서둘러 외쳤다.

"반장님! 형 맞아… 아닌가?"

최재민의 목소리가 잦아들었다.

계약서의 힘이 이연우를 덮쳤다. 이연우는 거부하지 않았다.

스르륵.

인간의 형상으로 보일 가능성이 풀려나며, 얼굴 위로 확률의 실타래가 솟구쳤다. 이연우는 반장이 총을 쏘기 전에 얼른 손을 들었다.

"저 맞습니다. 6레벨로 올라서, 그것 관련해서 일하고 왔습니다."

"…6레벨?"

반장이 고개를 기울였다. 이름은 들어봤다. 굉장히 큰 위험

혹은 적대 집단의 우두머리. 그 수준에 올랐으면 당연히 본사로 찾아가 이런저런 대화가 필요하긴 한데.

이연우가 다시 인간의 얼굴로 되돌리며 어색하게 웃었다.

"그래서 작별 인사도 할 겸 찾아왔습니다."

철컥, 반장이 권총과 계약서를 내려놓았다. 다른 조사원도 슬슬 자리에 앉았다. 형광 조끼를 주변에 대충 밀어두면서.

이연우가 이연우라는 것을 알았다. 그들은 언제 총을 겨눴냐는 듯, 서운한 표정을 지었다.

"본사로 가냐? 그래, 6레벨 올랐으면 그래야지."

"와, 그럼 이제 엄청 강하겠네요? 나중에 큰 사고 터지면 전화해도 돼요?"

이연우는 머리를 긁적였다. 그러고는 천천히 손을 뻗었다. 확률의 실타래가 느껴졌다. 그 실타래는 조사원들이 죽을 확률이었다.

"아예 지금 축복 조금 내려드리겠습니다."

"축복은 무슨 축복. 됐다. 그런 거 없어도 돼. 이미 받은 게 많구먼, 뭘 더…"

반장이 손을 내저어도 이연우는 온 감각을 손바닥에 집중했다.

'아, 이걸 이렇게 쓸 수도 있구나.'

반장이 죽을 확률이 잡혔다. 하지만 자세히 느끼면 그 실타래 하나는 수많은 얇은 실타래로 이루어져 있었다.

무작위의 죽을 확률. 그 하나의 실타래를 매듭 풀듯 풀어 헤치면, 심장마비, 자연사, 총살 등으로 나누어졌다.

애매모호한 실타래 하나가 여러 개의 세밀한 실타래로 이루어진 것이다.

잠시 그 실타래를 가늠하던 이연우가 미묘한 표정을 짓고는, 얼른 유지유나 최재민의 가능성도 느꼈다.

"어. 죽을 확률이 굉장히 낮은데요."

역시 조사원이라고 할까. 사고를 겪거나 이상 개체를 만날 확률은 높은데, 사망할 확률이 거의 없다시피 했다.

이연우의 손바닥 위에서 꿈틀거리는 실타래를 호기심 어린 눈으로 보던 조사원들이 기겁했다. 사태 파악이 빨랐다.

"어, 어, 어… 연우야, 아무것도 하지 마. 그거 잘못 건들면 지금 죽는 거 아니야!"

"멈춰요!"

"형!"

이연우의 손에 자신들의 죽음이 잡혀 있었다. 설마 이연우가 그들을 죽이지는 않겠지만, 그냥, 목숨이 저렇게 구현된 것 자체가 끔찍하게 불안했다. 심장이 밖에 나온 기분.

그 기분에 공감했기에 이연우가 얼른 실타래를 풀었다.

"그… 음… 목숨이 위험한 일이 생기면 전화 주십시오. 바로 공간 이동해서 찾아가겠습니다."

확률은 유동적이고, 지금 조작해도 향후 미래에는 새로 생길 수도 있었다.

아예 전화 한 번이면 구조하러 오겠다는 말에, 조사원들이 미안함과 고마움이 섞인 표정을 지었다.

"그래, 고맙다. 든든하네."

"와, 6레벨 지인이 생겼네요. 어디 가서 자랑해도 돼요?"

그쯤에서 이연우는 조심스럽게 자신을 툭 치는 손길을 느꼈다. 고개를 돌리니, 어느새 다가온 최재민이 눈동자를 떨면서 말했다.

"형. 혹시… 그걸로 저 평범한 사람 만들어줄 수 있어요?"

태어나길 이상 개체로 태어났다. 어린 나이에 회사에 붙잡혀 고초를 당하기도 했고, 물론 마구잡이로 남들에게 패드립을 던지다가 걸린 것이지만, 자신이 괴물이 아니라 진짜 인간이길 원했다.

'이상 개체면 좋은 거 아닌가? 거기다 이상 개체 감별하는 데 쓸 만한 능력인데.'

왜 자기 생존 능력을 떨어뜨리는 일을 원하는지 이해 못 한 이연우가 눈을 깜빡이다가 천천히 손을 뻗었다. 허공을 휘저으며 확률을 찾아냈다.

"가능하긴 한데, 진짜 해줘?"

평범한 공간도 만드는데, 개체 하나에 적용하지 못할 이유가 없었다.

이연우에게서 어딘가 말리는 기색이 느껴졌다. 최재민이

잠시 입을 꾹 다물었다가 결의를 품고 입을 열었다.

"이왕이면 괴물 같은 것보다는…"

"재민아, 너 보통 사람 되면 군대 간다."

"괴물 감별하는 이상 개체가 낫죠. 저는 원래 이 능력 좋아했어요. 특별하잖아요."

한순간에 태세가 전환되었다.

군대 가기 혹은 살던 대로 살기. 답은 당연히 후자였다. 종족 정체성 같은 건 고려할 문제가 되지 않았다.

뻔뻔하게 말을 싹 바꾼 최재민을 보며 유지유가 황당한 표정을 지었고, 반장은 혀를 쯧쯧 찼다.

"너 이상 개체 아니면 회사가 굳이 군대 문제 해결 안 해주지."

부모 감별하는 이상 개체라 산업 기능 요원처럼 회사 근무로 대체하게 도와주지, 그냥 사람이면 그런 거 없었다.

그 말은 뜻밖에도 이연우에게 타격을 입혔다.

"…이상 개체면 군대 안 갑니까?"

"무슨 사고 나라고 군대를 보내."

아니, 아니… 이연우가 입을 벙긋거렸다.

'나도 원래 이상 개체였던 거 같은데.'

주사위와 생존 본능, 두 개를 다 6레벨에 올리고 느꼈는데, 생존 본능은 처음부터 자신 안에 있었던 듯했다. 그냥 사고 없이 안전하게 살아서 잘 자고 있다가 본격적으로 사고를 겪으면서 깨어나 진화한 느낌.

'아니, 군대 안 가도 됐잖아? 애초에 공시 준비 안 하고 회사에 입사해도 됐잖아.'

억울했다. 진짜 억울했다. 결국, 얼굴을 잔뜩 일그러뜨린 이연우는 괜히 회사를 욕했다.

'최재민은 잘만 찾았으면서 나는 왜 못 찾은 거야. 일찍 찾아줬으면 군대도 안 가고, 직장도… 아니, 아…'

이연우가 입술을 오리처럼 내밀고 있자 잠시 분위기가 이상해졌지만, 반장이 손뼉을 짝짝 치며 분위기를 정리했다.

"그럼, 고기나 먹자. 연우 보내는 겸."

그렇게 그들은 저녁까지 도란도란 이야기를 나누다가, 회식을 하러 우르르 몰려 나갔다.

하늘이 어스름하게 어두워질 무렵이었다. 조사반 식구들이 어슬렁어슬렁 도심의 거리를 걸었다. 아무래도 밖이라 발언에는 주의하면서, 대화를 나누었다.

"그래서 새로 창업하기로 했습니다. 이름은 생존 기구입니다."

"거, 이름 참…"

생존 기구가 도대체 멀쩡한 이름인가 싶었다. 아무래도 이연우에게는 작명 센스가 없는 것 같았다. 도박 근절 센터도 그랬고.

유지유가 눈을 빛냈다.

"혹시 거기 사람 안 필요해요? 저 이직하고 싶은데."

회사원인 가족들과는 다른 길을 가고 싶은 마음이 마구 샘솟았다.

이연우가 고개를 끄덕였다. 조사원이면 생존의 달인 아닌가. 당연히 생존 기구에도 어울리는 인재였다.

"사람 필요하죠. 아무래도 저 혼자는 무리여서…"

"그런데 가면 뭐 해요?"

"감시? 행정? 저도 모릅니다. 어떤 직종으로 어떤 사람이 몇이나 필요한지."

뭐 행정 업무를 해봤어야지 감이라도 잡지. 이연우가 어려운 기색을 드러내자, 유지유가 고민에 빠졌다.

그쯤에서 그들은 고깃집에 도착했다. 대충 사무실 근처에 있는 집이었다.

"들어가…"

최재민이 먼저 문을 열고 들어가 손가락 네 개를 펴서 내밀었다. 네 명이라고.

"어…"

하지만 최재민은 손을 슬그머니 내렸다. 문을 넘어오는 순간 세상이 바뀌었다. 평범했던 고깃집이 시뻘건 조명이 비추는 기괴한 고깃집으로 변했다.

뒤따라 들어오던 사람들도 전부 문 앞에서 멈췄다.

엔딩

내다보이는 조리실에는 사람 같은 것이 갈고리에 매달려 있었고, 커다란 중식도를 든 요리사는 이상한 가죽을 뒤집어쓰고 있었다.

이상 개체다. 공간과 개체 형태의.

"…"

"…"

조사원들의 얼굴에 긴장이 내려앉았다. 칼날처럼 날이 섰다. 손은 각자 무장으로 향했다.

가죽을 뒤집어쓴 요리사가 흐흐 웃었다. 피로 물든 중식도가 섬뜩한 빛을 흩뿌렸다.

"싱싱한 식재료가 왔군. 좋아, 좋아. 인간 암컷 하나, 인간 수컷 어린놈 하나. 나이 먹은 놈 하나. 그리고…"

이연우가 얼굴을 쓸어내렸다. 귀찮아 죽겠다는 감정이 온몸에서 내뿜어졌다.

'아, 또 뭔데. 귀찮게…'

환송회? 송별회? 어쨌든 좋은 자리인데 이걸 망쳐?

이연우가 인간의 형상을 포기했다. 확률의 실타래가 얼굴을 뒤덮었다. 이연우가 성큼성큼 걸어가 아무 자리에나 앉았다.

"주문."

"…예! 무엇을 드릴까요?"

요리사는 어느새 칼을 내려놓고 공손하게 두 손을 모았다. 괴물이 앞에 있었다. 자신 같은 것과는 수준이 다른 것이.

조사원이 눈치를 보다가 이연우 주변으로 앉았고, 최재민
이 말했다.

"여기, 메뉴판이 없네요?"

이연우가 있는데 무슨 사고가 터질까. 당장 요리사의 태도
가 모든 걸 설명했다. 사람 죽이는 못된 이상 개체를 놀려먹을
기회를 최재민은 놓치지 않았다.

"부모 없는 이상 개체라 그런가…"

"조용히 해!"

그 입을 유지유가 서둘러 막았다. 조심해야지, 왜 쓸데없이
못된 말을 뱉는지 모르겠다.

한순간, 요리사가 중식도를 꽉 쥐었다가 이연우의 시선을
받고 소스라치게 놀랐다. 어색한 웃음이 나왔다.

"제가 글이랑 숫자를 쓸 줄 몰라서…"

"햄버거."

이연우가 탁 테이블을 쳤다. 요리사가 당혹했다.

"선생님, 여기는 고깃집…"

"햄버거."

"그게…"

"햄버거."

요리사가 침묵하다가 힘겹게 입을 열었다.

"어떤 버거를 만들어드릴까요?"

"그냥 햄버거. 내 마음에 안 들면 죽는다."

이연우가 손을 쥐었다. 근처에 있던 테이블과 의자 몇 개가 사라졌다. 아무런 기척도 없이, 시간이 정지되었다가 흐른 듯이.

요리사가 필사적으로 움직이기 시작했다.

190

요리사가 바쁘게 움직였다. 고기를 다져 햄버거 패티를 만들고, 빵이 없어 고기를 빵 모양으로 자르고, 양상추처럼 얇게 슬라이스한 고기가 튀겨지고.

치이익.

뜨겁게 달궈진 프라이팬에 고기가 올라가는 소리. 빗소리처럼 고기가 튀겨지는 소리.

곧 고기가 익는 냄새가 맛있게 풍겼고, 조사원들은 이연우를 슬쩍 보았다.

"연우야, 그냥 처리하고 나가는 게 맞지 않냐?"

이연우가 요리사에게 잠깐 시선을 던지더니, 들으라는 듯 큰 목소리로 말했다.

"햄버거가 마음에 안 들면 처리할 겁니다."

사실, 이미 처리하기로 마음먹었다. 딱 봐도 사람 죽이는 이상 개체인데, 굳이 살려둘 이유가 없었다.

이건 그저 좋은 자리를 망친 괴물을 괴롭히는, 아니, 생존 기구의 대표로서 살인 이상 개체를 정의롭게 응징하는 것에 불과했다.

그 자신감 충만한 목소리는 조사원들에게 안심을 주었고, 요리사에게는 압박이 되었다.

요리사가 칼 든 손을 벌벌 떨다가 속으로 중얼거렸다.

'어디서 저런 괴물이 와서…'

요리사는 잔뜩 주눅 들고 겁먹었다. 그 기색이 선명하게 느껴졌다. 어깨는 웅크렸고, 손은 떨리고 있었다.

그쯤에서 유지유도 마음을 놓고 공기를 듬뿍 들이마셨다. 고기가 구워지는 그 냄새. 저절로 배가 고파지는 냄새.

"냄새는 진짜 좋네요. 하긴 고기는 구우면 맛이 없을 수 없죠."

꼬르륵, 배가 허기 때문에 비명을 질렀다.

하지만 정작 유지유보다 눈치가 빠른 다른 사람들은 표정이 어두웠다. 저 식재료가 무엇이겠나.

주방에 걸려 있는 사람을 보던 최재민이 언제 장난쳤냐는 듯 주먹을 꽉 쥐었다. 그가 속삭였다.

"저거 진짜 사람이에요."

"우욱."

고기의 정체를 눈치챈 유지유가 입을 막고 헛구역질을 했다. 방금까지 냄새를 좋다고 여겼던 자신이 끔찍했다. 한순간에 고기 굽는 냄새가 지독한 악취로 변했다.

"완성됐습니다!"

그동안 최고의 실력을 발휘한 요리사가 서둘러 고기, 아니, 햄버거를 들고 왔다. 바쁜 몸짓. 지저분한 접시에 햄버거 모양으로 쌓은 고기가 불안하게 흔들렸다.

요리사가 침을 꿀꺽 삼켰다.

"선생님, 고기 버거입니다. 아무래도 평범한 버거는 많이 드셔보셨을 테니, 저만의 특별한…"

조사원들은 신경 쓰지도 않고 이연우에게만 설명하던 요리사가 말을 멈췄다.

햄버거를 내려다보는 이연우의 기색이 심상치 않았다. 한 손에 확률의 실타래를 쥐고, 이 버거를 먹었을 때 일어날 가능성을 감지하던 이연우가 짙은 한숨을 내쉬었다.

'이상한 문제는 없어. 없는데…'

사람으로 만들었다. 끔찍한 일이었다.

최재민은 햄버거 위로 선명하게 떠오른 부모의 이름을 보고는 끝내 토악질을 했다.

이연우가 눈을 감았다. 작은 중얼거림이 흘러나왔다.

"회사가 평범한 세상을 원하는 것도 이해가 가."

이딴 이상 개체가 사방에서 툭툭 튀어나오는데. 당연히 이딴 것은 애초에 존재할 수도 없는 세상을 원할 만도 했다.

하지만 사람이 모두 멸망주의자는 아니듯, 이상 개체도 못된 놈들만 있지는 않았다. 이연우는 옛날에 보았던 끼인 남자를 떠올렸다.

모이면 오류를 일으키는 NPC. 그는 사람을 위해 스스로 죽었다. 본의 아니게 괴롭힌 축복받은 아이는 아이에 불과했고, 보호 본능을 일으키는 아기도 아기일 뿐이었다.

편견이란 색안경을 쓰기에는 이연우가 겪고 만난 것들이 많았다. 이연우가 눈을 뜨고 슬슬 자리에서 일어났다.

"이거 드실 분 없죠? 나갑시다."

드르륵.

의자 끌리는 소리가 요란하게 났다. 기분이 나쁜 조사원들은 거의 내동댕이치다시피 의자를 밀어내며 일어났다. 잠깐잠깐 적의 가득한 눈이 요리사를 노려보았다.

요리사가 서둘러 이연우를 쫓아갔지만, 늦었다.

"선생님! 맛이라도 보시고…"

"…"

조사원을 먼저 내보낸 이연우가 무미건조하게 요리사를 보았다. 그리고 주먹을 쥐었다.

'처음부터 저게 존재하지 않았을 가능성.'

얇은 실타래 하나가 손아귀에 잡혔다. 그걸로 끝이었다. 요리사와 그 고깃집은 존재를 부정당했다. 존재가 지워졌다.

더 이상 이연우를 위협할 사고는 존재하지 않았다. 상상의 영역인 7레벨이 아니고서야, 그를 귀찮게 만들 뿐.

"사람의 생명을 위협하는 개체는 죽어야지."

중얼거리며 바깥으로 나가니, 핼쑥한 안색의 조사원들이 주저앉고, 배를 문지르고, 침을 퉤퉤 뱉고 있었다.

그들이 이상 개체의 공간으로 이동당했을 뿐이라 원래 있던 고깃집은 현실에 멀쩡히 존재해 고기 냄새를 흩뿌렸고, 그 냄새는 조사원들에게 심리적 고통을 선사했다.

코를 막은 반장이 말했다.

"연우야, 회식은 무리다. 뭘 먹을 수가 없어."

다른 조사원들도 창백하게 질린 얼굴로 연달아 끄덕였다. 입맛이 뚝 떨어졌다.

이연우는 무심코 손을 뻗었다.

'입맛이 돌아올 가능성… 음. 이건 좀 아니야.'

그건 좀 비인간적이지 않나. 잠시 이런저런 생각을 돌리던 이연우가 머리를 긁적였다.

"나중에 사무실에서 고기나 구워 먹을까요? 아무래도 어디 나가봤자 사고만 겪을 것 같은데요."

안 그래도 사건 사고 마주치기 쉬운 조사원들이 특별한 날을 기념하여 모이는 자리. 이번 환송회처럼 대뜸 이상 개체를 마주할 확률이 높았다.

"고기는 아니야. 차라리 다른 거 시켜 먹자고."

"당분간 고기는 보지도 못하겠어요."

엔딩

그렇게 조사원들은 이연우의 의견에 동의하였고, 그들은 그 자리에서 헤어졌다.

시간이 흘렀다.

이연우는 바쁘게 움직였다. 계속 수정되는 조약을 확인하고, 생존 기구를 창설하기 위해. 그리고 집단에 필요한 자원을 얻기 위해 고민했다.

집단이 유지되려면 당연히 돈이 필요했고, 이연우는 정당한 방법으로 돈을 얻기로 했다.

다른 것도 아니고, 이상과 인류의 공동 생존을 추구하는 생존 기구이니 편법이 아니라 그에 걸맞은 방법이 필요했다.

"아무래도 주사위로 돈을 만드는 것보다는 후원받는 게 깔끔하지 않습니까. 그러니까 생존 기구에 후원 좀 해주십시오. 정기적으로요."

다시 열린 회의.

이연우는 허공의 화면을 보며 당당하게 요구했다. 자신이 내놓은 보상이 얼마나 많은데, 자신도 받는 게 있어야지.

당연히 사람들은 찬성했다. 후원금을 목줄 삼아 이연우를 통제하겠다는 생각은 아니었다. 괜히 그런 짓 하면 터질 것이었다.

애초에 이연우가 원하면 단어 그대로 돈이 복사될 텐데.

기분이 좋은 회장이 말했다.

- 투자 좋죠. 어떤 형식으로 하실 겁니까?

큰돈이 움직이는 일이었다. 당연히 그 방식도 많았고, 많은 만큼 복잡했다.

이연우는 그런 거 모른다는 말이었다. 이연우가 눈을 깜빡였다. 그냥 돈 보내주면 끝 아닌가? 뭐가 더 필요한가?

이사가 떨떠름하게 물었다.

- 그… 생존 기구? 조직되긴 했나?

"아뇨. 그것도 물어보려고 했는데, 뭘 어떻게 해야 합니까?"

이사들과 회장이 입을 다물었다. 남의 일에 휘말린 기분. 머리가 지끈거렸다. 이연우는 6레벨이지만, 생존 기구를 진정 정상급 집단으로 보아야 하나 의문이 들었다.

물론, 답은 하나였다. 6레벨이 있는데. 그냥 폐가 하나에 혼자 들어가서 나는 집단이라고 선언해도 인정해야지.

결국, 그들은 적절한 방안을 찾았다.

- 회사에서 사람 보내주겠네.

- 클럽도 돕겠습니다.

사람을 보내서 집단 창설을 돕는다.

반대로 협회장과 지도자는 멍하니 눈만 깜빡였다. 그들도 조직으로서 어설프기는 마찬가지였다. 거의 동아리 수준이었다.

어찌 되었든 이연우는 환하게 웃었다.

"도와주시면 감사할 뿐이죠."

그래, 머리 쓰는 일을 자신이 군이 할 필요가 없었다. 전문

가한테 맡기면 되지 않나. 자신은 6레벨로서 존재하기만 하면 되었다.

생존 기구 문제로 잠시 대화를 나누다가, 그들이 머리를 툭툭 쳤다.

- 이야기가 이상한 곳으로 흘렀군. 그보다, 중소 집단과 차원 통로 문제를 이야기해야지.

새로운 질서가 만들어졌다.

당연히 불협화음이 있을 수밖에 없었다. 사람 납치해 기계 인간으로 개조하는 신스 다이나믹스, 멸망주의자 잔당, 다른 속내를 품었을 수많은 중소 집단.

회장이 눈살을 찌푸렸다.

- 그런 것들 하나하나에 황금을 쓰기는 아깝습니다.

- 내가 부탁할까?

재미없다는 표정을 짓고 머리를 흔들던 협회장이 말하자, 이사들이 고개를 저었다.

- 일단 조약 체결되면 공문 돌리고, 그 후에 반응 봐서 대응하도록 하지. 그보다는 마법사들이 문제야. 차원 통로 만들고 유지하는 일에 관심이 없어.

회사가 진출할 이차원. 그 통로는 마법사에게 하청을 맡기고, 마법사가 유지 보수하기로 계획했다. 관리 및 감시는 모든 집단이 나서고.

회사도 충분히 할 수 있었지만, 그건 견제당했다.

극단적으로 회사가 이차원에서 평범한 핵폭탄, 평범한 핵 배낭, 이딴 무기를 만들어서 건너올까 봐 걱정되어서.

– 마법사는 나도 좀 알지.

지도자가 나섰다. 요즘 평범한 세상에서 일상을 누리더니, 안색이 아주 좋았다.

마법사 분파나 마찬가지인 흑마법사 대표가 웃었다.

– 평범한 공간 하나 제공해.

– …그걸로 되나?

의심스러운 반응들이 돌아왔다.

마법사가 어디 평범한 인간인가. 차원을 여행하는 방랑자. 배알이 꼴리면 폭탄 던지고 튀는 테러리스트. 온건한 마법사도 귀찮으면 다 버리고 도주했다.

도주의 달인인 마법사는 차원 통로 같은 일에 진득하게 붙어 있을 인간들이 아니었다.

하지만 지도자는 슬쩍 웃으며 손을 허공에 들었다. 손가락을 빙빙 돌려가며 마법진 같은 것을 그렸다.

– 마법사들은 발견과 개척과 모험에 미쳤지. 그들의 마법이 평범한 공간에서 안 통한다는 건, 그만큼 그들의 마법으로 방문할 수 없는 차원이 있다는 뜻이야.

평범한 공간처럼 마법을 배척하는 차원이 있다면, 당연히 발견해야 하지 않겠나.

평범한 공간에도 통할 마법을 개발하기 위해서라도 그들

엔딩

은 협력할 것이었다.

물론 스승 위치의 마법사만 개발과 연구에 집중하고 그 아래 제자들이 노동하겠지만, 마법사의 위계질서가 그런 것이었다. 스승은 지옥 끝까지라도 찾아가 제자를 잡아 오는 인간들이었다.

스승의 추적을 피해 달아날 수 있는 마법사야말로 제자를 벗어난 정식 마법사였다.

이사들이 고개를 끄덕였다.

– 그러면 마법사 쪽에 연락 넣어보지. 오늘 의논할 일은 끝이군.

그렇게 회의가 마무리되었다.

이연우가 기지개를 쭉 켜다가 천천히 자리에서 일어났다. 조사원들과 송별회는 마쳤지만, 아직 짐을 옮기지는 않았다.

생존 기구가 그럴듯하게 자리를 잡기 전에는 이사할 생각이 없었다.

심심한 마음에 이연우는 조사반 사무실로 찾아갔고, 충격적인 소식을 들었다. 최재민이 이연우의 머리 위를 보며 조심스럽게 말했다.

"형, 부모님 부상 상태라는데 형도 알아요?"

"…뭐?"

이연우는 더 생각할 겨를도 없이 실타래를 잡아채 공간을 넘었다.

191

'집으로.'

실타래를 붙잡기 무섭게 이연우가 보는 세상이 변했다. 취업 후 처음 내려가는 집이었다. 추억이 떠오르는 어린 시절의 냄새가 났으며, 조금도 변하지 않은 듯한 집이 보였다.

나물 따위를 말리는 거실, 시골집의 스테레오타입 같은 것.

하지만 향수에 젖을 시간도 없었다.

안방에서 끙끙 앓는 소리가 들려왔다. 이연우는 허겁지겁 뛰어가 안방 문을 벌컥 열었다.

"엄마!"

"죽는다, 죽어."

다리에 깁스를 하고 이불 위에 누워 있던 이연우의 엄마가 머리만 살짝 들었다. 그 주름진 눈이 커졌다. 오랜만에 보는 아들이 그곳에 있었다.

"내가 죽을 때가 됐나. 왜 헛것이 보이지."

집 나간 아들놈이 이렇게 갑자기 집에 내려올 리가 없는데. 그럴 애가 아닌데.

'저승사자인가?'

엄마가 얼른 주변에 둔 물컵을 집어 들었다. 당장이라도 던질 듯 손이 뒤로 당겨졌다.

이연우는 의사의 손길이 닿은 깁스와 약봉지 따위를 보다가, 조금 마음을 놓으며 엄마 옆에 주저앉았다.

"어쩌다 다쳤어."

"진짜 연우니?"

"그럼, 진짜지 가짜…"

가짜가 올 수도 있지. 무슨 도플갱어 같은 거나 기억을 구현하는 이상 개체가 나타날 수도 있고, 적대 집단이 6레벨의 가족을 인질로 잡으려고 할 수도 있지 않나.

이연우는 혼자 생각을 하고는, 얼른 말을 돌렸다.

"뭐에 다친 거야?"

"멧돼지에 치였지 뭐니. 재빠르게 피해서 그나마 다리 하나로 끝났지. 살았으면 됐다. 걱정하지 마. 그보다 너는 무슨 일로 여까지 내려왔다냐."

"아, 멧돼지."

이연우는 그제야 어린 시절의 기억을 떠올렸다.

자신이 어린 시절을 보냈던 시골 마을. 야생과의 전쟁이 벌어지던 전장.

갱단을 형성한 들개 무리는 피에 굶주려 길거리를 떠돌았다. 멧돼지나 고라니 따위의 산적은 호시탐탐 농부의 작물을 도적질하기 위해 습격을 나왔으며, 수풀 속에는 암살자처럼 은신한 뱀이 도사렸다.

그뿐인가.

하늘에서는 까치와 참새는 물론 매 같은 맹금류가 빙빙 돌며 먹잇감을 찾았고, 지상에서는 송장벌레, 파리, 구더기 등의 시체 청소부들이 시체가 생기기만을 기다렸으며, 지하에서는 두더지와 드렁허리 따위가 대지를 뒤집었다.

그것들 전부가 농부의 적이었다. 삶이란 시체 위에 형성된 것임을 어린 시절부터 체감했다.

'원래 이런 동네였지.'

이연우가 어색하게 웃었다.

심심하면 사람 죽었다는 소식도 들렸던 걸로 기억했다.

저기 옆집 아저씨가 버섯 감별에 실패해 독버섯을 먹고 죽었다, 저기 뒷집 노인이 들개 무리와의 장렬한 전투 끝에 사망했다, 머리에 피도 안 마른 학생이 술 먹고 오토바이 몰다가 하천 아래로 머리부터 떨어졌다…

삶과 죽음이 교차하는 다이내믹한 시골의 삶.

'어쩌면 생존 본능 덕분에 죽지 않고 살아남은 게 아닐까?'

그렇게 이연우가 생존 본능이 처음부터 깨어 있었을 가능성을 점치고 있자니, 엄마가 이불을 걷어내며 몸을 일으켰다.

"애가 일하더니 신수는 훤해졌는데 왜 이렇게 말랐다니. 밥은 먹었니?"

"아, 먹었지."

엄마의 정을 이연우는 단호하게 거부했다. 그보다 중요한 일이 있었다.

"아빠는?"

"그 양반 일은 물어보지도 마라. 자연인 하겠다고 저기 산에 집 짓고 들어간 인간이 죽었는지 살았는지 알 게 뭐야."

투덜거린 엄마가 목발을 짚으며 절뚝절뚝 방을 나갔다. 이연우의 거부는 거부했다. 무슨 일로 내려왔는지는 몰라도 과일이라도 깎아 먹일 생각이었다.

이연우가 서둘러 엄마를 쫓아갔다.

"아냐! 나 아빠도 한번 보고 올게. 조금 있다가 아예 저녁 먹을게."

"안 돼. 저기 김 씨랑 박 씨가 멧돼지 사냥하러 올라갔어. 다른 동네 사냥꾼도 올라갔으니까, 괜히 서성대다가 총 맞지 말고 집에 있어."

야생동물 사냥 중 오발 사고는 드물지 않았다. 실제로 이 동네에도 총 맞은 사람이 있었고.

물론 이연우가 고작 엽총에 다치지는 않겠지만, 그걸 밝히기는 좀 그랬다.

평범한 농부로서 살아온 부모님에게 갑자기 이상 개체니, 괴물이니 하는 현실을 굳이 알려드릴 필요가 없었다.

'그러면 지금 가능성이…'

이연우는 한 손을 등 뒤로 돌려 감췄다. 그 손 위로 실타래가 일렁였다. 자신의 가족이 사망할 가능성을 감지했다.

사망이 일어날 가능성만 대충 확인한 이연우가 안도의 한숨을 푹 쉬었다.

'큰 문제는 없네. 밥이나 먹자.'

과일을 꺼내는 엄마를 향해 이연우가 외쳤다.

"엄마 나 밥 먹을래."

"늦었어. 과일 이거 곯아서 썩기 전에 먹어야 해. 과일로 배 채우렴."

부엌으로 들어간 엄마는 과일 상태를 확인하고 냉혹하게 말했다.

멍든 사과와 까맣게 물들어 물렁물렁해진 바나나 따위가 접시에 올라왔다. 며칠만 더 두면 트랩에 미끼로 써야 할 수준으로 상할 것이었다.

이연우는 마지못해 과일을 입으로 가져갔다. 맛이 없었다. 아니, 사실 과일은 먹을 만했지만, 엄마의 잔소리 때문에 입맛이 없었다.

엄마는 오랜만에 내려온 자식에게 걱정을 담아 잔소리를

끝도 없이 쏟아냈다.

"그래서 도대체 무슨 일을 하는 거니? 명절에도 일하지를 않나, 돈을 많이 받지를 않나. 그거 위험한 일 아니니?"

이연우가 단편적으로 흘린 정보에서 위험의 편린을 감지하고 걱정하였으며.

"만나는 사람은 있니? 여기 살던 네 또래들은 다 결혼했다는데."

명절 단골 질문들이 멈춤 없이 흘러나오기도 했다.

이연우의 안색이 까맣게 죽었다. 그는 우적우적 사과를 씹으며 눈을 질끈 감았다. 생존 기구의 대표, 이상 세계의 6레벨. 이렇게 잔소리에 굴복해야 하는가?

이연우가 주머니에 손을 쑤셔 넣었다. 손아귀에 확률의 실타래가 잡혔고, 이연우는 가능성을 구현했다.

'후유증이나 문제 없이 잘 회복될 가능성.'

아무리 그래도 자신이 애초에 태어나지 않았다고 인식하게 만들거나, 기억이나 정신을 조작할 수는 없지 않나.

평범한 수준에서 축복을 내린 이연우가 슬그머니 말을 돌렸다.

"직장 그만뒀어."

"그래, 잘했다. 아무리 생각해도 수상했어. 아예 내려올 생각이니?"

이상하게 좋아진 몸 상태에 엄마가 방긋 웃으며 말했다.

"농사나 이어받아라. 먹고살 돈은 충분히 벌어."

"내가 무슨 농사를 안다고."

"얘가 뭘 모르네. 요즘 시대가 어느 때인데. 그거 다 용병 쓰면 돼."

과학기술 같은 것보다 유서 깊은 농법. 땅만 제공하고 사람을 부린다. 트랙터도 필요할 때만 대여할 수 있었으며, 농업에 종사할 사람도 고용해서 쓸 수 있었다.

잘 모르는 게 있으면 대충 동네 사람한테 물어봐도 됐고, 남들 하는 거 눈치껏 따라 하면 됐다.

"인건비 생각해도 생계에 문제는 없어."

"됐어. 이미 다음 직장 생각해둔 게 있어."

이연우가 얼른 고개를 내저었다. 농사는 무슨. 농사한다 치면 저기 녹색협회처럼 괴상한 이상 개체를 만들어 팔겠지.

'그것도 재밌으려나?'

아이디어가 떠올랐다. 하나 먹으면 하루치 칼로리와 영양분을 모두 섭취하는 과일이나 재생력을 올려주는 풀떼기나 정신력을 강화해주는 찻잎이나.

생존 기구다우면서도 집단의 수입원으로 괜찮지 않을까?

그렇게 잡담을 나누다 보니, 저녁이 되었다.

정말로 과일만 배 터지게 먹은 이연우가 자리에서 일어났다. 슬슬 아빠를 찾아가기 전에 만날 사람들이 있었다.

"그… 뭐지, 최근에 귀농한 사람들도 있어?"

"있지. 불쌍한 젊은이들 있는데, 어휴, 텃세 때문에 이만저만 고생하는 게 아니야."

엄마가 안타까운 표정을 지었다. 시골 텃세에 고통받는 젊은이들이 불쌍한 표정이었다.

이연우가 지나가듯 물었다.

"근처에 살아?"

"저기 담벼락에 이장이 비료 포대 쌓아둔 집."

분명 회사에서 이연우의 부모를 보호하기 위해 파견한 직원일 터. 이연우가 집을 나섰다.

뭐로 만들었는지 냄새나는 비료 포대가 벽을 따라 잔뜩 쌓여 있었다. 안쪽에는 2층 건물과 마당이 펼쳐져 있었고, 잡초가 무성했다.

이연우는 얼기설기 만들어진 철창문 앞에서 안쪽을 엿보다가 목소리를 높였다.

"계십니까!"

잠시 뒤, 안쪽 건물에서 젊은 사람이 나왔다. 다크서클이 내려온 남자는 고약한 비료 냄새 때문에 코를 막으며 스트레스 가득한 표정을 지었다.

농촌의 광인은 질리게 겪었다. 또 무슨 일인지 호기심이 들기보다는 진저리가 났다.

"또 뭔 일…"

신경질적으로 철문을 연 남자의 몸짓이 멈췄다. 이연우의 얼굴을 못 알아볼 리가 없었다.

순간 아찔한 충격이 스쳤다.

'망했다!'

이연우의 어머니가 멧돼지에 치였다. 그걸 예방하지 못했다고 따지러 온 것이 분명했다. 다른 누구도 아닌, 6레벨이자 우호 집단의 수장이 말이다.

"죄송합니다. 저희 측 경호가 면밀하지 못한 탓에…"

반사적으로 머리부터 숙였다. 하지만 이연우는 그런 남자의 머리를 붙잡아 막은 뒤 안으로 밀어 넣었다.

"멧돼지 일은 괜찮습니다. 원래 그런 일은 가끔 일어나서. 그보다 시골까지 내려와서 고생하십니다."

"아닙니다, 아닙니다."

남자가 거듭 손을 내저어도, 이연우는 안타까웠다.

정예 요원의 가족을 비밀리에 경호하는 회사의 엘리트. 괜히 시골로 파견되어 고통을 겪는 것 같아 미안한 마음이 들었다.

"앞으로도 잘 부탁드립니다."

실타래를 쥐어 대충 행운의 축복을 약하게 준 이연우는 인사도 마쳤겠다 그만 돌아가려고 했지만, 남자가 얼른 이연우의 옷소매를 잡아챘다.

"이연우 님. 이번 사고에 수상한 점이 있어 저희 쪽 요원이 산을 수색하고 있습니다."

"…수상한 점이요?"

이연우의 움직임이 멈췄다. 단순한 사고면 신경 쓸 일이 아니었다. 하지만 자신을 노린 음모라면…

이연우의 눈에 기이한 빛이 서렸고, 남자는 침을 꿀꺽 삼켰다.

"지금은 멧돼지가 내려오는 시기가 아닙니다. 하지만 멧돼지만이 아니라 여러 산짐승이 도망치듯 산에서 내려왔습니다."

"산에 무슨 일이 있다?"

"아무래도 수상하죠. 일단 이연우 님 아버님 근처에 파견한 요원이 산을 돌아다니고 있습니다."

이연우가 고개를 돌렸다. 어스름한 어둠이 내리는 저녁. 이연우의 시선이 어둠에 잠긴 산을 보았다.

그 손에 꿈틀거리는 확률의 실타래가 잡혔다. 이전처럼 대강 부모님의 생존 여부만 확인하는 것이 아니었다. 관련된 확률의 실타래를 전부 세세하게 뜯어보았다.

그것만으로는 부족해 때로는 지식을 얻을 가능성을 구현하기도 했으며, 천리안이나 과거시過去視 같은 것도 섞었다.

전능한 힘으로 전지를 어설프게 따라 한 이연우의 눈동자가 쉴 새 없이 움직이며 허공을 더듬었다. 그리고 다음 순간, 이연우의 표정이 이상해졌다.

"마법사?"

웬 사람 하나가 산속에 어설프게 이차원의 문을 열었다.

마법사라고 하기에는, 우연히 얻은 마법서로 흉내만 내다가 일으킨 사고.

남자가 소스라치게 놀랐다.

"마법사가 얽혔습니까?"

"그런 건 아닌데, 어쨌든 비슷합니다. 제가 나서겠습니다. 빨리 처리하는 게 좋겠네요."

이연우가 확률의 실타래를 통해 보았던 과거, 아마추어 마법사가 공터를 고깃덩이로 만들었다. 그 문은 지금도 열려 있었다. 미래에서는 점차 침식이 번져 산이 온통 고깃덩이로 변했다.

'아, 왜 또 사고야.'

이연우가 신경질적으로 주먹을 쥐고 이동했다.

스승도 없이 마법서만 보고 독학한 아마추어 마법사. 납치해서, 아니, 체포해서 회사에 넘겨야겠다. 차원 통로나 관리하라고.

192

시간을 끌 이유가 없었다.

이연우는 단번에 공간을 넘었다. 아마추어 마법사가 이차원의 문을 열어젖힌 공터로.

마침 보름달이 밝게 뜬 밤이었다. 새하얀 달빛 아래 기괴한 풍경이 붉게 드러났다. 대지는 불그스름한 살덩이였으며, 공터를 둘러싼 나무는 살점의 촉수가 되어 흐느적거렸다.

본래라면 부엉이나 밤에 우는 새가 노래해야 하는 산이 질척거리는 소리로 가득했다.

그 중심에 두 사람이 있었다.

장작 패는 도끼를 어깨에 걸친 아저씨. 무당 옷을 입고 무릎을 꿇은 채 살덩이 책을 뒤지는 아줌마. 두 사람 모두 몸이 기괴하게 변질했지만, 아직 정신은 멀쩡한 듯 대화를 나누고 있었다.

손아귀가 녹아내려 도끼와 하나가 된 아저씨, 이연우의 아빠가 도끼를 붕붕 휘둘렀다.

"미친 여자야. 도대체 뭔 짓을 저지른 거야."

"아니, 연우 아범. 나라고 이럴 줄 알았나. 허주가 잘못 든 줄 내가 어찌 알아."

무당 아줌마가 성질을 부렸다. 살덩이로 변이한 무당 옷이 흔들렸다. 색 끈이 변이하여 형광색으로 발광하는 촉수 따위가 먹이를 현혹하듯 허공을 휘저었다.

마법서의 영향은 신내림과 비슷했고 마법서의 힘도 진실이었으니, 무당으로서는 크게 착각할 만도 했다.

하지만 알 바인가.

연우 아빠가 도끼로 주변 촉수 나무를 후려쳤다. 피가 분수처럼 솟구쳤다. 피를 뒤집어쓴 아빠가 위협적으로 도끼를 흔들었다.

"실수를 했으면 빨리 수습이나 해! 잘못하면 저기 마을까지 지랄 나게 생겼구먼."

문이 열렸다. 열린 문 너머로 오염이 쏟아졌다. 살덩이로 변하는 영역이 점점 넓어졌다.

무당이 서둘러 살덩이 책을 다시 뒤지기 시작했다. 얇은 피부를 엮어 만든 책 위로 핏줄이 뻗어나가며 문자를 형성했다. 툭 튀어나온 눈알이 그 문자를 재빠르게 훑었다.

"알았어, 알았어. …그런데 연우 아범, 이게 진짜 일어난 일이잖아."

"헛소리하면 목 날아가니까, 생각하고 말하쇼. 여차하면 당신 목 날리고 산에 불 지를 거니까."

산속에서 집 짓고 사는 연우 아빠였다. 난로 땔 때 쓰는 등유는 물론이고, 장작이나 숯도 많았다. 계획적으로 이곳저곳 불 지르면 걷잡을 수 없이 산 하나를 통째로 태울 정도로.

'고기니까 태우면 타겠지.'

아빠가 털퍼덕 주저앉아 흐물흐물해진 손으로 얼굴을 쓸어내렸다.

"이게 다 뭔 일이다냐. 뭘 잘못 먹은 줄 알았는데."

몸이 이상하게 변질된 고라니가 집에 쳐들어왔다. 그는 고라니를 도끼로 쳐 죽인 후 한동안 자신을 의심했다.

산에서 채취한 버섯이 환각 버섯이거나, 난로가 잘못되어서 가스를 들이마셨거나, 저기 박 씨가 준 술이 양귀비로 담근 술인 줄 알고.

하지만 현실이었고, 산을 뒤진 결과가 이 미친 무당이었다. 그가 한탄했다.

"미친 여자야. 당신도 마을에서 계속 살았으면서 이딴 위험한 일을 저지르면 어째."

"그래서 몰래 산에서 했잖아. 금기 같은 건 다 지키면서 했는데도 이 난리가 날 줄 어찌 알았겠냐고."

무당은 억울한 마음에 고개를 들었다가, 시뻘건 도끼날을 보고 얼른 다시 고개를 숙였다.

시골은 인구 밀집도가 낮아 안전 조치의 효과가 약했다. 대대손손 이상 경험을 반복적으로 겪은 시골에는 금기가 있기 마련이었다. 그런 금기를 구전하는 무당인 만큼 나름대로 조심했건만.

'아. 누군가 했더니 무당 이모였네.'

그쯤에서 상황을 살피던 이연우가 미묘한 표정을 지으며 나섰다. 낙엽 밟는 소리는 나지 않았다. 다 고깃덩이로 변해서.

"아빠!"

그 외침에 두 사람이 동시에 고개를 돌렸다. 두 사람은 가만히 눈을 깜빡였다. 못 본 지 오래되었지만, 알아보기란 어렵지 않았다.

"연우냐? 내려온단 소리도 없이 언제 왔냐?"

"연우 많이 컸네. 요만했던 애가 언제 이렇게 컸다냐."

두 사람은 상황도 잊고 반가움에 손을 흔들었다. 변이된 손이 기이하게 흔들렸다.

그제야 그들은 상황을 깨달았다. 무슨 방사능에 피폭된 것처럼 몸이 망가지는 장소.

"연우야! 빨리 내려가라! 여기 있으면 안 돼!"

"그래! 얼른 내려가서 저기 산 너머에 있는 혜성 무당한테 말 좀 전해라! 그 여편네가 이 문제에 대해 알 거 같은데!"

이연우가 한숨을 푹 쉬었다. 진짜 듣지도 보지도 못한 인간이었으면 납치해서 마법사로 부려먹었을 텐데.

나름대로 어렸을 때부터 얼굴을 보아온 이모라서 막 대하기는 어려웠다.

이연우가 손을 쥐었다. 우선 문을 닫았고, 변이된 땅을 되돌렸으며, 두 사람의 몸을 본래의 상태로 회복시켰다.

주먹을 세 번 쥐니, 시간이 거꾸로 흐른 것처럼 모든 것이 원래대로 돌아왔다. 산속에서 고라니가 울었다.

"빨리 산에서 내려가요. 지금 멧돼지 사냥하러 사람들 올라왔다던데."

"…꿈인가?"

연우 아빠가 눈을 끔뻑였다. 뭐가 뭔지 이해가 안 됐다. 사실 고깃덩이 차원의 문제부터 이해의 영역 밖에 있었지만, 그건 시골 특유의 열린 마음으로 받아들였다.

하지만 이연우가 이걸 해결한 건 감당하기 힘든…

"요즘 도시에서는 이런 것도 배우나? 도시 사람 다 됐구나."

그… 왜, 기술이 빨리 발전하지 않나. 역시 도시였고, 최신 기술이었다. 하긴 시골에서도 별 이상한 일이 생기는데 사람 많은 도시는 말할 것도 없을 테고, 그 대처법도 많이 있을 것이다.

이연우는 더 말하지 않고, 얼른 두 사람을 끌고 내려갔다.

이연우의 아빠는 산 중턱에 황토집을 짓고 살았다. 세 사람은 그 안으로 들어가 거실에 어색하게 앉았다.

이연우가 마법서를 대충 훑어보고 있었다. 한 손에는 대놓고 확률의 실타래를 쥐었다. 이상 현상을 겪은 사람한테 더 감출 이유가 없었다.

'텔레파시 같은 걸로 재능 있는 사람을 끌어오고, 문을 열게 만드는 마법서. 그 근원은⋯'

어떤 마법사가 더 필요 없다고 대충 차원의 틈바구니에 쓰레기 버리듯 던진 게 이 마을에 떨어진 것이었다.

이연우가 한숨을 쉬며, 마법서를 무당에게 건넸다.

"제가 이런 문제 관리하는 회사 다녔거든요."

"공기업이냐? 공무원 하겠다더니 비슷한 건 됐구나."

아빠가 바로 물었다. 그의 생각에 이런 문제는 국가에서 관리하는 것이 맞았고, 그 문제를 관리하는 회사는 당연히 공기업이었다.

하지만 무당은 다른 것을 보았다. 신들린 듯 떨리는 눈동자가 이연우를, 확률의 실타래를 보았다.

"신내림 받았느냐?"

"인간아, 애를 왜 정신병자로 만들어."

"신내림은 정신병이 아니야! 방금 그 난리를 보고도 의심하나?"

"일단 댁은 돌팔이⋯"

티격태격하는 두 사람.

이연우가 피곤함에 한숨만 푹푹 내쉬었다. 하나하나 설명하기도 귀찮았다.

아아, 신? 하찮은 이상 개체 말인가? 내가 바로 진짜 전능한 신이다. 이딴 헛생각이나 잠깐 하던 이연우가 손을 휘저었다.

"이모, 이모는 일단 관련 기관으로 가야 합니다. 마법 배우셨으니, 지금처럼 살 수는 없어요."

"…마법?"

무당의 눈에 밝은 빛이 스쳤다. 마법서를 보고 배우고, 마법을 행하며 느꼈다. 세상은 무한히 많았다. 그 세상에 접촉할 수 있었다.

흥미가 생기다 못해, 지금껏 가져온 무당으로서의 세계관조차 내다 버리며 그 기술에 인생을 걸고 싶어졌다.

"예. 저기 마을에 귀농한 젊은 사람들 있죠?"

"그, 그… 마을의 규칙도 안 지키는 외지인?"

"텃세는 부리지 마시고요. 회사에서 부모님 경호하려고 내려온 사람들인데, 그 사람들한테 솔직히 다 말하면 필요한 절차랑 갈 곳 알려줄 겁니다."

무당이 찔리는 표정을 지었다. 금기와 관습의 이름 아래 못된 짓을 많이 했다.

외지인이 사는 집 대문에 닭의 피로 부적을 쓰거나 개 오줌을 뿌리거나, 그 사람이 지나가는 모습이 보이면 소금을 집어 던지거나.

어찌 되었든 이연우는 더 이상 이 시골에 있고 싶지 않았다. 여기 있어봤자 이상한 사고만 더 겪을 것 같았다. 마치 마을의 온갖 민담이 살아나는 기분.

"맞다. 아빠, 엄마 멧돼지에 치여서 다쳤어."

"멧돼지 놈들, 씨를 말려야 하는데. 알았다. 내려가보마."

이연우가 마지막으로 고개를 꾸벅 숙였다.

"저는 이제 돌아가겠습니다. 이런 문제 생기면 전화 주세요."

"오냐."

아빠가 대충 고개를 까딱이고, 무당은 이연우를 붙잡아 외지인과의 징검다리로 삼으려 했지만, 이연우는 망설임 없이 공간을 넘어갔다.

아빠가 감탄했다.

"저건 언제 상용화되나?"

"머리가 돌이신가? 저게 과학으로 보여?"

"과학 아니면 상용화되지 못할 이유라도 있나?"

"그건…"

무당이 뭐라 반박하려다가 반대로 설득되어 그럴듯하다는 표정을 지었다.

사소한 에피소드가 지나갔다. 시간은 멈추지 않고 흘렀다. 이연우가 겪은 일은 야생의 마법사 하나를 발견한 것에 불과했고, 거대한 집단의 일은 끊임없이 진행되었다.

이연우가 3층 건물의 최상층 안에서 흐뭇하게 웃었다.

드디어 생존 기구가 발족하였다. 그가 한 건 없었다. 다 이곳저곳에서 온 사람들이 일했다. 그 결과, 건물도 생기고 사람들도 많이 생겼다.

"연우 씨, 있어요?"

유지유가 벌컥 문을 열고 들어왔다. 이직하고 싶다던 그녀는 결국 생존 기구로 넘어왔다.

"예. 무슨 일입니까?"

"여기 사직서요."

"…예?"

이연우가 당황하여 유지유를 올려다보았다. 다크서클이 잔뜩 내려온 유지유가 얼른 받으라며 사직서를 흔들었다.

"여기서 일 못 하겠어요. 일이 너무 많아요. 저는 그냥 조사원 하려고요."

진짜 일이 많았다. 막 발족하여 그런 것도 있었고, 조사원의 느긋한 삶을 살아 더 강하게 체감되는 것도 있었다.

"아니, 갑자기 왜…"

이연우가 일단 사직서를 받자, 대충 건너편에 앉은 유지유가 책상에 머리를 박았다. 엎드려 자듯 엎어진 유지유가 울먹이면서 말했다.

"며칠 해봤는데 진짜 못 하겠어요. 이건, 이건 사람 사는 게 아니에요."

　조사원일 때는 어디 조사 나갈 때를 제외하면 놀면서 자리만 지키면 되었다. 하지만 여기는…

　"출근해서 일하고, 야근하고, 자고, 다시 출근하고, 업무는 계속 늘어나고. 진짜, 진짜, 저는 못 해요."

　차라리 조사원이 나았다.

　이연우는 일단 말리고 봤다.

　"그래도 안전하지 않습니까. 월급도 부족하지는 않은 걸로 알고 있습니다."

　"다 필요 없어요!"

　유지유가 벌떡 일어나 핏발 선 눈으로 이연우를 노려보았다. 이전의 동료가 지금의 적이었다. 일을 시키는 적, 회사의 보스!

　생명을 위협하는 이상 개체처럼 삶을 괴롭히는 적. 조사원의 절실한 기세 앞에서 이연우가 물러섰다.

　"어… 알겠습니다. 뭐지. 결재? 올라오면 승인하겠습니다."

　"빨리해주세요. 빨리 탈출하고 싶어요."

　지금 이 자리에서 처리하지 않으면 물러서지 않을 모양이었다. 이연우가 얼른 마우스를 움직였다.

　마침 시스템도 회사의 것을 써서 익숙하게 확인할 수 있었다. 클릭 몇 번으로 승인되었다.

　"됐습니다."

　"자유다!"

그렇게 유지유가 두 손을 번쩍 들고 후나닥 뛰어서 떠났고.

"맞다. 차원 통로 감사하는 날이지."

이연우는 일을 할 겸, 옛날에 보았던 사람을 만나러 떠났다. 그가 강력하게 건의했던 거인 차원의 회사 거점으로.

193

차원 통로는 비행기 격납고 같은 넓은 건물 안에 지어졌다. 귀중한 보석과 황금 따위로 화려하게 수놓아진 마법진. 그 중심에서 수직으로 솟은 타원형의 푸른 문.

그 문이야말로 거인 차원으로 향하는 통로였다.

"컨테이너 들어간다!"

"멈춰! 저쪽에서 넘어올 시간이야!"

푸른빛 아래에서 수많은 사람과 수송 장비와 기계장치가 바쁘게 움직였다. 현장용 형광 조끼를 입은 사람은 형광봉을 바쁘게 흔들며 소리를 질렀고, 중장비가 매연을 뿜어내며 으르렁거리는 엔진 소리를 울렸다.

이 일에 투입된 마법사는 도망치고 싶어 죽겠다는 얼굴로 다리를 달달 떨었다.

"내가 진짜 스승 놈 손에서 도망칠 수 있었으면 이딴 일은 안 하는데."

이건 마법도 뭣도 아니었다. 단순히 통로를 관리할 뿐인 노동하는 톱니바퀴였다.

'도주할까.'

이렇게 살 수는 없었다. 무궁무진한 이차원이 자신을 기다렸다. 모험! 발견! 탐색! 마법사가 슬그머니 보석 목걸이를 쥘 때였다.

"감사 나왔습니다."

그 옆으로 이연우가 불쑥 나타났다. 마법사가 기겁했다. 그동안 이연우가 행한 업적이 있었다.

도망친 마법사 추적. 스승 위치의 마법사보다 더 빠르고 정확하게 추적하여 납치해 오는 마법사의 적.

"안… 안 도망칩니다."

지레 겁먹은 마법사의 목소리.

이연우의 시선이 마법사를 스쳤다. 자연스럽게 미래에 펼쳐질 가능성을 보았다. 열 갈래의 미래가 있으면, 아홉 개의 미래에서 도망쳤다.

이연우가 한숨을 푹 쉬었다. 진짜 미친 마법사들. 집단 단위로 일하기로 계약까지 해놓고 도망을 치는 이유를 모르겠다. 기본적인 신의와 약속이란 개념이 머리에 없는 것만 같았다.

"도망치고 싶으면 도망치십시오. 다시 잡아 올 거니까."

"…"

평범한 사람이면 이것을 경고로 여겼을 것이다. 하지만 마법사는 달랐다.

'도주 허락한 거 같은데.'

능력만 되면 도망가라는 거 아닐까. 이건 암묵적인 허락이었다. 눈동자가 대굴대굴 구르고 보석 목걸이를 쥔 손에 힘이 들어가는 찰나.

그리고 이연우가 주먹을 쥐었다.

"돌겠네."

확률과 가능성을 조작했다. 이는 미래를 고정하는 것이었다. 마법사의 미래가, 마법사의 가능성이 좁아졌다. 도주하지 않는 미래로.

'아.'

마법사가 퍼뜩 정신을 차렸다. 일단, 이연우 앞에서 도망칠 수는 없지 않나. 철저하게 준비를 마친 뒤 행동으로 옮기는 것이 맞았다.

'1년. 1년 동안 빡세게 준비해서 도망치자.'

그때, 이연우가 성큼 앞으로 나아갔다. 주변을 대충 둘러보았다.

차원 통로를 관리하는 마법사, 이차원으로 나아가는 회사, 통로를 감시하는 다른 집단. 이연우는 그중 몇몇 검색대와 기계장치를 보았다.

'어디 보자. 내가 확인할 게…'

검색대? 검사기? 회사가 이차원에서 평범한 핵배낭이나 평범한 생화학 무기를 개발해서 넘어오지 못하게 설치한 기계장치만 확인하면 됐다.

이연우가 차원 통로 옆에 설치된 복잡한 기계장치 앞으로 갔고, 기계장치를 담당하는 클럽 회원이 고개를 꾸벅 숙였다.

"안녕하십니까."

"예, 안녕하세요. 기계 제대로 작동하나 검사하겠습니다."

이연우가 에코백에서 자그마한 철제 케이스를 꺼냈다. 그 안에는 평범한 총탄이 하나 들어 있었다. 철제 케이스를 꺼내기 무섭게 변화가 생겼다.

삐이이이이이익!

기계장치가 비명을 내질렀다. 과학기술로 만들어진 검색대의 탐색 결과와 이상 개체로 만든 검색대의 탐색 결과가 불일치했기 때문이다.

나름대로 '평범한' 물체를 분석해서 만든 보안 시스템답게 곧바로 문제를 발견했다. 모니터에 복잡한 문자열이 스쳤다.

- 괴리율: 12.06695180

한순간, 부서에 붉은 등이 들어왔다. 사이렌이 미친 듯이 울었고, 경고 방송이 터져 나왔다.

- 평범함 감지! 평범함 감지!

이연우가 고개를 끄덕였다.

'잘되네.'

멀쩡히 작동하는 것만 확인하면 됐다. 물론 난데없이 비상 상황을 맞이한 직원들은 끓는 물을 뒤집어쓴 듯 미친 듯이 뛰어다녔다.

"격리! 격리! 격리!"

"회사 뭐 해! 조약 맺은 지 얼마나 됐다고!"

"으아악! 회사가 발작했다! 빨리 보고해!"

이연우는 말리지 않았다.

평범함이 검출되었을 때, 얼마나 신속하고 정상적으로 움직이는지도 감사 대상이었다. 일종의 훈련이었다.

그가 힐긋 클럽 회원을 보았다.

"저는 이만 가보겠습니다."

"상부에 감사 나온다고 말은 하셨습니까?"

"예."

아마 보고에 걸리는 시간, 격리의 엄중함, 이런 것도 원격으로 평가하고 있을 것이었다.

이연우가 느긋하게 주먹을 쥐었다. 일은 끝났으니, 거인 세계로 넘어갈 것이다.

거인 세계에 지어진 회사 거점으로 넘어갔다.

임시로 지어진 막사와 컨테이너 건물, 열심히 콘크리트와 철근으로 짓는 건물. 그 모든 것이 폐허 위에 인간의 도시를 만들고 있었다.

이연우는 대충 평범한 공간 몇 블록을 만들어준 뒤, 친친히 도시를 걸었다. 그 뒤로 거점 담당자가 쫓아왔다.

"조사해보니 이곳이 인간의 도시라고 하더군요. 길거리를 떠돌던 인간이 인간 도시의 전설을 현실로 만들려고 노력했던 땅. 회사의 거점으로 딱 좋은 곳입니다."

길인간과 애완인간의 전설. 인간을 위한, 인간의 도시.

하나, 그것은 구원의 전설에 불과했고, 어떤 인간이 희망을 품고 직접 인간의 도시를 건설했으나 결국 거인의 외래종 관리국에 의해 멸망한 땅.

그럼에도 전설을 쫓아 찾아오는 인간이 있었기에, 회사의 거점으로 걸맞은 곳이었다.

이연우가 추억에 잠겨 도시를 보았다. 거점을 짓는 회사원과 함께 일하는 다른 집단의 사람들. 때때로는 꼬질꼬질한 사람들이 신나서 뛰어다녔는데, 거인 세계의 길인간이 분명했다.

"인간의 도시! 우리의 구원이 왔다!"

희망과 열정으로 빛나는 목소리와 눈.

자연스럽게 어떤 사람의 얼굴이 떠올랐다.

'걔 이름이 뭐였지. 단데 뭐였는데…'

거인 차원에 조난당했을 때 보았던 여자. 함께 탈출할 뻔도 했던 그녀가 기억났다.

실타래를 쥐어 기억을 떠올린 이연우가 걸음을 멈추고, 거점 담당자를 보았다. 그가 질문했다.

"혹시 단델리온이라는 여자가 있습니까? 이 차원에서 태어난 인간인데."

"확인해보겠습니다."

담당자가 핸드폰을 꾹꾹 눌렀다. 이미 도시에 도착한 길인간의 신상 명세가 등록되었다.

이연우는 기대를 품고 기다렸고 조금의 시간이 지났다. 담당자가 고개를 절레절레 저었다.

"그런 사람은 없군요."

"그렇습니까."

이왕이면 살아 있었으면 좋겠는데. 인간의 도시, 인간 세상의 구원을 직접 봤으면 좋겠는데.

이연우가 망설이다가 실타래를 골랐다. 단델리온의 앞으로 이동할 가능성.

하지만 이연우가 주먹을 쥐어 이동하기 전에 담당자가 이연우를 잡아챘다. 뭘 하려는지는 몰라도 안내 사항이 몇 가지 있었다.

"이연우 님! 먼저 안내해드릴 사항이 있습니다. 우선 거인은 되도록 죽이지 마십시오. 외래종 관리국은 별거 아니지만, 검사 결과 거인 또한 인간으로 판명되었습니다."

회사가 거인 세계로 넘어온 이후 가장 먼저 한 일은 거인을 납치해 실험실에 집어넣은 것이었다.

인간이 아니면 대충 몰살하고 인간이면 협력 관계를 맺기 위해, 그 유전자와 존재를 분석했다.

하지만 거인은 차원의 법칙 때문에 거대하고 튼튼할 뿐, 인간의 일종이었다.

"아니…"

이연우가 황당한 표정을 지었다. 자신이 무슨 멸망주의자도 아니고, 괜히 거인을 왜 죽이나. 혹시, 조난되었을 당시 중성화 수술이라도 당했으면 몰라도.

"안 죽입니다."

"혹시 몰라서… 아, 그리고 길인간과 애완인간을 마구잡이로 구조하지 말아주십시오."

담당자가 건설 중인 도시를 가리켰다.

"아직 많은 인간을 수용할 공간과 식량이 부족합니다. 한 달 정도 지나면 충분한 기반이 갖춰질 겁니다."

막말로 이연우가 거인을 제외한 모든 인간이 도시로 이동될 가능성을 구현하기라도 하면, 일이 복잡해졌다.

"예, 예."

고개를 끄덕인 이연우가 실타래를 쥐었고 세상이 변했다. 이동했다.

푸른 들판, 원래 세상의 나무만큼 거대하게 핀 민들레 아래.

민들레 아래에는 단델리온이 기대앉아 있었다. 금발과 인종의 구분이 어려운 혼혈의 외모. 민들레 씨앗을 한 손에 쥐고 흔들던 그녀가 고개를 들었다. 그 눈동자가 커졌다.

"너, 너…"

"안녕."

이연우가 웃었다. 그가 다가가 그녀 옆에 앉았다.

"인간 도시는 찾았어?"

"뭐야! 네가 왜 여기 있어!"

단델리온이 벌떡 일어나 이연우를 내려다봤다. 헛것을 보나 의심하는 눈이었다.

거인의 집에서 탈출한 후, 온갖 고생을 하며 한참을 이동해 온 들판이었다. 약해빠진 이연우가 찾아오기에는 지나치게 먼 장소였다.

"나는 내가 알아서 탈출하겠다고 했잖아."

"그래도 어떻게 여기까지 와! 어디 안 다쳤어? 너, 길에 나가면 바로 죽을 몸이잖아."

이연우가 떨떠름한 표정을 지었다. 확실히 그녀 앞에서 체력이 지독하게 부족한 모습을 보이긴 했다.

하지만 시간은 지났고, 그는 6레벨이 되었다. 이연우가 손을 흔들었다. 그 손 주변으로 실타래가 일렁였다.

"그럴 힘이 있어."

"…이거 그 관리국? 그 거인 놈들이 쓰는 거 아니야?"

6레벨도 없는 중소 집단 따위보다는 훨씬 강대한 힘이었지만, 이연우는 대충 고개를 끄덕였다. 그가 단델리온을 향해

엔딩

손을 뻗었다.

"내가 회사 말했지?"

"인류보호회사?"

"어. 인간의 세상에서 온 사람들이 인간을 구하러 인간의 도시를 지었어. 같이 가자."

단델리온이 눈을 반짝였다. 마치 별을 박아놓은 것만 같았다. 희망의 빛이 샘솟았다.

"좋아!"

단델리온이 이연우의 손을 붙잡았다. 동시에 이연우가 공간을 이동했다.

그들은 마치 처음부터 없었던 사람처럼 들판에서 사라졌다. 따듯한 봄바람이 불어왔다. 그들이 기대앉아 있던 민들레가 흔들렸다.

새하얀 민들레 씨앗이 바람을 타고 흩날렸다. 마치 인류와 회사처럼.

인류는 이미 많은 이차원으로 뻗어나갔다. 이제 회사는 인류를 쫓아 바깥으로 진출할 것이었고, 인류와 회사는 민들레처럼 번성할 것이었다.

이상이라는 험난한 위험 앞에서도 끈질기게 살아남은 인류라는 꽃이 곳곳에서 피어나기 시작했다.

그리고 잡초보다 질긴 이연우는 영원토록 살아남을 것이었다.

◆

외전: 완결

194

1.

생존 기구의 대표로서 할 일이 많았다. 이연우는 이차원을 돌아다니며 평범한 공간을 만들기도 했고, 때때로 불시 감사를 나가기도 했으며, 때로는 회사로 쳐들어가 자료를 뜯어내기도 했다.

세계 개변 장치같이, 지구나 세상에 거시적인 변화를 가져올 물건이 있는지 확인하기 위해.

그날도 이연우가 본사로 넘어가 멸종 방어 장치 따위를 조사하던 날이었다.

산처럼 쌓인 서류를 피곤한 눈으로 뒤지던 이연우가 멈칫, 어느 서류를 보았다.

"…이게 뭐지?"

원래라면 대충 읽는 척만 하고 넘어가려고 했다. 사실 이연우는 자리만 지키고, 다른 조사원이 머리 굴려가며 확인하면 되었으니까.

하지만 그냥 넘어갈 수 없는 글자들이 있었다. 이연우가 심각한 표정을 지으며, 서류 뭉치를 한 움큼 쥐었다.

그 위에는 '멸종 방어 장치: 작가'가 쓰여 있었고, 눈에 익은 이름들이 주르륵 나열되어 있었다. 이연우가 그 이름을 소리 내 읊조렸다.

"잠정 명단. 조사반 반장, 최재민, 유지유, 해수 대응 중대 중대장, 끼인 남자, 김갑동, 악마 사냥꾼, 시계수리공, 부조리의 악마, 강열, 이서연, 박상준…"

이연우가 겪었던 사고와 만나보았던 사람과 이상 개체의 이름들.

그리고…

"이연우. …나잖아?"

뭔가, 뭔가 이상했다. 여기에 왜 자신의 이름이나 아는 사람들의 이름이 있다는 말인가. 피부 위로 소름이 오싹 돋았다. 기이한 불쾌함이 스멀스멀 올라왔다.

"무슨 문제라도 있습니까?"

옆에서 감사원들을 노려보던 회사원이 다가왔다. 본사 소속의 직원이라는데, 회사가 조사를 받는 지금 상황 자체를 불편해하는 기색이었다.

이연우가 공격적으로 문서를 치켜들었다. 곱지 않은 어조로 말이 나왔다.

"이거 뭡니까? 왜 제 이름이 여기 있습니까?"

"그거야 이연우 씨도 멸종 방어 장치 신분을 얻었으니까…"

회사원이 지레짐작하고 말하다가 멈췄다.

인류의 생존 본능을 확인한 회사가 이연우에게 멸종 방어 장치의 신분을 주었고, 이연우도 그것을 알았다. 괜히 시비 거는 것이라고 봤는데, 아니었다.

그도 알지 못하는 장치와 문서였다.

"어… 저도 모르겠습니다."

당황한 듯 회사원의 눈동자가 흔들렸다. 이연우는 그것을 가만히 관찰했다. 마치 목숨을 위협하는 적을 분석하듯.

이연우의 유리구슬 같은 시선에, 직원이 주춤 물러났다. 변명이 쏟아졌다.

"진짜 모릅니다. 멸종 방어 장치 같은 건 이사만 알거나, 이사도 모릅니다. 독자적으로 돌아가는 독립 부서라고 보면 됩니다."

"확실합니까?"

이연우가 주먹을 쥐었다. 실타래가 잡혔다.

진실만 말할 가능성.

회사원이 억울한 표정을 지었다. 다른 놈들이 회사 뒤지는데 회사가 가만히 있을 수는 없어서 대충 옆에 서 있으라고 던져놓은 직원이었다.

"정말로 아는 게 없습니다. 이사님께 연락해보십시오."

"일단 알겠습니다."

이연우가 한 걸음 물러섰다. 지금 이 사람한테 따져 물을 것이 아니었다. 멸종 방어 장치라면 6레벨 비슷한 것. 회사가 숨겨둔 전력이라면 조심스럽게 접근해야 했다.

이연우가 다시 집중하여 그 서류 뭉치를 읽기 시작했다.

'세계 개변 장치처럼 뭔가 간섭하는 물건이면, 반드시 확인해야지. 내 이름까지 쓰여 있는데.'

오랜만의 긴장이었다. 신경이 팽팽히 당겨지고 감각이 곤두섰다. 머리에서 생각이 번개처럼 번뜩이며 흘렀다.

자료 창고에 긴장된 침묵이 내려앉았다. 사람들은 이연우의 눈치를 살피며, 종이 넘기는 소리는 물론이고 침 삼키는 소리조차 조심하였다.

오직 이연우가 다 읽은 종이를 거칠게 집어 던지는 소리만 났다. 점점 이연우의 표정이 어두워졌다.

2.

문서만 봐서는 정확한 정보를 알 수 없었다. 진짜 비밀 부서, 독립 부서인지 성의 없이 쓰였다.

멸종 방어 장치: 작가가 무엇인지, 명단은 어떤 사람을 고른 건지, 해당 부서의 이름이나 위치는 어디인지, 자세한 정보

가 하나도 없었다. 마치 존재가 지워진 듯했다.

기껏해야 놀리듯이 쓰인, 벽 너머에 있다는 위치가 유일한 단서였다.

한참 동안 서류를 뒤진 이연우가 웃었다.

"재밌네. 오랜만에."

안전하고 평화로운 일상만 누리느라 조금 지루하던 차였다. 그런데 이런 은근한 위협이 찾아왔다.

6레벨 수준의 멸종 방어 장치가 자신을 표적 삼았다? 황금 만능주의나 지도자와 티격태격하는 느낌으로 몸을 풀고 놀면 되는 거였다.

간만에 활기가 뿜어졌다. 이연우가 기운차게 일어났다.

"이거 담당하는 이사가 누구입니까?"

"바로 확인하겠습니다."

회사원이 즉각 핸드폰을 들고 연락을 돌렸다. 하지만 조금의 시간이 지나자, 고개를 저었다.

"다들 모른다고 하십니다. 일부러 모른 척하는 게 아니라, 아는 바가 하나도 없다고…"

이연우가 그럴 줄 알았다며 턱을 매만졌다. 문서를 보아하니 완성된 멸종 방어 장치였다. 미완성의 세계 개변 장치 따위가 아니라, 미래의 자신도 찾지 못했던 방주 수준이라고 봐야 했다.

턱을 매만지던 손가락이 문득 입가를 쓸었다. 이연우가 깨달았다. 자기가 웃고 있다는 것을. 입꼬리가 휘어 미소를 그렸다.

"꼭꼭 숨어라… 진짜 숨바꼭질인가."

괜히 콧노래를 흥얼거린 이연우가 눈을 감았다. 얼굴의 실타래가 풀려 나오며, 촉수처럼 허공을 더듬었다. 생존 본능 또한 달래서 감각을 칼날처럼 세웠다.

'뭔지 몰라도 핵폭탄 같은 거잖아. 저거 알아둬야 인류 생존의 위협에도 대응하지. 그리고 내 이름도 쓰여 있었고. 내가 위험해지면 인류도 위험해지는 거야.'

감각이, 컨디션이 최상의 상태로 올라갔다.

쿵쿵, 기분 좋은 심장박동을 들으며 이연우가 손을 펼쳤다. 하지만 그 손 위로 떠오르는 가능성의 실타래가 없었다.

"…"

이연우의 표정이 굳었다. 그는 텅 빈 손바닥을 가만히 내려다보았다.

저것의 위치를 자신이 알 가능성, 저것에 대한 자세한 보고서가 자신의 앞에 나타날 가능성 등, 정보를 획득할 가능성부터 찾았으나 그런 가능성은 존재하지 않았다.

0퍼센트.

존재하지 않는 것을 구현할 수는 없었다.

'평범함? 아냐. 평범한 장치는 불가능해. 순수한 과학기술로 멸종 방어 장치를 만들 수는 없어.'

6레벨 수준의 정보 방어였다. 주사위로 어떻게 할 수 없었으며, 세상을 엉망으로 만들어도 이연우가 간섭할 수 없는 무언가였다.

가벼웠던 분위기가 무겁게 가라앉았다. 더 이상 장난이 아니었다.

"이건 아니지."

갑자기 회사가 발작해 사고라도 치면 대응할 방법이 제한된다는 말 아닌가.

혼자 중얼거리는 이연우를 주변 사람들이 겁에 질린 눈으로 보았으나, 이연우는 무시하고 눈을 감았다.

목숨이 걸린 일이면 존재하지 않는 가능성을 창조하겠지만, 지금이 그 정도는 아니었다. 그렇다면 허점을 찾아 우회해야 했다.

'주사위는 전능의 힘이지. 그 힘을 쓰는 게 나라서 문제야.'

전능이 있으면 뭐 하나. 그걸 가진 게 나약하고 한계 많은 인간인데. 상상의 한계가 곧 전능의 한계였으며, 인식과 감각의 한계가 전능의 족쇄였다.

이연우가 상상의 나래를 활짝 펼쳤다.

'정보 방어. 멸종 방어 장치: 작가의 정보는 직접 얻을 수 없어. 그렇다면…'

벽 너머라는 단서를 이용한다. 단순한 벽을 말하는 것은 아닐 테니, 벽은 어떤 비유나 은어일 터. 그것만 감지하면 끝이었다.

이연우가 가능성을 쥐었다.

인식의 한계를 초월해 벽을 감지할 가능성.

감각이 확장되었다. 뻗어나간 실타래가 본래 인식하지 못하던 무언가를 감지했다.

이연우가 천천히 고개를 들어 허공을 보았다. 그 입에 미소가 걸렸다. 경쾌한 목소리가 나왔다.

"거기 있구나."

그가 성큼 한 걸음 걸었다. 벽을 넘었다.

3.

이름 없는 부서. 멸종 방어 장치: 작가가 설치된 벽 너머의 교차점, 액자.

타자 치는 소리만 들려오는 공간에 비명이 울렸다. 박사가 목에 핏대를 세우며, 펄쩍펄쩍 뛰어다녔다.

"막아! 어떻게든 막아! 저 바퀴벌레가 찾아오지 못하게!"

메타 동력을 에너지 삼아, 멸종 위기가 오면 세계를 조작할 인류 최후의 보루가 이곳이었다. 관계자가 아닌 누구도 침입해서는 안 되는, 아니, 애초에 침입할 수도 없는 장소인데…

그 순간이었다.

박사가 공포에 질린 눈으로 벽을 보았다. 벽에서 손 하나가 불쑥 튀어나왔다. 허공을 허우적거리는 손 뒤로, 검은 벽에 번뜩이는 두 눈이 떠올랐다.

"찾았다."

그림자를 짙게 드리운 인영이 벽을 넘어 비틀비틀 걸어왔다.

박사가 눈을 감았다. 늦었다. 다 망했다. 저 미친 생존주의
자가 자신에게 간섭하는 무언가를 내버려둘 리 없었다.

"여기가 그 멸종 방어 장치: 작가가 있는 그곳 맞습니까?"

뚜두둑뚜두둑, 관절을 꺾어가며 다가온 이연우가 박사와
거대한 키보드를 두들기는 기계 인형을 보았다. 그 눈에 은은
한 경계가 서렸다.

'6레벨?'

황금만능주의나 주사위 같은 전능의 힘이 느껴졌다.

다 포기한 박사가 한숨을 푹 내쉬었다.

"그래, 맞아."

박사는 괜히 바닥을 걷어차며, 질투심과 공포와 짜증 따위
가 뒤섞인 눈으로 이연우를 보았다.

저 미친 바퀴벌레. 주인공.

이연우는 일단 상황을 파악하기 위해, 실타래부터 쥐었다.
상대가 진실만을 말할 가능성을 구현했다.

"저건 뭐 하는 장치입니까?"

"우리 세상을 이야기 형태로 가공해 메타 차원에 제공하는
장치. 그렇기에 이야기를 마음대로 쓰는 권능을 가진 기계 인
형."

그 말은 이해하기 난해했기에, 이연우는 그걸 자기 마음대

로 받아들였다.

"이야기… 소설? 주인공?"

연수 때 보았던 감독이 떠올랐다. 영화 촬영 현장처럼 현실을 조작하던 예술가.

대충 비슷한 거 아닐까. 소설이라면 주인공은 죽지 않고 어떻게든 문제를 해결하니, 멸망 위기가 오면 주인공을 만들어 문제를 해결하는 느낌으로.

하지만 그 말이 박사의 어디를 건드렸나 보다. 박사가 갑자기 발작했다.

"그래! 주인공! 너! 미친 바퀴벌레! 너는 주인공이 아니야!"

바깥 차원을 원하던 박사는 주인공을 향해 선명한 질투를 드러냈다.

"본래 이름 없는 부서의 목표는 이런 이야기가 아니었어! 옴니버스! 단편 모음! 우리 세상의 이야기를 서로 다른 주인공으로 표현하려고 했지!"

그 갑작스러운 발작에 이연우가 주춤 물러났다. 박사는 아예 손가락을 치켜들고 이연우에게 삿대질했다.

"그런데 너! 너! 네가 주인공 자리를 강탈했어! 네가 이야기에 간섭해 아예 장르를 바꿨다고!"

원래 계획대로라면 이연우는 인간자격시험을 끝으로 퇴장할 인물이었다. 그런데 이연우는 바퀴벌레 같은 생명력으로 자신을 주인공으로 바꾸었다.

물러서던 이연우의 등이 벽에 부딪혔다. 이연우의 얼굴이 딱딱하게 굳었다.

'내가 주인공이라고?'

떨리는 목소리가 나왔다.

"그러면 내 고향에서 사람이 많이 죽던 이유가."

"아니, 그건 네 고향이 이상한 건데."

"그러면 내가 사고 앞에서도 살아남았던 이유가…"

"그것도 네가 이상한 건데."

박사가 냉정하게 답했다. 그는, 작가는, 이름 없는 부서는 정말로 하지 않았다. 그냥 이연우가 살아남은 거였다.

오히려 그들은 이연우를 죽이려고 했다.

"우리 세상 사람들이 사는 이야기를 쓰려고 했지. 그런데 네가 멋대로 주인공 자리를 빼앗고 이야기가 탈선해서… 우리는 너를 죽이려고 했어."

연수 중 감독의 난입, 조사원 첫 업무부터 만난 이상 개체, 이어지는 멸망주의자의 NPC를 이용한 테러.

그런데 이연우는 살아남았다. 이연우를 죽이고 다른 사람을 주인공 삼아 이야기를 진행하려고 했던 모든 시도가 실패했다.

그쯤에서 이연우가 눈치챘다.

"그러면 내가 사고를 많이 겪은 이유가…"

"맞아. 우리가 그랬어."

당당한 박사 앞에서 이연우의 눈이 돌아갔다. 평온한 삶을 방해하는 적! 위험한 사고를 몰고 오고 목숨을 위협하는 불안 요소!

그나마 성장했기에 이연우는 자제했다. 질문이 나왔다.

"저거 작가? 죽이면 문제 생깁니까?"

"아니, 창문이 닫힌다고 집이나 바깥이 사라지나? 눈을 감는다고 세상이 사라지나?"

작가는 그들의 세상을 메타 차원에 이야기 형태로 제공할 뿐이었다. 메타 동력으로 세상을 조작하고.

박사가 말했다.

"전화가 끊어지는 것뿐이야. 전화가 끊어져도 사람은 있지. 전화기 너머에서 뭘 하는지 모를 뿐. 이걸 하나하나 설명해야 하나?"

"아하."

이연우가 눈동자를 희번덕거리며 확률의 실타래를 길게 뽑아냈다. 검은 실타래가 채찍처럼 잡혔다.

"그러면 죽어야지."

손이 뒤로 당겨졌다. 이연우가 이를 아드득 갈았다. 작가?

"내 인생에 사고만 가져오는 건 죽어야지."

"안 돼!"

박사가 정신을 차렸다. 그가 손을 길게 내뻗으며 다급하게 몸을 던졌지만 늦었다.

쐐액!

이연우의 손이 휘둘러졌다. 실타래가 허공을 가르며 맹렬하게 나아가 기계 인형의 목을 쳤다. 기계 인형, 작가가 파괴될 가능성은 깔끔하게 기계 인형의 목을 날렸다.

쿵!

거대한 머리가 바닥으로 떨어졌다. 이연우는 흐뭇하게 웃으며 고개를 끄덕였다. 이제 사고를 겪지 않아도 된다. 드디어 평온한 삶이 찾아왔다.

이연우가 몸을 돌렸다. 그는 벽 바깥으로 걸어 나갔다. 더 이상 보이지 않는 세계로. 닫혔지만 열린 세계로.

박사가 비명을 질렀고, 목이 떨어진 작가의 몸은 끼익하며 느릿하게 손가락을 움직여 마지막 글자를 썼다.

〈끝〉

인류보호회사 5

초판 1쇄 인쇄일 2023년 8월 17일
초판 1쇄 발행일 2023년 8월 31일

지은이 짤짤이

발행인 윤호권
사업총괄 정유한

편집 박고운 **디자인 표지** 곰곰사무소(권빛나) **본문** 박정원 **마케팅** 윤아림
발행처 ㈜시공사 **주소** 서울시 성동구 상원1길 22, 6-8층(우편번호 04779)
대표전화 02 - 3486 - 6877 **팩스**(주문) 02 - 585 - 1755
홈페이지 www.sigongsa.com / www.sigongjunior.com

글 ⓒ 짤짤이 2023

ISBN 979-11-7125-039-4 (04810)
ISBN 979-11-7125-034-9 (세트)

*시공사는 시공간을 넘는 무한한 콘텐츠 세상을 만듭니다.
*시공사는 더 나은 내일을 함께 만들 여러분의 소중한 의견을 기다립니다.
*잘못 만들어진 책은 구입하신 곳에서 바꾸어드립니다.

WEPUB 원스톱 출판 투고 플랫폼 '위펍' _wepub.kr
위펍은 다양한 콘텐츠 발굴과 확장의 기회를 높여주는
시공사의 출판IP 투고·매칭 플랫폼입니다.